PHILIPPE HUGON

LE PACTE DES GUEUX

dB
VENTS D'HISTOIRE

À Van et Lili.

I

QUI N'A JAMAIS RESPIRÉ l'air de Paris ignore ce qu'est la pestilence de la multitude. Je ne m'essayerai pas à en décrire la palette des nuances, d'autres l'ont déjà fait – avec d'ailleurs plus ou moins de réussite, car généralement les beaux esprits dépeignent ce genre de fumet en se pinçant le nez. Pour ma part, c'est les naseaux bien ouverts que je préfère m'attarder sur ces dizaines de milliers d'humains qui se pressent en tous sens, du lever au coucher du soleil, depuis la populeuse ceinture des quatorze faubourgs, jusqu'aux grouillantes rues et ruelles des vingt quartiers de la ville. Partout des hommes et des femmes, partout les mêmes fragrances aigres dans leurs sillages, partout des mines affairées : le Parisien est un éternel passant qui se hâte gravement vers on ne sait où, puis en revient. Combien sont-ils ? De doctes spécialistes affirment avec conviction que l'on recense à Paris plus d'âmes qu'à Madrid, Rome et Amsterdam réunies, cités où le nombre d'habitants reste cependant encore à connaître de manière précise. Toutefois, la fierté nationale commande de se ranger à cette thèse, d'autant qu'outre-Manche, les Anglais assurent la même chose à propos de Londres, et qu'ils ajoutent perfidement Berlin à leur comptabilité pour se hausser du col. Ce qui est incontestable, en revanche, c'est qu'à défaut de connaître le nombre des vivants, on a une idée claire du chiffre des trépassés : ils sont en moyenne vingt mille Parisiens qui achèvent chaque année leurs déambulations dans les entrailles des cimetières de nos paroisses – hors d'éventuelles famines ou épidémies. Qu'on se rassure, heure après heure, de nouvelles recrues suppléent aux défaillants. D'abord, il y a les provinciaux, dont les cohortes assiègent sans discontinuer les portes de la ville. Tous les jours, Paris aimante le meilleur comme le pire des gens de nos campagnes. Certains s'installent ici dans le calcul de faire une fortune, d'autres, pour la dilapider ; quelques-uns y viennent pour se cacher, beaucoup pour se montrer ; chacun espère pouvoir y vivre, la plupart y survivent. La cité étouffe de ces destins pressés, et les relègue le plus souvent hors les murs, dans des faubourgs où les hommes et leurs rêves s'entassent par milliers. De dépit, on s'y mélange jusqu'à produire de nouvelles générations qui à leur tour tenteront de se faire une place moins minable. En une année, les registres de nos paroisses s'allongent ainsi de vingt-cinq mille nouveaux baptisés. C'est là le grand secret de cette ville surpeuplée : que l'époque soit à la disette, à la guerre ou à la maladie, les Parisiens copulent. Je ne dis pas qu'ailleurs on ne sacrifie pas également à cette pulsion, mais ici, on y met un entrain qui érige la chose au rang des appétits élémentaires, à l'égal du manger et du boire. L'exemple vient de haut. Les turpitudes des puissants valent celles du peuple, et nul n'échappe à cette frénésie, croyez-moi. Il me revient le souvenir de la richissime veuve d'un fermier général, au demeurant fort dévote, qui en plus de faire don de coquettes sommes à plusieurs congrégations de bienfaisance, avait apporté une obole particulière à l'institution des Enfants Trouvés en y abandonnant six rejetons dont la brave femme était bien en mal de nommer les pères. Elle est aujourd'hui passée dans l'autre monde, où je soupçonne que sa progéniture l'attendait déjà pour lui poser également la question. En effet, sur les trois mille nourrissons qui franchissent tous les ans les portes de l'Hôpital des Enfants Trouvés, à peine un quart atteint sa quatrième année. Oh, ce n'est pas que les bonnes sœurs de la Charité ne s'évertuent à en sauver le plus possible, non, mais le délabrement dans lequel ces petits êtres leur parviennent généralement ne permet pas de leur accorder un plus long sursis. Tout juste a-t-on le temps de les ondoyer avant qu'ils ne soient rappelés au Très Haut. Ceux-là ont au moins la chance d'être dignement inhumés. Pour d'autres, la vie débute sur le pavé en même temps qu'elle s'y éteint. Dans cette ville, qui n'est jamais passé à côté d'un cadavre de nouveau-né ? Personne ne les réclame, personne ne les pleure. Leur nombre reste aussi inconnu que leur identité, et je dois maintenant confesser que j'aurais assurément figuré parmi cette lugubre phalange si la providence n'avait voulu que d'enfant perdu, je devinsse moi aussi un enfant trouvé. C'était en 1697, je crois.

Mon inventeur s'appelait Antonio, dit le Sévillan. Je ne l'ai jamais connu sous un autre patronyme. Au physique, il promenait une haute et maigre silhouette, tandis que son visage offrait une géométrie aux angles vifs, dont le nez légèrement recourbé et pointu achevait de lui donner un air de rapace, plus précisément de vautour. Au moral, le bonhomme était tout aussi piquant. Il tirait son surnom d'une jeunesse espagnole où, après avoir déserté l'armée, il avait acquis certains talents dans la capitale andalouse, avant de venir les exercer en France. Voleur, tricheur, égorgeur si l'occasion se présentait, il excellait surtout dans le dressage des mendiants. Dans la société des brigands de Paris, cet art est très apprécié des chefs de bande. Chacun a sa compagnie de mendiants. Leur rôle ne se borne pas à faire l'aumône : ils repèrent, indiquent et pratiquent toutes sortes de filouteries sur lesquelles nous aurons l'occasion de revenir. Bref, le Sévillan occupait ses journées à de longues flâneries dans Paris afin de faire valoir l'une de ses crapuleuses spécialités. Ses pas le conduisaient fréquemment vers le pont Neuf, car il y a là toute l'année l'un des plus beaux rassemblements de vauriens qui se puisse voir. Un jour d'hiver, alors que la Seine était gelée, il furetait sur les berges en quête d'un vilain coup lorsque son attention fut attirée par un étrange spectacle. À trois pas de la rive, presque sous la première arche du pont Neuf, une petite caisse de mauvais bois bougeait par saccades sur la glace en laissant échapper une espèce de glapissement. Le Sévillan pensa d'abord qu'il s'agissait d'un chien que le froid avait conduit dans ce drôle de refuge, mais un nouveau couinement de la bête le fit douter. La Seine était cette année-là prise presque jusqu'en son milieu et supportait qu'on la foulât. La canaille a l'immense mérite d'être curieuse : en trois enjambées, le Sévillan rejoignit la petite caisse. Plus aucun bruit n'en émanait. Le dessus était seulement obturé par un linge crasseux. Le Sévillan fit une moue soupçonneuse, puis il se mit à en sonder l'intérieur du bout de sa botte : un cri strident ne tarda pas à lui répondre. Sous l'effet de la surprise, il manqua perdre l'équilibre et dut faire un grand moulinet avec ses bras pour se rétablir. De colère, il décocha alors un coup de pied dans la boîte, qui se renversa en même temps qu'elle se vida de son contenu. Emmailloté dans un linge brunâtre, un nourrisson glissa sur la glace. Connaissez-vous une entrée plus théâtrale dans le monde ? Ce fut la mienne. Le Sévillan ne resta pas longtemps interloqué. Il me remit prestement dans ma caisse, la prit sous le bras et fila de toute la vitesse de ses grands compas. C'était une fichue aubaine, songea-t-il. Une plus grande encore pour moi.

Le Sévillan m'amena tout droit au faubourg Saint-Marcel. À ceux qui ne connaissent pas ce pays-là, je leur conseille de s'abstenir d'en faire la visite. C'est un voyage qui ne se risque qu'à d'impératives – et suspectes – raisons. L'honnête homme y est une espèce rare au milieu d'une populace qui concentre le rebut de Paris et des autres faubourgs. L'ivrognerie, la violence, la prostitution, y règnent en maître : tout est insalubre, les individus comme les lieux. Les rues sont pour la plupart sans pavés, et se transforment en fossés à la première pluie. Quant aux habitations, si l'on fait exception des bâtisses construites le long de la rue Mouffetard ou de quelques îlots d'immeubles en pierre, l'immense majorité des maisons n'est qu'un empilement d'étages faits de terre et de bois, et garnis d'ouvertures qui n'ont qu'une lointaine parenté avec des fenêtres. Aucun architecte n'oserait réclamer la paternité de ces rustiques édifices, surtout lorsqu'ils s'effondrent sur leurs misérables occupants. Ici, on s'entasse jusqu'à quinze personnes par niveau, tandis que les familles les mieux loties occupent rarement plus de deux pièces. Aucune intimité, aucune pudeur n'a de place dans ce décor. La dépravation et la décrépitude sont publiques, tout se règle sous les yeux de chacun. Enfin, pour faire bonne mesure, signalons une autre population qui prospère à l'air libre dans les ruelles du faubourg Saint-Marcel : les rats. Ils disputent énergiquement la place aux humains, et se flattent d'être parmi les plus gras de Paris. À ce sujet, je ne peux m'empêcher de remarquer que la corpulence de ces animaux est toujours singulièrement plus conséquente dans les quartiers où les hommes crient famine. Il y a là matière à réflexion.

Après sa pêche miraculeuse du pont Neuf, c'est donc dans ce plaisant séjour que le Sévillan me transporta. On ne lui connaissait aucun logement fixe, mais il fréquentait plusieurs tanières qui lui servaient de refuges autant que de résidences. Dans l'une d'elles, une masure un peu mieux que minable, rue Censier, il était en cheville avec une certaine Jeannette, qui faisait profession de nourrice. Elle devait avoir presque trente ans et exerçait ce métier depuis ses seize ans, après une première couche dont l'enfant n'avait pas survécu. Sans être une mauvaise fille, Jeannette n'en était pas pour autant une brave femme. La cupidité guidait son affection, et elle ne se montrait jamais avare de son lait pourvu qu'on le lui payât. La nature lui ayant octroyé de généreux atouts, elle en louait le produit à tous ceux qui voulaient que leur progéniture survive au moins un temps. Elle partageait sa vie et son logement avec un portefaix du nom de Bernoux, un vaurien qui grevait les finances du ménage à tous les jeux de cartes. Les colères de la robuste Jeannette retentissaient d'ailleurs souvent dans le petit appartement de la rue Censier, si bien qu'il n'était pas rare que Bernoux déguerpisse du foyer quelque temps.

Le Sévillan arriva devant ladite maison une heure après ma découverte. Il avait ses habitudes et entra sans frapper. Jeannette se tenait dans la pièce principale, où elle ravaudait habituellement du linge pendant que quatre nourrissons gesticulaient près d'elle sur un grabat fabriqué dans un demi-tonneau. Le Sévillan posa au sol sans ménagement la caisse qui me servait d'abri. Voici en substance ce qu'il proposa, sur la foi de ce que l'on m'en a raconté bien plus tard :

— V'là de l'ouvrage pour toi, la mère, dit-il.

Jeannette considéra avec méfiance la boîte, jeta un coup d'œil à l'intérieur, puis haussa les épaules.

— Que veux-tu que j'fasse de ce chiard ? demanda-t-elle en faisant mine de ne s'intéresser qu'à sa couture.

— Peuh… n'fais pas la dégoûtée, tu vas m'nourrir c'morveux, s'agaça le Sévillan.

Jeannette toisa une nouvelle fois l'intérieur de la caisse.

— Ça a pas bonne mine. Va falloir double ration si tu veux pas que ça tète la Carline[1] sous peu.

— Dis donc, t'essaierais pas d'me bouliner[2] quelques sous de plus pour ton foutu couliant[3] ?

— J'en ai déjà quatre autres à engraisser, j'suis pas une vache ! s'emporta Jeannette.

— Écoute la mère, t'auras un sou par jour pour m'le garder vivant, et un de plus si y passe le mois. Ça t'va ?

La nourrice sembla réfléchir. Elle savait que dans ce métier, les clients se perdent plus vite qu'ils ne se gagnent. Aujourd'hui, elle comptait quatre marmots en pension ; demain, il pouvait en mourir un, voire deux, et son bénéfice diminuerait d'autant. La chose était à considérer. Jeannette se racla la gorge, lança un dernier regard vers la caisse :

— Passera pas la semaine, mais bon, j'le prends…, soupira-t-elle.

Le Sévillan se fendit d'un petit rictus. L'affaire était conclue : j'entrais en tant que surnuméraire dans le logis de dame Jeannette.

Arrivé à ce moment du récit, on est en droit de se demander pourquoi une canaille comme le Sévillan

---

1. *La mort, en argot de la pègre de Paris au début du XVIIIe siècle.*

2. *Voler.*

3. *Le lait.*

s'était lancée dans le sauvetage de ma petite personne. Évidemment, la philanthropie n'y était pour rien. Non, en fait, le bougre régentait une troupe de mendiants composée de cinq ou six individus, parfois même une dizaine lors des bonnes années. Deux aveugles – un vrai, un faux –, un cul-de-jatte, un vieillard, une naine et une jeune fille d'à peine quinze ans émargeaient notamment à son service. Il lui manquait cependant depuis peu un nouveau-né, accessoire indispensable afin de tirer l'aumône aux âmes compatissantes, le précédent nourrisson n'ayant pas supporté la froidure de l'hiver. Je l'ai dit plus haut, les mendiants forment à Paris une vaste corporation. Ceux qui se trouvaient placés sous la férule du Sévillan étaient des miséreux du plus infâme échelon, acculés à tendre la sébile en attendant mieux, c'est-à-dire la mort. Il y avait un monde entre eux et la fine fleur du genre. Il faut savoir que dans ce métier, les rôles sont réglés selon des lois et des principes que ne renieraient pas nos Parlements. On y distingue deux ordres. Le premier se recrute parmi la populace : les membres en sont innombrables et rassemblent à peu près tous les genres d'affamés, d'indigents ou de vieillards que Paris et ses faubourgs vomissent sur le pavé. Presque aucun de ces misérables ne tire de sa condition suffisamment de gains pour ne pas déchoir davantage chaque jour. Quant au second ordre, il se compose d'un peu moins d'un millier d'individus. Ceux-là ont la vocation. Il s'agit des maîtres mendiants, qui se rassemblent au sein de la caste dite des Truands. Ils exploitent leurs collègues de la première classe et règnent sans partage sur des territoires dont les chefs de la haute pègre de Paris leur concèdent la jouissance en échange du paiement d'un impôt et de menus services. Ils excellent notamment dans la surveillance des allées et venues du guet, ainsi que dans le rabattage et l'indication des éventuels mauvais coups à commettre. Depuis le Temple jusqu'au faubourg Saint-Germain, en passant par le Louvre et le Palais-Royal, rien ne bouge dans Paris sans que la communauté des mendiants n'en soit informée. Même les aveugles ont l'œil à tout. Car bien sûr, dans cette société, le travestissement est gage de revenus. Les personnages de faux infirmes ouvrent de belles carrières, et les emplois de sourd et muet, de scrofuleux ou de goitreux sont recherchés comme des privilèges à la cour. On ambitionne un beau rôle de manchot devant la porte de Notre-Dame comme on brigue un cordon à Versailles. Chez d'autres, on simule le cul-de-jatte de père en fils, et le territoire attenant à cette charge se transmet également par héritage. Heureux fils qui sait que le quart de telle ou telle rue est son domaine. Nul autre ne peut y tendre sa sébile. Gare à ceux qui enfreindraient cette loi : la Seine charrie régulièrement les cadavres de ces indélicats. Parfois aussi, les mieux nantis peuvent s'acheter une patente de mendicité. Les chefs de bande en concèdent quelques-unes, mais toujours avec parcimonie, pour ne pas fâcher le reste de la caste qui n'apprécie guère qu'on lui suscite de la concurrence.

Dans ce petit monde, le Sévillan s'était fait connaître en fournissant de la main-d'œuvre qu'il vendait ou louait à quelques maîtres mendiants. Le rebut, il le conservait à son profit en l'employant dans trois ou quatre rues du faubourg Saint-Marcel qui n'étaient sous aucune tutelle. Et une semaine après mon arrivée chez Jeannette, les passables rasades de ma nourrice me permirent de tenir ma place chez les croqueurs d'aumônes du Sévillan. J'étais un paquet de chiffons que l'on se repassait comme un accessoire de théâtre. On me trouvait le plus souvent niché dans les bras d'une jeunette qui s'accrochait aux basques des passants sur l'air de l'innocente abandonnée avec sa progéniture. Quelquefois aussi, un vieillard me trimbalait dans une espèce de carriole en claironnant que nous étions les ultimes rescapés d'une famille décimée par la maladie, tandis que certains jours, je trônais entre les moignons crasseux d'un cul-de-jatte qui se revendiquait mon père et suppliait à ce titre qu'on lui vienne en aide. Ce genre de tableau apitoie généralement les cœurs les moins rudes, si bien que ma présence améliorait le bénéfice des médiocres combines de mes parents de circonstance, mais sans qu'ils m'en démontrassent pour autant une quelconque gratitude. Aucun ne se préoccupait jamais de me nourrir, et ces braves gens me remisaient chaque soir chez Jeannette après une journée entière passée dans la rue, qu'il fasse beau, qu'il gèle ou bien qu'il pleuve.

C'est en cette charmante compagnie que je passai les premières semaines de mon existence, car bien sûr, je déjouais les sombres augures de ma nourrice en manifestant jour après jour un bel appétit pour ses généreux atouts. En conséquence, le Sévillan honora sa promesse, ce qui fit de moi un locataire rentable pour Jeannette, qui m'en témoigna un peu plus d'intérêt, à défaut d'affection. Les mois passèrent ainsi jusqu'à ce que je puisse me tenir debout. Nippé avec quelques linges miteux, on continua à m'employer dans les rues du faubourg. D'autres petits affamés s'étaient succédé rue Censier pour remplacer les quatre présents lors de mon arrivée, tous morts, et j'étais devenu le plus ancien client de la maison. Bientôt, je pus même partager le brouet qui servait de pitance quotidienne à mes logeurs. Avouons d'ailleurs que Jeannette et son compagnon Bernoux me prodiguaient désormais des soins mieux que médiocres. Plusieurs saisons passèrent encore, si bien qu'un beau jour, j'atteignis un âge proche des cinq ans. J'étais maigre, mon teint ne faisait pas envie, mais j'étais vivant. Je parlais peu, cependant je connaissais déjà tout le registre du quémandeur et le nom des principales figures des cartes à jouer. Le Sévillan considéra dès lors qu'il était temps de me faire rembourser le lait de la nourrice. Il m'arracha un matin de la rue Censier pour m'amener dans un lieu inconnu. Jeannette manqua verser une larme.

II

Le Sévillan avait pour moi des plans bien arrêtés. J'avais jusqu'à présent joué les utilités dans son petit commerce, l'heure était venue de me former plus sérieusement. Il me conduisit donc au fond d'une impasse boueuse qui donnait sur la rue du Fossé-Saint-Marcel, dans une maison dotée d'une petite cour tout en herbe. Des poules en cage et un gros chien attaché à un anneau ajoutaient au décor une singulière touche champêtre. C'est d'ailleurs à ce lieu que je dois les premiers véritables souvenirs dont je puisse affirmer qu'ils ne m'ont été soufflés par personne. Le Sévillan me laissa un instant sous la garde du molosse, puis revint en compagnie d'une grosse femme dont la sévère figure me fit regretter dans l'instant la médiocre affection de Jeannette. Elle avait notamment, au-dessus d'une bouche largement édentée, un long filet de duvet noir qui avait essaimé jusqu'à la commissure des lèvres. Elle s'approcha de moi et me détailla sous toutes les coutures, avant de rendre son verdict d'une taloche qu'elle m'appliqua derrière la nuque afin de me faire entrer dans sa maison. J'étais admis chez la mère Potard qui, en plus de régenter un cabaret parmi les plus miteux du faubourg, tenait une espèce d'académie où l'on enseignait l'art d'extorquer l'aumône des braves gens. Une dizaine de gamins profitaient des préceptes de ce digne établissement sous la férule de pédagogues que la mère Potard rétribuait à coup de gnôle. Le Sévillan régla quelques sols à la tenancière pour ma pension, puis on m'installa sous l'auvent d'une arrière-cour avec d'autres élèves, tous plus vieux que moi de deux ou trois ans, ainsi que deux chèvres. Un peu de paille nous servait de litière. Mes camarades me firent un excellent accueil et me bourrèrent de coups de poing pour s'assurer que j'étais bien plus faible qu'eux. Je passai ma première nuit sur la terre humide, à côté de l'auvent. Le lendemain, à l'aube, un jeune garçon nous conduisit dans une pièce attenante à la grande salle du cabaret où d'autres élèves attendaient. Nous y avalâmes chacun notre tour une soupe sans goût en plongeant le même bol dans une vilaine marmite. Aucun de mes condisciples ne se soucia de me demander qui j'étais. À ce propos, je dois préciser qu'à cette époque, personne n'avait cru utile de me donner un nom, ni Jeannette ni son compagnon, encore moins le Sévillan. Pour m'appeler, on disait « chiard », « mioche » ou seulement « toi ». Je ne me connaissais sous aucun autre patronyme, j'étais moi, voilà tout. Après notre collation matinale, un vieillard entra dans la pièce en s'appuyant sur deux béquilles. Il se nommait Marpeaux et nous commanda de nous asseoir par terre. Mon éducation débuta.

Jour après jour, Marpeaux nous dévoila les friponneries qui font de la mendicité l'antichambre du Théâtre Français. Notre professeur en mauvaises manières avait plusieurs décennies d'expérience et connaissait chacun des genres à la mode. Souvent, il venait accompagné d'un grand dadais qui lui servait d'assistant en même temps que de préfet de discipline, afin d'administrer les coups de pied et de poing sans lesquels il n'y a pas de saine pédagogie. D'abord, les leçons portèrent sur les différentes manières d'appâter le client. Notre jeunesse empêchait d'en mettre certaines en pratique, mais ce savoir pourrait s'avérer utile si nous survivions encore quelques années. Et puis, à l'égal des professeurs de l'Université, Marpeaux aimait à pérorer. Il évoqua plusieurs spécialités qu'il avait lui-même éprouvées, en particulier celle dite des Malingreux, c'est-à-dire des faux malades. Les rues de Paris en offrent quelques magnifiques adeptes, dont beaucoup de nos médiocres médecins seraient bien en mal de démasquer l'imposture. Marpeaux expliqua notamment comment, avec un peu d'habileté, on peut contrefaire le mal de saint Jean à l'aide d'un bout de savon introduit dans la bouche. L'écume qui en sort alors, ajoutée à de savantes convulsions, suffira à impressionner le passant et à le convaincre de l'infortune de celui qui, bien sûr, lui réclame quelques sous afin d'apaiser son sort. Dans un registre identique, le faux hydropique absorbe une mixture composée d'une pointe de soufre, de résine et d'un bon peu de crottin de cheval, mélangée avec beaucoup d'eau afin que son ventre gonfle dans des proportions propres à susciter la pitié des moins compatissants. Chez les filles, la méthode peut aussi s'envisager pour persuader d'une grossesse.

Plus raffinée, et qui suppose presque des talents d'apothicaire, l'élaboration de fausses plaies garantit un retour assuré sur l'investissement consenti. La chose nécessite cependant des ingrédients et un tour de main que l'on déconseille aux profanes. Par exemple, une « jambe de Dieu » exige de celui qui l'exhibe une préparation d'au moins deux journées. Le premier jour, il faut prendre soin d'entourer le membre choisi par un bandage fort étroitement serré dans le but d'en congestionner le sang. Une fois enflée, la jambe est couverte d'un onguent réalisé avec des renoncules, fleur réputée pour ses propriétés vésicatoires. Après une nuit, de volumineuses cloques n'auront pas manqué de consteller la peau. Il convient alors de crever les abcès, puis de poser dessus des linges imbibés de sang d'animal et d'arsenic. Une heure plus tard, les plaies ressemblent aux hideux ulcères d'une gangrène. Ces stigmates disparaissent au bout de quelques jours – en principe.

Je l'ai dit, beaucoup parmi nous étaient encore bien trop novices pour être capables de se livrer à ces filouteries, et notre précepteur aborda bientôt un genre plus rustique. On l'a vu plus haut, l'infirmité attire les faveurs des passants, surtout lorsqu'elle afflige un enfant. Heureusement pour nous, les mendiants s'abstenaient dans leur majorité de mutiler les gamins depuis qu'un édit du Parlement avait ordonné au guet d'en traquer les auteurs pour les soumettre à la justice. Désormais, on ne coupait, brûlait ou ne crevait presque plus rien. Cependant, les contorsions auxquelles on soumettait les plus petits afin de se contrefaire tenaient souvent du supplice. Marpeaux et son aide nous montrèrent un jour la manière d'escamoter un membre. À l'appui de leurs démonstrations, on désigna trois élèves, dont moi. J'héritai du beau rôle d'amputé d'une jambe. D'abord, l'aide me fit baisser mon lambeau de culotte, ce qui déclencha l'hilarité de mes camarades, puis il plia ma jambe droite en arrière, le talon contre la fesse, tordit mon pied à la perpendiculaire, ce qui me fit atrocement souffrir, avant de ligaturer le tout avec une lanière en cuir mouillé. Ensuite, il remonta ma culotte, tandis que je tanguais sur mon unique jambe en grimaçant de douleur. Mes cruels condisciples se tenaient les côtes de rire, surtout quand je finis par m'effondrer. Marpeaux me jeta l'une de ses béquilles. Je pus me relever en m'y accrochant des deux mains. L'expérience était édifiante : j'étais positivement pitoyable, et une âme charitable ne pouvait manquer de me donner la pièce.

La mère Potard était une femme pratique. Lorsque nous n'étions pas à nos études, elle nous employait pour son compte à divers labeurs. Son cabaret attirait la lie du faubourg, et quelques-uns parmi les clients avouaient un vif intérêt pour certains de mes jeunes coreligionnaires à qui ils réclamaient de singuliers services. En échange, ils payaient une gratification dont la maîtresse des lieux soustrayait les deux tiers. Pour ceux que ce petit commerce ne concernait pas, la mère Potard réservait toutes les corvées de l'établissement. C'est ainsi que je me retrouvais ordinairement à vider les seaux d'aisance de la maison en compagnie d'un autre gamin qui répondait au nom de Rémy. Il devait être un peu plus vieux que moi, et avait été placé là par un oncle qui lui servait de seule famille. Il me parut moins méchant que la plupart des autres, si bien que je pris l'habitude de me tenir dans son orbite. Cela ne sembla pas l'indisposer. Il était d'ailleurs l'un des rares à ne pas me battre à tout propos. Un jour, il esquissa même un geste pour me sortir des griffes de trois de mes persécuteurs, avant toutefois de se raviser. L'attention me toucha.

Au chapitre de mes études, il en allait autrement. Après quelque temps dans l'institution de la mère Potard, je puis dire en toute modestie que j'étais parvenu à me signaler à l'estime de mon précepteur. Pour mon âge, j'affirmais certaines qualités qui font l'orgueil des parents, lorsqu'on en a. Je comprenais vite, et il ne fallait pas plus d'une taloche de l'assistant de Marpeaux pour que je restitue fidèlement ma leçon. Il n'en était pas de même pour mon camarade Rémy. Chaque classe a ses mauvais élèves : ce brave garçon était le cancre de la nôtre. Il n'avait que peu de dispositions pour le métier ; non pas qu'il le trouvât indigne, mais ses lamentables talents de comédien lui interdisaient d'espérer entrer dans la carrière. Ses singeries faisaient le désespoir de Marpeaux, qui finit par le prendre en grippe. Un jour, alors que notre maître évoquait le délicat emploi de faux aveugle – où le seul artifice réside dans la fixité du regard –, il remarqua que Rémy bâillait à s'en décrocher la mâchoire.

— Toi ! Viens par ici, fit tout à coup le vieillard en pointant mon camarade du bout d'une de ses béquilles.

Rémy ne réalisa pas tout de suite que c'était à lui qu'on s'adressait. Il resta quelques secondes sans bouger, mais se sentit bientôt soulevé du sol par la tignasse. La grosse main de l'aide le jeta aux pieds de Marpeaux :

— Alors, sale môme, t'as pas piaucé[1] ç'te sorgue[2] ? Répète un peu ç'que j'viens de dire.

Rémy pâlit et rentra la tête dans les épaules.

— Voyez-moi ce drôle, il sait au moins faire le muet, continua le vieillard en assénant un coup de béquille sur le crâne du pauvre garçon.

— V'là pour te réveiller ! Maintenant, tu vas me montrer aut'chose, lança Marpeaux.

Il demanda à son assistant de lui amener une lanterne, en retira la bougie, puis l'alluma.

— J'disais que pour bien affurer[3] son monde, un bon aveugle doit rien regarder mais tout voir, ricana-t-il en faisant un signe à l'aide.

Ce dernier saisit alors Rémy par le col et le tira vers la flamme.

— Hé ! s'écria mon camarade.

— Y retrouve sa rouscaille[4], on dirait. Tais-toi ! Et tiens droit tes sales petits yeux. J'veux pas les voir danser.

Rémy n'en menait pas large, mais ce rôle-là, il pensait le posséder un peu. Son regard resta

1. *Dormi.*

2. *Nuit.*

3. *Tromper.*

4. *Langue.*

figé, y compris lorsque Marpeaux imprima un mouvement de balancier à la bougie.

— Mouais... grogna le maître, voyons un peu la suite.

L'aide força Rémy à avancer. Le garçon pouvait maintenant sentir la chaleur de la flamme près de son visage. Il cligna des yeux.

— Ne bouge pas, foutu bâtard ! cracha Marpeaux. Un aveugle ne craint pas la lumière !

Rémy réussit à immobiliser ses paupières, mais des larmes coulèrent bientôt sur ses joues.

— Tes yeux te trahissent... T'es décidément bon à rien..., grimaça le vieillard.

Et il fit un nouveau signe à son assistant, qui enserra aussitôt la tête de Rémy entre ses deux mains. Mes condisciples s'esclaffèrent.

— J'vais te donner une leçon que tu n'oublieras pas, cette fois, dit Marpeaux en approchant la bougie jusqu'à ce que la pointe de la flamme caresse la figure de mon malheureux camarade.

Un terrible cri effaça alors les sourires des autres élèves. Rémy se débattit, mais resta plusieurs secondes dans cette affreuse position avant que son bourreau ne décide d'abréger le supplice. L'aide relâcha l'étreinte, le pauvre garçon s'effondra. Le feu lui avait cruellement mordu le nez, consumé les cils et une partie des sourcils. Il se tordait de douleur sur le sol.

— Peuh... Maintenant, tu pourras droguer[1] trois liards, avec ta gueule de riffaudé[2]. Devrait me

1. *Mendier.*

2. *Brûlé.*

remercier, ce salaud-là, ajouta Marpeaux en toisant sa victime d'un air goguenard.

La classe était terminée. Content de lui, le vieillard s'en alla percevoir les quelques godets de gnôle qu'il recevait pour salaire de sa journée. Ce soir-là, la mère Potard consentit à couper trois fines tranches de lard afin que Rémy s'en fasse des pansements. Je l'aidai à les appliquer sur ses brûlures. Malgré cet éminent remède, il gémit toute la nuit.

Bientôt, notre cursus toucha à sa fin : j'en sortis diplômé. Le Sévillan réapparut, et je quittai sans regret la pension de la mère Potard. Pour ceux que cela intéresse, je signale que cette mégère n'eut pas le loisir de profiter longtemps de son innocent commerce, puisqu'un incendie ravagea sa gargote peu de temps après. Elle en réchappa, mais pas l'éminent Marpeaux, qui grilla d'autant mieux qu'il s'était attelé ce soir-là à vider un pichet entier d'eau-de-vie.

Le Sévillan me dénicha un cantonnement dans une remise ouverte aux quatre vents, en compagnie de deux autres crève-la-faim qu'il tenait sous sa coupe. Pressé d'encaisser le bénéfice de ma nouvelle science, il m'installa dès le lendemain dans une ruelle juste à côté de l'église Saint-Médard, où il savait que beaucoup de bigotes aimaient à se montrer. Je jouais le rôle du manchot, emploi bien moins douloureux à contrefaire que celui d'estropié d'une jambe. Dès le premier jour, ma composition remporta un vif succès : je récoltai trois liards et deux deniers en sus de miséricordieuses paroles de réconfort. À dire vrai, je dois avouer que ma bonne mine plaidait avantageusement ma cause. En plus de traits point trop grossiers et d'une tignasse blonde, j'avais paraît-il dans mon regard bleu une lueur assez franche. Avec cela, un petit sourire timide et charmant qui aidait à délier les goussets les mieux serrés. Dans ce métier, l'infirmité paye, la misère paye, mais j'ai remarqué que les deux portées avec entrain séduisent plus encore. Et on préférera toujours jeter quelques deniers à un nécessiteux heureux de son sort plutôt qu'à celui qui semble vous reprocher son malheur. Bref, je devins vite à la mode du côté de Saint-Médard. Plus d'une année passa ainsi, je crois. Avec plus de sept sols par semaine et donc presque une livre et demie par mois, j'étais d'un bon rapport. Le Sévillan empochait l'intégralité du fruit de mon labeur, toutefois il payait quotidiennement un denier à une vieille matrone qui logeait rue de la Clef, pour qu'elle me serve une assiette de soupe avec une tranche de pain moisi. Parfois, j'avais aussi droit à un morceau de lard et à un peu de fromage. C'était peu, mais assez pour ne pas mourir de faim : tout bon éleveur sait qu'il est stupide de ne pas nourrir la vache que l'on veut traire.

Un jour, alors que j'avalais un affreux brouet chez ma cantinière, le Sévillan entra, accompagné d'un inconnu qui m'apparut comme le personnage le plus magnifique qu'il m'avait jamais été donné de voir. Immense, arborant une barbe et une moustache à l'ancienne mode, il portait un justaucorps vert foncé sur une veste rouge, des bottes à l'écuyère et un large ceinturon auquel brinquebalait une rapière démesurée ainsi qu'une dague à manche d'ivoire. Je le pris pour un prince. Il en était presque un. Dans le faubourg, on l'appelait avec respect le « Grand Jacques », et s'il eût été bien en mal de se faire recevoir à Versailles, il n'avait aucune preuve à faire valoir pour figurer parmi les seigneurs de la canaille de Paris. Son nom valait un titre de noblesse chez les fripouilles du faubourg Saint-Marcel, qui lui reconnaissaient la suzeraineté depuis les fossés de l'abbaye Sainte-Geneviève jusqu'au-delà de l'Hôtel Royal des Gobelins. Mendiants, truands, détrousseurs, receleurs, prostituées, tenanciers de gargotes, tous lui payaient une dîme. En échange, il assurait à chacun le loisir d'exercer sa vilaine activité. Et puisqu'il faut toujours une police à un pouvoir pour se faire aimer, presque cent hommes de main et une dizaine de lieutenants se tenaient nuit et jour à ses ordres. Comment le Grand Jacques s'était-il hissé à une si belle position ? Difficile à dire. Toutefois, on lui savait une franche disposition à jouer du poignard depuis sa plus tendre jeunesse. Ceux qui l'avaient connu alors n'étaient plus très nombreux, cependant il en restait encore assez pour avertir les moins vieux de cette dangereuse manie. À cela, il faut ajouter que le bonhomme était pourvu d'une de ces formes d'intelligence qui propulse rarement à l'Académie, mais qui garantit la survie jusqu'au sein d'une meute de loups. À maintenant cinquante ans, le Grand Jacques vivait à l'année dans la meilleure auberge de la rue Mouffetard, tenait près de lui une demi-douzaine de maîtresses et engraissait suffisamment de relations pour que le guet le laissât mener grand train sans l'inquiéter. Le Sévillan était l'un de ses vassaux, jouissant lui aussi de cette haute protection contre un impôt sur ses petites affaires. On le sait, je figurais au nombre de celles-ci, et il veillait à la faire prospérer.

Il mena donc un jour le Grand Jacques jusqu'à la maison de la rue de la Clef, afin de lui plaider ma cause. Il expliqua combien j'étais doué, qu'il serait stupide de me garder dans une simple ruelle, et que je produirais un bien meilleur bénéfice en un lieu plus en vue. Le Sévillan argua aussi que tout le monde y trouverait son compte – lui le premier –, et il pariait que je deviendrais sous peu l'un des plus rentables croqueurs d'aumône du faubourg. En clair, une grande carrière s'ouvrait à moi, conclut-il en me tapotant la tête. Le Grand Jacques avait écouté tout du long sans rien dire. Il me détailla ensuite de ses yeux noirs, caressa lentement sa barbe, puis opina du chef avant de ressortir. Le visage du Sévillan s'éclaira. Deux jours plus tard, il vint me chercher pour me placer en fermage auprès d'un certain Bénitier, maître mendiant rue des Francs-Bourgeois, un notable parmi ses pairs.

III

Mon nouveau maître avait ses quartiers entre les paroisses Saint-Martin et Saint-Marcel. Bénitier s'était acquis ce patronyme en cultivant l'art difficile de la quête aux portes des églises. Ce genre est en effet l'un des plus lucratifs chez les mendiants, autant que l'un des plus dangereux. Non pas que nos braves curés soient réticents à ce que l'on tende la sébile à l'entrée de la maison du Seigneur, mais plutôt parce que l'endroit est si lucratif qu'il suscite souvent des ambitions criminelles chez les jaloux. Pour garder le bénéfice de cette rente, il faut savoir jouer du poignard contre ses rivaux, talent que Bénitier possédait assez bien. C'est donc chez ce personnage que le Sévillan m'installa afin que je fisse valoir l'étendue de mes aptitudes. Le territoire qui me fut assigné faisait face à la grande porte de l'église Saint-Martin, place de la Collégiale, près d'une fontaine d'où l'on ne pouvait pas manquer de me voir avant ou après les messes. Ma bonne mine ferait le reste, espérait le Sévillan. Il fut convenu que le fruit de mon labeur serait partagé entre lui et Bénitier, sans oublier la part qui revenait au Grand Jacques.

Bénitier était un petit homme maigre et tordu, au teint jaunâtre, que la nature semblait s'être appliquée à contrefaire. À l'extérieur du moins. Car en dedans, le bougre faisait preuve d'une belle santé, et surtout d'une brutalité qui ne faisait grâce à rien ni personne. Surtout pas à ceux qu'il employait. J'avais cru être précédemment maltraité, je m'aperçus qu'il n'en était rien. Il y avait positivement pire encore. Bénitier parlait peu, il ne se faisait comprendre qu'à coups de bâton, de poing ou de pied. Aucune lueur n'éclairait jamais son œil, et il eût conduit une troupe de bœufs chez l'équarrisseur de la même manière qu'il plaçait chaque matin ses « bêtes », comme il disait, aux quatre coins de son territoire. Ce bétail, c'était une bande de gosses soumis à sa volonté : chacun avait pour mission d'exploiter un bout de pavé depuis la rue des Francs-Bourgeois jusqu'à celle des Teinturiers. Le soir, Bénitier rassemblait son petit monde, distribuant les gifles en même temps qu'il encaissait les gains de la journée, avant de nous ramener dans une longue cabane en planches fichée sur les berges de la Bièvre, juste à côté de cinq tanneries dont la puanteur emplissait l'air. L'odeur âcre avait toutefois l'avantage de rendre l'endroit peu fréquenté, y compris par les soldats du guet. Je partageais chaque nuit la paille de ce taudis avec une dizaine d'autres mioches tout aussi puants et crasseux. Au matin, nous nous répandions comme une bile noire dans les ruelles du faubourg pour gagner le lieu de nos exploits. Les mois filèrent ainsi sans que rien de notable ne vienne troubler mon lancinant quotidien, entre aumône, taloches et pestilence. Les espoirs que l'on avait fondés en moi ne semblaient toutefois pas devoir se vérifier : je ne rapportais guère plus que mes camarades, si bien qu'aux bastonnades de Bénitier s'ajoutaient celles du Sévillan, qui ne manquait pas de me corriger lorsqu'il venait s'enquérir de la rentabilité de son placement. Il n'en résultait rien de mieux, sinon que mon corps prit l'habitude de ces punitions et s'endurcit. C'était au moins un bénéfice.

En plus de la méchanceté de nos maîtres, mes jeunes compagnons et moi devions nous garder de bien d'autres périls, car les braves gens du guet se préoccupaient beaucoup de nous. Ils avaient pour consigne du lieutenant général de police de veiller à la sécurité publique, mais, à défaut de mener à bien cette difficile mission, ils employaient tout leur zèle à appliquer les rigueurs de la loi sur nos petites personnes. Plusieurs fois par jour, il fallait décamper en hâte de nos postes, tandis que les sergents de police nous poursuivaient à toutes jambes, dressant parfois des embuscades pour s'emparer des moins malins d'entre nous. Nombre de mes jeunes comparses goûtaient ainsi régulièrement les infectes geôles de Bicêtre et de la Pitié, ou encore du Chatelet, après que les soldats eurent fait main basse sur le mince pécule de leurs quêtes. Parfois aussi, on retrouvait un petit cadavre dans une impasse ou sous un pont, car quelques-uns de ces messieurs du guet avaient d'étranges manies qu'ils assouvissaient en toute impunité. De toute façon, personne ne réclamait jamais justice pour des gamins sans nom. À ce sujet, la police avait une manière bien à elle de nous repérer lorsqu'on nous arrêtait : elle nous donnait des numéros. Il y avait le un, le deux, le trois, et ainsi de suite. De retour dans la rue, ce matricule nous suivait, et il arriva même qu'on l'utilisât entre nous pour désigner certains de nos camarades. Ainsi, il y avait « Gros Huit », et « Petit Trente-Cinq ». Lorsque l'un d'entre nous disparaissait, la police réutilisait son numéro en ajoutant bis ou encore ter. Moi, j'étais le dix-sept bis, m'apprit un jour un autre gosse qui avait entendu un sergent me désigner ainsi. De toute façon, aucun parmi nous ne savait compter, et à tout prendre, un chiffre valait bien un nom.

Je n'en ai pas parlé jusqu'alors, mais je dois signaler que notre sombre phalange comptait également une cohorte de filles, une douzaine au moins, qui, en attendant l'âge de se vouer à d'autres disciplines, s'acquittaient elles aussi du loyer de leurs existences en soutirant l'aumône des passants. Elles logeaient avec nous dans la même cabane en planches, un simple rideau crasseux les isolant de notre turbulente compagnie. La plus jeune devait avoir trois ans, tandis que l'aînée en paraissait seulement sept ou huit de plus. Mais comme je l'ai dit, leur destin n'était pas de faire carrière dans la mendicité. Pour elles, on prévoyait une autre suite. Paris est à ce titre une ville parmi les mieux achalandées d'Europe. Les chiffres du lieutenant général de police assurent que quinze mille femmes, jeunes, mûres ou décaties, survivent des bénéfices de leur corps, assidûment ou à l'occasion. À mon sens, on peut ajouter cinq à dix mille unités à cette comptabilité, la police ayant plutôt intérêt à sous-estimer l'essor d'un commerce qu'elle échoue à endiguer. Comment le pourrait-elle d'ailleurs ? La misère en est la première des causes, bien plus que la libéralité des mœurs de mes contemporains. Oh, certes, une part de ces femmes ont l'amour du métier et s'emploient avec une belle conviction dans des maisons fort bien tenues, ou alors elles naviguent en corsaires dans les allées du Palais-Royal, flibustant jusqu'à l'intérieur des hôtels les mieux blasonnés. Il arrive même que quelques-unes deviennent des figures à la mode. Mais ce ne sont là qu'une poignée, favorisée par la beauté ou l'esprit, en regard de la multitude de celles qui n'ont d'autres horizons que de furtives étreintes avec des êtres aussi minables qu'elles. La maladie s'invite évidemment le plus souvent dans ces corps publics. J'ai vu des filles de seize ans que des fièvres vénériennes muaient en cadavres ambulants, ce qui ne dissuadait pas des hommes de marchander les vestiges de leurs charmes. Le risque de la mort fait ici le vil prix, et c'est une aubaine qui permet d'économiser quelques deniers. Nulle raison d'en être choqué, car ce genre de vice prend ses aises chez les miséreux comme chez les fortunés. La seule différence entre les deux réside dans la somme que l'on consent à payer ou à encaisser. Je connais au moins un prince et deux marquis dont la syphilis est de notoriété publique, mais que leurs maîtresses respectives ont la grâce de ne pas tarabuster à ce sujet tant qu'ils leur font une coquette rente.

Après presque une année chez mon nouveau maître, je ne me distinguais toujours pas par des gains à la hauteur de ce que l'on avait misé sur moi. Bizarrement, ma plaisante mine ne semblait plus suffire à séduire les passants. Bénitier tenta alors de me poster en divers autres endroits de son territoire, sans qu'il y eût de sensibles progrès de mes recettes. Je décevais, j'étais un passable. Et comme souvent en la matière, ce défaut devint une tare, bientôt même un motif de persécution. Bénitier était une brute, il me démontra qu'il pouvait être cruel. Sa férocité ne fit que croître jour après jour, comme si ma médiocrité portait personnellement ombrage à sa réputation et qu'il fallût qu'il se vengeât de cet affront. D'abord, il utilisa contre moi de ces affreuses mixtures dont j'ai décrit plus haut les ingrédients, en particulier l'arsenic, qui procuraient de déplaisantes plaies sur tous les membres. Nous étions à l'entrée de l'hiver, et il m'obligea à exhiber mes jambes et mes bras en saccageant encore un peu plus les haillons qui me servaient de vêtements. Je grelottais de froid toute la journée, en plus de souffrir des cataplasmes qu'il m'appliquait sur mes blessures pour les garder à vif. Bientôt, de véritables infections vinrent s'ajouter à ce supplice. Lors d'une de ses visites, le Sévillan le constata, mais ne s'en émut pas, soit qu'il considérât que cela ne pouvait qu'améliorer mon rôle, soit qu'il se fût résolu à me voir bientôt quitter la scène de ce monde. Car en effet, la débilité de mon état commença de donner de sévères indices d'alarme. Un matin, je me réveillai avec de terribles démangeaisons sur tout le corps qui me tirèrent des larmes de douleur. Bénitier m'examina d'un air satisfait et je gagnai au passage le surnom de « la Gale ». Je ne comprenais pas de quoi il s'agissait, mais mon affreux patron et mes camarades ne me désignèrent bientôt plus que sous ce sobriquet. Cela ne m'affecta pas, au contraire, et je puis dire qu'avec ce premier patronyme, je me sentis presque enfin une existence. Ma santé ne s'en améliora pas pour autant et les tourments que l'on m'infligeait allaient finir par une issue funeste quand un coup du sort – un miracle, je le crois – vint troubler le dénouement attendu par la plupart.

Bénitier avait résolu de m'installer à nouveau sur la place de la Collégiale, devant l'église Saint-Martin. Mon statut de cadavre en sursis assurerait au moins quelques aumônes, s'était-il dit. Je me traînais jusqu'à ma faction chaque matin, mais mon délabrement semblait cependant dissuader les passants de gaspiller un demi-denier pour un être qui n'avait plus sa place parmi les vivants. Un jour, alors que ma sébile restait désespérément vide sous le regard haineux de Bénitier qui s'était embusqué à la porte de l'église, où il grattait parfois jusqu'à vingt-cinq sols d'aumône, une rumeur se fit entendre. Des hommes du guet surgirent tout à coup. J'étais adossé au bassin de la petite fontaine de la place : il me fut impossible d'esquisser la moindre retraite. Je rentrai craintivement la tête entre les épaules, cependant les soldats me passèrent en courant sous le nez sans un regard. J'en profitai pour ramper à toute allure de l'autre côté du bassin, bien que la probabilité qu'on ne m'eût pas repéré fût positivement nulle. Pourtant, après quelques instants, rien n'indiqua que quiconque se préoccupait de moi. Bientôt, une cavalcade de gens passa au large de ma médiocre cachette, tandis que de bruyants éclats de voix finirent de me convaincre que je n'étais point le centre d'intérêt de cette animation. Un spectacle plus captivant devait se dérouler. Je relevai prudemment la tête au-dessus de la margelle de la fontaine. Je ne fus pas déçu. Devant la porte de l'église, Bénitier, blême, s'égosillait au milieu de quatre sergents, pendant qu'un gros homme vêtu de noir et à la mine sévère paraissait le questionner. Je décidai de me faufiler jusqu'à l'attroupement, pas trop près toutefois, mais assez pour entendre :

— Alors, tu prétends que ce n'est pas toi que l'on nomme Bénitier ? dit l'homme en noir.

— Nenni, votre grâce, j'suis pas ce bonhomme, nia le mendiant en accentuant sa silhouette tordue.

Un sergent le prit par le col :

— Te moque pas de M. l'officier de justice, grogna le soldat.

— J'me moque pas, je...

— Il suffit ! s'emporta l'officier. J'ai contre toi deux témoins qui déclarent que tu as porté des coups de couteau à un certain Miroflet, mendiant à Saint-Marcel.

— Moi ? s'écria Bénitier d'un air de surprise, pâlissant encore plus.

— Oui, toi. Ce Miroflet est mal en point, mais il pourra encore reconnaître celui qui l'a agressé. Tu vas nous suivre, je vais tirer ça au clair, dit l'officier.

— J'ne sais pas qui c'est ce... ce... comment qu'vous dites ?

— Miroflet.

— J'en connais pas, d'Miroflet, monseigneur, j'le jure, répliqua Bénitier en insistant sur le

« monseigneur », titre qui ne convenait assurément pas à ce fonctionnaire, mais que la canaille aime souvent à donner à l'autorité dans l'espoir de se ménager de la mansuétude.

Toutefois, l'officier de justice n'était pas du genre à se laisser flatter par les servilités d'un mendiant. Il ordonna de fouiller Bénitier. Celui-ci se tortilla, voulut se dérober, mais une bourrade d'un sergent le calma.

— Oh, oh, voyez ça... fit un soldat en extirpant un poignard de sous les nippes de Bénitier.

— Qu'est-ce que cela ? demanda d'un ton glacial l'officier de justice.

— Euh... hésita Bénitier, c'est juste pour m'défendre... Les gens sont si méchants dans le faubourg...

Les soldats et les badauds s'esclaffèrent.

— Amenez cet homme, cela suffit, maintenant, s'agaça l'officier.

Deux soldats prirent chacun par un bras le mendiant, qui continua à brailler son innocence. Il implora, gémit, argua même qu'il avait des bouches à nourrir, essaya tout, mais l'officier resta imperturbable et indiqua la direction du Châtelet. La petite troupe emporta le prisonnier. Le cortège passa à trois pas de moi, cependant Bénitier ne me vit pas, trop occupé à supplier qu'on le laissât filer. La foule se dispersa. Je restai quelques instants sur la place, encore tout éberlué de ce qui venait d'arriver. Une brave ménagère s'approcha alors et me glissa un denier dans la main :

— Tiens, garçon, tu vas en avoir besoin maintenant que tu es tout seul... me dit-elle d'un air peiné.

Bénitier n'eut pas de chance. Avant de passer dans l'autre monde, le fameux Miroflet le reconnut formellement pour son assassin ainsi que deux témoins. La victime avait eu le tort de lorgner de trop près le territoire de son rival. On sait combien Bénitier était chatouilleux à cet endroit. Accusé et convaincu de meurtre, on le jeta dans une geôle du Châtelet en attendant son jugement. Il arrive que la justice soit prompte dans ce pays : huit jours plus tard, Bénitier était condamné à la pendaison. Il eut beau hurler, pleurer, supplier, sa cause était indéfendable. Ce fut d'ailleurs en substance ce que plaida un avocat. Dans le faubourg, la nouvelle n'émut pas grand monde, encore moins les autres truands, qui récupérèrent la jouissance des fructueuses églises Saint-Martin et Saint-Marcel. Dans la cabane des bords de Bièvre où j'habitais avec mes camarades, quelques-uns décidèrent de s'enfuir. Moi, j'étais trop faible pour tirer parti de cette aubaine.

Peu de temps après, un matin pluvieux, un gamin d'une douzaine d'années me guida avec deux ou trois autres jusqu'après l'hôtel des Gobelins, à la barrière de Fontainebleau, où l'on avait dressé une espèce de portique en bois qui encadrait une estrade de cinq pieds de haut, et dont on me dit qu'il s'agissait de l'abbaye de Monte-à-Regret[1]. Une petite foule se pressait sous la pluie à quelques pas de là. Bientôt, un tombereau tiré par deux rosses apparut, dans lequel je reconnus la silhouette toute

1. *Potence.*

voûtée de Bénitier. À côté de lui se tenait un personnage à la figure de cire. On m'expliqua que c'était le Tollard[1]. Trois de ses aides grimpèrent ensuite dans le tombereau pour en faire descendre Bénitier, qui était vêtu d'une simple chemise. Il résista un peu, roula des yeux en tous sens, et s'effondra en larmes à la vue du prêtre. Celui-ci, un vieil abbé à l'air maussade, expédia une prière puis un signe de croix avant de courir se réfugier à l'abri d'un auvent. Pour mieux voir, le plus grand de mes camarades me prit alors sur ses épaules, si bien que je dépassais presque d'une tête le reste des spectateurs. Ensuite, un huissier lut le jugement pendant que l'on faisait monter Bénitier sur l'estrade après lui avoir lié les mains. L'homme au visage de cire se planta devant lui, noua l'extrémité d'une longue corde autour de son cou, puis en lança l'autre bout par-dessus le portique. La pluie redoubla et noya les larmes du mendiant. Tout à coup, sur un signal du bourreau, deux aides tirèrent vigoureusement sur la corde pendante, tandis qu'un troisième souleva Bénitier en le prenant à bras-le-corps. Lorsque le condamné fut à plus de deux pieds au-dessus du sol, on attacha la corde à la charpente de l'estrade. Le bourreau fit un nouveau signe : l'aide qui soutenait le mendiant relâcha son étreinte. Le visage de Bénitier se déforma alors horriblement, ses jambes s'agitèrent en tous sens dans le vide, ce qui déclencha l'hilarité d'une partie de la foule. Bientôt, sa figure se congestionna jusqu'à devenir toute foncée. Enfin, il ne bougea presque plus. Les gens se

---

1. *Bourreau.*

dispersèrent aussitôt après la dernière saccade de ses membres. Les yeux de Bénitier étaient exorbités. Il m'étonnerait qu'il repose en paix.

IV

Le Grand Jacques partagea ce qui restait des ouailles de Bénitier entre deux ou trois truands qui le remercièrent de ce renfort, tandis que le Sévillan me récupéra sans enthousiasme. J'étais très affaibli, pourtant la disparition de mon tortionnaire commença de produire ses effets. J'allais un peu mieux chaque jour, et le Sévillan, ne sachant que faire de moi, me laissa un temps végéter dans la cabane des bords de Bièvre où il ne restait que quelques filles qu'une maquerelle s'était proposé d'éduquer. Je forcerais la vérité de ce récit si je disais qu'elles me prodiguèrent des soins, toutefois elles ne me brutalisèrent jamais. Cela suffit à hâter ma convalescence. Deux ou trois d'entre elles me firent même quotidiennement l'aumône d'un peu de nourriture. De jour en jour, je me renforçai, et si l'on m'appelait encore la Gale, je ne souffrais plus de cette maladie. Mes plaies se refermèrent également. À l'arrivée du printemps, je présentais une mine dont la pâleur morbide s'était colorée d'un peu de rose. Le Sévillan s'en rendit compte. Il estima que je valais peut-être encore quelque chose. Comme à son habitude, il vint un jour me chercher sans un mot, puis m'emmena de l'autre côté du faubourg pour me proposer à l'une de ses connaissances, un gros bonhomme tout roux. Celui-ci me posa deux ou trois questions auxquelles je ne répondis point trop mal. Je devais alors avoir un peu plus de huit ans et malgré mon échec précédent, je crois que je passais pour plus vif que beaucoup des petits miséreux que l'on voit errer dans les ruelles du faubourg. Je donnais même parfois des signes d'un peu d'intelligence. Le gros homme parut satisfait de moi. L'affaire fut faite : j'étais désormais loué pour un prix modique par un certain Lansquenet.

Mon nouveau maître habitait rue du Pot-de-Fer, dans une étroite et bancale masure dont le rez-de-chaussée en pierre soutenait péniblement deux étages bâtis avec un mélange de bois et de torchis. Le précaire édifice s'appuyait sur sa droite à un mur plus ancien qui lui servait d'étai. À l'intérieur, en face d'une cheminée barrée d'une profonde fissure, une table entourée de deux bancs accueillait sévèrement le visiteur. Une paire de chaises et des ustensiles de cuisine posés à même le sol en terre battue complétaient le mobilier de la pièce. Dans un angle, un escalier tout de guingois amenait aux étages. Au premier, on trouvait une unique pièce où quelques sacs étaient entreposés contre un mur, tandis qu'au second niveau, une banquette, un coffre et un lit donnaient *in extremis* presque un air de logis à cette tanière. Enfin, signalons que la maison disposait d'une cave dont la trappe était dissimulée sous l'escalier. On y descendait par une échelle. C'est là que Lansquenet décida de m'installer. L'endroit me sembla un palais en regard de l'infect taudis dont je venais. Qu'on en juge : en plus d'une espèce de grabat pour moi tout seul, je disposais de deux tabourets et d'une large caisse qui pouvait faire office de table. Certes, trois ou quatre rats avaient manifestement des droits d'antériorité à faire valoir sur mon nouveau logis, cependant ces animaux me parurent positivement bien moins gros et chicaneurs que leurs cousins qui pullulaient sur les rives de la Bièvre. J'étais comblé.

Lansquenet était originaire des Vosges, ce qui expliquait un drôle d'accent dont je mis quelque temps à dénouer les subtilités. À peine arrivé chez lui, il me jeta un ballot de linges où je trouvai de quoi troquer mes haillons contre des vêtements un peu mieux que miteux. Il m'équipa également d'une paire de souliers, certes un peu grands, mais qui me plurent tellement que je les gardai aux pieds pour ma première nuit. Le lendemain, Lansquenet descendit de bonne heure dans la cave. Il s'assit sur l'un des deux tabourets, me pria d'un ton bourru de prendre l'autre, puis posa sur ma table de fortune une grande assiette recouverte d'un torchon blanc.

— C'est quoi ton nom, déjà ? me lança-t-il d'abord.

— La Gale, répondis-je presque fièrement.

Lansquenet fit une vilaine moue :

— Hum... pas bien engageant, ça...

Il réfléchit un instant.

— À partir d'aujourd'hui, je t'appellerai Mion[1]. Ça grattera moins le bourgeois. C'est clair ?

---

1. *Garçon.*

— Euh... oui, monsieur, bredouillai-je, un peu mortifié de me voir ainsi dépossédé de mon identité.

Je n'eus toutefois pas le loisir de protester plus avant : une épaisse gifle vint me foudroyer sans prévenir.

— Pas de « monsieur » ici ! Tu m'appelleras « daron[1] » ! beugla Lansquenet.

— Oui, daron...

— À la bonne heure ! Tu entraves[2] vite, on dirait, fit-il en plissant ses petits yeux.

J'acquiesçai craintivement.

— Bon, je vais t'expliquer certaines choses, continua Lansquenet en retirant avec précaution le torchon qui recouvrait l'assiette.

Trois gâteaux à la belle croûte dorée apparurent. La vision ne me laissa pas indifférent, cela va sans dire.

— Tu en as envie ? me demanda Lansquenet en tendant l'assiette vers moi.

L'invitation était inespérée. J'avançai aussitôt la main, lorsqu'une robuste claque me fit dégringoler de mon tabouret.

— Ça, c'est notre outil de travail, grogna Lansquenet en enveloppant délicatement les gâteaux dans leur torchon. Fourre-toi ça dans le crâne !

J'appris vite chez qui je venais d'être placé. Mon maître était un oublieur. Au début de ce siècle, Paris en comptait encore quelques centaines, tous experts dans l'art de fabriquer les fameuses oublies,

---

1. *Maître, père.*

2. *Comprends.*

des gâteaux cuits entre deux fers puis roulés en forme de cylindre. Ces sortes de pâtissiers jouissaient en conséquence d'une licence officielle afin de vendre leurs productions dans les rues de Paris, en particulier le soir, où les clients gourmands les interpellaient du seuil de leurs portes.

Lansquenet était un homme brutal et les taloches pleuvaient à tout propos, toutefois il n'y ajoutait jamais de violence superflue, ce qui faisait de lui un patron enviable. Sous sa rusticité de montagnard, on pouvait même parfois entrevoir un peu de quelque chose qui ressemblait à de la bonté. En particulier lorsqu'il entreprit patiemment de m'enseigner les rudiments du métier. Sa grosse voix me réveillait chaque matin avant le lever du soleil, et nos journées débutaient invariablement par la confection des oublies. Lansquenet les préparait sur la grande table du rez-de-chaussée, puis les cuisait dans la cheminée. D'abord, il m'utilisa pour de menues tâches ou pour charrier les sacs de farine qu'il entreposait à l'étage, mais bientôt, il m'indiqua les grandes lignes de la recette et je pus mettre la main à la pâte. Enfin, il me fit un jour déguster une oublie, la première. Ce fut une révélation : la nourriture pouvait avoir bon goût. À dire vrai, les gâteaux de Lansquenet le cédaient de beaucoup aux meilleurs du genre, toutefois, à l'aune de mes piètres connaissances gastronomiques de l'époque, j'érigeai l'oublieur au sommet du panthéon des pâtissiers. À ceux que cela passionne, je peux d'ailleurs livrer les secrets de ces gourmandises, car le souvenir de leur composition m'en est toujours resté. Et puis, si quelques-uns s'ennuient de mon récit, cela les remboursera un peu de leurs efforts. Bref, pour des oublies de bonne consistance, se munir d'une demi-livre de farine, de quatre onces de miel, de trois œufs et de deux onces de beurre. En premier lieu, il faut chauffer le miel dans l'eau, puis verser la farine dans une grande terrine et y joindre les œufs, jaunes avec blancs, avant de travailler le tout vigoureusement en ajoutant le miel. À cette pâte, on lie le beurre en prenant soin de l'avoir fait fondre auparavant. De cette préparation, on tire ensuite une trentaine de petites boules de pâte que l'on cuit une par une à feu vif entre les deux plaques d'un moule en métal. Enfin, encore chaud, on enroule le biscuit ainsi produit autour d'un bâton afin de faire prendre leur forme aux oublies. Avouez que la chose ne requiert pas les lumières d'un Vatel.

Une fois la fournée d'oublies achevée, Lansquenet prenait habituellement deux bonnes heures de repos dans sa chambre du second étage, tandis qu'il me laissait vaguer dans la maison. Ce temps m'appartenait. Je n'avais rien à faire, je me mis à réfléchir. La chose était nouvelle pour moi. Jusqu'alors, ma pensée avait plus tenu de la bête que de l'humain. Mes cogitations se bornaient au prochain médiocre repas que je pourrais faire ou à débusquer le moins mauvais gîte pour dormir. J'étais sans autre raisonnement que celui d'un chien battu dont l'idéal se résume à lécher la main de son tourmenteur. Avec Lansquenet, mon horizon changea. Et sa rustique pédagogie commença de produire ses effets sur ma cervelle desséchée. Peu à peu se délièrent en moi des ressorts que j'ignorais.

Après la longue sieste de mon maître, vers les quatre heures de l'après-midi, une nouvelle journée débutait. Lansquenet agençait d'abord quelques oublies sur une sorte de planche à rebord munie de sangles et que l'on portait en sautoir à hauteur de la poitrine. Le restant, il le disposait délicatement dans un panier d'osier qui s'accrochait en bandoulière dans le dos. Enfin, une grosse lanterne venait compléter notre attirail. J'étais chargé du panier et de la lanterne. Les premiers temps, l'oublieur choisit de rester dans le faubourg Saint-Marcel, pour m'aguerrir aux usages du métier. Nous arpentions de préférence les rues dont les maisons en pierre signalaient la richesse de leurs occupants, bourgeois ou artisans. De sa puissante voix, Lansquenet criait à la cantonade : « Oublies, Oublies ! », « Oublie à un sol les six ! », tandis que je tentais de l'imiter d'un timbre moins sonore. Jusqu'à la tombée du jour, les ventes cheminaient médiocrement, mais dès que la nuit s'était installée, l'approche de l'heure du dîner favorisait notre commerce. Les portes s'ouvraient, et l'on faisait affaire à la lueur de notre lanterne. Parfois aussi, des bourgeois affables nous laissaient franchir leur seuil. J'étais à ce titre une efficace avant-garde. Lansquenet m'engagea de plus en plus souvent à me présenter seul à la porte de nos clients pendant qu'il restait en retrait. Une fois sur trois, au moins, on me faisait entrer, ma bonne mine apaisant les moins désireux d'ouvrir à des inconnus, fussent-ils marchands de gourmandises. Un soir, Lansquenet me demanda étrangement de lui décrire l'intérieur d'une grosse bâtisse où je venais de placer une demi-douzaine de gâteaux. Je fus bien en mal de lui répondre, ce qui me valut une paire de taloches bien sentie. Je restai interdit.

Le lendemain, après notre fournée du matin, l'oublieur n'alla pas se reposer et m'entreprit à ce sujet :

— Alors, Mion, tu aimes ce métier ?

— Oh oui, daron, j'vous ai pas déçu, j'espère ? m'inquiétai-je, toujours ému de la correction de la veille.

— Pas encore, mais faut que tu entraves certaines choses.

— J'y mettrai tout mon cœur, j'vous l'assure...

Lansquenet me considéra d'un air songeur. Ses longs cheveux roux encadraient un visage ovale où brillaient deux petits yeux verts qu'il plissait à chaque fois qu'il cogitait.

— Tu sais ce que c'est, des oublies ? me lança-t-il tout à coup.

— Euh... des gâteaux, répondis-je stupidement, en redoutant une gifle.

Étonnamment, aucun orage ne s'abattit sur moi.

— Si fait, des gâteaux, continua Lansquenet, mais ce sont aussi les meilleurs passe-partout que je connaisse. N'y a pas un outil de crocheteur qui les vaut. Avec une belle douzaine d'oublies toutes dorées, on se faufile dans la forteresse la mieux gardée, surtout quand on est un petit angelot dans ton genre.

— Pour sûr qu'on m'fait souvent bonne figure ! ajoutai-je, sans toutefois comprendre où Lansquenet voulait en venir.

— C'est ce que je te dis, un passe-partout... Mais tu dois ouvrir tes yeux.

— Mes yeux... ?

— Oui, dans ce métier, faut déboucler ses mirettes[1], c'est le secret. Quand tu entres chez un bourgeois, tel beau manteau, tel coffre de bois, telle draperie, un tableau, une aiguière... tout, tu dois tout épier.

— Euh... pourquoi ? osai-je, certain cette fois d'hériter d'une claque.

Rien ne vint. L'oublieur sourit même :

— Pourquoi ? Parce que figure-toi qu'on nous courtise beaucoup chez ces messieurs de la cambriole, qui apprécient d'être instruits à l'avance de ce qu'ils vont pouvoir bouliner[2] chez leurs clients. Et ça, ça se marchande mieux qu'une oublie... Tu saisis, maintenant ?

— Assurément, daron, répliquai-je aussitôt afin de me garantir d'une taloche.

En fait, beaucoup restait encore passablement obscur dans mon esprit, cependant l'essentiel perçait : Lansquenet ne semblait pas le plus recommandable des oublieurs.

— Si tu me sers bien, reprit-il, tu auras ta part. Oh, pas bien grosse, et puis y faudra pas oublier de payer son écot au Sévillan, mais le reste te reviendra... Du bon argent, rien que pour toi.

Ce dernier argument ne me déplut pas, je l'avoue, et emporta tout scrupule – si tant est qu'un enfant de presque neuf ans élevé au milieu de la pire canaille n'en eût jamais l'ombre d'un. Bref, je jurai ce jour-là loyauté absolue à l'oublieur et j'employai

1. *Ouvrir ses yeux.*

2. *Voler.*

ma nouvelle intelligence au service de son beau projet. Désormais, à chacune de mes visites dans une maison digne d'intérêt, je consignais dans ma mémoire toutes choses qui pouvaient avoir une valeur pécuniaire. J'en restituais ensuite l'inventaire à Lansquenet, qui en faisait à son tour bon usage, car s'il était un passable pâtissier, il se signalait en revanche comme l'un des indicateurs les plus prisés de la corporation des voleurs. Il m'apprit d'ailleurs bientôt une chanson qu'il fredonnait souvent. En voici le premier couplet :

Quand je bats le pavé, criant « oublies, oublies »,
Je ne redoute point ni les chiens ni les loups.
Quand je bats le pavé, criant « oublies, oublies »,
Je me plais à marcher à l'heure des filous...

V

Après quelques mois passés à roder notre association dans le faubourg, Lansquenet décida de mettre le cap vers de nouveaux territoires. Avant cela, il étoffa un peu ma garde-robe avec une jolie veste bleu de Prusse en plus d'une culotte qui imitait à ravir le nankin. Un bout de miroir cassé me renvoya le reflet de ma nouvelle toilette : j'étais un autre. Une après-midi, nous nous chargeâmes d'une double ration d'oublies, puis nous remontâmes d'un bon pas la rue Mouffetard. Jusqu'alors, je ne m'étais jamais aventuré plus loin que l'abbaye Sainte-Geneviève. Je savais, bien sûr, qu'au-delà commençait la ville que l'on nommait Paris, cependant je n'avais aucune idée de ce à quoi elle pouvait ressembler. D'autres rues sûrement, peut-être plus nombreuses, voilà tout ce que je pensais y trouver. À peine franchi le parvis de l'église Saint-Étienne-du-Mont, les maisons commencèrent pourtant d'annoncer un pays inconnu : j'avançais le nez levé, à la manière du provincial fraîchement débarqué et qui s'étonne toujours que l'on puisse avoir l'arrogance d'ériger de si hautes bâtisses. Lansquenet semblait s'amuser de mon air ahuri, en même temps qu'il filait du train de celui qui est ici chez lui. Nous dévalâmes quantité de ruelles, de passages et de venelles pour enfin déboucher sur un espace dégagé. Je restai pétrifié. Comment pouvait-il exister autant d'eau dans l'univers ? Je demandai à Lansquenet si c'était ce que l'on appelait la mer. Il me répondit d'un rire sonore, avant de m'expliquer qu'il s'agissait de la Seine. Une myriade de bateaux, petits et gros, s'y faufilaient d'une rive à l'autre. Je mis quelques instants à m'arracher à cet incroyable spectacle, mais lorsque je levai enfin les yeux, un autre vertige s'empara de moi. Sur ma droite, les tours de Notre-Dame se dressaient dans le ciel, dépassant de cent pieds le toit des maisons environnantes. Dieu existait, c'était certain, et il habitait là. Lansquenet ne me laissa pas le temps de méditer sur cette révélation ; il m'entraîna vers une extraordinaire construction qui enjambait le fleuve : le pont Neuf. Nous remontâmes ensuite les quais le long du Louvre, où je restai sans voix devant tant de prodiges.

J'étais ébloui, fasciné. Honteux, aussi. Tout cela se tenait à moins de deux lieues du crasseux faubourg où j'avais grandi, et je l'ignorais. Un peu plus loin, les splendeurs du palais des Tuileries achevèrent de me convaincre que nous étions rendus en une autre planète. Mais comme c'est souvent le cas chez certains marins lorsqu'ils découvrent par hasard une terre fabuleuse, un présomptueux sentiment commença de se faire jour en moi : ce monde m'attendait. Insignifiant atome sans passé ni avenir quelques heures plus tôt, je sentais maintenant germer au tréfonds de mon être cet instinctif élan qui pousse une minable graine enfouie dans la bourbe à s'extraire du néant. Elle deviendra une fleur, un arbre ou du chiendent, qu'importe, mais l'obsession de la lumière ne la quittera plus. Et lorsque nous abordâmes les allées du Palais-Royal, j'avais désormais la sourde conviction que je serais un jour quelque chose dans cette ville qui comptait vingt mille maisons et neuf cents rues, d'après ce qu'en affirmait Lansquenet. Autant de raisons de préjuger de la réussite de notre petit commerce, ajoutait-il d'un air entendu.

Il ne se trompait pas. Dès le premier soir, la recette fut bonne, et nous rentrâmes à vide rue du Pot-de-Fer. Les jours suivants également. Dans ce pays de cocagne, les oublies trouvaient preneurs à bon prix. À la nuit tombée, les portes s'ouvraient avec moins de défiance que dans le faubourg. Il faut dire que de régulières patrouilles de soldats du guet arpentaient le pavé jusque très tard. Toutefois, parce qu'ils étaient en nombre, ils se montraient moins vigilants – la force sûre d'elle-même est toujours une faiblesse. En peu de temps, ma plaisante figure nous gagna une jolie clientèle chez qui je pus exercer ma mémoire. Jour après jour, je recensai maison par maison les petits trésors des malheureux gourmands qui m'invitaient à pénétrer dans leur foyer. Souvent, la maîtresse de maison me faisait compliment de ma jolie tenue, me montrait à ses invités ou bien m'envoyait à l'office chercher un bout de pain. Je faisais l'enfant sage, et j'en profitais pour figer dans mon souvenir la description, certes sommaire, mais toujours très utile, de l'agencement des lieux. Tout ceci, Lansquenet le faisait ensuite fructifier auprès de ses douteuses relations, puis nous changions de quartier afin d'éviter les soupçons de nos pratiques. Cette mécanique bien réglée me rapporta rapidement un petit pécule que l'oublieur me payait une fois le mois. J'en devais une part au Sévillan, mais ce que j'arrivais à escamoter à sa rapacité, je le dissimulais entre deux pierres de ma cave. Ce maigre trésor me donna le sentiment d'une nouvelle puissance. À ce propos, je dois préciser que si je connaissais la valeur des pièces de monnaie, pas une once d'arithmétique n'habitait ma cervelle. L'oublieur le savait et, à ses moments perdus, il se piqua de me faire la leçon. En assez peu de temps, je sus compter, additionner, soustraire et presque multiplier. Lansquenet me parut content de mes progrès. Je l'ai dit, le bonhomme laissait souvent percer à mon égard autre chose que de la brutalité. Peut-être pas de l'affection, plutôt une sorte de confiance, ce qui vaut à mon sens toutes les mièvres cajoleries dont on veut se persuader qu'elles nous sont essentielles. Bientôt, les taloches se firent non pas plus rares, mais moins appuyées. Un soir, alors que nous rentrions au faubourg après notre labeur, Lansquenet se laissa même aller à quelques confidences :

— Reconnais-tu ces belles choses ? me demanda-t-il en sortant d'une des poches de son grand manteau une paire de petites statuettes en porcelaine représentant deux jolis chiens assis.

— Ça alors ! m'étonnai-je, mais j'les connais, ces cabots-là, j'les ai déjà vus chez un bourgeois de la rue de Grenelle !

— Pour sûr qu'ils y étaient, s'amusa Lansquenet, mais tu vois, maintenant, ils ont trouvé un nouveau maître.

— Vous les avez boulinés ?

— Peuh… t'en veux une ? fit Lansquenet en faisant semblant de me donner une claque.

Je rentrai la tête dans les épaules sans rien oser répondre.

— J'suis pas si bête que tous ces bonjouriers[1] à tête creuse, continua Lansquenet. Pour forcer, escalader ou crocheter, ils connaissent leur bréviaire, j'dis pas, mais pour ce qui est de faire du bénéfice avec la camelote qu'ils ont boulinée, y sont pas de taille. C'est pas le même métier, faut dire.

Au matin, contrairement à nos habitudes, nous ne fîmes pas cuire de fournées d'oublies. Lansquenet descendit de l'étage avec deux sacs. Il chargea le plus gros sur son dos, tandis qu'il me demandait de prendre l'autre. Ensuite, alors que le jour se levait à peine, nous sortîmes et Lansquenet fila en direction de l'abbaye Sainte-Geneviève en m'ordonnant de lui emboîter le pas. Nous croisâmes peu de monde, mais l'oublieur semblait se méfier du moindre passant. Arrivés à l'angle de la rue Saint-Jacques, nous bifurquâmes vers la rue de la Harpe. Nous entrâmes ensuite dans la rue des Cordeliers. En son milieu se tenait une impasse que le cadastre n'avait pas cru bon de baptiser tant elle était étroite et peu profonde. Nous y pénétrâmes. Une dizaine de pas plus loin, ce moignon de ruelle était scellé

1. *Cambrioleurs.*

par la sombre façade d'une antique bâtisse. Rien n'indiquait que quelqu'un vivait là. Pourtant, lorsque Lansquenet frappa trois brefs coups sur la porte, un vieil homme coiffé d'un bonnet de laine ouvrit, regarda en tous sens, puis fit un signe de la tête pour nous inviter à entrer. À l'intérieur, notre hôte nous fit traverser deux pièces entièrement dénuées de meubles avant de pousser une porte qui s'ouvrit sur une espèce de réduit tout aussi vide. Le vieillard y entra, puis appuya sur une cloison qui pivota légèrement sur elle-même ; il se faufila, nous le suivîmes. Derrière, une vaste pièce aveugle était éclairée par deux chandeliers : sur tous les murs, on distinguait des étagères remplies de linges, d'habits, gilets, chaussures, chemises, tissus et autres mouchoirs. Nous étions dans l'antre de maître Plumet, chiffonnier et fripier.

— Que m'apportes-tu aujourd'hui ? demanda d'une voix nasillarde le vieil homme à Lansquenet.

Celui-ci répondit en déversant le contenu de son sac sur une large table. Toutes sortes de vêtements s'y répandirent, principalement des bas et des culottes. Idem pour le mien, qui contenait aussi une douzaine de jolis mouchoirs brodés. Plumet scruta, examina, tâta la marchandise un long moment, avant de lever le nez vers Lansquenet :

— Ce n'est pas de la meilleure facture, mais ça peut m'intéresser, dit-il en se grattant la tête.

— Tu m'en donnes combien ? l'interrogea Lansquenet.

Plumet toucha de nouveau le tas de vêtements.

— Cinquante livres, dit-il.

— Soixante-dix, enchérit Lansquenet.

— Soixante.

— Hust must[1], répliqua l'oublieur dans le langage de la canaille.

L'affaire était conclue. Le chiffonnier paya dans l'instant. Je n'avais jamais vu autant d'argent. Nous repartîmes aussitôt. Cependant, au lieu de retourner vers le faubourg, Lansquenet prit en direction du pont Neuf, puis longea le quai de l'École, où nous entrâmes à l'*Auberge du Griffon*. Après quelques mots échangés avec le maître des lieux, on nous introduisit dans une arrière-salle. Là se tenaient trois hommes et un jeune garçon dont je reconnus tout de suite le visage. Il s'agissait de Rémy, mon condisciple de chez la mère Potard, qui gardait sur la figure les cicatrices de l'affreuse brûlure que lui avait infligée le cruel Marpeaux. Je me rapprochai de lui et nous échangeâmes à voix basse pour ne pas troubler les palabres qui venaient de s'engager entre Lansquenet et les trois gaillards. Le brave Rémy me raconta comment, au sortir de notre académie, il s'était employé chez une demi-douzaine de maîtres mendiants, à qui il avait à chaque fois faussé compagnie. On le sait, il n'était pas fait pour ce métier. Toutefois, il avait un jour rencontré pour son bonheur des voleurs de fripes et s'était découvert cette fois une vocation. C'était dans leur repaire que nous étions. Leur chef s'appelait Lorrain, un garçon d'à peine vingt ans, à l'œil vif, aux joues roses et rondes. Toujours bien mis, soucieux de sa personne, il avait porté un temps la superbe tenue des dragons de la reine, avant de réaliser qu'en plus

1. *Grand merci.*

de parader, un soldat peut parfois faire la guerre. À sa première campagne contre les Autrichiens, l'écho du canon avait suffi à le persuader d'enterrer sans regrets son bel uniforme au pied d'un arbre d'une forêt du Palatinat. Il avait ensuite rejoint Paris, où il s'était fait discret quelque temps, la loi n'ayant jamais été douce aux déserteurs. Depuis, il faisait fructifier son goût des belles nippes en brocantant les rapines de cette petite bande dont il était le guide. Les vêtements que nous venions de livrer à Plumet étaient un de leurs butins.

La négociation s'acheva sur un sonore « Hust must » des deux parties. Lansquenet venait de conclure à cinquante livres le paiement des deux sacs, ce qui lui laissait dix livres de bénéfice, si je me fiais à ma fraîche science arithmétique. Nous quittâmes ensuite les lieux, sans que j'omette de promettre à Rémy de le revoir bientôt.

En peu de temps, les usages du délicat métier de receleur s'imprimèrent si bien dans mon esprit que je devins un utile auxiliaire pour Lansquenet. Au gré de nos transactions, il m'initia aux coutumes des grandes bandes qui tenaient les rues de Paris. Tout d'abord, autour de la place du Louvre et jusqu'aux Tuileries, on trouvait les Bons Enfants, menés par le célèbre Court Nez, ainsi baptisé car il en avait perdu un bout dans un duel. Un peu plus loin s'étendait le territoire des Bas Gris, qui régnaient sans partage sur le Palais-Royal et ses environs. La bande des Pêcheurs, elle, avait la main sur une bonne part des berges de la Seine. Plus au nord, c'étaient les Garçons du Temple, habituels sbires des Chevaliers de Malte, qui bénéficiaient d'un refuge parmi les plus inexpugnables de Paris. Près de la Bastille, on recensait aussi les Feuillants ; à l'Hôtel de Ville, les Lardeurs ; à la porte Saint-Antoine, les Rôtisseurs, dont le seul patronyme suffit à en décrire la sinistre spécialité. De leur côté, les membres de la bande des Saints Innocents, au faubourg Saint-Germain, se signalaient comme d'habiles faiseurs d'alcools ou de potions homicides. Bref, chaque quartier avait son clan, ses chefs, et l'on disait même qu'un véritable monarque régnait sur cette inquiétante société. On le nommait le Grand Coësre, ce qui en jargon signifie « le Maître des Gueux ». Toutefois, personne ne pouvait assurer l'avoir déjà vu, et beaucoup considéraient qu'il s'agissait là d'un roi de carnaval. Lansquenet disait cependant qu'il n'avait également jamais aperçu Louis le Grand, mais qu'il ne doutait pas qu'il existât bien. L'argument était de bon sens. Quoi qu'il en soit, j'appris bientôt sur le bout des doigts toutes les règles de cet étrange monde de la haute pègre.

Quelques mois plus tard, un certain Gruthus fit irruption chez nous, rue du Pot-de-Fer. C'était l'une des pratiques de Lansquenet, et il commandait une petite troupe de voleurs qui avait ses quartiers au Châtelet – ce qui le faisait d'ailleurs soupçonner d'avoir des accointances avec le guet. Âgé d'une vingtaine d'années, il aurait pu passer pour assez beau si un air torve ne dissuadait de s'en faire un ami. Il était de ces êtres qui transpirent la haine. Sa visite n'eut rien de cordial : il beugla que Lansquenet l'avait escroqué sur le recel d'une paire de chandeliers d'argent et de bijoux. Il le menaça vertement. L'oublieur chassa l'importun. Toutefois l'affaire ne s'arrêta pas là. Gruthus était l'affidé d'un chef de bande rival du Grand Jacques, ce dernier se trouvant être lui-même le protecteur de Lansquenet. Les deux hommes s'estimaient, et l'oublieur lui demanda conseil. Grand Jacques était de ces tyrans qui chérissent la paix tant qu'ils n'ont pas décidé la guerre. Il ne voulait pas de ce motif pour en engager une : il recommanda à Lansquenet de faire appel aux lumières du Sénat de la canaille. Cette noble assemblée siégeait parfois afin d'arbitrer entre filous les querelles dont le poignard n'était pas venu à bout. Ce cénacle rassemblait une douzaine de vieillards qui bénéficiaient chez les brigands d'une certaine estime pour leur longévité dans la carrière. Les « douze » composaient une collection de trognes digne d'une galerie de foire, mais ces débris gardaient cependant leurs vices bien intacts, et ils vendaient parfois leurs délibérations au mieux offrant : le litige fut tranché en défaveur de Lansquenet. Il dut payer au prix fort ce que réclamait Gruthus.

Moins de huit jours plus tard, le hasard voulut que je remarque ce fameux Gruthus qui cheminait dans une rue à la lisière du faubourg Saint-Marcel en compagnie de quatre compagnons. L'un d'eux portait un gros sac. Je les suivis jusqu'à un cabaret où ils entrèrent prestement. Je m'approchai, et depuis une espèce de petit surplomb qui donnait dans la gargote, j'épiai ce petit monde. Les cinq larrons commandèrent des pintes pendant que l'un d'eux roulait le sac sous leur table. Gruthus ne tenait pas en place. Il allait et venait jusqu'au seuil de la porte du cabaret, passait le nez dehors, puis revenait vers ses collègues, la mine renfrognée. On eût dit un homme qui s'impatientait, ou bien qui redoutait quelque chose. Plusieurs fois, il demanda à ses complices de se taire, tandis qu'il tendait l'oreille en direction de la ruelle. Rien ne venait jamais en retour que le silence, et les autres reprenaient leur beuverie en haussant des épaules, l'air mauvais, semblant se dire du regard que ce chef ne le resterait pas longtemps.

C'est à ce moment même qu'une idée me traversa l'esprit. Je convoitais évidemment le gros sac roulé sous la table, mais comme l'on désire à peu près tout ce qui ne vous appartient pas, lorsqu'on est un voleur. Et rien de précis ne s'était jusqu'alors fait jour dans mon esprit, d'autant que j'étais, je le rappelle, un enfant d'une dizaine d'années face à cinq solides gaillards d'âge mûr. Pourtant, une inspiration soudaine me fit entrevoir une manière de rééquilibrer le débat. Je descendis avec précaution de mon poste d'observation, me composai un personnage, et déboulai dans le cabaret tout ébouriffé, les vêtements en désordre, l'œil hagard. Le chef de la bande sursauta sur sa chaise. En un éclair, mon air de panique mit le feu à ses craintes : il se leva d'un bond, et je n'eus qu'à bégayer « Le... le guet ! » pour que mon bonhomme se précipitât vers une porte qui donnait dans l'arrière-cour, suivi de ses quatre comparses qui renversèrent à peu près tout sur leur passage. Chez la canaille, la mécanique de la fuite est une seconde nature dont le déclenchement résulte de causes variées : un chef qui décampe n'en est pas la moindre. Bref, personne ne chercha à comprendre, et tout ce petit monde escalada le mur de l'arrière-cour, puis s'éparpilla sans demander son reste. Je ne laissai pas plus de temps au tenancier du lieu pour flairer la supercherie, et je chargeai prestement le lourd ballot sur mes frêles épaules, avant de disparaître par là où j'étais venu.

Je rejoignis en toute hâte le repaire du Grand Jacques, rue Mouffetard, où je savais que Lansquenet se tenait le plus souvent. Je l'y trouvai, ainsi d'ailleurs que le Sévillan. Je racontai mon aventure. Grand Jacques manqua s'étouffer de rire lorsque je dépeignis la figure épouvantée de Gruthus. Content de ce bon tour, il me fit apporter un pot de lait, puis décida que ma ruse me vaudrait désormais le surnom de « Petit Renard ». Ensuite, il fit main basse sur le butin de ma rapine, un plein sac de mouchoirs finement brodés, n'en laissant qu'un dixième à Lansquenet et la moitié d'un autre dixième au Sévillan. Pour moi, rien. Je me consolai en savourant le premier patronyme qui ne me déplût pas. Les mois qui suivirent, quelques autres de mes filouteries achevèrent de fixer mon identité parmi la canaille du faubourg. Le « Petit » disparut très vite, et on ne m'appela plus que « Renard ». Je possédais enfin quelque chose qu'on ne pouvait me prendre.

VI

Mes retrouvailles avec Rémy me procurèrent le bénéfice de la première amitié de mon existence. Dès que cela m'était possible, je le retrouvais et nous occupions notre temps libre à la plus parfaite oisiveté, en particulier dans les jardins du Palais-Royal. Jusqu'alors, ma jeunesse avait toujours été un instrument au bénéfice des adultes. Avec Rémy, je découvris un peu de ce que je suppose être l'enfance. Nous bavardions beaucoup, je l'aimais bien, surtout pour sa franche gaîté malgré nos existences difficiles. À ce propos, ce brave garçon m'avoua un jour qu'il était un peu responsable de la disparition dans les flammes de la pension de la mère Potard, puisqu'il avait allumé lui-même l'incendie en manière de vengeance. Il me précisa toutefois qu'il n'avait pas prémédité l'horrible fin de Marpeaux, cela n'avait été qu'un heureux concours de circonstances.

Lorsque nous n'étions pas au Palais-Royal, nous avions nos habitudes dans l'arrière-salle de l'*Auberge du Griffon*, où la bande de Lorrain me faisait toujours bon accueil. Une après-midi – c'était sûrement en 1708, car je me souviens que l'on parlait beaucoup cet été-là du siège de Lille par les Impériaux –, j'attendais Rémy depuis un moment lorsqu'il fit irruption dans la gargote :

— Vous n'allez pas me croire, dit-il. Figurez-vous qu'on a trouvé le Sévillan étendu devant une porte de la rue du Fossé-Saint-Marcel, son long nez fiché entre deux pavés.

Je restais bouche bée.

— Et comment qu'y va à c't'heure, c'te vieille carne ? demanda Lorrain.

— Aussi bien qu'un homme qui a quatre pouces de bonne ferraille plantés dans l'échine… fit Rémy d'un air entendu.

— Il… il est passé ? demandai-je.

— Plutôt deux fois qu'une, mon prince, répliqua Rémy.

— Dis donc, Renard, te v'là orphelin, on dirait ! lança aussitôt Lorrain dans un éclat de rire.

L'événement me laissa sans réaction, sans peine ni joie, seulement interloqué. La chose était d'importance et je filai en avertir Lansquenet, qui le savait d'ailleurs déjà. Il héritait de moi, en quelque sorte, ce qui ne me déplut pas. À lui non plus, je crois.

Nul ne sut jamais qui avait fait ce mauvais sort au Sévillan. Personne ne s'en préoccupa non plus. Parmi la canaille, un coup de poignard s'attrape aussi facilement qu'une méchante grippe chez les honnêtes gens, et pour les uns comme pour les autres, il ne reste que la fatalité à accuser lorsque le malade ne survit pas. Le Grand Jacques partagea les quelques biens du Sévillan. Lui, on le jeta à la fosse commune sans une messe. En fin de compte, sa fin ne m'affecta pas plus que lorsqu'on perd son bailleur. Certes, s'il ne m'avait pas découvert, je n'eusse assurément pas survécu dans ma petite caisse de bois. Toutefois, j'estimais avoir depuis longtemps soldé le compte avec intérêts pour ce service. Désormais, le loyer de mon droit à l'existence fut moins élevé.

Les affaires de Lansquenet filaient positivement leur cours, et je n'en étais pas l'une des moindres causes, je peux le confesser sans rougir. Un soir d'été, alors que je partais seul – voyez la confiance de mon patron – pour vendre mon panier d'oublies, je fus alerté près de la place de la Sorbonne par des cris aigus. Je cherchais du regard d'où pouvait provenir ce tapage, quand j'aperçus, à une vingtaine de pas, un bourgeois qui tenait par les cheveux une toute jeune fille. La scène, somme toute banale dans les rues de Paris, ne m'aurait pas affecté, et j'aurais passé mon chemin, si la jeune personne en question n'avait été d'une beauté à émouvoir le plus blasé des passants. Je m'approchai. Le bourgeois semblait reprocher à sa prisonnière de lui avoir dérobé un mouchoir. La chose devenait intéressante. De son côté, la demoiselle niait avec force, tentant de se dégager de sa douloureuse posture en se contorsionnant dans tous les sens. Le bourgeois ne voulait pas lâcher prise. Il braillait maintenant des menaces où les mots « guet » et « prison » achevèrent de me convaincre qu'il fallait essayer de sortir la jeune fille de ce mauvais pas. J'ajustai solidement mon panier d'oublies sur mon dos, et je m'élançai dans leur direction en faisant tournoyer ma lanterne à bout de bras tout en poussant à pleine gorge un cri sauvage. Dans ma course, ma rustique stratégie se trouva toutefois contrariée par une ornière : mon pied se bloqua, si bien que je fus projeté tête la première sur les deux protagonistes. Ce coup de boutoir fit céder l'étreinte du bourgeois, qui recula de trois bons pas, tandis que la jeune fille se dégageait, relevait ses jupes et s'enfuyait à toute vitesse. Pour ma part, j'étais toujours debout, le nez en sang, mais je conservais assez d'esprit pour tourner les talons aussi prestement. Je décampai dans la même direction que la demoiselle. Derrière moi, le bourgeois hurlait pour demander de l'aide. Heureusement, les courageux qui répondent à ce genre d'appel ne sont pas de mode à la tombée de la nuit. Au détour d'une ruelle, j'entendis une petite voix qui m'interpella :

— Hé, toi ! Viens ici !

Je m'arrêtai net. La jeune fille était accroupie derrière une borne. Je m'approchai.

— Suis-moi, souffla-t-elle en se relevant.

Elle nous entraîna jusqu'à la rue du Cheval-Vert. Là, elle poussa la porte d'une bâtisse assez présentable et me demanda encore de la suivre. Nous traversâmes une cour, puis mon guide s'assit sur les marches d'un escalier qui menait aux étages d'un petit immeuble. Elle m'invita à en faire de même.

— Hust must ! dit-elle dans un sourire. Sans toi, je crois que j'étais bonne pour Bicêtre.

— Tu boulines pour qui ? lui demandai-je d'un ton un peu condescendant, pour lui signifier qu'en plus d'être son sauveur, je n'étais pas n'importe qui.

— Pour personne, répondit-elle, toujours en souriant et sans se formaliser de mon air de petit maître.

— Ah bon ? ne puis-je me retenir de m'étonner.

— Et toi ? demanda-t-elle à son tour.

— Euh..., je travaille avec un oublieur...

— Je le vois, dit-elle en jetant un œil sur mon panier. Tu es de la famille, toi aussi ?

— Quelle famille ?

Elle ne répliqua rien, mais fit une adorable petite moue qui m'indiqua qu'elle comprenait ma discrétion. Nous restâmes un instant silencieux. Elle avait d'admirables cheveux blonds et une figure d'un ovale parfait. Avec cela, deux immenses yeux verts.

— Je m'appelle Flora, reprit-elle. Et toi ?

— Renard, lançai-je fièrement.

— Renard ? C'est joli.

Je rougis un peu, mais l'obscurité était suffisamment avancée pour qu'elle n'en vît rien.

— Bien, il faut que je rentre maintenant, dit Flora en se levant.

— Tu habites où ?

— Ici, sourit-elle en montrant du doigt le second étage de l'immeuble. Et toi ?

— Rue du Pot-de-Fer.

— Alors nous nous reverrons sûrement, acheva-t-elle en montant l'escalier.

Évidemment, je n'attendis que ça durant plusieurs jours. Je passais quotidiennement devant chez elle et, bien sûr, le hasard qui aime à favoriser les jeunes gens ne manqua pas de nous faire rencontrer de nouveau. Nous discutâmes plus avant : elle me révéla qu'elle savait que je travaillais avec Lansquenet puisqu'elle m'avait vu avec lui. Sa mère le connaissait, comme oublieur, rabatteur et receleur. Nous étions donc bien de la même famille.

La mère de Flora était honorablement connue dans le faubourg en qualité de prostituée. Elle se nommait Justine François, dite Fanfan. Un père et une mère de passage lui avaient laissé pour seul capital le genre de beauté qui inspire les sculpteurs, mais le ciseau de la petite vérole s'était ensuite ingénié à gâter un peu le travail de l'artiste. Il en restait toutefois assez pour que Fanfan figure au premier rang des cabinets d'amateurs. Appréciée des petits-bourgeois qui commençaient de peupler certaines rues du faubourg, elle ne se marchandait jamais à vil prix. Elle avait eu Flora à seize ans. Cette première naissance avait cependant épuisé son instinct maternel, et elle s'était débarrassée par la suite sans remords des aléas dont son commerce arrondissait parfois son ventre. Lorsqu'elle ne réussissait pas à interrompre sa grossesse avant terme, le nouveau ou la nouvelle venue prenait dès son premier cri le chemin du parvis de l'église la plus proche. C'était en général sainte Geneviève qui recevait l'offrande. Flora était ainsi restée fille unique. Sa mère l'adorait. Il est vrai qu'elle le méritait. Gaie et d'un naturel généreux, Flora semblait avoir mon âge, mais promenait l'assurance d'une aînée de trois ans. Elle paraissait se plaire en ma compagnie. Je la présentai à Rémy, qui la trouva aimable lui aussi. Nous formâmes bientôt un inséparable trio.

Dire que l'hiver 1709 fut glacial serait encore trop tiède : aucun thermomètre n'avait jamais enregistré pareille déroute de la température. Le froid dévorait Paris, le royaume, l'Europe, et l'on crut un moment que la fin du monde s'annonçait. Se chauffer devint l'unique ambition des hommes. Lansquenet sut faire jouer ses relations, si bien que nous ne manquâmes d'abord pas trop de bois pour nourrir notre cheminée. Cependant, après quelques semaines, il fallut que l'on prélevât des planches un peu partout dans la maison pour faire face à la pénurie. Les planchers du premier et du second étage y passèrent entièrement, mais au moins, nous ne grelottions pas. Beaucoup d'autres avaient moins de chance. Partout dans Paris, l'on comptait les morts par centaines. Dans le faubourg, on s'étripait pour une bûche, une tête de lit ou quatre chaises qui garantiraient quelques heures de combustible. Flora et sa mère s'en trouvaient dans une délicate situation, n'ayant aucun soutien pour les aider dans cette dangereuse quête. Dès que je le pouvais, je portais donc le peu de bois que je trouvais jusqu'à chez elles, où l'on m'accueillait avec de grands transports d'amitié. Et lorsque l'hiver s'acheva enfin, leur foyer m'était devenu si familier que je me trouvais presque devenu l'homme de la maison, se piquait souvent de plaisanter la mère de Flora. J'en rougissais à chaque fois. Flora en riait, j'étais heureux.

Je conserve de cette époque un vif souvenir, alors qu'il me semble qu'elle fila en un battement de paupière. Je me partageais entre mon labeur, Rémy et Flora. Flora surtout. Les mois puis les années s'écoulèrent ainsi. Lansquenet ne levait plus la main sur moi qu'à de rares occasions, et il aimait à me laisser penser que nous étions des complices, presque des associés. Il est vrai que je ressemblais désormais à un homme. Je devais avoir quatorze ans au moins. Flora estima d'ailleurs qu'il était temps de répondre à mes assiduités. Elle m'initia avec délicatesse à un savoir qu'elle possédait de sa mère. Je fus d'abord un élève passable, puis, à force de patience, je crois que Flora fut contente de moi. Elle me fit toutefois promettre de ne rien révéler de nos jeux. J'acceptai en exigeant crânement le même serment. Évidemment, j'en étais un peu amoureux, comme disent les jeunes gens dont on sait que le « un peu » veut souvent dire « beaucoup ».

Un drame vint pourtant bientôt assombrir ce beau tableau. Un soir, Lansquenet ne rentra pas rue du Pot-de-Fer. La nuit passa, le jour suivant également, sans aucune nouvelle. La chose ne lui ressemblait guère. Au soir du deuxième jour, alors que j'avais fait en vain le tour de tous les endroits où je savais qu'il avait ses habitudes, on vint m'avertir qu'il avait été arrêté du côté du Châtelet. Je filai chez le Grand Jacques, que je trouvai dans une grande agitation : il soupçonnait qu'une mouche avait dénoncé Lansquenet. Une rumeur évoquait un homme de la bande de Gruthus, sans plus de preuve. Je demandai ce que l'on pouvait faire, on ne me répondit pas. J'insistai. Le Grand Jacques se mit en colère : il hurla qu'il n'y avait aucun espoir de le revoir et me conseilla de me soumettre à cette fatalité. C'était la dure loi de nos métiers. Ce fut, je crois, la première vraie peine de ma vie. Pour la première fois aussi, je me sentis seul. Étrange sentiment chez un enfant qui l'avait pourtant toujours été. Il fallait s'y résoudre, Lansquenet venait de sortir de mon existence. Ce soir-là, je ne rentrai pas rue du Pot-de-Fer, et je passai la nuit à l'*Auberge du Griffon* avec Rémy. Un mois plus tard, un garde-chiourme du Châtelet raconta que Lansquenet avait été convaincu de vol et de recel, et condamné pour ce motif à vingt années de galère. C'était pire que la pendaison.

Je dus bientôt quitter la maison de la rue du Pot-de-Fer. Je rassemblai quelques affaires et mes économies, déjà près de cinquante livres, puis je trouvai une mansarde tout près de chez Flora, rue des Postes. Grand Jacques me proposa le bénéfice de l'emploi d'oublieur, toutefois je refusai. Je préférais continuer dans la carrière de receleur, lui expliquai-je. Il accéda à mon désir, mais à condition de lui payer un pourcentage, comme c'était la règle. En sus, il m'accorda mon émancipation. De toute façon, personne ne se disputait ma sujétion depuis que quelques-uns avaient remarqué le sort de mes différents patrons. Il est vrai qu'au cours de ma vie, la mort m'a été une alliée fidèle, et je n'ai jamais eu à me plaindre de son dévouement à ma cause.

VII

L'OISIVETÉ EST MÈRE de tous les vices, dit-on, et parmi ses rejetons, le jeu n'est pas celui dont elle est le moins fière. Nous le pratiquions à l'*Auberge du Griffon*, les cartes et les dés surtout, en compagnie de clients de passage ou avec d'autres vauriens comme nous. Pour faire un bon joueur, il faut des nerfs autant qu'une cervelle. Je n'étais pas trop mal pourvu des deux, et je puis dire que malgré mon jeune âge, je bénéficiais d'une petite réputation aux jeux de cartes. Le compagnon de ma nourrice m'en avait très tôt enseigné des rudiments, que j'avais perfectionnés ensuite dans la cabane des bords de Bièvre, puis avec Lansquenet, qui ne dédaignait pas d'engager une partie à nos moments perdus.

Un soir, Rémy, qui faisait souvent les frais de mon talent aux cartes, proposa à un jeune homme de sa connaissance de se joindre à nous pour une partie de brusquembille. Le nouveau venu s'appelait Dominique. Il devait avoir dix-huit ou dix-neuf ans et s'assit humblement à la table de jeu. La partie s'engagea. En huit tours, le fameux Dominique écuma toute la table des quelques sols que nous avions misés. Ce fut une suite incroyable. J'étais le plus perdant, Rémy jubilait. Je crus alors avoir affaire à un grec – un tricheur, en argot de joueurs –, et je ne me gênai pas pour faire part de mes doutes à haute voix. L'œil de Dominique lança un éclair.

— Tu m'accuses ? dit-il calmement.

— Non, mais je te trouve la main bien heureuse, répondis-je froidement.

— Les cartes sont des infidèles. Ce soir elles m'ont choisi, demain ce sera peut-être toi, c'est tout.

Rémy se tortillait sur sa chaise.

— Allons, Renard, sois beau joueur, ricana-t-il tout en rangeant les cartes.

Une idée me traversa alors l'esprit. Je lui pris vivement les cartes des mains, puis les examinai à la lueur d'une bougie afin de vérifier si elles n'étaient pas biseautées, comme c'est l'usage lorsque l'on veut fausser le jeu. Elles n'avaient rien.

Rémy se mordit les lèvres. Dominique jeta un coup d'œil vers lui. Cette fois, je flairai le complot :

— Je crois que l'on se moque de moi, ici ! m'emportai-je en me levant prestement.

Rémy éclata de rire.

— Si tu voyais ta tête, me lança-t-il en se tenant les côtes. Mais oui, mon pauvre Renard, on t'a bien défrusquiné[1] : j'ai fait le mort !

Ce qui en langage de joueur signifiait qu'il s'était empêché de relancer et m'avait laissé seul face à Dominique, celui-ci ayant alors l'avantage de concentrer ses assauts sur moi sans se préoccuper de Rémy. C'était un genre connu chez les grecs, qui

1. *Déshabillé.*

se réunissaient souvent à plusieurs pour tondre une victime.

J'étais évidemment vexé de cette supercherie, mais je ne pouvais m'en prendre qu'à moi-même. Aux cartes ou aux dés, la règle entre filous veut qu'il soit permis de truquer le jeu si on l'avoue ensuite. En revanche, la moitié des gains restent acquis aux tricheurs. C'est une drôle de pratique, je le concède, toutefois elle a le mérite d'aguerrir les plus tendres. Dominique compta donc les liards qu'il venait de me gagner, avant de cependant m'en rendre l'intégralité.

— Tu as fait confiance à ton ami, ce ne serait pas honnête de te le faire payer. D'ailleurs, il ne le voudrait pas, dit-il en se tournant vers Rémy.

— Que non ! répondit vivement celui-ci. C'était juste une manière de te présenter Dominique.

Ce dernier me tendit alors la main dans un grand sourire :

— Je m'appelle Louis-Dominique Cartouche, mais pour mes associés, je suis seulement Dominique.

— Nous ne sommes pas associés, répondis-je un peu sèchement, toujours fâché.

— Pas encore, répliqua Dominique, mais il ne tient qu'à toi que nous le devenions.

— Que veux-tu dire ?

— Réfléchis. Ce que nous venons de faire là, rien de plus simple que de le rejouer en face de vraies dupes. En nous y prenant de concert, il y a quelques jolis bénéfices à rafler.

Rémy acquiesça. Je restai songeur. Ce que disait Dominique n'était pas faux : pléthore d'ingénus peuplaient les tables de jeux de toutes les gargotes de Paris. La passion des cartes dévorait ce début de siècle. Depuis les salons de Versailles jusqu'aux tripots des faubourgs, on se divertissait en perdant son argent au piquet, au reversis, au hoc, au brelan, à l'hombre, à la bouillotte, à la brusquembille et à bien d'autres jeux encore. Évidemment, cette furie avait éperonné les ambitions des pirates, qui se gardent bien de confier leurs intérêts aux règles du hasard. Ces grecs, comme on les nomme, écumèrent bientôt les lieux où l'on jouait. Beaucoup œuvraient en solitaire, possédant à merveille l'art d'escamoter ou de substituer les cartes afin de corriger le sort d'une partie. D'autres abusaient leurs victimes grâce à des cartes savamment maquillées, tandis que certains préféraient tramer d'habiles stratégies avec des complices. Cette dernière tromperie était l'une des plus difficilement repérables, toutefois l'entreprise nécessitait des sociétaires de confiance. C'est ce genre de tour que Dominique proposait de mettre en œuvre.

— Nous ferions part à trois et de manière égale, je suppose, repris-je en m'adressant surtout à Dominique.

— Cela va sans dire, répliqua-t-il sobrement.

— Cette petite industrie doit rester entre nous, ajoutai-je.

— Pour sûr, pas question d'acquitter un liard à quiconque, souffla Rémy.

— Il nous faudra alors aller où l'on ne nous connaît pas, dis-je.

— Ne vous inquiétez pas, il y a tant de médiocres joueurs dans Paris que nous n'aurons que l'embarras du choix, affirma Dominique.

Tout était dit. Nous scellâmes notre pacte en vidant trois godets de clairet.

Les premières proies de notre association n'eurent pas à se languir. Nous débutâmes par le faubourg Saint-Antoine, dont certains cabarets abritaient de véritables petites académies. On y levait aisément le gibier, d'autant que trois jeunes gens de quinze à dix-neuf ans n'éveillaient pas les soupçons. Grâce à mes relations chez les fripiers, j'avais équipé mes compagnons d'habits de belle facture, si bien que l'on nous prenait souvent pour les prodigues rejetons de familles bourgeoises. La convoitise des cupides qui s'imaginaient pouvoir aisément écorner notre bourse s'en attisait d'autant. Malheureusement pour ceux qui nous acceptaient à leur table, la suite se révélait cruelle. Notre tactique était simple. Dominique assurait les assauts, tandis que, par de savants codes que nous avions élaborés, Rémy et moi orientions le jeu et les mises. Presque sans coup férir, nos adversaires d'un soir se cassaient les dents sur nos combinaisons. Parfois aussi, nous appâtions nos victimes en simulant quelques mauvaises passes. Les fruits de toutes ces manigances étaient variables, mais agrémentaient positivement les bénéfices de nos autres friponneries. D'autant plus que ces gains ne se trouvaient soumis à aucune dîme des chefs de bande. Dans notre fructueuse ligue, Dominique représentait un atout maître. D'un caractère ouvert et franc, il gagna très vite notre sympathie, et, pour ma part, une sincère admiration. Jamais pris en défaut, il était habile aux cartes et pourvu d'un flegme que je lui enviais. En dehors de nos affaires, on le voyait peu. Il promenait d'ailleurs comme une timidité, mais justement, cette rareté de ses visites ajoutait à l'attrait de son personnage. Au physique, il était doté d'une taille médiocre, cependant sa figure rattrapait ce défaut. Très brun, Dominique possédait un genre de beauté discrète et grave qui émeut souvent les femmes en même temps qu'elle n'alerte pas les hommes. Son regard, en particulier, savait séduire sans que l'on sache s'il en jouait ou si cela lui était naturel. De sa vie, on ne connaissait que des bribes qu'il laissait percer de temps à autre au détour d'une conversation. Son père était un sévère soldat en retraite du nom de Garthausen qui, après avoir servi dans des régiments allemands au service du roi de France, avait choisi de s'installer sur les bords de Seine plutôt que de retourner sur les rives de son Elbe natale. Il tenait désormais un commerce de vins à la Courtille. Très vite, Dominique avait signifié à Garthausen père qu'il n'avait pas l'âme d'un boutiquier, et s'était engagé dans la carrière de vaurien. La facétie du parler parisien avait alors transformé son patronyme germanique en Gardouche, puis Cartouche. Il en faisait usage habituellement, mais se présentait aussi quelques fois sous les noms de Bourguignon, Lamarre, Petit, ou bien encore on le surnommait l'Enfant. De multiples identités qui servaient son goût de la discrétion. D'ailleurs, personne d'entre nous ne pouvait dire où il habitait.

Le métier de joueur de cartes n'est pas de ceux qui garantissent de se faire des amis, surtout lorsqu'on l'envisage de la manière qui était la nôtre. Un soir, dans un cabaret qui se trouvait près de l'enclos du

Temple, nous avions mené trois ou quatre embuscades assez rentables aux dépens d'un laquais qui portait la livrée du prince de Conti, quand il subodora notre stratagème. Le bonhomme dépassait de deux bonnes têtes le plus grand d'entre nous – moi –, et se mit à nous menacer. La chose commença à devenir d'autant plus sérieuse qu'il ameuta bientôt deux autres butors de sa connaissance. Nous tentâmes alors de nous éclipser sans trop de scandale, mais les trois domestiques nous suivirent à l'extérieur de l'établissement. L'un d'entre eux sortit même un poignard de son gilet avant de le pointer vers nous. J'étais le plus proche de lui et mon sang se glaça à la vue de la lame. Je n'eus pas le temps de m'inquiéter plus avant : Dominique extirpa tout à coup une espèce de fronde de sa poche puis décocha en un éclair une bille de plomb en pleine face de notre adversaire. Celui-ci s'écroula dans un cri, tandis que ses deux compagnons se réfugiaient à l'intérieur du cabaret. Bien sûr, nous en profitâmes pour détaler à toutes jambes. Arrivés au bas de la rue Saint-Denis, nous reprîmes notre souffle. Je demandai à Dominique d'où il tenait cette habileté, il me répondit dans un sourire que c'était l'un des rares enseignements de son père qu'il avait retenus, en plus du maniement de l'épée. Un peu plus tard, à nos moments perdus, il consentit à nous transmettre un peu de ce savoir, un bâton faisant office de rapière.

Entre nous s'installa alors une confiance dont je pense qu'elle eût pu ressembler à de l'amitié, si Dominique n'avait gardé une distance que je mis sur le compte de notre différence d'âge. Il n'en restait pas moins fort cordial avec moi comme avec Rémy, ou même Flora, qui ne tarda pas à faire sa connaissance.

Arrivé à ce point de mon récit, on ne peut nier que je me donnais du mal pour améliorer ma condition. Grâce aux profits du recel et à celui des cartes, je vivais plus correctement que beaucoup de garçons de mon âge. J'étais désormais à la tête d'un petit capital qui devait approcher les cent livres, toutefois mon appétit ne s'en satisfaisait pas. Je me lançai bientôt dans une nouvelle duperie. Cette bonne mine d'angelot tombé du ciel, dont la nature avait bien voulu me gratifier, ne s'était pas démentie avec l'âge : j'étais un véritable appât à bigotes. Je décidai donc de faire fructifier ce talent d'enjôleur en me composant un personnage de séminariste. Je récupérai la tenue adéquate, tandis qu'un défroqué lyonnais de ma connaissance, désormais gargotier dans le faubourg, me donnait quelques leçons de catéchisme afin de parfaire mon rôle. Il m'enseigna surtout son ignorance, néanmoins cela me parut suffisant pour donner le change. Mon stratagème était simple : je me rendais chaque jour à la première messe d'une paroisse quelconque, car c'est très tôt le matin que l'on trouve les dévotes parmi les mieux disposées à croire au merveilleux. Là, j'adoptais un fervent recueillement, de manière à me faire remarquer. L'office achevé, je ne me pressais pas pour quitter les lieux, et je laissais faire le doux naturel des plus pieuses. Il n'en manquait jamais une pour me délivrer un sourire ou un petit mot bienveillant. J'y répondais timidement, et invariablement mon interlocutrice s'enquérait de savoir d'où je venais. Je récitais alors une histoire qui faisait de moi un humble élève du petit séminaire de la cathédrale Saint-Jean à Lyon, fâcheusement empêché de rejoindre son institution par le vol de sa bourse. La fable était touchante, les réactions toujours positivement chrétiennes. Quelques-unes de ces dames proposaient de m'offrir le couvert, d'autres ajoutaient le gîte, toutefois je résistais en arguant qu'il me fallait trouver au plus tôt le moyen de revenir à mes chères études. Les croyants aiment à trouver dans le zèle de la jeunesse l'expression de la puissance divine. Et puis, on ne se méfie pas d'un petit collet, c'est bien connu, si bien qu'une fois sur deux, on finissait par me faire don d'un viatique afin de rallier mon séminaire. Certaines se montraient même suffisamment généreuses pour que je fisse deux fois l'aller-retour jusqu'à Lyon. C'était bien assez pour rentrer au faubourg Saint-Marcel. Évidemment, je changeais de paroisse après chacun de mes forfaits. Paris en compte suffisamment pour enrichir un escroc.

Au début de l'année 1712, une inquiétante rumeur courut le faubourg. Dans un immeuble de la rue de la Barre, une méchante fièvre avait emporté presque entièrement quatre familles en deux semaines. Bientôt, de nombreux autres cas souvent mortels se signalèrent au faubourg Saint-Antoine, puis rue Saint-Honoré, et les médecins finirent par en conclure qu'une épidémie de petite vérole se propageait dans Paris. Cette maladie, aujourd'hui contenue grâce aux bienfaits de l'inoculation, était alors un fléau contre lequel on ne pouvait que prier le ciel ou déserter les lieux qui s'en trouvaient infectés. Les docteurs de la Faculté avouaient leur impuissance face à ce mal, se contentant d'en observer les progrès comme les répits. La maladie semblait cet hiver-là d'une vigueur rare, tellement qu'elle atteignit jusqu'à Versailles. Au mois de mars, on apprit que monseigneur le Dauphin et son épouse, puis l'un de leurs deux fils, en avaient succombé en quelques jours. Il ne restait plus pour prétendre au trône de Louis le Grand qu'un enfant de deux ans, bien mal en point, auquel on prédisait qu'il suivrait bientôt ses parents. Dans le faubourg, certaines rues furent placées en quarantaine, dont celle de mon ancienne nourrice, Jeannette, qui tenait toujours son élevage, mais qui eut le déplaisir de voir tous ses pensionnaires emportés par la funeste maladie. Elle-même n'y résista pas – je cite ce détail afin que l'on constate que je ne suis pas un ingrat, *Requiescat in pace*. Au printemps, enfin, le mal sembla vouloir lever le siège de la ville. On respira un peu mieux.

Ma comédie du séminariste, un temps perturbée par l'épidémie, put reprendre ses représentations. Mon pécule augmentait, et j'en usais un peu pour me garder les faveurs de Flora. Elle arrivait à un âge où une jeune fille songe à tirer les dividendes des spéculations des hommes sur ses charmes. Sa brave mère l'encourageait dans cette vocation. La chose était normale, et je dus moi aussi bientôt ouvrir ma bourse pour profiter de ses leçons intimes. Bien sûr, Flora me conservait une chaleur que n'avaient pas ses autres relations. Du moins, je l'espérais. À ce sujet, Dominique me donnait du souci. Un jour, je profitai de l'une de nos parties de cartes pour le sonder sur ses intentions.

— Trouves-tu Flora à ton goût ? demandai-je entre deux relances.

Dominique leva le nez de son jeu et me scruta de son profond regard.

— Si c'est le cas, il paraît que je ne suis pas le seul, répondit-il.

Le rouge me monta aux joues.

— C'est vrai qu'elle a beaucoup d'admirateurs, répliquai-je d'un air dégagé en jouant une dame.

— C'est le lot des beautés.

— Donc, elle est à ton goût… insistai-je.

— Flora a désormais un prix. Il n'est pas inaccessible, je crois.

Je serrai les mâchoires. Dominique parlait sans me regarder :

— Oui, on peut la trouver à son goût, ajouta-t-il, mais il reste plus difficile de l'être au sien.

— Cela te plairait ?

— À moi ? Peut-être. À d'autres moins, il semblerait, dit-il dans un sourire en même temps qu'il abattait un roi.

Il emporta la partie.

VIII

À LA FIN DE L'AUTOMNE DE 1712, plusieurs cas de petite vérole furent à nouveau observés en quelques rues du faubourg Saint-Marcel. Le fléau semblait vouloir s'ébrouer de son sommeil, cependant les médecins assurèrent qu'il n'y avait à déplorer qu'une demi-douzaine de morts, de jeunes enfants seulement, ce qui signifiait selon eux que la maladie était moins vivace. Pour ma part, j'étais à cette époque d'une santé positivement robuste. Certes, depuis quelque temps, je me sentais comme une indisposition matinale après des sueurs nocturnes, toutefois je mis cela sur le compte d'un refroidissement passager. D'ailleurs, ma jeunesse m'avait immunisé contre à peu près tous les miasmes de la terre. Je continuais donc à mener mes affaires sans me préoccuper d'autre chose que d'accroître mes bénéfices. Je délaissai un peu mon association avec Dominique et Rémy, préférant me consacrer au recel et à ma filouterie de faux séminariste. J'avais récemment jeté mon dévolu sur des paroisses proches des Tuileries, en particulier celle de Saint-Roch. Un matin, alors que je me sentais éreinté d'une mauvaise nuit assez fiévreuse, je donnai néanmoins suffisamment de gages de ma piété pour émouvoir une bourgeoise que je ne tardai pas à harponner au sortir de la messe. Je lui chantai si bien mon couplet habituel – et elle me trouva si pâle – qu'elle m'invita à la suivre non loin de là, chez elle, où elle me promettait de pourvoir à mes besoins pour rejoindre mes coreligionnaires. Elle habitait dans une charmante petite demeure de la rue Sainte-Anne. Nous nous y rendîmes. Tout se passait de la meilleure des manières quand, alors que j'allais prendre congé avec dix livres en poche, on introduisit dans son salon un visiteur. Mon sang se figea : il s'agissait d'un abbé. C'était un ami de la maison et la brave bourgeoise lui indiqua les raisons de ma présence. L'ecclésiastique m'observa d'un œil dubitatif, tandis que je croyais utile de débiter à nouveau mes niaiseries pour conforter les dires de ma bienfaitrice. L'abbé m'écouta avec beaucoup d'intérêt, puis parut tellement content de moi qu'il décida de m'octroyer lui aussi une aide. Il me demanda de l'accompagner chez lui afin qu'il me remette son obole. Je jubilais, et je pensais déjà à la manière dont je me vanterais de cet exploit auprès de Flora. Elle adorait entendre le récit de mes forfaits. Je pris donc le chemin de la rue de l'Échelle, où logeait l'abbé. C'était un petit homme un peu replet, d'une cinquantaine d'années, qui parlait d'une voix très douce. Je me sentais de plus en plus fiévreux, mais j'étais en confiance. Tout en marchant, nous conversâmes un peu :

— Alors comme ça, vous êtes Lyonnais, dit l'abbé.

— Oui, monsieur.

— Vos parents aussi ?

— Mon cher père et ma chère mère ne sont plus de ce monde... dis-je d'un air peiné.

— Pauvre garçon, compatit l'abbé.

Nous étions maintenant entrés dans la rue de l'Échelle. Je me sentais presque des vertiges et une forte soif me serrait la gorge.

— Dites-moi, je ne connais pas Lyon, reprit l'abbé, la cathédrale Saint-Jean se trouve près du Tibre, non ?

— Pour sûr, monsieur, on voit ce fleuve depuis le petit séminaire, répliquai-je d'un ton assuré.

— C'est bien ce qui me semblait, continua l'abbé alors que nous arrivions devant sa porte.

La bâtisse était de belle taille, avec au moins huit fenêtres. Nous entrâmes. Un domestique vint à notre rencontre, mais mon hôte le congédia d'un mouvement de tête. Il me guida ensuite dans un petit cabinet dont les murs soutenaient des étagères remplies de livres. L'abbé tira le verrou derrière nous, puis se planta devant moi.

— Vous devez avoir une bonne vue, jeune homme, me lança-t-il.

Je restai interloqué :

— Pourquoi donc, monsieur... ?

— Parce que distinguer le Tibre depuis Lyon et par-dessus les Alpes, c'est un miracle qui captiverait Sa Sainteté à Rome... où justement coule le Tibre.

— Euh...

— Vous n'êtes jamais allé à Lyon, c'est certain, continua l'abbé d'un ton rude.

— Si fait, monsieur... je...

— Taisez-vous ! Cessez maintenant votre comédie. Vous n'êtes pas un élève du petit séminaire, vous êtes un imposteur !

L'abbé saisit alors le premier livre qui lui vint sous la main avant de me le tendre.

— Ouvrez ceci et lisez-moi un passage, m'ordonna-t-il.

La situation devenait grave : j'étais démasqué, car, bien sûr, je ne savais pas lire. Ne pouvant fuir, je tentai d'amadouer mon sévère interlocuteur.

— Faites-moi grâce, monsieur, je promets de rendre son argent à cette brave dame si…

Mais en même temps que je disais cela, mes jambes se mirent à trembler et ma vue se troubla. Je m'appuyai à un fauteuil.

— Quelle pantomime me jouez-vous encore ? dit l'abbé.

— Je… je ne me sens pas bien… bredouillai-je.

Un nouveau vertige m'empêcha de continuer. Mon corps m'abandonnait, comme si la fièvre que je traînais depuis quelque temps profitait de cette mésaventure pour signifier son empire sur ma personne. Je m'évanouis.

Lorsque je repris un peu mes esprits, je me trouvais dans un lit, enfoui sous une montagne de couvertures. J'étais nu comme un ver. Je crus d'abord que je rêvais, puis la scène avec l'abbé me revint. Que s'était-il passé ? Je voulus me lever, mais j'en fus incapable. Une immense faiblesse me clouait sur place, tous mes membres en étaient endoloris. Je regardai autour de moi : j'étais dans une petite pièce bien propre, avec pour seuls meubles une armoire et une chaise sur laquelle on avait posé mes habits, tandis qu'une lucarne laissait passer un peu de jour derrière un rideau. La porte de la chambre s'ouvrit. Un jeune homme d'une vingtaine d'années s'approcha, posa sa main sur mon front, puis s'en alla sans un mot. Je tombai à nouveau dans une profonde léthargie. Quand j'en sortis, il me sembla qu'il faisait nuit. Je me sentais un petit peu mieux, si bien que je résolus de quitter mon lit. Il fallait que je trouve un moyen de m'enfuir de cette étrange maison. Mais à peine eus-je posé un pied par terre qu'un affreux vertige me renversa en arrière. Je sombrai encore une fois dans une espèce de torpeur. J'eus ensuite l'impression que l'on entrait dans la chambre : je distinguais des silhouettes qui s'affairaient autour de moi, parmi lesquelles celle de l'abbé. Bientôt, je perdis tout à fait la notion du temps. Parfois le soleil paraissait briller à l'extérieur, à d'autres moments l'obscurité la plus complète régnait. À plusieurs reprises on me souleva, et je voyais des visages inconnus se pencher vers moi. Puis plus rien, seulement une nuit profonde. Malgré mes efforts, mes yeux restaient obstinément clos. Le son des voix me parvenait sans que je puisse distinguer les paroles. Des illusions se mirent alors à m'assaillir : je croyais être revenu dans le faubourg, j'apercevais Flora, Dominique, Rémy, Lansquenet aussi. Ce délire ne cessa qu'avec l'apparition d'une grande lueur qui me tira des ténèbres. Peu à peu, je pus à nouveau distinguer les contours de la chambre. Le jeune homme que j'avais déjà entrevu venait fréquemment me faire boire. J'essayai plusieurs fois de lui parler, mais rien ne sortait de ma gorge. À force de tentatives, j'arrivai cependant à murmurer une faible question :

— Où suis-je ?

— Dans la maison de M. l'abbé Louison de Baux...

Je n'en entendis pas plus, car le sommeil reprit sa pesante tutelle sur moi. Mais lorsque je rouvris les yeux, l'abbé était là. Il me regardait d'un air bienveillant. Un autre personnage, tout vêtu de noir, se trouvait également dans la pièce. Les deux discutaient. À ma grande surprise, je pus comprendre sans peine leurs propos.

— Eh bien, docteur, on dirait que votre patient veut faire mentir la Faculté, dit l'abbé.

— Hum... il arrive que quelques exceptions viennent contredire les lois de la médecine, répondit l'homme en noir d'une mine contrariée.

— Voilà dix jours, vous ne lui donniez que quelques heures à vivre, un jour ou deux peut-être, guère plus, continua l'abbé.

— Certes, mais reconnaissez qu'il a manqué passer plus d'une fois, rétorqua le médecin. Heureusement pour lui, la fièvre éruptive a épargné le cœur. Les saignées ont eu un effet salvateur. En revanche, je crains pour ce pauvre garçon que la purulence de ses abcès ne se soit frayé un chemin jusqu'au cerveau. Il est fréquent qu'un malade qui survit à une aussi violente attaque de petite vérole en reste idiot.

— Nous verrons cela, fit l'abbé.

— En tout cas, s'il résiste, il devrait être sur pied dans une quinzaine de jours, ajouta le docteur. Qu'allez-vous faire de lui ?

L'abbé eut une moue pensive et ne répondit rien.

— Vous êtes son bienfaiteur, mais j'ai dans l'idée que cette canaille n'en aura pas une once de reconnaissance, insista le médecin.

— Qu'importe. Ce garçon est venu échouer dans ma maison, c'était la volonté du Seigneur, je ne pouvais m'y dérober. Il était écrit qu'il devait survivre, dit l'abbé d'un air qui m'impressionna.

— Soyez sans illusion, monsieur l'abbé : ce que la maladie n'a pas réussi, la corde l'accomplira un jour ou l'autre, conclut l'homme en noir avant de tourner les talons.

Heureusement pour moi, les prédictions du sombre docteur continuèrent à ne pas vouloir se vérifier : je me remis plus vite que prévu. Une semaine plus tard, je pouvais faire le tour de mon lit, et trois jours après, celui de ma petite chambre, tandis que mon intelligence ne semblait pas avoir souffert de la fièvre. Bref, j'étais sauvé. Entre-temps, les domestiques de l'abbé m'avaient éclairé sur mon sauveur. L'abbé Louison de Baux était de ces hommes qui n'imaginent leur vie qu'au service de Dieu. Il avait presque soixante ans mais en paraissait dix de moins. Fils cadet d'une puissante et noble famille toulousaine, il avait autrefois dit la messe dans cette ville avant de se rapprocher de ses amis de la congrégation des Dominicains à Paris. Il œuvrait avec eux au raffermissement de la foi, en particulier auprès du clan des dévots, qui, on le sait, avait à cette époque beaucoup d'entregent à Versailles – plus qu'aujourd'hui. Il était également l'abbé commendataire d'une abbaye dont le bénéfice lui rapportait une coquette somme. Il en usait pour lui et surtout pour les autres. Ses bonnes œuvres ne se comptaient plus, je venais d'ailleurs d'en faire l'expérience. Lors de mon évanouissement, il avait d'abord cru à un stratagème. Cependant, au bout d'un moment, il avait dû se rendre à l'évidence : c'était une véritable syncope. Il avait donc envoyé chercher son médecin. Celui-ci, que nous connaissons désormais, avait vivement conseillé de se débarrasser de moi. Mais, on le sait, la maladie venait de m'accabler dans la maison d'un brave homme. Au lieu de me chasser, l'abbé avait décidé mon installation dans une chambre libre de l'étage des domestiques, où l'on me prodigua des soins. Voilà pourquoi j'étais encore vivant.

Un matin, l'abbé Louison me rendit visite.

— Alors, mon garçon, comment te sens-tu aujourd'hui ? me demanda-t-il en croisant les bras sur son embonpoint.

— Bien, monsieur, merci... répondis-je tout penaud.

C'était la première fois que l'abbé venait dans ma chambre depuis le début de ma convalescence. Je m'attendais à subir ses remontrances, toutefois je ne lui en laissai pas l'initiative et je me confondis en regrets pour mes mauvaises actions. Je mentirais si j'affirmais que j'étais alors sincère, cependant, bien que je fusse un vaurien endurci, un peu de honte me taraudait le fond de l'âme. L'abbé Louison me laissa achever ma repentance, puis il s'assit sur la chaise qui était près de mon lit.

— Comment t'appelles-tu ? fit-il d'un ton bienveillant.

— Renard, monsieur.
— Et ton prénom ?
— Euh... je me nomme Renard, c'est tout.
— Tu as des parents ?
— Sûrement... mais ils ne se sont jamais fait connaître...
— Où habites-tu ?
— Au faubourg Saint-Marcel.

Le visage de l'abbé Louison se rembrunit.

— Je comprends mieux d'où tu tiens la petite vérole, dit-il. Le faubourg vient d'être ravagé par une épidémie.
— Une épidémie au faubourg ? m'inquiétai-je.
— Oui, une des pires de ces dernières années...

Je pensai tout de suite à Flora, un frisson me parcourut le corps.

— Monsieur l'abbé, il faut que je rentre chez moi, suppliai-je, je dois...
— Il n'en est pas question, me coupa-t-il d'un ton ferme.

Je réalisai tout à coup ma situation : j'étais un prisonnier en sursis.

— Vous allez me livrer aux gens du guet... dis-je d'un ton résigné.

L'abbé Louison me regarda alors longuement, comme s'il essayait de percer mes pensées.

— Calme-toi. Tu ne peux pas partir maintenant, voilà ce que je veux dire. Et il n'est pas dans mes intentions de te livrer au guet. Tu le mérites sûrement, et pas qu'une fois, mais je ne peux m'y résoudre.

L'abbé parlait maintenant d'une voix douce, presque comme un bon père qui tancerait affectueusement son fils. Pourquoi cet homme me témoignait-il autant d'intérêt ? Depuis que j'allais mieux, j'avais souvent essayé d'en comprendre la raison. En vain. Cette fois, je lui posai la question.

— Il est des mystères que seule la foi explique, répondit-il. D'abord, le hasard t'a placé sur ma route, puis la fatalité t'a terrassé dans ma maison, enfin la Providence t'a ramené à la vie dans cette même demeure. Cela ne peut s'ignorer.

— Qu'allez-vous faire de moi ?

— Tu as le choix, me dit l'abbé en se levant de son siège. Je n'ai pas l'habitude d'abandonner les brebis égarées. Si tu le souhaites, tu resteras dans ma maison, j'ai un emploi de domestique à pourvoir. Cette chambre peut devenir la tienne. Ou bien, tu pourras repartir chez toi, je ne tiens pas une prison.

— Merci, monsieur, grand merci... bredouillai-je, des larmes dans les yeux.

L'abbé me conseilla de me reposer puis me laissa tout seul. Évidemment, mon choix était déjà fait. Le lendemain, je le lui fis savoir. Il n'en montra pas trop de déception, et me sermonna bien fermement afin que je quitte l'ornière dans laquelle il disait que je m'étais engagé. Il n'oublia pas non plus de me réclamer les dix livres que la brave femme de la rue Sainte-Anne m'avait données. Il se chargerait de les lui rendre. Ce même jour, à la fin de l'après-midi, je quittai la maison de l'abbé Louison. J'y étais resté plus de trois semaines. J'avais encore quelques cicatrices sur le visage à cause des affreuses pustules de la petite vérole, mais je tenais fermement sur mes deux jambes.

L'épidémie partage avec la guerre le goût pour le massacre des plus faibles. La petite vérole avait pris ses quartiers chez les miséreux de Paris : au faubourg Saint-Marcel mieux qu'ailleurs, la crasse avait favorisé la maladie. Tout me parut comme après un naufrage. Une multitude de débris jonchaient le pavé, tandis que la majorité des boutiques demeuraient fermées. D'habitude si sonore, le faubourg ne résonnait plus d'aucun bruit et, sur de nombreuses portes, on avait peint une croix noire. Le deuil était partout. Dans ce décor de désastre, je ne songeai qu'à filer chez Flora et sa mère. Rue du Cheval-Vert, le guet venait de lever une espèce de barrage que l'on dresse lorsque la quarantaine est décrétée. Heureusement, la maison de Flora n'arborait pas de funeste symbole. Je grimpai à l'étage de leur logis, où je trouvai porte close. Je tambourinai plusieurs fois, j'appelai, en vain. Un vieil homme d'une bâtisse voisine finit cependant par venir voir qui osait faire un tel tapage dans ce silence de mort. Il me dit que les occupants de l'immeuble de Flora s'étaient enfuis lorsque deux familles avaient été décimées par le mal. Il ne pouvait dire de qui il s'agissait. Je frémis. Quelques rues plus loin, un cabaret que nous fréquentions souvent restait encore ouvert. On s'y étonna de me trouver toujours de ce monde. Je demandai là aussi des nouvelles de Flora ainsi que de Rémy, mais nul ne sut m'en dire plus. On m'expliqua en revanche comment la maladie s'était répandue en quelques jours, fauchant d'abord des centaines d'enfants, puis leurs parents. Nul ne connaissait le nombre exact des victimes, toutefois il était certain qu'elles dépassaient les deux mille rien que dans les limites du faubourg. Beaucoup d'habitants avaient d'abord déguerpi, mais on avait bientôt craint qu'ils emportassent dans leurs bagages la terrible maladie. La quarantaine avait alors été imposée. Elle venait juste d'être suspendue. Les trois semaines suivantes, j'écumai tous les endroits qui nous étaient familiers. J'allai également plusieurs fois jusqu'à l'*Auberge du Griffon*, sans aucun résultat. Flora et Rémy s'étaient comme volatilisés.

Un matin pourtant, je recouvris l'espoir lorsque j'aperçus dans une rue la silhouette de Dominique. Je me précipitai vers lui. Il m'accueillit avec l'étonnement de ceux qui rencontrèrent Lazare au sortir de son tombeau. Je lui racontai brièvement mon aventure, mais surtout, je lui demandai s'il possédait des nouvelles de Rémy et de Flora – j'utilisai cet ordre bien que la seconde m'importât plus que le premier. Il sembla gêné et me répondit qu'il n'avait vu aucun des deux depuis quelques jours après ma disparition. Il m'expliqua également que l'épidémie avait bouleversé la marche de ses affaires, si bien qu'il s'apprêtait à quitter la ville pour se rendre à Rouen, où des connaissances à lui l'attendaient afin de monter une petite bande. La chose m'étonna, car je le savais d'un naturel solitaire. Nous nous saluâmes ensuite assez cordialement. Je rentrai chez moi l'âme sombre, je ne le cache pas. Au milieu de ce désordre, je restais seul. J'étais pour la première fois de ma vie désemparé. Dans la vie d'un homme, il est des instants terribles où le désespoir lave nos yeux des chimères dont on s'est longtemps aveuglé : j'avais une quinzaine d'années, aucun avenir, et j'avoue que je me mis à regretter d'avoir survécu jusque-là. Je m'enfermai dans ma mansarde huit jours durant. Je ne dirai pas quelles idées me hantèrent. Au neuvième jour cependant, je pris un sac dans lequel j'entassai mes meilleurs habits, puis je vidai ma cassette qui comptait pas moins de cent cinquante livres. Ma décision était prise.

IX

L'ABBÉ LOUISON DE BAUX ne cacha pas sa joie de mon retour : il m'accueillit dans sa maison presque à la manière d'un père. Cela me troubla. Peut-être voyait-il en moi le fils qu'il avait désiré mais que son sacerdoce lui interdisait. Je ne sais. En tout cas, il ne fallut pas longtemps avant que je me sente un peu son parent.

L'abbé décida de me confier l'utile emploi d'homme à tout faire. Cependant, il se gardait le plus souvent de ne rien me réclamer. Pour cette sinécure, je touchais cinq livres de gages par mois, en plus du gîte et du couvert. Ma petite fortune personnelle s'en arrondit d'autant. Je flânais dans la maison, vaquais à diverses futilités sans que jamais aucune corvée ne me fût commandée. Je gardais Flora dans un coin de ma tête et il m'arriva à plusieurs reprises de faire le chemin vers le faubourg. Toujours en vain. Parfois, j'allais également prendre l'air du côté du Palais-Royal ou des Tuileries. Évidemment, ce régime de faveur attisa bientôt la jalousie des autres domestiques, si bien qu'au bout de deux semaines de ce train, je demandai à l'abbé qu'il me donnât au moins un peu de labeur. Il argua que j'étais encore convalescent, mais que sous peu le travail ne me manquerait pas. Je demeurai donc dans ma douce oisiveté. Un jour enfin, il me fit appeler dans son cabinet.

— Alors, mon garçon, te plais-tu dans ma maison ? commença l'abbé, qui était assis à sa table de travail.

— Oh oui, monsieur !

— Ton faubourg ne te manque pas ?

— Personne ne m'y attend dont je pourrais me languir, répondis-je en songeant à Flora.

— Bien, bien, dit l'abbé tout en tournant délicatement les pages d'un livre ouvert devant lui. Tu te rappelles ce que je t'ai demandé la première fois que nous nous sommes vus dans ce cabinet ? continua-t-il.

— Euh… nous avons parlé de Lyon, fis-je d'un ton gêné.

— Oui, certes, mais je t'ai aussi invité à me lire un passage de cet ouvrage, répliqua l'abbé en tournant vers moi le livre qu'il feuilletait.

Je restai aussi interdit que le jour de mon évanouissement.

— Aimerais-tu savoir lire ? me lança tout à coup l'abbé.

La question n'était pas de celles que j'attendais. Je restai quelques instants incrédule.

— Alors, cela te plairait-il ? insista l'abbé.

— Je crois que je ne saurais pas, monsieur…

— Détrompe-toi, je te pense capable d'apprendre à lire, et à écrire aussi.

— Mais pour quoi faire, monsieur ?

— Ton éducation, mon garçon. C'est une richesse qui ne se vole pas, celle-là, me rétorqua l'abbé d'un ton plus sévère.

Je rougis. Dans ma jeune vie, j'avais souvent tenu tête à de solides gaillards, j'avais escroqué sans remords de braves gens, menti en toute occasion, mais je dois admettre que mon aplomb de petite canaille le cédait devant la grave autorité de l'abbé Louison.

— Tu voulais du travail, je vais t'en donner, reprit-il. Désormais, tu viendras tous les matins à huit heures précises dans ce cabinet. Je te ferai la leçon jusqu'à dix heures, puis chaque après-midi de cinq heures jusqu'au dîner. Tu as compris ?

— Euh... oui, monsieur, acquiesçai-je docilement sans bien comprendre ce qu'il m'arrivait.

Mon instruction débuta donc le lendemain. L'abbé s'appliqua d'abord à faire entrer dans ma caboche les rudiments de l'alphabet. Il mettait à cette tâche beaucoup de douceur, ce qui me changea des méthodes des pédagogues que j'avais eus précédemment. Il ne levait jamais la voix, encore moins la main, et cette nouvelle manière à mon égard fit des miracles puisque j'appris sans effort à reconnaître toutes les lettres. L'abbé rayonnait : mon zèle lui confirmait que je valais la peine d'être sauvé. Bientôt, je pris moi-même du plaisir à le retrouver dans son cabinet. Au bout d'un mois, je devins presque sincèrement studieux. Oh, je ne dirai pas que j'ambitionnais d'entrer à l'Académie, mais, sans que je m'en rende compte, cette soif d'apprendre avait commencé d'étancher peu à peu mon désir de mauvaises actions. L'abbé Louison m'encourageait, tandis que je m'étonnais de me découvrir tant de talents que j'ignorais. En plus de mes leçons, il me parlait de choses et d'autres ou m'interrogeait beaucoup sur ma vie au faubourg. Je lui en disais seulement ce qui se peut entendre, mais cela suffisait à l'intéresser. Il ne jugeait jamais, écoutant avec bienveillance, puis en tirait une petite leçon de morale chrétienne en manière de conclusion. Un jour, après avoir entendu le récit de mes années de mendiant, il me posa une question :

— Crois-tu dans notre Seigneur, mon garçon ?

— Si fait, monsieur, répondis-je dans l'instant.

À cette époque, j'avais effectivement le sentiment que la toute-puissance divine n'était pas pour rien dans nos existences. Ce n'était pas une conviction, plutôt un soupçon. Toutefois, on reconnaîtra que mon destin ne m'avait jusqu'alors pas laissé trop de temps pour me pencher sur cette intéressante énigme. L'abbé s'inquiéta aussi de savoir si j'avais été ondoyé. Je ne pus le rassurer à cet endroit, on s'en doute, et il proposa de me baptiser. La chose me sembla d'abord incongrue, puis il insista tant que je me laissai faire de bon gré, d'autant plus qu'il m'expliqua que mon salut en dépendait. Il fixa la chose pour la semaine suivante. Cela devait se passer dans une chapelle de l'église Saint-Roch. Mais avant, il fallait résoudre un épineux obstacle : afin que mon baptême soit inscrit dans le registre paroissial, je devais avoir une identité. Bref, il me manquait un nom et un prénom. L'abbé étudia la question.

— Renard est un patronyme qui évoquerait trop ton ancienne vie, estima-t-il d'abord. Mais l'on peut trouver quelque chose qui ne te dépayse pas trop.

Il chercha quelques instants d'un air grave, puis son brave visage s'éclaira :

— Puisque tu vas renaître, tu te prénommeras René. Quant à ton nom de famille, ce sera Baptiste, ce qui te rappellera que tu es désormais un baptisé.

René Baptiste, voilà qui était joliment pensé, même si je me faisais fort de conserver Renard lorsque je rentrerais au faubourg. Et puis, j'étais assez content de pouvoir, comme Dominique, user moi aussi de plusieurs identités – mes sombres penchants m'habitaient toujours. L'abbé suggéra également qu'il fallait compléter tout ceci par un âge officiel. À cette époque, je présumais avoir une quinzaine d'années, bien que je mesurasse cinq pieds six pouces, ce qui faisait de moi un garçon d'une belle taille pour cet âge. L'abbé était perplexe. Je me souvins cependant que ma nourrice m'avait rapporté, une fois, que j'étais arrivé chez elle à l'époque où M. d'Argenson venait d'être nommé lieutenant général de police – ce genre de détail ne s'oublie pas dans nos milieux. C'était une information capitale, estima le père Louison. Il se livra à quelques recherches dans ses éphémérides puis en conclut doctement que je devais être un natif de l'année 1697. Pour le mois, je savais la pittoresque anecdote de ma naissance ; je la lui racontai. Le brave homme, ayant l'esprit pratique, arbitra donc pour le mois de janvier. Il me laissa le choix du jour. Je me rappelai du médiocre catéchisme de mon défroqué lyonnais et j'optai pour le sixième de janvier, en l'honneur de la présentation de Jésus aux rois mages. Au fond, c'était lui aussi un enfant adopté, me dis-je avec une certaine fierté. On le voit, je maîtrisais encore mal les mystères de la Nativité. Qu'importe : désormais, à défaut d'avoir une date de naissance, je possédais une date d'anniversaire.

Trois mois à peine après mon entrée dans la maison de l'abbé Louison, j'étais baptisé, je savais lire et j'écrivais assez correctement. Mon caractère s'en trouva faire des progrès lui aussi. J'étais comme ces plantes étouffées par les mauvaises herbes, et qui, une fois libérées de leur corset, s'épanouissent jusqu'à fleurir mieux et plus vite que les autres. J'ajoutai à mes leçons de longues séances de lecture : cette clé m'ouvrit des portes insoupçonnées. L'abbé me laissait m'installer dans son cabinet et choisissait les textes les mieux adaptés à mon apprentissage, des écrits saints de préférence, un peu de littérature aussi, tandis qu'il m'épargnait toujours les laborieuses corvées des autres domestiques. Les choses allaient ainsi lorsqu'il m'annonça un jour qu'il s'apprêtait à partir en visite dans ses terres toulousaines. Il me proposa de l'accompagner en qualité de valet. Je n'hésitai pas. Notre départ fut fixé à la semaine suivante. Je fis entre-temps une ultime discrète excursion au faubourg Saint-Marcel, qui me confirma que je ne laissais rien derrière moi.

L'abbé avait ses manies, les voyages en faisaient partie. Il connaissait parfaitement l'Espagne et l'Italie, en plus de presque toutes les provinces du royaume. Nous devions d'abord séjourner à Toulouse afin qu'il y réglât quelques affaires personnelles, puis ensuite il prévoyait de pousser en direction de l'Espagne, à Saragosse et Salamanque où, disait-il, l'Université était l'honneur de l'Église catholique. Il y avait suivi des enseignements plusieurs décennies plus tôt. Le 7 mai 1713, nous embarquâmes donc dans la voiture de poste du relais de la barrière Saint-Jacques. C'était la première fois que je sortais de Paris. La campagne me fit une forte impression, son odeur surtout. Plus de relents aigres ni de miasmes, mais un air au parfum étonnamment plaisant, même lorsqu'il prenait le bouquet du fumier. Je passai la première étape le nez à la portière. Nous couchâmes ce soir-là entre Orléans et Paris, dans une auberge qui, bien qu'elle fût remplie de voyageurs, présentait une propreté remarquable. J'ignorais qu'il y en eût de si bien tenues. L'abbé se fit donner une grande chambre qui disposait d'une sorte de vestibule où il y avait une large banquette qui pouvait servir de couchage. J'en héritai. Cependant, à peine eûmes-nous soufflé les chandelles que les ronflements de l'abbé commencèrent de se faire entendre. Ils me tinrent éveillé une partie de la nuit. Lorsque la forge se calma enfin, des soupirs d'un autre genre prirent le relais de l'autre côté de la fine cloison de notre chambre. Je ne fermai pas l'œil. Le lendemain, je me rattrapai en somnolant tout au long de l'étape. À cette époque, le temps de voyage était presque le double de celui d'aujourd'hui. Il nous fallut huit jours pour nous rendre à Limoges. Là, on nous donna deux gardes à cheval en escorte, car des brigands hantaient les bois qui longeaient la grand-route. L'un de nos compagnons de voyage, un soldat, se complut alors à raconter force détails sur les attaques qui se produisaient régulièrement sur le parcours. La chose m'intéressa en amateur, tandis que les autres passagers ne semblaient pas goûter le récit de ces guets-apens. On sait combien le commun des mortels craint toujours qu'on ne convoque le danger rien qu'en l'évoquant. Pourtant, rien ne nous arriva – un peu de moi le regretta. Enfin, quinze jours après notre départ, nous entrâmes sains et saufs dans Toulouse.

L'abbé Louison avait dans cette ville un charmant petit hôtel qu'il tenait de sa famille. Nous nous y installâmes et je récupérai une chambre qui donnait sur un adorable jardin. Durant le voyage, j'avais un peu servi de valet à l'abbé, toutefois il me déchargea à nouveau bien vite de ce labeur en engageant deux domestiques et une cuisinière. Il comptait rester quelque temps à Toulouse, afin notamment de démêler une complexe procédure de justice avec un cousin acariâtre. Il n'en oubliait pas pour autant mon éducation. Nous continuions nos leçons quotidiennes, auxquelles s'ajoutèrent bientôt de fréquentes rencontres avec les pères dominicains. Quelques après-midi par semaine, nous leur rendions visite et j'assistais à leurs doctes débats avec mon maître. J'emploie pour la première fois le terme de « maître », car désormais je m'en sentais sincèrement son élève. Loin du théâtre de mes turpitudes, je me transformais. L'abbé en était émerveillé. Je lisais jusqu'à tard dans la nuit, j'étais insatiable. Les textes des apôtres retenaient particulièrement mon intérêt. Je questionnais sans cesse mon maître à ce propos, si bien qu'il lui parut bientôt évident que la lumière divine faisait son œuvre sur mon esprit. Je ne le contrariais pas dans cette conviction, d'autant qu'il me semblait également que j'étais gagné par la foi, la vraie. Je voulais croire, je me persuadais donc de cette révélation – c'est là le premier ingrédient du miracle.

L'affaire de justice de l'abbé dura ce qu'elle dure toujours en ce pays, et nous attendîmes onze mois avant qu'un mauvais procès ne vienne faire regretter un bon arrangement. Mon maître eut gain de cause mais se fâcha avec son parent. Il se consola en se félicitant de mes progrès. Je pouvais désormais soutenir avec lui quelques conversations qui n'auraient pas déplu à ses amis dominicains. Je n'étais certes pas un théologien, cependant mes connaissances dépassaient de beaucoup celles de nombre de jeunes séminaristes. L'abbé avait d'ailleurs à ce sujet des plans pour moi dont il me parlait parfois. En attendant, la marotte des voyages le reprit, et il décida que nous allions nous rendre en Espagne, à Salamanque, où il voulait me montrer l'université de cette ville.

Nous franchîmes les Pyrénées par le val d'Aran avant d'entrer en Espagne. Les routes de ce pays sont un enfer. D'ailleurs, y a-t-il des routes ? Par trois fois les ressorts des voitures de poste que nous empruntâmes se brisèrent dans les ornières d'affreux chemins. Nous séjournâmes quelques jours à Saragosse pour nous reposer, avant de reprendre notre périple jusqu'à Salamanque, où nous arrivâmes cinq semaines après notre départ de Toulouse. Je ne décrirai pas cette ville, allez la voir, elle en vaut la peine. L'Église y a bâti couvents, écoles, bibliothèques, et son université rayonne bien au-delà de ses murs. L'abbé Louison tenait cette cité pour l'un des phares de la chrétienté. Nous nous installâmes chez un ami de l'abbé, un vieil aristocrate castillan qui vivait en ermite dans un palais un peu délabré. Là, je poursuivis mon éducation sous la douce férule de mon maître. Nous abordâmes en particulier le latin. On pourra s'étonner de me voir si studieux après une première jeunesse pour le moins turbulente, toutefois je répondrai que c'est cette même énergie qui était la cause de mes incroyables progrès. Cette fougue emportait tous les obstacles, ce que l'abbé ne cessait d'admirer.

Au bout de huit mois, nous prîmes le chemin du retour. J'en fus assez content, car les Espagnols sont des gens sévères, souvent taciturnes, et leurs prêtres encore plus. Le 5 janvier 1715, nous étions à Toulouse. Le lendemain, l'abbé Louison me souhaita mon dix-huitième anniversaire en m'offrant une superbe bible que je possède encore aujourd'hui. Je me trouvais heureux dans sa maison, Toulouse n'était pas non plus pour me déplaire. De son côté, mon protecteur ne manifestait aucune envie de retourner à Paris, si bien que je pus un temps m'imaginer que moi-même je n'y reviendrais jamais. En plus de deux années maintenant, le lourd badigeon de ma médiocre enfance s'était comme dissout sous le beau vernis de l'éducation. Je voulais devenir l'abbé Baptiste, c'était mon souhait autant que celui de mon bon maître. Entré dans sa maison en faux séminariste, j'ambitionnais désormais d'en devenir un véritable. Mon destin s'accomplissait, et l'abbé était heureux d'en avoir été l'instrument. Quelque temps plus tard, il écrivit au père supérieur du séminaire de la ville de Castres, à une journée de cheval de Toulouse, afin de lui recommander ma candidature.

Je suis entré au grand séminaire de Castres à peine quinze jours après que nous fut parvenue la nouvelle de la mort de Louis le Grand. Son successeur n'accusait encore que cinq ans. Ses père et mère avaient succombé à la petite vérole, et monseigneur le duc Philippe d'Orléans s'était fait sans peine désigner à la régence du royaume. Lorsque les portes du séminaire se refermèrent derrière moi, tout ceci m'importait très médiocrement. Je croyais alors à ma vocation plus qu'à la politique.

Mes premiers pas dans cette institution furent empreints d'un zèle qui me fit aussitôt remarquer par mes maîtres. À dire vrai, nombre de mes jeunes coreligionnaires se distinguaient par leur ignorance crasse et beaucoup ne faisaient aucun secret de leur peu d'appétence pour les mystères de la foi. L'enseignement nous était dispensé par de braves pères dont la plupart avaient d'ailleurs depuis longtemps abdiqué l'espoir d'éclairer les moins convaincus d'entre nous. Bref, ce séjour me sembla vite en deçà de mes belles aspirations, et je vais narrer prestement cette période de ma vie tant la description d'une seule journée suffit à résumer l'essentiel de deux années de cursus. Levés à cinq heures, nous débutions par la prière commune dans la chapelle du séminaire. Ensuite, une première leçon nous conduisait jusqu'à sept heures, où l'on prenait un temps pour soi afin de se laver et de ranger sa cellule. À la cloche de la demie, le réfectoire ouvrait ses portes pour une collation, avant que nous ne reprenions la classe. Cela nous menait à onze heures, avec une nouvelle prière en préambule du déjeuner. Toute l'après-midi se passait en leçons, suivies de deux heures d'études. Venait enfin une heure dédiée à la méditation, puis le repas du soir précédait le « grand silence », décrété de neuf heures du soir jusqu'à cinq heures le lendemain matin. Et ainsi de suite chaque jour de chaque semaine, sauf le dimanche, dont l'après-midi restait à notre disposition. Cette rude ordonnance ne suffisait cependant pas toujours à contenir nos juvéniles énergies. En particulier, force est de reconnaître que la promiscuité engendrait chez certains des amitiés d'un genre débridé. J'eus ainsi plusieurs fois l'occasion de surprendre des élèves en délicate posture, toutefois je n'ai moi-même jamais sacrifié à cette manie malgré de fréquentes sollicitations.

La routine et l'ennui occupèrent donc les années 1716 et 1717 de mon existence, puis vint le doute, leur mauvais compagnon. Je me languissais chaque jour un peu plus, tandis que mes camarades bornaient leur horizon à l'heure de la soupe ou à d'autres appétits. Manger trompe la mélancolie, et on ne doit pas s'étonner de ces bataillons de curés joufflus qui peuplent nos églises. Quant à moi, les privations de ma jeunesse et l'espèce de discipline que mon corps en avait conservée me garantissaient une ligne sans défaut. Je peux même dire qu'aucun de mes coreligionnaires ne possédait une stature aussi avantageuse. Je mesurais désormais cinq pieds neuf pouces, j'avais les épaules larges, la taille bien prise, la jambe sans défaut, de belles boucles blondes, et une figure dont le miroir aurait pu me renvoyer un légitime orgueil si je n'eusse été un exemple de modestie, se félicitaient les bons pères du séminaire. Au chapitre de mes études, je me distinguais par une belle écriture, un latin châtié, et des talents pour la controverse théologique, si bien que je reçus la tonsure et les ordres mineurs au mois de mai 1718, ce qui fit de moi l'abbé Baptiste. Pour accéder à la prêtrise, il ne me restait qu'à obtenir les ordres majeurs. Mes maîtres ne doutaient pas que j'y parviendrais avant quelques mois.

Il en va de la carrière du religieux comme de celle du militaire : on s'engage souvent sur un coup d'exaltation, avant que la lancinante habitude du service ne vienne ronger les meilleures dispositions. Je m'en ouvris à l'abbé Louison, qui tenta de me persuader qu'il en était parfois ainsi des premiers instants d'une vocation. Cependant, mon insistance l'alarma suffisamment pour qu'il suggérât au père supérieur du séminaire de me permettre de revenir au monde quelque temps. Je retrouvai l'abbé et Toulouse avec une profonde joie. Nous discutâmes beaucoup : c'était un brave homme, il accepta mes doutes, considérant toutefois qu'il fallait persister à me garder ouverte la voie sacerdotale. Comme toujours, l'abbé tenait dans son esprit un plan bien arrêté. Quelques semaines plus tôt, il avait écrit à l'une de ses relations parisiennes, un certain abbé Duchesne, qui officiait en qualité de premier secrétaire auprès d'un puissant prélat du nom de Dubois.

Dans son courrier, l'abbé Louison louait mes qualités de clerc, et Duchesne répondit qu'il acceptait de m'employer au beau rôle de copiste dans quelques obscurs travaux de son administration. J'eus tout d'abord la réaction de repousser cette proposition, car elle m'obligeait à m'éloigner de mon protecteur, mais ce dernier sut par de douces manières me vanter les avantages d'une telle position, quoi qu'il lui en coûtât de me voir partir si loin de lui. À force d'arguments, je rendis ma décision à la sienne.

Le 7 août 1718, j'embarquai dans la voiture de poste, un vrai chagrin au cœur. Il ne me quitta pas jusqu'à Limoges. À Orléans, l'énergie de mes vingt ans l'avait supplanté : j'étais désormais impatient de revoir Paris.

X

Un mot sur moi : quel parcours ! Qui se souvenait du petit mendiant ? Moi, je l'avais oublié, comme on oublie un rêve quelques instants seulement après l'avoir trouvé si réel. Cinq années et demie s'étaient écoulées depuis mon départ du faubourg Saint-Marcel. J'étais un autre désormais, nul ne connaissait mon passé, et seul le présent comptait, avant peut-être l'avenir. J'arrivai à Paris le soir du 20 août 1718. Je passai ma première nuit dans une auberge assez bien tenue du faubourg Saint-Germain. L'air était étouffant et je ne fermai l'œil que très tard. Le lendemain, je me mis en quête d'un logement. L'épouse de l'aubergiste me signala qu'une veuve louait, rue du Bac, des appartements à des gens d'honnête éducation. Mon habit de jeune abbé valait en cela tous les passeports. Je disposais également d'un appréciable viatique, car en plus de ma cassette personnelle, qui n'était pas écornée d'une livre depuis toutes ces années, l'abbé Louison avait ajouté un pécule de mille livres en lettres de change afin de pourvoir à mon installation. Ce fut largement suffisant pour obtenir la confiance de ma nouvelle logeuse, Mme Dussault, qui régentait un immeuble dont la façade donnait rue du Bac, tandis que l'arrière ouvrait sur un petit jardin. Je disposais là d'un appartement composé d'un vaste salon, d'un cabinet et d'une chambre. À ceux de ses locataires qui le souhaitaient, Mme Dussault proposait le couvert chaque soir pour quelques sols. On le voit, beaucoup seraient heureux de régler aussi positivement leur arrivée à Paris. C'est ce que j'écrivis le soir même à l'abbé Louison, à qui j'avais promis de donner souvent de mes nouvelles. Ces travaux d'intendance achevés, il me restait à me présenter à Duchesne. Celui-ci travaillait et logeait auprès de son maître, l'abbé Dubois, dans un hôtel jouxtant le Palais-Royal, rue Neuve-des-Bons-Enfants.

Le matin du troisième jour après mon arrivée, c'est d'un pas décidé que je me dirigeai vers mon nouvel emploi. En chemin, je pus vérifier combien la foule parisienne n'avait rien perdu de son entrain ni de ses parfums : j'avais presque oublié cette presse, ces cris, et ce bourdonnement sans fin. La Seine me parut plus étroite que dans mon souvenir, alors qu'un peu plus loin, je constatai que les travaux du Louvre étaient toujours à l'arrêt. Devant les jardins du Palais-Royal, j'eus une très brève réminiscence de mon enfance. Toutefois, mon attention se fixa très vite sur les deux Suisses qui se tenaient à l'entrée de l'hôtel où je me rendais. Je n'ai jamais eu de sympathie pour ces soudards à l'accent tudesque qui s'ingénient le plus souvent à vous fermer les portes qu'ils sont chargés d'ouvrir. Et comme je le craignais, je dus parlementer dix bonnes minutes avant que l'un de ces cerbères ne consentît à aller se renseigner. Au bout d'un quart d'heure supplémentaire, il revint en grognant je ne sais quoi, mais me laissa enfin passer. Évidemment, il ne m'indiqua pas où se trouvaient les bureaux de l'abbé Duchesne, et j'errai quelques minutes de plus dans un dédale de couloirs. Heureusement, un petit commis à l'air intelligent me sortit de mon embarras en me guidant jusqu'à l'antichambre de Duchesne. Je patientai là une bonne heure, puis un huissier vint me chercher pour m'introduire dans un vaste salon dont chacun des angles était garni d'un bureau. Derrière le plus grand, un homme au long visage maigre et à l'air austère s'affairait sur une liasse de documents. Je m'avançai dans la pièce, bien qu'il semblât ne pas prêter attention à ma présence. Au bout d'un instant positivement long, il m'interrogea sans lever le nez de sa besogne :

— C'est vous qui m'êtes envoyé par l'abbé Louison ?

— Oui, monsieur l'abbé...

— Prenez une plume et du papier, me coupa-t-il en montrant un pupitre, toujours sans un regard vers moi.

Je m'exécutai prestement.

— Maintenant, copiez le *Notre Père* en latin et en français, me lança Duchesne.

J'accomplis ma tâche avec toute la célérité dont j'étais capable, puis je posai ma feuille sur un coin du bureau de l'abbé en attendant fébrilement la suite. Elle tarda encore un peu avant que Duchesne daigne prendre connaissance de mon travail. Il lut, fit une petite moue, et leva enfin les yeux vers moi.

— Vous avez une écriture passable, monsieur, grommela-t-il en me tendant la feuille. Il faudra vous améliorer si vous comptez rester à mon service et à celui de Son Excellence le ministre.

Le mot de « ministre » tinta à mon oreille. Je n'osai en demander plus, d'ailleurs Duchesne ne m'en laissa pas l'occasion : il m'enjoignit de m'installer à l'un des bureaux et me fit apporter plusieurs brassées de documents par le jeune commis qui m'avait indiqué mon chemin. Je devais réaliser trois copies de chacun des feuillets. Il s'agissait de correspondances auxquelles je ne compris rien. La chose me mena jusqu'à sept heures du soir. Mon poignet était endolori, mais Duchesne sembla satisfait. Il me précisa que mes gages seraient de soixante-dix livres par mois. J'étais engagé.

Le lendemain, Duchesne consentit à m'expliquer un peu chez qui nous étions. Il se flattait d'être le premier auxiliaire de l'abbé Dubois, un homme éminent à ses dires, qui venait tout juste de rentrer d'Angleterre pour prendre le portefeuille de secrétaire d'État aux Affaires étrangères auprès du Régent, le duc Philippe d'Orléans. Lorsqu'il parlait de son maître, Duchesne usait étrangement du « nous », signifiant ainsi toute l'importance qu'il entendait qu'on reconnût à sa collaboration. Je commençais mon service chaque matin à huit heures avant de l'achever à sa discrétion. Mes tâches se résumaient à de longs exercices de copie : les piles de papiers s'accumulaient sur mon bureau, jusqu'à presque entièrement me cacher à la vue. L'abbé Duchesne ne m'adressait jamais la parole, se contentant de me brandir sous le nez tel ou tel document dont il était urgent que j'effectue un double ou un triple. À son idée, j'imagine que j'étais une sorte d'insecte voué à gratter de l'aube à la tombée de la nuit. Méfiant, jaloux de ses prérogatives, il n'avait accédé au désir de l'abbé Louison que pour solder une vieille dette, et je craignais qu'il n'eût dans l'esprit de ne pas me conserver. La dissimulation est chez moi un art de longue main, si bien que je mis tout en œuvre pour ne pas me rendre désagréable à cet acariâtre. J'entrais chaque matin sur la pointe des pieds et je le caressais dans l'idée que je n'étais point dangereux. Ce me fut d'autant plus aisé à réaliser que je ne connaissais rien des puissants de ce monde, encore moins des choses politiques.

Heureusement, le petit commis dont j'ai déjà parlé apportait un peu de fantaisie à mon quotidien. Il s'appelait Martin, devait avoir quinze ou seize ans, possédait des yeux vifs et un esprit qui ne l'était pas moins. Chargé de porter des plis, il avait l'avantage sur moi de pouvoir pénétrer chez l'abbé Dubois. L'une des entrées du cabinet du ministre donnait derrière le bureau de Duchesne. Parfois, lorsque la porte s'ouvrait, j'arrivais à entrevoir l'intérieur, où un petit homme allait et venait d'un pas nerveux, tout en dictant des consignes. Je sympathisai vite avec Martin, qui m'éclaira mieux que Duchesne sur mon nouveau maître. On prêtait à l'abbé Dubois à peu près toutes les inconduites. Il avait été une trentaine d'années plus tôt le précepteur du Régent, dont on l'accusait d'avoir fait un parfait libertin. Et c'est parce qu'il régnait sur les dérèglements de ce prince qu'il se trouvait aujourd'hui son principal conseiller ainsi qu'un ministre. Voilà pour la caricature. Je ne dirai pas qu'elle n'approchait pas d'un peu le modèle, toutefois j'ajouterai quelques faits que je ne connaissais pas encore à l'époque, mais qui tempéreront un peu ce barbouillage. Issu d'une obscure lignée de petits bourgeois de Brive, Guillaume Dubois avait très tôt reçu les ordres mineurs, avant qu'on ne l'envoie à Paris, où il démontra suffisamment de qualités pour devenir le précepteur du jeune duc d'Orléans. Ne croyez pas que ce choix se fasse sous un tas de fumier. Bref, nous étions en 1687, Dubois avait trente et un an. D'autres se seraient satisfaits de cette belle promotion ; lui, en fit l'instrument d'une sourde ambition. Il gagna la confiance de la maison d'Orléans en même temps qu'il sut se rendre agréable auprès de son élève – par maintes cajoleries, c'est vrai, et dont nous aurons l'occasion de recauser. Dubois aimait les affaires de l'État, mais savait combien ce goût peut valoir de déconvenue aux arrogants. Le premier de ses talents fut donc de laisser penser que l'on pouvait se passer de lui. C'était de prime abord un homme raisonnable, qui ne faisait en public jamais rien pour convaincre du contraire. Sous ce masque affable, il se rendit indispensable. Infatigable, il usait ses journées à la table de travail. On l'utilisa en particulier dans la diplomatie secrète avec l'Angleterre, pays pour lequel il nourrissait une vive admiration. Ses succès dans ce rôle le hissèrent au poste que l'on sait, d'autant que sa proximité avec le Régent lui avait vite acquis un ascendant sur nombre de rivaux. Il gagna là un tout autre relief, reçut le bénéfice d'une demi-douzaine d'abbayes, en même temps qu'il s'attira les bonnes grâces des poignardeurs de réputation. À la cour, on ne le désignait plus que sous le sobriquet de « l'abbé Friponneau ». Voilà donc chez qui je venais d'entrer.

Il plaisait assez à l'abbé Dubois que son premier collaborateur portât le nom de Duchesne. Il voulait voir dans cette proximité sylvestre un gage de loyauté. Le ministre désirait peu de monde autour de lui, car il affectionnait modérément les têtes nouvelles. De son côté, Duchesne servait son maître avec l'exactitude d'un domestique et l'ombrageuse jalousie d'une maîtresse. J'en fis bientôt l'expérience. Il en va des modestes comme des orgueilleux : vient un jour où ils agacent. Trois semaines après le début de mon anonyme labeur, Duchesne commença de me tarabuster un peu plus que de coutume. Il critiquait mon travail, trouvait que je ne copiais pas assez vite, menaçait à tout propos de me renvoyer. Je l'assure, cette persécution était positivement injuste, cependant je fus bientôt certain qu'elle augurait d'une disgrâce définitive. Pourquoi ? Je ne savais l'expliquer. Martin flaira cependant une piste. Il me confia que le ministre avait une fois distraitement demandé qui j'étais, puis avait un autre jour loué mes qualités de copiste : ces seules remarques pouvaient avoir provoqué ma défaveur. Duchesne, je l'ai dit, se piquait d'être pour son maître un auxiliaire irremplaçable. Toutefois, comme beaucoup de bougres de son espèce, il cultivait le paradoxe de redouter un successeur et la moitié de son temps se brûlait à se garder de ceux qu'il suspectait de guigner sa place. Évidemment, rien de ceci n'agitait ma cervelle, cependant le soupçon du crime rongeait celle de Duchesne : selon lui, j'étais l'un de ces inutiles qui aspirent à devenir indispensables.

Quelque temps plus tard, le 24 septembre 1718 exactement, l'étoile noire qui veille sur mon destin depuis ma naissance me gratifia une nouvelle fois de ses faveurs. Il était déjà près de dix heures du matin, je besognais à mon pupitre, lorsque Martin fit irruption tout essoufflé :

— C'est... c'est terrible, arriva-t-il à bredouiller d'une voix blanche.

— Que se passe-t-il ? m'inquiétai-je.

— Monsieur l'abbé est entre la vie et la mort...

— Son Excellence ?

— Non... Duchesne...

— Qu'a-t-il ? demandai-je.

— C'est affreux... put seulement me répondre Martin tandis qu'un Suisse entrait dans le salon en tenant à la main la serviette de Duchesne, toute tachée de sang.

À Paris, c'est connu, les cochers tuent ou estropient chaque année presque plus de gens que la vérole : Duchesne venait d'être la victime de l'un de ces barbares. Alors qu'il sortait de chez lui pour venir au Palais-Royal, le pauvre homme avait rencontré en chemin un fiacre lancé à tombeau ouvert rue de Grenelle. Il avait tenté de l'éviter, mais avait roulé malencontreusement sous la voiture dont les roues lui avaient broyé les jambes juste au-dessus des genoux. La chose était grave, on s'en doute. Le ministre Dubois avait aussitôt fait dépêcher son médecin au chevet du blessé. Au bout d'une journée de soins, la fièvre avait gagné tout le corps. Duchesne, déjà âgé, ne semblait pas devoir résister :

le praticien n'eut d'autre solution que de tenter l'amputation. La première jambe était presque tranchée quand l'abbé cessa de donner un quelconque signe de vie. Par acquit de conscience, le médecin acheva le travail en sectionnant également la seconde, mais sans que le patient ne revienne pour autant à lui. Le lendemain, on enterra ce qui restait du pauvre Duchesne, avec ses deux jambes bien rangées près de lui.

La triste fin de l'abbé Duchesne engendra aussitôt une petite révolution dans mon quotidien. Je n'eus désormais que peu de copies à réaliser ; le flot s'était tari. Seul Martin entrait dans le cabinet du ministre pour le service de la correspondance. Il me rapporta que l'abbé Dubois était d'une humeur massacrante, et au désespoir de la perte de son collaborateur. Non pas qu'il regrettât l'homme, je crois, mais plutôt le fonctionnaire zélé. Un soir, alors que je baillais aux corneilles devant mon pupitre, la porte du cabinet s'ouvrit. Dubois passa la tête, scruta de part et d'autre, puis son regard accrocha ma présence : il me fit signe d'approcher. Mon ventre se noua. Je quittai ma place, puis je me tins sur le seuil du cabinet. À l'intérieur, deux immenses bureaux se faisaient face, entre lesquels étaient disposés dos à dos une paire de fauteuils. À part cela, un sofa, deux guéridons et trois ou quatre chaises habillaient la pièce, ainsi qu'un globe terrestre de belle taille. Sur les murs, des tableaux illustraient majestueusement le règne de Louis le Grand. L'abbé avait pris place sur l'un des deux fauteuils.

— Entrez, m'ordonna-t-il d'un ton sec.

Je m'avançai d'un pas hésitant. C'était la première fois que je voyais le ministre d'aussi près, car il n'empruntait jamais la pièce où je travaillais, utilisant exclusivement une double porte qui donnait dans une antichambre, puis dans des appartements privés. Il émanait de sa figure une certaine noblesse, quoiqu'il n'en eût pas un quartier. Un front haut et un menton plutôt carré dessinaient les deux hémisphères d'un visage au teint mat, où un nez aquilin et des yeux tout noirs accentuaient sa physionomie d'homme du Midi. De taille, je le savais petit, tandis que son corps était d'une corpulence moyenne. Il ne portait que rarement des vêtements ecclésiastiques et se trouvait ce jour-là dans un superbe habit couleur rubis. Pendant que je livre cet état des lieux de sa personne, lui-même faisait le mien : il me considérait de haut en bas. Je n'osais le regarder.

— D'où venez-vous ? me lança-t-il tout à coup.

— Je suis né à Paris et j'ai étudié à Toulouse, puis au séminaire de Castres, Votre Excellence, répondis-je en omettant bien sûr ma période du faubourg.

— Vos parents ?

— Je suis orphelin, mais j'ai un protecteur en la personne de l'abbé Louison de Baux.

— Je le connais un peu, on en dit du bien.

— C'est un brave homme, m'empressai-je de répliquer, c'est lui qui m'a recommandé à M. l'abbé Duchesne.

À l'évocation de son défunt collaborateur, l'abbé Dubois soupira.

— Où en êtes-vous de votre cursus ecclésiastique ? reprit-il.

— J'ai reçu les ordres mineurs, Votre Excellence.

— Bien, nous sommes donc dans la même position. Elle est avantageuse, vous vous en rendrez compte. Le titre de « monsieur l'abbé » éblouit le commun. Certes, ce sont choses utiles que de pouvoir dire la messe, recevoir la confession ou prononcer les sacrements, cependant j'y penserai une autre fois.

La liberté de ton du ministre me surprit. Il se leva de son fauteuil et se dirigea vers le globe qu'il fit tourner d'un air distrait :

— Je n'aime pas trop les nouvelles figures, et je prise encore moins les disgracieuses. La vôtre a le désavantage d'appartenir à la première catégorie, mais elle a toutefois le mérite de ne pas émarger au registre de la seconde. Et puis, la perte de Duchesne me cause de l'embarras, ajouta-t-il d'un air contrarié. Bref, je me vois contraint de pallier à l'urgence. Je sais que vous n'avez pas une mauvaise écriture, cela me suffira pour le moment. Je vais vous essayer : vous prendrez désormais votre service auprès de moi.

— Je vous remercie, Votre Excellence... bredouillai-je.

— Gardez-vous de vous réjouir, me rétorqua Dubois d'un accent sévère. Nous verrons vite si vous faites l'affaire. En attendant, je vous l'ai dit, je goûte peu les tristes mines, j'ai eu mon compte avec Duchesne. Il n'est pas nécessaire de faire le dévot, il y en a assez dans Paris. D'ailleurs, vous êtes un peu trop bien fait, on vous prendrait pour un imposteur. Vous laisserez donc dans votre garde-robe le petit collet. Choisissez-vous un habit simple, sans couleurs bruyantes ni trop de dentelles, mais de bonne facture. Ajoutez-y également une perruque. Toutefois, je ne veux ni poudre ni mouche. Tout cela est-il clair ?

— Assurément, Votre Excellence.

— Fort bien. Maintenant prenez une plume, j'ai du courrier en retard.

XI

En moins de trois jours, un tailleur italien de la rue Neuve-des-Petits-Champs me transforma en homme à la mode. Justaucorps, vestes et culottes étaient de teintes sobres, cependant leurs excellentes coupes me distinguaient à dix pas du commun des passants, d'autant que ma stature valorisait l'ensemble, je n'aurai pas la fausse modestie de le nier. L'effet était saisissant. Tellement, qu'en y ajoutant la perruque, il devenait difficile de me reconnaître. Au Palais-Royal, les Suisses de faction firent d'ailleurs quelques difficultés avant que leur esprit borné n'acceptât de comprendre que sous ce costume j'étais toujours le même jeune abbé. Pour ce genre de rustiques, il n'y a que l'habit qui fait le moine. Passons.

Mon service auprès de Son Excellence débutait chaque matin par de longues séances de dictées de sa correspondance. Je ne connaissais aucune des personnes auxquelles ces missives étaient destinées, et leurs contenus m'apparaissaient tout aussi obscurs. Je demandais souvent à Martin de m'éclairer sur ce petit monde, tandis que le ministre ne se formalisait pas de mon évidente ignorance à ce sujet. Au contraire, cela semblait le satisfaire. Cet homme prudent estimait qu'un garçon fraîchement arrivé de sa province ne pouvait être que de peu de danger : n'ayant aucune relation à Paris, c'était un gage supplémentaire de ma discrétion. Je compris toutefois par la suite que l'abbé avait également fait diligenter une petite enquête sur moi auprès des pères du séminaire de Castres. Les résultats lui plurent assez pour qu'il me confiât bientôt la rédaction de missives plus intimes. Certaines étaient adressées à Mme de Tencin, et n'offraient pas d'équivoque quant à la teneur des liens qui l'unissaient à cette dame. Il me dictait ces billets du même ton que l'on énumère les clauses d'un décret, sans paraître se soucier de ma pudeur de séminariste. De mon côté, ma mine ne trahissait jamais un quelconque étonnement. Ces lettres-là, je n'en faisais bien sûr nulle copie officielle.

En peu de temps, je trouvai donc une minuscule place dans cette antichambre du pouvoir. J'appris prestement qui était qui, et je pus bientôt citer les noms et titres de presque tous les conseillers ou ministres avec qui l'abbé échangeait des courriers. Quelques-uns revenaient plus que d'autres : M. d'Armenonville, ministre de la Marine, M. de Maupeou, contrôleur général des Finances, M. d'Argenson, garde des Sceaux – celui-là, je le connaissais –, M. de Machault d'Arnouville, lieutenant général de police, M. John Law de Lauriston, banquier. Le labeur de la correspondance achevé, les commis des ministères venaient faire leur rapport, tandis que l'abbé me tenait encore près de lui, assis sur un tabouret à l'angle de l'un des deux bureaux. Je devais noter ses remarques, afin qu'il puisse ensuite rédiger un mémoire quotidien qu'il destinait au Régent, ce qui lui conférait de fait le rôle de premier des ministres. Jour après jour, mon esprit s'aguerrissait au complexe écheveau des affaires du royaume. Mes rares heures libres, je les passais à quelques promenades entre le Palais-Royal et les Tuileries ; parfois j'allais au Louvre, ou même à Notre-Dame, mais jamais je n'eus l'envie de pousser jusqu'au faubourg Saint-Marcel. Là-bas gisait le passé d'un autre.

À la fin du mois d'octobre, l'abbé Dubois me demanda pour la première fois de l'accompagner à l'un de ses rendez-vous. Il devait se tenir non loin de là, au Louvre, mais ce fut seulement lorsque nous y fûmes qu'il me prévint qu'il s'agissait d'une audience avec le Régent. Mes jambes manquèrent se dérober sous moi. Le ministre m'avertit de rester bien à l'écart, avec sa serviette à la main, afin de lui fournir certains documents lorsqu'il en aurait besoin. La pâleur de mon teint lui confirma que je saurais me faire discret.

Nous franchîmes sans difficulté l'entrée principale du palais. Quelques gentilshommes de la garde du duc d'Orléans nous saluèrent d'une humeur bonhomme qui tranchait avec l'habituelle rudesse des Suisses. Arrivés dans une enfilade de salons, nous rencontrâmes une foule de gens. Il y avait là quelques personnes de qualité, des bourgeois, un grand nombre de femmes, aussi, qui patientaient sur des banquettes ou bien debout, dans l'espoir d'être appelés par les huissiers en faction près d'une double porte. Nous passâmes en revue à grand train tout ce cortège de quémandeurs. Un murmure semblait accompagner nos pas. Les huissiers s'empressèrent d'ouvrir les portes lorsqu'ils aperçurent l'abbé, tandis que, sans ralentir, il adressait plusieurs brèves salutations à la cantonade. Je le suivais mieux qu'une ombre. Notre cavalcade déboucha dans une antichambre où deux colosses en uniforme du régiment d'Auvergne faisaient barrage devant un autre seuil. Ils s'écartèrent cependant comme deux automates alors que nous arrivions presque sur eux : nous nous engouffrâmes dans le passage, puis l'abbé ralentit enfin sa course tout en m'enjoignant d'un geste de me tenir en retrait. Nous étions maintenant dans un petit salon aux murs tendus de velours vert et meublé avec un goût parmi les plus délicats qu'il m'eût été donné de voir jusqu'alors. Assis sur un canapé, un homme d'une quarantaine d'années paraissait absorbé par la lecture d'une lettre imprimée. Il tourna la tête vers nous. Il était d'une forte corpulence, bien que son visage fût dénué d'enflure disgracieuse. Dans cette figure, le nez faisait saillie, mais s'agençait harmonieusement avec le menton, qui était petit, avec la bouche, fine également, et avec un large front. Quant aux yeux, de couleur sombre, ils servaient un regard franc. L'abbé Dubois s'assit sans façon en face de lui :

— C'est encore un de ces vilains pamphlets, monseigneur ? demanda-t-il en montrant du doigt la feuille que tenait son interlocuteur.

Je compris qu'il s'agissait du Régent, le duc Philippe d'Orléans. J'étais ébahi de me trouver là.

— Eh oui, mon bon Dubois, on ne m'épargne pas, fit le Régent d'un air philosophe.

— Toujours cet Arouet ? continua l'abbé.

— Cela lui ressemble, mais d'Argenson me dit qu'il fait désormais le sage en écrivant du théâtre sous le nom de Voltaire.

— Il ne tient qu'à vous de l'envoyer à la Bastille, il en connaît déjà le chemin…

— Qu'importe ces égratignures, soupira le Régent, madame ma mère m'a fait le cuir aussi dur que celui de sa Bavière natale.

— Vos ennemis ont bien de la chance avec vous, monseigneur. On n'a jamais autant comploté à découvert dans ce royaume.

— Tant mieux, Dubois, tant mieux. Laissons faire. Lorsque l'on ne se dissimule pas pour conspirer, on commet toujours des erreurs. Si le loup se faisait annoncer auprès des brebis, il m'est avis qu'il jeûnerait souvent !

— Que le ciel vous entende, monseigneur.

— Vous lui en parlerez, l'abbé, plaisanta le Régent en se levant pour s'approcher de la cheminée.

Au passage, il me remarqua et m'adressa un sourire cordial. La survie dans la rue enseigne à se faire d'un coup d'œil un avis sur son prochain : mon instinct me souffla que cet homme n'était pas méchant. D'ailleurs, avant d'aller plus loin, qu'on me permette, comme pour l'abbé Dubois, d'un peu démêler le vrai de la légende au sujet de ce prince. D'abord, il faut savoir que rien n'aurait destiné le duc d'Orléans à conduire le royaume si la fatalité ne s'était acharnée à lui tracer la voie à coups d'enterrements. Dans l'ordre de succession au trône, les fils, petits-fils et arrière-petits-fils de Louis le Grand semblaient s'être donné le mot pour mourir avant leur aïeul, si bien qu'il ne lui était resté comme descendant en droite ligne, en 1715, qu'un enfant de cinq ans qui était devenu Louis le Quinzième. Le duc d'Orléans se trouvait être son parent le plus proche, et le testament de Louis XIV l'avait désigné chef du Conseil de régence aux côtés du duc du Maine, bâtard légitimé. Philippe s'était alors découvert l'ambition de guider seul le jeune héritier jusqu'à sa majorité. Il avait écarté le duc du Maine, puis gouverné sans violence mais avec fermeté. Ses ennemis ne l'épargnaient pas, en particulier le duc et la duchesse du Maine, blessés dans leur orgueil. C'était dans leur société que naissaient d'odieuses rumeurs sur ses dissipations, cependant il est vrai que son naturel ne faisait rien pour les contredire : des dérèglements dont on l'accusait, celui de la sensualité s'avérait le plus incontestable. Le duc aimait les femmes et elles le lui rendaient bien. Toutefois, chez cet homme d'esprit, cette manie s'accompagnait, disait-on, de sortes de bacchanales où tout le registre des manières vulgaires se récitait sans retenue. Et pour beaucoup, l'abbé Dubois n'avait pas été pour rien dans l'affermissement de ce goût, mais on sait ce que je pense de ces calomnies. Il n'en reste pas moins que le Régent entretenait autour de lui une société de viveurs qui trouvaient dans sa maison le meilleur des accueils. Ces « roués », comme on les appelait, s'appliquaient à se mal conduire, avec une publicité qui distrayait le duc d'Orléans en même temps qu'elle l'éclaboussait. Voilà pourquoi les plumes les mieux acérées de Paris – les mieux stipendiées aussi – ne se privaient pas de le brutaliser. Mais revenons à notre récit.

Le Régent se tenait maintenant devant l'âtre de la cheminée.

— Quelles sont les nouvelles, monsieur l'abbé ? reprit-il en réchauffant ses mains.

— Il y en a de bonnes et de moins bonnes, monseigneur, répondit Dubois en se carrant dans son fauteuil.

— Commencez par les agréables, les autres ne se font jamais trop attendre.

— Eh bien, pour débuter, la magie de M. Law fonctionne toujours à merveille. Sa banque est un miracle. Son système produit plus de richesses que les mines d'or du roi d'Espagne. Les billets de banque s'arrachent tant qu'il va falloir en émettre de nouveaux.

Le visage du Régent s'éclaira :

— Voyez, jubila-t-il, tout le monde me raillait lorsque j'ai accepté le projet de cet Écossais. Aujourd'hui, même mes ennemis veulent de son papier-monnaie.

— Pas tous, monseigneur, pas tous…

— Ils y viendront, et ils seront bien obligés de reconnaître que mon gouvernement garantit la prospérité autant que la sûreté.

L'abbé toussa.

— À ce propos, justement, j'ai de moins plaisantes nouvelles, monseigneur…

— Ah… il fallait bien que vous me contrariassiez, se plaignit le Régent.

— J'en suis désolé, croyez-le bien, mais la situation dans la capitale ne s'améliore guère. La canaille donne toujours plus de cheveux blancs à M. d'Argenson. On se fait voler en plein Paris comme dans un bois. Et si ce n'était que ça ! Le mois dernier, dix meurtres ont été commis, dont un jusque dans les jardins du palais de Monseigneur.

— Et dans les faubourgs ?

— Au Temple et à Saint-Michel, on s'agite, mais à Saint-Marcel, c'est bien pire, la canaille tient le haut du pavé.

Je sursautai.

— Il s'agit toujours de ce fâcheux ? interrogea le Régent d'un air sombre.

— Oui, monseigneur. Il s'y est fait une forteresse. De là, il écume tout Paris. Ma police m'indique qu'il y possède au moins quatre cents hommes à sa solde, sans parler des chefs de bande qui lui font allégeance. En tout, il peut lever mille sbires en une nuit s'il le souhaite, et mille de plus avec le renfort des autres faubourgs, énuméra Dubois d'un ton de comptable.

— Plus que la totalité des troupes de M. le lieutenant général de police, grinça le Régent.

— Et de bien meilleurs soldats, ajouta l'abbé.

— Ma foi, il est à croire que ce larron est le vrai régent du royaume, s'agaça le duc d'Orléans.

— Seulement de Paris et des faubourgs, monseigneur, reprit Dubois d'un air malicieux.

Le Régent était un homme placide, mais il ne sembla pas goûter cette sortie.

— Comment dites-vous déjà qu'il se fait appeler, votre prince ? demanda-t-il en tisonnant nerveusement les bûches dans la cheminée.

— Le Grand Coësre, répondit Dubois, c'est ainsi qu'il veut qu'on le connaisse, ce qui veut dire « le Maître des Gueux », dans leur langage…

Le Grand Coësre ? Ce nom fouetta mon esprit. En un instant les visages du passé resurgirent : le Sévillan, Lansquenet, Rémy, Flora, Dominique aussi. Où pouvaient-ils être désormais ? Étaient-ils seulement en vie ? Je dus toutefois très vite congédier ce petit monde, car l'abbé Dubois me réclama tout à coup les documents qui étaient dans sa serviette. J'en retirai une liasse de papiers, puis je m'avançai jusqu'à lui.

— Voici quelques brevets et autres babioles à signer, monseigneur, dit l'abbé.

— Laissez-les là, je m'en occuperai plus tard, répondit le Régent en s'adressant à moi et en montrant un petit secrétaire couleur d'acajou.

Je m'exécutai prestement.

— Vous avez là un nouveau collaborateur, monsieur le ministre ? lança le Régent à Dubois.

— Oui, pour l'instant. Vous savez que mon fidèle Duchesne a succombé à un accident.

— De ce que je vois, vous n'avez pas perdu au change, ajouta le Régent en me considérant de haut en bas.

Je rougis.

— Pour le physique, c'est certain ; pour le reste, nous verrons à l'usage, rétorqua Dubois en me toisant d'un œil sévère.

— Comment vous nommez-vous, jeune homme ? me demanda le duc d'Orléans.

— Re… René Baptiste, monseigneur… balbutiai-je.

Le ministre vint à mon secours :

— Il nous arrive du grand séminaire de Castres.

— Fichtre, voilà un bien bel abbé ! s'exclama le Régent.

J'étais maintenant passablement cramoisi.

— Écoutez bien les recommandations de monsieur le ministre, et l'on fera peut-être quelque chose de vous, continua le Régent dans un sourire, avant de se plonger dans la lecture des papiers que nous avions apportés.

Nous nous retirâmes ensuite.

— Je savais que votre figure plairait, me dit seulement l'abbé sur le chemin du retour.

L'abbé Dubois estima que j'avais brillamment obtenu un certificat de bonne mine auprès de Monseigneur, et il décida de m'envoyer lui porter chaque soir le fameux mémoire qu'il rédigeait à son attention sur l'activité des ministres. En même temps, il me commanda d'en profiter pour observer tout ce que je voyais dans l'entourage du Régent. On se souvient comment un certain oublieur m'avait déjà formé à ce rôle d'espion. J'apportais le mémoire chaque milieu de journée. Le duc d'Orléans me recevait brièvement, parfois il me confiait un billet pour l'abbé, puis il me congédiait avec toujours beaucoup d'affabilité. Il arrivait souvent que l'on me fît patienter dans l'antichambre où les deux soldats du Royal Auvergne tenaient leur faction. Je pouvais ainsi voir circuler beaucoup de monde, dont les huissiers me livraient ensuite les noms, car je me fis vite bien voir de deux d'entre eux. L'abbé s'émerveilla de la précision de mes rapports. Un jour, alors que je sortais de l'antichambre du Régent, un petit homme assez âgé à la figure cireuse et à l'habit couleur jonquille m'interpella :

— Vous, venez par ici ! lança-t-il alors qu'il était en conversation avec l'un des huissiers.

Je m'arrêtai et le toisai sans répondre à sa brutale semonce. L'homme parut s'agacer. Il trépigna en marmottant je ne sais quoi, puis il se décida à s'avancer vers moi.

— Vous êtes le commis de M. l'abbé Dubois, il paraît ? me questionna-t-il d'un ton plein de dédain.

— Non, je suis son collaborateur, monsieur, et je n'ai pas l'habitude que l'on me hèle comme un fiacre, m'entendis-je lui rétorquer.

Je regrettai dans l'instant un peu de ma vive répartie, toutefois le ton de ce butor disposait à l'arrogance.

— Oh, oh, grimaça l'homme, on dirait que M. l'abbé emploie des ombrageux. Il va vous falloir en rabattre si vous voulez durer, monsieur le collaborateur, continua-t-il d'un air sarcastique.

Cette fois je ne bronchai pas, d'autant que l'un des huissiers roulait de gros yeux qui semblaient me supplier de ne rien ajouter. L'inconnu eut une moue disgracieuse et sortit de sa poche un billet qu'il me tendit :

— Vous daignerez donner ceci à M. le ministre Dubois. Vous indiquerez que cela lui vient du premier valet de chambre de monseigneur le Régent, dit-il avec la superbe d'un prince.

Je saisis la lettre, tandis qu'il me plantait sans un mot de plus avant de se diriger vers le cabinet de son maître. Les huissiers me firent ensuite un peu la leçon, en m'expliquant qu'il n'était pas prudent de rabrouer ainsi Ponce Coche. Ce personnage se tenait depuis vingt ans dans l'intimité du duc d'Orléans, et il s'appliquait notamment à pourvoir à tous ses désirs privés, depuis le recrutement de galantes compagnies jusqu'à des missions plus obscures encore. Il se murmurait même qu'il avait ses entrées parmi la haute pègre de Paris. Le Régent se fiait aveuglément à sa loyauté. Toutefois, je l'ai souvent constaté depuis, il est toujours positivement prudent de se méfier de son homme de confiance, surtout lorsque c'est un domestique.

XII

AU DÉBUT DU MOIS de décembre 1718, une agitation inhabituelle s'empara de la demeure de l'abbé Dubois. Plusieurs jours de rang, des hommes dont la tenue civile dissimulait mal leur condition de militaire multiplièrent les allées et venues dans son cabinet, tandis que je devais m'éclipser à chaque fois qu'ils apparaissaient. Après de longs conciliabules avec ses visiteurs, le ministre m'envoyait ensuite porter des courriers au Régent. Je les sentais l'un et l'autre l'esprit préoccupé. La chose durait déjà depuis presque une semaine quand je sus enfin la cause de ce remue-ménage. Un complot contre le duc d'Orléans venait d'être éventé. Cette fois, il était assez grave pour que le Régent consentît à ce que Dubois fît arrêter le duc et la duchesse du Maine, qui se trouvaient au cœur de la conspiration avec le prince de Cellamare, ambassadeur d'Espagne en France. Dès lors, l'abbé respira mieux. Le roi d'Espagne moins bien, puisqu'il fut avéré que la main de Madrid tirait les ficelles de la conspiration. La guerre couvait, et les courriers que me dictait Dubois ne faisaient désormais aucun mystère à ce sujet.

Pour autant, ces préparatifs n'intéressaient pas les Parisiens. La grande affaire du moment, c'était l'incroyable agiotage sur le papier-monnaie imprimé par la banque de M. Law. Depuis deux ans, cet Écossais avait obtenu l'agrément du Régent afin de mettre en œuvre un système d'un nouveau genre. Sa Banque générale adossait ses activités à la Compagnie d'Occident, surnommée le « Mississippi », dont il avait également acquis la concession. La Compagnie proposait au public des centaines de milliers d'actions au porteur sur l'exploitation des richesses de la Louisiane, qu'elle garantissait inépuisables. Par une habile propagande, ces titres avaient rapidement trouvé preneurs, tandis que la Banque générale en assurait la liquidité par l'émission de papier-monnaie garanti par l'État. Rue Quincampoix et rue Vivienne, où se tenaient les établissements de M. Law, l'on se pressait pour avoir sa part d'actions et de billets, dont la valeur ne cessait de croître sous la poussée de la demande. L'engouement devint bientôt une ruée quand la Compagnie suscita des bénéfices du simple au décuple. Il serait un peu long d'expliquer les mécanismes de ce miracle ; toutefois, que l'on sache seulement que ce brillant édifice reposait sur l'émission toujours plus importante de titres et de billets, qui nourrissaient une ascension effrénée de la spéculation et des gains. Ce système valait toutes les loteries. On se précipitait pour se débarrasser de son métal contre la monnaie de M. Law : le papier l'emportait sur l'or.

Avant de débarquer en France à l'âge de quarante-cinq ans, John Law avait écumé les tables de jeux de l'Europe où il excellait aux cartes, en même temps qu'il s'était fait une manie d'étudier les différentes théories économiques des pays qu'il visitait. Doué d'une vive intelligence, il avait notamment publié plusieurs essais sur la monnaie, dont la pertinence fut remarquée, mais qui ne suffirent pas à lui gagner la confiance de ses pairs, car on soupçonnait chez lui l'aventurier. Ce Law était un étonnant mélange de joueur et d'honnête homme, mais la partie de lui-même qui bâtissait de hasardeuses spéculations finissait toujours par emporter la conviction de sa part raisonnable. Cet étrange attelage avait cependant réussi à convaincre le Régent de tenter l'expérience d'un système nouveau dont le succès pourrait renflouer les caisses percées de l'État. Bien sûr, d'autres jugeaient l'Écossais plus sévèrement. Chez ses ennemis, on comptait à peu près tous les financiers de la place. Antoine Crozat d'abord, l'homme le plus riche de Paris – c'est M. de Saint-Simon qui le dit dans ses *Mémoires,* croyons-le –, dont le monopole sur la ferme du tabac, puis la traite des nègres, avait rempli d'or les caves de son hôtel, place Vendôme, et qui se trouvait d'autant plus mécontent de M. Law que ce dernier lui avait ravi les droits sur l'exploitation de la Louisiane. Le banquier Isaac de Thellusson aussi, citoyen de Genève, qui ne supportait pas que ses clients préférassent le papier-monnaie plutôt que ses bons rouleaux de doubles louis. Ou bien encore les quatre frères Pâris, marchands de blé sortis de leur province, où ils s'étaient bâti une fortune en spéculant sur la famine avant d'agioter sur les fournitures de vivres aux armées. Bref, avec le système de M. Law, les voleurs s'estimaient volés. Mais ailleurs, on travaillait également à la perte de l'Écossais. Les membres de la haute noblesse toisaient d'un mauvais œil sa machine à s'enrichir, qui selon eux menaçait le rang où la naissance les avait placés. Les ducs et les princes conchiaient John Law, même si plusieurs faisaient porter en secret leurs ordres d'achat rue Quincampoix. Citons pour mémoire le prince de Conti, le duc de Bourbon, le duc d'Antin ou encore le duc de La Force, qui tiraient des bénéfices prodigieux du papier-monnaie. Jusque dans le proche entourage du Régent, les favoris ne s'embarrassaient pas pour faire entendre leurs critiques, qui au passage faisaient concert avec les médisances que l'on tissait contre l'abbé Dubois. Le ministre était accusé de profiter personnellement du système, et d'ajouter ainsi un bénéfice supplémentaire à ses autres maraudages dans les caisses de l'État, affirmaient ses ennemis. Parmi ceux-ci, le duc de Saint-Simon n'était pas le plus tendre, bien qu'il fût lui aussi l'un des discrets clients de la Banque générale.

Dans les derniers jours de l'année, le ministre me pria un soir de le suivre au Palais-Royal. Les lieux m'étaient désormais familiers et la chose ne me troubla guère – voyez donc comme on se blase vite d'un quotidien extraordinaire. Cependant, lorsque nous fûmes dans le cabinet de travail du Régent, il ne s'y trouvait pas. L'abbé traversa la pièce en homme habitué, puis poussa la porte qui donnait dans les appartements privés. Je le suivais, mais cette fois d'un pas bien plus timide, car c'était la première fois que je m'aventurais en ces terres-là. Nous abordâmes un succinct corridor qui s'ouvrait sur un salon dont les fenêtres donnaient dans la grande cour du palais. Quelques gentilshommes bavardaient, assis dans des fauteuils ou sur des canapés, et ne prêtèrent nulle attention à notre présence. Des domestiques vaquaient également. Nous traversâmes les lieux dans toute leur longueur, puis nous franchîmes un autre seuil. Derrière, un plus petit salon menait à une sorte de boudoir duquel parvenait la voix du Régent. Nous entrâmes. Un bon feu chauffait agréablement la pièce. Philippe d'Orléans était en grande discussion avec un homme que je reconnus aussitôt. Il s'agissait du fameux Law. Je l'avais parfois croisé dans l'antichambre du Régent lorsqu'il venait rendre compte des prodiges de son système. Au physique, John Law profitait d'une réelle beauté, qui lui donnait un avantage supplémentaire auprès du Régent, tant ce prince fuyait les laiderons, hommes ou femmes. Éduqué comme un gentilhomme anglais, il promenait cette élégance détachée qu'affectent nos voisins d'outre-Manche. Il parlait par ailleurs un français parfait, sans toutefois parvenir à dissimuler un accent que sa rugueuse Écosse natale avait gravé dans le timbre de sa voix.

L'abbé Dubois salua le Régent et Law, tandis que je faisais humblement de même. Ces messieurs évoquèrent ensuite quelques sujets du jour, en particulier l'insécurité grandissante dans les rues de Paris, qui inquiétait vivement Law.

— Le papier-monnaie doit pouvoir circuler sans entrave, les voleurs en sont une, se plaignait-il.

Mais le Régent était d'humeur badine et invita bientôt ses hôtes à moins de sérieux :

— Il se fait tard pour tenir une conférence. Vous savez qu'il me déplaît d'occuper mes soirées aux affaires de l'État. Jouons plutôt, dit-il en saisissant un jeu de cartes posé sur un guéridon.

Je cherchais déjà des yeux un recoin de la pièce où je pourrais me faire oublier, lorsque le Régent s'adressa à moi :

— Savez-vous jouer à la brusquembille, jeune homme ?

Je restai interdit quelques secondes avant de répondre par l'affirmative.

— Fort bien ! s'exclama le Régent. Joignez-vous à nous.

Un coup d'œil vers l'abbé Dubois ne me renvoya nul avis négatif.

— Ne vous alarmez pas, mon garçon, monsieur l'abbé ne vous grondera pas, ajouta le Régent en s'installant à une petite table de jeu.

Law le rejoignit, suivi de l'abbé Dubois, puis enfin par moi. Je n'en revenais pas d'être admis à battre les cartes en cette prestigieuse compagnie. La partie commença. J'avais bien sûr quelque expérience en la matière. Ce genre de savoir ne s'use pas, et je fis assez bonne figure lors des premières levées.

— C'est au séminaire que l'on vous apprend cela ? s'amusa le Régent.

— Le séminaire ? s'étonna John Law.

— Eh oui, continua le duc d'Orléans, voyez comme notre clergé se porte bien. Vous n'en avez point comme cela sur votre île !

— J'avoue, monseigneur, que les nôtres ont un teint plus gris, répliqua nonchalamment l'Écossais en abattant une relance qui lui fit empocher le gain du tour.

— Oh, oh, heureusement que nous jouons à blanc, dit le Régent. Vous n'en avez donc pas assez avec le monopole sur le papier-monnaie que je viens d'accorder à votre établissement ? plaisanta-t-il.

— La Banque générale est devenue la Banque royale, c'est vrai, mais c'est donc désormais aussi la vôtre, monseigneur, rétorqua Law.

— Celle du roi, le reprit le duc d'Orléans. Je ne suis que de passage, ne l'oubliez pas.

— Combien allez-vous mettre en circulation de papier-monnaie ce mois-ci ? demanda l'abbé Dubois à Law en distribuant les cartes.

— Vingt millions de livres avant la fin de l'année, puis cinquante millions pour la fin de l'hiver.

— Messieurs ! tonna le Régent en fronçant les sourcils. Je vous ai prévenus que nous étions en repos. Fermez vos livres de compte et jouez.

Law s'exécuta docilement et gagna à nouveau le tour. Il paraissait aimanter les atouts. C'était maintenant au Régent de donner les cartes. Au même instant, l'abbé Dubois me lança deux ou trois regards appuyés. Le tour débuta. Il y a chez les grecs, je l'ai signalé plus haut, quelques signes de connivence qui aident à se rendre maître d'une table. Il devint bientôt évident que l'abbé Dubois en connaissait certains. Je ne montrai aucun étonnement, et à force de discrètes œillades, il me sembla deviner que le ministre me proposait une alliance. Cela étant posé, restait à savoir contre qui ? J'en étais là de mes conjectures quand Law emporta une troisième fois la manche. Le Régent n'était pas homme à s'aigrir à cause d'une mauvaise main et poursuivit la partie sans perdre de sa bonne humeur. Je devais maintenant distribuer le jeu. Les choses se précisèrent : chaque fois que je donnais une carte à Law, l'abbé se touchait légèrement le lobe de l'oreille, ce qui m'indiqua que la cible se trouvait désignée. La méthode est courante parmi la canaille, plus rare chez les ecclésiastiques. Dès lors, nous concentrâmes donc nos efforts contre l'Écossais. Le Régent, ignorant tout de notre manœuvre, ne tarda pas à en encaisser le bénéfice : le quatrième tour lui fut adjugé. La partie continua de ce train. En peu de temps, Law multiplia les déconvenues. Sa mine se rembrunit et il parut flairer notre cabale. Mon expérience de ce genre d'embuscade me permit cependant d'endormir habilement ses doutes. De son côté, le Régent se félicitait que la providence le servît avec tant de largesse. Le jeu s'acheva sur une ultime levée en sa faveur sans qu'il suspecte combien il devait son triomphe à notre aide. Il nous railla, puis conseilla à Law de s'en tenir désormais à la finance. La boutade tira un rictus vexé au banquier. Le Régent s'en voulut : il tenta de consoler le susceptible Écossais, tandis que l'abbé Dubois me glissait entre ses fines lèvres :

— Je vous complimente, monsieur. Vous avez une main ferme, c'est une chose utile pour se hisser.

Il devait maintenant être onze heures du soir. Le duc d'Orléans se leva et proposa de passer dans une autre aile de ses appartements où il donnait un souper privé. À peine une vingtaine de personnes, expliqua-t-il. Law déclina poliment en arguant que le travail ne lui manquerait pas le lendemain. Dubois fit de même, ajoutant d'un air entendu que la fatigue l'empêcherait d'être un plaisant convive. Le Régent insista un peu, précisa que Mme de Tencin – à laquelle l'abbé vouait une certaine affection, on l'a dit – serait là, toutefois rien n'y fit. Le Régent se résigna, mais au moment où nous allions prendre congé, il chuchota quelques mots à l'oreille de Dubois. Celui-ci eut un signe de tête qui sembla signifier qu'il acceptait une proposition. Le Régent s'adressa alors à moi :

— Jeune homme, l'abbé consent à vous laisser accomplir vos premiers pas dans le monde. Je vous garde, dit-il nonchalamment avant de raccompagner Law en bavardant.

Le feu du ciel se serait abattu sur ma personne qu'il ne m'aurait pas plus étourdi. L'abbé Dubois me prit à part :

— N'oubliez jamais que vous êtes à mon service. Ne manquez rien de ce qui se dira ce soir, mais oubliez tout ce que vous verrez… ou ferez.

Et sur cette sibylline recommandation, il tourna les talons. Je restai seul avec le Régent. Celui-ci releva ma gêne et me traita presque en familier. Il m'invita cordialement à le suivre. Nous passâmes à nouveau dans le salon par lequel j'étais arrivé, mais le duc s'engagea ensuite dans un étroit couloir aveugle que je n'avais pas remarqué. Un domestique ouvrait la voie à la lumière d'un chandelier. Nous débouchâmes bientôt dans une vaste salle à manger où se tenaient au moins deux douzaines de personnes. Une clameur de contentement résonna. À l'oreille comme à l'œil, il semblait y avoir plus de femmes que d'hommes. Je reconnus les visages de Mme de Parabère, maîtresse en titre du Régent, et de Mme du Deffand, toutefois les autres m'étaient positivement inconnus. Je notai seulement que les toilettes de la plupart n'affichaient aucune ostentation, à la manière de celles qui se portent lors de soupers entre intimes. Pour les hommes, quelques familiers du Régent étaient là, comme le duc de Noailles, le duc de Brancas, le comte de Nocé, le marquis de La Fare, le marquis d'Effiat ou le comte Rieu du Fargis, favori parmi les favoris. J'étais impressionné, mais le Régent me fit signe de m'avancer.

— Ne soyez pas timide, nous sommes ici entre gens de bonne compagnie, me dit-il en même temps qu'il pria un immense domestique de me conduire à l'une des deux grandes tables qui occupaient la pièce.

J'aperçus, debout non loin de moi, le renfrogné Ponce Coche : il me délivra plusieurs regards en coin pendant qu'il ordonnançait le placement de chacun. Lorsque ce fut mon tour, il indiqua à un valet où m'installer, puis se campa un air de dédain. Une fois que nous fûmes tous assis, il se confirma que les femmes avaient l'avantage du nombre. Chaque homme se trouvait encadré par un duo féminin, excepté moi, dont le flanc droit restait vacant. J'attribuai cette chaise vide à la malveillance du premier valet de chambre. Les hors-d'œuvre ne tardèrent pas à être annoncés. Tout le monde bavardait dans un joyeux brouhaha, s'apostrophant sans manière, tandis qu'une dizaine de laquais – tous d'une corpulence d'athlète – servaient la compagnie sous la férule attentive de Ponce Coche. De mon côté, j'étais fort appliqué à ne pas me faire remarquer, bien que les regards de plusieurs convives – plus de femmes que d'hommes du fait de leur majorité – laissassent à penser que l'on s'interrogeait sur ce nouveau venu. Je gardai une contenance en prodiguant de-ci de-là des sourires courtois. Heureusement, l'assemblée avait fort à faire avec les plats qui se succédaient maintenant à un rythme soutenu. Le Régent aimait qu'il y eût au moins quatre services lors de ses soupers, avec un potage, trois hors-d'œuvre, quatre entrées, trois plats de rôt et cinq entremets.

Une heure était passée quand certains détails commencèrent de se signaler à mon attention. J'étais donc veuf de ma voisine de droite, cependant, sur ma gauche, une remarquable jeune femme consolait ce deuil. Elle bavardait avec un gentilhomme d'âge mûr d'un ton qui m'indiqua vite que la belle avait dû grandir dans les mêmes cloaques que moi. Ses saillies aux accents du faubourg faisaient s'esclaffer son interlocuteur, toutefois personne ne semblait relever combien la chose était singulière en ce lieu. Au contraire, en face de nous, une très jeune comtesse aux manières exquises concourait à la conversation sans se formaliser de cette curiosité. Je trouvais cela étrange, mais je n'eus pas longtemps le loisir de m'interroger sur cette énigme, car à ma droite, la place vide accueillit bientôt une invitée dont le visage m'était bien connu. Je rougis un peu. Il s'agissait de Mme de Tencin, habituée de la demeure de l'abbé Dubois. Je la saluai avec déférence. Elle ne me répondit pas et se tourna un long moment vers son autre voisin, M. du Fargis, avant de faire mine de se rendre compte de ma présence. Elle engagea alors la conversation. La maîtresse de l'abbé Dubois cultivait l'esprit et le charme parmi les plus délicieux de la cour, l'un et l'autre servant une ambition enragée. Au milieu de son doux badinage, elle tenta quelques questions sur son amant, que j'esquivai du mieux possible bien qu'elle insistât un peu. La soirée s'avança : les conversations gagnèrent des territoires que le vin rend fertile.

Il devait être minuit lorsqu'un événement ne fut pas sans me troubler. Sous la table, je sentis positivement la caresse d'un pied sur ma cheville gauche. Ne souriez pas. Je crus d'abord à un geste fortuit, mais sa répétition ne laissa bientôt plus de place au doute : c'était indubitablement une marche d'approche de ma jolie voisine au verbe de charretier. Tout à sa discussion avec son compagnon de table, elle continua ses reconnaissances pédestres avec une parfaite discrétion, jusqu'à ce qu'elle considérât pouvoir s'enhardir à ajouter une main sur ma cuisse. La demoiselle faisait montre d'une vaillance que je ne me sentis pas de décourager, je l'avoue. Je restai cependant fort sage, bien qu'autour de nous les débats commençassent à s'échauffer. La jeune comtesse dont je parlais plus haut soutenait un siège en règle de MM. de La Fare et d'Effiat, qui poussèrent leurs assiduités en des contrées ordinairement interdites, tandis qu'une femme d'un âge plus avancé apportait bientôt son concours à l'assaut. Autour des deux tables, les convives s'abandonnaient de la même manière, tandis que Mme de Tencin en profitait pour s'éclipser avec M. du Fargis. De son côté, le Régent continuait de souper d'un bel appétit, comme si de rien n'était. Trois femmes, dont Mme du Deffand et Mme de Parabère, lui tenaient compagnie. Il observait les uns et les autres, apostrophant parfois lestement un tel ou une telle, qui lui répondait souvent d'un ton égal. Il lança quelques œillades dans ma direction, mais sans jamais m'interpeller. J'avais d'ailleurs fort à faire pour conserver ma contenance, car ma jeune voisine fourrageait maintenant à la lisière de mon intimité virile. Enfin, la jeune femme toucha au but de son investigation. Et alors qu'elle saisissait à pleine main mon vit, je ne la dissuadai pas d'en faire le meilleur usage. Elle se glissa bientôt sous la table, d'où elle put me témoigner un genre d'éloquence qu'elle maîtrisait – celui-là – avec grâce. Quelques instants après, plusieurs invités se levèrent pour entrer dans un salon dont Ponce Coche ouvrait et refermait les portes à leur passage. Peu à peu, la salle à manger se vida en faveur de cette autre pièce. Je remarquai qu'une bonne part des valets s'y glissait également. Ma compagne – nommons-la ainsi – me proposa de suivre le mouvement. Je me rajustai puis je me dirigeai avec elle vers ce mystérieux endroit. Ponce Coche m'avisa et s'apprêtait, semble-t-il, à me refouler, quand un ordre du Régent, qui n'avait rien perdu de la scène, le fit reculer de trois pas. La voie était libre : ma compagne m'entraîna avec des gloussements de satisfaction.

Le « salon de nuit », comme le désignaient ceux qui y avaient leurs habitudes, n'était éclairé que par de rares chandeliers. Dans la pénombre, on distinguait cependant encore suffisamment de ce qu'il s'y déroulait. Dois-je le dépeindre ? Ce serait fastidieux, tant ces choses perdent de leur sel à se raconter. Pour ceux qui ont de l'imagination, qu'ils ne se brident pas, cela sera une saine distraction qu'ils se donneront à eux-mêmes. Pour les autres, je signalerai juste que l'esprit de démocratie régnait dans ce salon, puisque les domestiques apportaient leur concours aux efforts communs. Ma leste guide m'expliqua brièvement qu'ils étaient choisis par Ponce Coche pour des avantages particuliers. Je pus le vérifier en apercevant la fameuse jeune comtesse qui s'appliquait à gamahucher un valet que la nature avait doté pour deux. Enfin, avant de tirer le rideau sur cette débauche, j'ajouterai que le Régent ne nous rejoignit pas, ou alors, je n'ai pas su le distinguer parmi les corps-à-corps.

Le lendemain, je fus étonnamment à l'heure pour prendre mon service auprès du ministre Dubois. La pâleur de mon teint me trahissait cependant quelque peu, je le craignais. L'abbé eut toutefois l'élégance de ne rien me demander avant que je ne lui fisse un rapide compte rendu de ma soirée. Je n'insistai pas sur l'épisode du salon de nuit. Il me toisa alors avec un petit sourire :

— Je vois que vous tenez compte de mes recommandations : hier soir, vous n'avez rien vu ou fait de particulier, c'est bien cela ?

— Oui, Votre Excellence, répondis-je en me colorant un peu.

— Bien. Et vous n'avez rien entendu non plus ? continua-t-il en décachetant une lettre.

— Non, rien qui ne m'ait paru digne d'intérêt, répliquai-je d'abord. Si, peut-être une chose... me ravisai-je du bout des lèvres.

— Quoi donc ? fit négligemment l'abbé.

— Eh bien... hésitai-je, Mme de Tencin s'est longuement entretenue avec M. du Fargis avant de prendre congé avec lui.

— Je ne suis pas un jaloux, rétorqua seulement Dubois en lisant son courrier.

— Elle m'a également posé quelques questions sur Votre Excellence.

— Ah ? Elle n'a pas froid à ses jolis yeux, cette amazone, lança l'abbé Dubois en levant son regard vers moi d'un air amusé. Que lui avez-vous répondu ?

— Rien qu'elle ne sache déjà, Votre Excellence.

— C'est-à-dire ? s'étonna l'abbé, dont la mine devint sévère.

— Que Votre Excellence n'apprécie rien moins que les indiscrets.

— Bigre ! Pauvre Mme de Tencin ! Vous me l'avez froissée, j'imagine ?

— Elle m'a paru contrariée, je l'avoue...

— Ne vous alarmez pas, sourit l'abbé, Mme de Tencin est curieuse, c'est vrai, mais elle oublie vite, ou du moins, elle sait ne pas se souvenir. C'est là la qualité de son défaut.

Et il déchira le courrier qu'il venait de lire avant de le jeter au feu de la cheminée. M'avait-il éprouvé ?

Je ne l'ai jamais su. En tout cas, je sentis dès lors que sa confiance en moi s'accrut. Je m'en réjouis, j'avais trouvé ma place. Et désormais, je ne brûlais plus que du désir d'augmenter mon crédit auprès de mon nouveau maître pour devenir moi aussi un homme irremplaçable. De la main de Dieu à celle du Diable, il n'y a guère de distance, surtout à Paris.

XIII

Au début de l'année 1719, alors que je rentrais un soir chez moi, rue du Bac, j'eus la désagréable surprise de trouver la serrure de ma porte forcée, et mon logis cul par-dessus tête. Des crocheteurs s'y étaient introduits, mais n'avaient trouvé à marauder que quelques chemises et deux ou trois mouchoirs. Plusieurs autres habitants de l'immeuble avaient subi le même sort, sans trop de dommages non plus, excepté pour la propriétaire des lieux, Mme Dussault. Prostrée dans sa salle à manger, la pauvre femme se lamentait. L'affaire s'était déroulée le matin. Une troupe d'une dizaine de vauriens avait attendu que la maison se vide de ses occupants avant d'entreprendre son indiscrète visite, si bien que ma logeuse était restée sans secours face à cette horde. Gens persuasifs, les détrousseurs n'avaient eu aucun mal à la convaincre d'avouer où elle cachait son épargne, une belle liasse de titres au porteur sur la Louisiane. Et pour faire bonne mesure, les voleurs lui avaient également confisqué de menus bijoux ainsi que deux douzaines de bonnes bouteilles que la veuve conservait de son défunt époux. Huit jours après cette péripétie, elle se tenait toujours dans un parfait mutisme, ce qui chez une commère est l'indice d'une vive contrariété. Évidemment, on ne retrouva pas son précieux papier. Personne n'enquêta, et surtout pas le guet, dont les sergents avaient renoncé à endiguer le flot des crapules qui écumaient Paris.

Nombre des rues de la ville fleuraient l'embuscade jusqu'en pleine journée. Même parmi l'honorable corporation des mendiants, les usages s'étaient réformés. Des meutes de croqueurs d'aumônes ne se donnaient plus la peine de contrefaire une infirmité et tendaient d'un air féroce leurs mains ou leurs sébiles sous le nez des passants. Gare à ceux qui ne s'acquittaient pas de ce péage ! Paris n'était plus tenue par la loi, ou du moins pas par celle à laquelle se soumettent d'ordinaire les braves gens. M. d'Argenson, garde des Sceaux, et M. Machault d'Arnouville, son successeur à la lieutenance générale, désespéraient de venir à bout de cette lèpre, d'autant que la police se trouvait elle aussi minée par le mal. La corruption régnait parmi le guet ainsi qu'au sein des régiments de Suisses, dont quelques-uns ne rechignaient pas à arrondir leur solde en se louant comme hommes de main. Pour ma part, on se doute que j'observais les détails de ce désastre d'un œil expert, et si mon passé me garantissait contre les traquenards que la canaille sert aux ingénus, il faut reconnaître que l'époque avait de quoi alarmer les moins craintifs. L'abbé Dubois figurait parmi ceux-là. Il avait coutume de réfléchir à haute voix, ma présence lui fournissant un public sur lequel il rodait ses raisonnements. Un jour, alors que je travaillais à recopier un mémoire sur le renforcement des fortifications de nos places des Pyrénées, il lança tout à coup à la cantonade :

— Cette gabegie finira par ruiner nos efforts... hum... il nous faut garantir la sécurité dans Paris... hum... gagner les esprits... égrena-t-il en triturant d'un air pensif une petite tabatière en nacre.

J'interrompis mon travail et fis mine d'écouter attentivement, ce qui aiguillonnait habituellement les pensées de l'abbé. Quelques instants passèrent cependant sans qu'il ajoute un mot. J'allais reprendre ma plume, quand il reprit tout à trac :

— Avez-vous peur ?

— Peur ? De quoi, Votre Excellence ?

— Du danger.

— Lequel ?

— Celui de la rue, de la canaille...

— Je m'en garde assez bien pour ne pas avoir à m'en inquiéter, Votre Excellence.

— Saine philosophie, dit l'abbé, songeur.

Il ouvrit sa tabatière et prisa un peu.

— Il n'empêche, Paris est un coupe-gorge... reprit-il. Bientôt, on ne sortira plus qu'escorté d'une demi-douzaine de spadassins. Tout ce désordre sert les ennemis de Monseigneur...

— Vous avez pourtant mis en déroute les conspirateurs, me permis-je de répliquer.

— Ces sots-là ne m'inquiètent pas, mais d'autres sont plus obscurs, plus puissants. Ils attendent dans l'ombre que le sol se dérobe sous nous. Ils désirent le Régent dans leurs mains...

— Et qui sont ces gens, Votre Excellence ? demandai-je timidement.

L'abbé prisa à nouveau.

— Ceux qui détiennent l'or, ceux-là ne tolèrent pas que les équilibres changent. En concédant à M. Law le monopole de l'émission du papier-monnaie, Monseigneur leur a déclaré la guerre sans le savoir. Les hommes de finance ne veulent pas du papier, car déjà l'État n'a plus besoin d'eux. M. Law est un génie, la dette s'éteint. Mais pour que son système prospère, il faut de la confiance : les titres et les billets doivent s'échanger sans entrave. L'effroi qui règne aujourd'hui dans Paris enraye cette belle mécanique. Tout cela est fragile comme un château de cartes. Nos ennemis s'en félicitent…

— On doit pouvoir s'assurer la bienveillance des mécontents en leur octroyant quelques avantages qui calmeraient leur colère, osai-je alors.

L'abbé Dubois fronça les sourcils. Je regrettai de m'être laissé aller à tant de hardiesse.

— Vous spéculez bien, monsieur, je pense tout comme vous, me rassura-t-il. Toutefois, il n'est jamais facile d'acheter des hommes que la vie a déjà rendus riches. Il est plus aisé de choyer ceux qui aspirent à la fortune. Voyez ces messieurs de la canaille, il y a parmi eux de fins politiques qui savent se ménager des amitiés auprès des sergents du lieutenant général de police contre quelques largesses…

J'acquiesçai à la manière d'un élève studieux. L'abbé poursuivit son raisonnement :

— Tout mal recèle en son sein un bien, et inversement. Souvenez-vous que chez celui qui fait commerce de la guerre, la paix a également toujours un prix, me lança-t-il en retournant à son bureau pour écrire quelques lignes.

Au bout d'un instant, il s'arrêta. Son visage s'éclaira :

— Oui, oui... fit-il pour lui-même.

Il se tourna vers moi.

— Pensez-vous qu'il y ait de nécessaires compromissions ?

— N'est-ce pas ce que l'on nomme la raison d'État ?

L'abbé Dubois sourit :

— Vous apprenez vite. Effectivement, il arrive parfois que se nouent des pactes entre le vice et la vertu, cependant ces sortes d'alliance sont toujours secrètes, car le commun les confond sottement avec la forfaiture.

— Elles en sont d'autant plus difficiles à conclure, j'imagine, avançai-je.

— C'est vrai. Il faut pour cela des hommes de confiance...

L'abbé se coupa, puis ajouta rêveusement :

— ... des hommes qui chercheraient un moyen de prendre langue avec quelques chefs de bande, de les sonder, peut-être même d'approcher ce fameux Grand Coësre, d'envisager avec lui les termes d'un traité...

Il s'interrompit à nouveau, puis me scruta longuement de son regard sombre :

— Je vous choque ?

— Aucunement, Votre Excellence, dis-je sans ciller.

— Nous gagnerions l'apaisement dans les rues de Paris, payé avec du bon papier de M. Law, voilà qui ajouterait aux vertus de ce système, s'amusa l'abbé qui semblait prendre plaisir à jouer avec cette étrange idée.

Il se remit cependant à sa table de travail et ne parla plus durant un long moment. Tout à coup, il releva la tête :

— Il y aurait bien ce Ponce Coche... cogita-t-il à haute voix. Il a des amitiés avec les vauriens, ce coquin. Ce serait utile...

Dubois sembla réfléchir.

— Non, grimaça-t-il, le jeu de cette fouine me déplaît. Il sait recruter des beautés dessalées, mais je n'ai aucune confiance en lui... Au fait, je crois savoir qu'il ne vous aime guère, continua l'abbé en s'adressant à moi.

— Je n'ambitionnais pas d'être de ses amis, répondis-je presque vivement (car il était vrai que ce bougre me déplaisait positivement).

— Bah... il vous reste encore des progrès à accomplir, jeune homme. Si vous avez raison de n'être pas son ami, vous avez grand tort d'être devenu son ennemi. Ce n'est pas ainsi que l'on me sert.

— Veuillez m'en excuser, Votre Excellence.

— Vous excuser ne change rien, le mal est fait. Passons, conclut sévèrement Dubois avant de se replonger dans son labeur.

Je restais mortifié de ce reproche lorsqu'une pensée traversa mon esprit. Il est des moments dans l'existence où l'on ne doit pas tergiverser si l'on veut se pousser.

— Puis-je vous parler, Votre Excellence ?

Le ministre leva les yeux vers moi d'un air interrogatif. Je me lançai :

— Si je comprends bien, Votre Excellence souhaiterait confier une mission du plus haut intérêt à une personne en qui elle pourrait avoir toute confiance ?

L'abbé ne répondit rien. Je considérai ce silence comme un encouragement à continuer :

— Eh bien, je dois une confession à Votre Excellence. Avant d'entrer dans les ordres, j'ai passé les quinze premières années de mon existence au faubourg Saint-Marcel, en compagnie d'une certaine société qui cause aujourd'hui tant de tracas à Votre Excellence, et j'en connais un peu les usages, y compris les plus clandestins.

À peine eussé-je achevé mon aveu qu'un vertige m'assaillit. Je réalisai combien je venais d'être imprudent : ma subite révélation pouvait me coûter ma place auprès d'un homme aussi méfiant que Dubois. Ce dernier ne réagit pas, toutefois son regard noir se fit plus profond encore. Il se redressa sur son fauteuil, puis se caressa lentement le menton. J'eus le sentiment qu'il me jugeait. Il était malheureusement trop tard pour reculer ; je me raclai la gorge et je jouai alors mon va-tout :

— Je pense être l'homme qu'il faut à Votre Excellence. Je sais les manières pour s'introduire sans difficulté parmi la canaille et comment l'on approche la haute pègre. Et puis, nul ne me connaît au-dehors, je ne compromettrai ainsi personne, ajoutai-je avant que l'abbé Dubois ne m'interrompît d'un geste sec de la main.

— Vous avez dû mal me comprendre, dit-il d'un ton glacial. Il m'arrive de penser à haute voix, vous le savez, mais mes cogitations ne sont que des constructions de l'esprit. Elles n'ont d'autre but que de me distraire, et il me déplaît que l'on y prête attention. En outre, je ne comprends rien à vos élucubrations... Il me serait agréable que vous restiez à la place que je vous ai assignée.

La semonce était plus cinglante qu'un coup de mitraille à bout portant : elle déchiqueta ma piètre proposition en même temps que la confiance que je croyais avoir acquise auprès de l'abbé. Celui-ci n'ajouta rien et quitta aussitôt le champ de bataille en me laissant positivement déconfit. Ce soir-là, je m'endormis avec la certitude de devoir bientôt faire mes malles pour Toulouse.

Le lendemain, l'abbé Dubois n'arriva que fort tard. Je tentai de me faire le plus discret possible, cependant il m'ordonna bientôt de prendre note d'un courrier. Je me munis d'un papier et d'une plume, mais comme j'allais la tremper dans l'encrier, l'abbé saisit ce dernier puis le plaça hors de ma portée. Il commença sa dictée :

— « Par la présente, je donne mission à M. l'abbé René Baptiste de... »

Il s'arrêta.

— Écrivez, répéta-t-il.

Je montrai mon désappointement.

— Ce courrier n'a pas besoin d'encre, me lança l'abbé. Écrivez, vous dis-je.

Je me mis donc à tracer sur le papier blanc les fantômes des mots.

— Bien, reprit Dubois, je disais : « Par la présente, je donne mission à M. l'abbé René Baptiste de se rendre auprès de ces messieurs de la pègre en qualité d'ambassadeur afin de s'enquérir des moyens de s'attacher leurs services. À ce titre, il est permis à M. l'abbé Baptiste d'évoquer l'hypothèse d'arrangements financiers ou d'autre nature. Fait à Paris ce 30 janvier 1719 pour valoir ce que de droit. »

L'abbé s'approcha alors de moi, prit la plume de mes mains et simula dans le vide une signature. J'étais abasourdi.

— Voici donc votre lettre de mission, monsieur, dit Dubois en me tendant la page blanche.

Je la saisis d'une main un peu tremblante, je l'avoue.

— Vous avez le visage de l'innocence, cela plaît toujours aux coquins, continua l'abbé. Nous ferons comme aux cartes, nous serons de mèche pour favoriser les intérêts de monseigneur le Régent, sans qu'il le sache… au moins ouvertement. Si tout ceci venait à s'ébruiter, je nierai, et vous donnerai des raisons de regretter votre audace d'hier. Suis-je clair ?

— Certainement, Votre Excellence.

— Fort bien. Prenez vos dispositions et arrangez-vous pour revenir vivant.

Je me retirai comme dans un rêve, puis je rentrai rue du Bac. Chemin faisant, je repris mes esprits. Dans quel guêpier m'étais-je fourvoyé ? On me répondra que je recevais le salaire de mes fanfaronnades, mais la chose ne m'inquiéta pas longtemps. J'avais vingt-deux ans, une belle mine, de l'aplomb, la confiance d'un ministre, des rêves de gloire, et je détenais également des références à faire valoir pour aller flairer de plus près la société de la canaille. L'affaire était risquée, je n'en disconviens guère, mais pas sans chances de succès lorsque l'on possède certaines clés. En l'occurrence, Dubois m'avait alloué une bourse de cinq cents livres en or, et un peu de papier à concurrence de deux mille autres livres. Voilà qui pouvait m'aider à me frayer un chemin jusqu'à mon but autant qu'intéresser la cupidité de mes interlocuteurs aux projets de l'abbé. Enfin, je dois avouer qu'il ne me déplaisait pas de retourner en meilleur équipage sur les lieux de ma misère passée. Bref, le soir même, je bouclai joyeusement un petit bagage, puis je prévins ma logeuse que je serais absent plusieurs jours. Je quittai ensuite la pension en habit d'ecclésiastique avant de me diriger vers le faubourg Saint-Marcel, ma drôle de lettre de mission soigneusement pliée en quatre dans une poche.

XIV

QUELQUES-UNS ONT DÉJÀ certainement éprouvé ce curieux sentiment qui nous habite lorsque l'on renoue avec les décors de l'enfance après une longue absence : tout apparaît familier en même temps que différent. Pourtant, souvent, rien n'a changé, ce n'est que notre point de vue qui se trouve nouveau. Ainsi, les premières rues du faubourg Saint-Marcel que j'abordai se révélèrent bien plus étroites que dans mon souvenir. La rue Mouffetard, en particulier, dont j'avais arpenté tant de fois les deux rives, m'étonna d'être si étriquée. Dans sa partie supérieure, plusieurs maisons de torchis qui la bordaient autrefois avaient cédé la place à des bâtisses en pierre, tandis que le fameux cabaret où se tenait le Grand Jacques n'était plus qu'une ruine calcinée ouverte aux quatre vents. Je n'eus toutefois pas le loisir de m'abandonner à la mélancolie : la nuit m'incita bientôt à dénicher un refuge. Le faubourg n'avait jamais été très éclairé, mais il était désormais passablement plus obscur encore. Chaque seuil d'immeuble semblait l'entrée d'une grotte hostile, et l'esprit le plus ferme ne pouvait s'interdire d'y imaginer des êtres tapis dans l'ombre, calculant des projets assurément homicides. Je remontai la rue jusqu'à l'angle de la rue des Postes, et avisai une enseigne dont le nom m'engagea à en pousser la porte.

L'*Auberge des Deux Anges* n'était pas trop minable. Un bon feu réchauffait la pièce commune où flottait une odeur de graillon mélangée à celle de la cheminée. Il y avait ce soir-là une douzaine de clients, tous d'un genre à peu près honnête, du moins de ce que je pus réussir à voir, car dans l'angle le moins éclairé de la pièce se tenait un groupe dont on distinguait seulement les silhouettes. Un petit homme claudiquant entre les tables vint m'accueillir tandis que dans son dos une borgnesse blême le suivait d'un air méfiant. Il s'agissait des deux anges du logis. J'expliquai brièvement à mes hôtes que j'arrivais de province, de Toulouse exactement. L'homme promenait l'obséquieuse servilité qui sied à la profession d'aubergiste : il me proposa ce qu'il appelait sa meilleure chambre. J'acceptai sans rechigner, ce qui parut le disposer encore un peu plus favorablement à mon égard. À l'évidence, je ne bénéficiais pas du même crédit chez sa compagne. Elle me scruta tout du long de son œil unique avant de me faire remarquer que je n'avais pas un bien gros bagage pour quelqu'un qui venait de si loin. Je ne répondis rien et j'emboîtai le pas bancal de son époux jusqu'à ma chambre, une sorte d'alcôve sans fenêtre, nichée à l'étage, au bout d'un couloir. Une cellule, en somme. Afin de ne pas m'attirer les questions des uns ou des autres, je décidai de rester là. Je priai l'aubergiste de me monter une collation : ce fut son épouse qui me l'amena. Elle se montra cette fois un peu moins ombrageuse, me demandant même si la chambre me plaisait. Comme je répliquais par l'affirmative, elle eut une petite grimace de satisfaction et se retira. J'avalai ensuite mon repas – lui aussi moins aigre que je le craignais – puis je me mis en quête d'une stratégie. Il me fallait trouver un moyen de prendre langue le plus tôt possible avec ceux que j'étais venu rencontrer, ou bien avec quelques-uns de leurs lieutenants. L'époque avait changé, toutefois ma connaissance du faubourg me donnait un incontestable avantage et je n'ignorais rien des endroits où l'on rencontrait un certain genre d'indicateur. Ma bourse saurait assurément les convaincre de me livrer une piste, me dis-je en confiance avant de m'endormir sous la protection des deux anges.

Le lendemain, la chouette borgne me décocha un regard en coin lorsque j'annonçai à son époux que je souhaitais louer la chambre plusieurs jours. Je brodai être à la recherche d'un parent dont je n'avais plus de nouvelles depuis une demi-douzaine d'années. La tenancière – que les habitués nommaient la Grise – eut une moue dubitative et haussa les épaules avant de retourner à ses corvées. Je ne m'attardai pas. Une fois dans la rue Mouffetard, je pris la direction de la paroisse Saint-Martin. Depuis mon départ du faubourg, la canaille avait pris ses aises. Sur le chemin, je croisai à peu près tout ce qui fait la terreur des honnêtes gens : des sbires à la ceinture desquels pendaient d'effrayantes rapières, des gamins au sale petit air torve, des matrones beuglantes, des vagabonds querelleurs, des filles de joie crasseuses, d'autres plus reluisantes, mais toutes d'une espèce positivement effrontée. Certaines m'apostrophaient de leurs fenêtres ou depuis le seuil d'une gargote, une telle voulant me confesser, une autre se contentant de brailler le prix de ses services. Je traçai ma route dans ce cloaque sans dévier ni ralentir le pas. En cette sorte de lieu, il en va comme pour celui qui marche sur la braise : si l'on se fige, on se brûlera bientôt affreusement. Par bonheur, ma condition d'abbé aidait à me garder un peu des malveillances, au moins dans les voies les plus fréquentées, car ce que l'on entrevoyait des ruelles étroites dissuadait quiconque de s'y aventurer, sauf si l'on se trouvait embarrassé de l'existence. Je dus d'ailleurs faire plusieurs détours afin d'arriver jusqu'à l'église Saint-Martin. Rien n'avait changé. Ni la fontaine près de laquelle je tendais la main sous la houlette de Bénitier, ni le parvis, ni la porte de l'église où un mendiant à l'ancienne mode s'appliquait toujours à rançonner les fidèles. Le bougre était aveugle et présentait des traits d'une ordinaire médiocrité. Il devait avoir une quarantaine d'années. J'observai quelque temps son manège, puis je m'avançai vers lui en prenant cependant soin de l'aborder de flanc. J'étais à peine à deux pas de son poste qu'il tourna son regard vide vers moi :

— Ayez pitié d'un pauvre infirme, me lança-t-il en faisant tinter les piastres dans sa sébile.

J'extirpai deux sols de ma bourse et je tins les pièces entre mes doigts quelques instants. L'aveugle fit à nouveau carillonner sa coupelle d'un air d'impatience.

— La charité n'attend pas, cracha-t-il.

— Tout doux.

Le mendiant trépigna.

— À quoi joues-tu, l'homme ? fit-il alors.

— Moi, à rien. Toi, je n'en suis pas sûr.

Un éclair passa dans les yeux de l'aveugle. Ses paupières cillèrent plusieurs fois.

— C'n'est pas chrétien de chercher des noises à un pauv' bougre, continua-t-il d'un ton un peu radouci.

— Tranquillise-toi, mon brave. Je ne te veux aucun mal. Je dirai même que ton bonheur m'intéresse, lui soufflai-je en lâchant les deux sols dans sa sébile.

Un rictus éclaira mollement le visage de l'homme.

— Mon bonheur ? répéta-t-il.

— Oui, mais viens plutôt par ici, il y a des bonheurs qui n'aiment pas le grand jour, repris-je en le prenant par le bras pour le conduire dans l'église.

Le mendiant se laissa faire, bien que je le sentisse sur ses gardes. L'une de ses mains fourrageait nerveusement dans sa poche. Je soupçonnai qu'elle renfermait un argument tranchant. Les portes de la chapelle franchies, je l'entraînai derrière un pilier, à l'écart des curieux.

— Bien, je te disais donc que tu peux t'offrir un peu de félicité sonnante et trébuchante en échange d'un petit service, lui confiai-je à l'oreille.

— Ho, ho… réagit le mendiant en me repoussant vivement, j'n'ai pas d'goût pour c'genre de manie, moi…

— Calme-toi, il ne s'agit pas de ce que tu crois. Écoute-moi bien. Il m'intéresse beaucoup de rencontrer ton protecteur.

— Peuh... si j'en avais un, j's'rais pas là !

— Entendons-nous, je veux parler à ton patron. Indique-moi où je puis le trouver et tu auras ce louis, ajoutai-je en tendant une pièce d'or devant ses yeux.

Le regard de l'aveugle n'indiqua aucune réaction. Le bonhomme resta silencieux quelques instants. La main fichée dans sa poche ne bougeait plus.

— Alors ? le relançai-je.

— Laisse-moi tranquille ! beugla tout à coup le mendiant en faisant mine de tâtonner pour trouver son chemin.

Quelques bigotes se retournèrent. Je rattrapai l'aveugle qui se trouvait déjà à la porte de l'église, mais il recommença à faire du scandale, si bien que je le plantai là et quittai l'église prestement. Ma déconvenue ne me découragea pas pour autant. Ce genre de gibier ne se laisse pas ferrer au premier coup. Il faut y mettre les formes. Je décidai donc d'adopter une autre tactique. Sur les coups de cinq heures de l'après-midi, je revins à Saint-Martin, mais cette fois je me dissimulai à l'angle d'une rue donnant sur la place pour observer mon mendiant. Ces gens sont réglés comme des bourgeois : à six heures, l'appel du dîner lui fit lever le camp. Il avançait en brandissant un bout de bois devant lui tout en s'appuyant aux façades des maisons. Je le suivis avec précaution. Ma filature ne dura pas, car il entra bientôt dans un immeuble de la rue de la Reine-Blanche. Je me postai en faction non loin de là. Quelques minutes plus tard, l'homme ressortit dans une tenue singulièrement rafraîchie et traversa la rue d'un pas ferme en se faufilant entre deux portefaix. D'évidence, la vue lui était miraculeusement revenue. Je lui emboîtai à nouveau le pas, et alors qu'il allait s'engager dans la rue des Teinturiers, je le rattrapai. Je posai ma main sur son épaule : il se retourna vivement. En me voyant, il blêmit, puis regarda de droite et de gauche comme quelqu'un qui redoute un guet-apens.

— Ne crains rien, lui dis-je, je suis seul et je ne te veux pas de mal.

— Bougre de ratichon[1], grommela-t-il, que veux-tu donc ?

— Je te l'ai dit. Je veux que tu me conduises à ton patron.

— Et pour quoi faire ?

— Ça, ça me regarde. Toi, tu auras trois louis pour ta peine.

Le mendiant réfléchit un instant.

— Donne-moi les galettes[2] tout de suite et j'te mène, c'est d'accord.

— Voilà qui est bien. Mais faisons plutôt à ma manière. Voici déjà un louis, tu auras le reste lorsque nous serons à bon port, dis-je en lui glissant une pièce dans la main.

Le bonhomme enfourna le louis dans sa poche et me fit signe de le suivre.

Nous descendîmes la rue de l'Oursine puis la rue du Champ-de-l'Alouette. Je serrai de près mon guide

---

1. *Abbé.*

2. *Louis d'or.*

tout du long jusqu'à sentir son odeur aigre. Bientôt, nous fûmes en vue de la Bièvre. Il s'arrêta.

— Voilà, c'est là, dit le mendiant en montrant du doigt l'entrée d'une ruelle.

— Où ça ? fis-je en tentant de voir ce qu'il m'indiquait.

— Là, répéta-t-il, toujours en pointant l'endroit. J'veux mes galettes maintenant.

— Holà, je crois que l'on ne s'est pas bien compris, toi et moi.

— J'veux mes galettes, insista l'homme.

— Tu n'auras rien si tu…

— Eh ben, débrouille-toi, ratichon ! me lança alors le mendiant en me bousculant d'un grand coup d'épaule.

Et il détala à une vitesse vertigineuse au milieu des passants. Je ne tentai même pas de le rattraper : j'étais joué. On le voit, mes réflexes d'antan ne s'étaient pas encore complètement dérouillés. Je restai sur place quelques instants, puis je tentai tout de même de jeter un œil dans la ruelle qu'il m'avait montrée. Elle était étroite à souhait pour ceux qui voulaient s'en faire un coupe-gorge. D'ailleurs, de ce que j'aperçus, deux individus en barraient l'extrémité opposée. La plus élémentaire prudence me conseilla de renoncer à aller leur faire la conversation, et je rebroussai piteusement chemin pour rentrer aux *Deux Anges* avant que la nuit ne fît de moi une proie.

Le lendemain, je me levai assez tard. Je déjeunai à l'auberge sous la surveillance de la Grise, qui ne manqua pas de m'interroger sur l'avancée de mes recherches au sujet de mon fameux parent. Je répondis que je n'avais encore aucune piste. Après mon échec de la veille, ce n'était qu'un demi-mensonge. D'ailleurs, je décidai de débusquer un autre genre de gibier. Je l'ai dit, les femmes qui brocantaient leurs charmes étaient légion dans le faubourg. On en trouvait jusqu'à l'intérieur des églises, et pas seulement pour confier leurs péchés au Seigneur. Certaines œuvraient en solitaire, chez elles ou dans la rue, d'autres se louaient en maison, dans un cabaret ou une gargote, mais toutes devaient payer le prix d'une patente à une maquerelle ou bien à un souteneur. Évidemment, ces derniers reversaient une part des bénéfices aux chefs de bande de leurs quartiers. C'était là un chemin à explorer. Je me mis donc en quête d'une belle auprès de qui je pourrais glaner de précieux renseignements. La chose était facile : mon petit collet autant que ma bonne mine attiraient les sollicitations. Il y a chez cette sorte de créatures un goût pour les jeunes abbés dont je soupçonne qu'ils leur procurent le sentiment d'une bonne action. Bref, je n'eus que l'embarras du choix. Rue d'Orléans, une jeunette positivement charmante attira mon attention. Je l'abordai. Elle était de ces beautés du peuple qui n'ont besoin d'aucun artifice pour rivaliser avec des femmes de qualité. Du moins, tant qu'elles ne disent rien. Car à la première phrase, leur langage de poissarde gâche une allure de comtesse. Celle-ci n'échappait pas à cette fatalité, mais peu importait, car l'usage que je voulais en faire ne commandait pas qu'elle déclamât au Théâtre Français. La belle – appelons-la Manon, car il me revient que c'est ainsi qu'elle se nommait – me conduisit dans un petit réduit qui lui tenait lieu de cabinet particulier à l'entresol d'un immeuble. L'endroit ne possédait qu'un lit et un fauteuil, en sus d'un broc et d'une cuvette posés à même le sol. Mes déboires précédents avec le faux aveugle m'engageant à redoubler de prudence, je jouai mon rôle de client avec une parfaite sincérité jusqu'à l'habituel dénouement de ce genre de conversation intime. Je payai les dix sols que Manon me demanda, auxquels j'ajoutai toutefois cinq sols.

— Ben, pourquoi qu'vous m'donnez cinq sols de plus, m'sieur l'abbé ? demanda-t-elle ingénument.

— Parce que tu es jolie et bien gentille.

— Ah, ça ! si tous les ratichons… euh, bien pardon, m'sieur l'abbé, j'voulais dire si tout l'monde était comme vous, j'm'userais moins le fourreau[1] à la tâche pour payer ma maquerelle.

— Tu lui donnes combien ? dis-je d'un air distrait.

— Cinq sols tout juste par chaland.

— C'est d'un bon rendement.

— Pour sûr… surtout qu'elle a douze filles en fermage, ajouta Manon en s'accroupissant au-dessus de la cuvette.

— Eh bien, voilà une coquette rente pour elle toute seule, fis-je en rajustant ma culotte.

— Enfin, elle n'garde pas tout. Elle a un patron, elle aussi… continua Manon en achevant ses ablutions.

— Nous avons tous des comptes à rendre, conclus-je, philosophe, avant de quitter les lieux.

1. *Sexe féminin.*

Je regagnai ensuite mon auberge, où je soupai d'un bel appétit. Pour ceux qui s'étonnent que ma conscience ne me fît pas souffrir, je leur rappellerai que je n'en étais pas au premier de mes écarts de conduite, et qu'en la matière comme en beaucoup d'autres choses sur cette terre, l'habitude est le meilleur des baumes pour les scrupules. Le lendemain, je rendis donc à nouveau visite à Manon. Elle fut toute joyeuse de me voir et me le prouva par un surcroît de zèle. Notre besogne accomplie, je lui donnai vingt sols et cinq autres pour payer l'écot à sa maquerelle. Elle voulut m'en remercier à sa manière, mais je l'en dissuadai, bien que sa gratitude fût touchante. Je m'attardai toutefois à bavarder comme la veille. Manon n'était pas d'une nature méfiante : je la guidai doucement vers le sujet qui m'intéressait.

— Tu dois te demander pourquoi je te gâte ainsi ?

— Vous m'l'avez dit, c'est parce qu'j'suis gentille, pardi, répondit-elle en riant.

— C'est vrai. Tu es une brave fille. Mais je dois t'avouer que tu me rappelles quelqu'un.

— Ah ? Qui donc ?

— Une personne qui vivait ici, dans le faubourg, il y a de nombreuses années.

— Vous êtes du faubourg, m'sieur l'abbé ?

— Un peu, oui...

— Pas possible, avec vot' belle éducation ? s'amusa Manon.

— Eh oui. Tiens, comment se nomme ta maquerelle ? Peut-être bien que je l'ai déjà croisée.

— Qui ? La mère Trucher ? gloussa Manon.

— C'est son nom ?

— Ben voui…

— Non, ça ne me dit rien.

— Vous connaissez qui, alors ? m'interrogea Manon.

C'était le moment que j'attendais :

— Attends, je réfléchis. Ah, oui. As-tu entendu parler d'un certain Grand Jacques ?

Le visage de Manon redevint sérieux.

— Grand Jacques ? Lequel ?

— Celui qui habitait dans l'auberge qui a brûlé rue Mouffetard.

— Vous… vous le connaissiez ? bredouilla Manon.

— Un peu, mais j'étais très jeune, un enfant. Comment va-t-il ?

— Eh ben, j'ai pas de bonnes nouvelles. Il a passé y a deux ans. C'est Gruthus, le patron de ma maquerelle, qui l'a lingré[1] et qu'a fait mettre le rife[2] à la bicoque.

— Gruthus ? Celui du Châtelet ?

Je me souvenais, bien sûr, de ce Gruthus dont je m'étais bien joué, enfant, en lui soustrayant son butin dans une taverne.

— Le même. Dame, vous avez d'drôles de relations, pour un rati… euh, un abbé.

— C'était il y a longtemps, tu sais.

— J'me doute, c'est pas au confessionnal que vous verrez ce genre de paroissien ! s'esclaffa Manon.

— Il n'est plus au Châtelet, ce Gruthus ? continuai-je d'un ton ingénu.

---

1. *Poignardé.*

2. *Le feu.*

— Si, mais il a aussi ses quartiers dans le faubourg, maintenant, c'est le lieutenant de Balagny. Un ancien compère à vous, celui-là, l'était dans les ordres fut un temps. On le surnomme le Capucin.

— Tiens donc…

— Ouais… mais il est moins aimable que vous, c'est pas pour rien que le Grand Coësre l'emploie à la sale besogne, ajouta Manon en baissant la voix.

— Le Grand Coësre ! m'exclamai-je.

— Chut ! s'effraya Manon. Pas si fort ! Y a des noms qui se crient pas…

— Il habite le faubourg ?

— J'sais pas, moi, vous êtes bien curieux, me rétorqua la jeune femme en me toisant d'un air bizarre.

Je compris qu'un doute venait de traverser son esprit. J'en savais déjà bien assez et je changeai aussitôt de conversation en l'invitant à me dispenser à nouveau ses services pour vingt sols de plus. Elle s'exécuta avec entrain.

XVI

En graissant la patte de deux ou trois morveux qui traînaient leur misère à l'entour de mon auberge, il ne me fallut qu'une journée de mieux pour découvrir la gargote où se tenait le plus souvent le fameux Gruthus. Qu'un drôle comme celui-là ait pu expédier dans l'autre monde un brigand aussi magnifique que le Grand Jacques indiquait combien l'ordre des choses avait changé. Il me fallait être doublement prudent, mais comment l'être lorsque l'on se pique de pénétrer sans prévenir dans la cage des fauves ? Je ne pouvais m'arrêter là. Et puis, la jeunesse n'a pas les alarmes de la maturité. Bref, je me dirigeai un soir d'un bon pas vers le repaire de Gruthus. Il se trouvait à un jet de pierre du cimetière de l'Hôtel-Dieu, entre le Marché aux Chevaux et le bout de la rue de la Muette, dans une espèce de taverne qu'aucune enseigne ne signalait. N'entraient là que ceux qui savaient ce qu'ils y trouveraient, et en franchir le seuil par inadvertance ne restait jamais sans conséquence.

Devant la porte de ce digne établissement, une paire de vauriens toisaient les rares passants qui se hasardaient dans les parages. Quand ils me virent arriver, ils se poussèrent du coude d'un air mauvais. Il me sembla que l'un des deux allait m'interpeller, mais il se ravisa quand il comprit que j'allais entrer dans la gargote. Chez ces gens, il n'est pas d'usage de prévenir la brebis égarée lorsqu'elle se jette dans la gueule du loup. On me laissa donc passer. À l'intérieur, un rapide tour d'horizon m'indiqua combien j'avais intérêt à bien choisir ma stratégie. Une bonne vingtaine de bougres tout aussi peu aimables que ceux qui se trouvaient à l'entrée occupaient l'endroit. La plupart se tenaient devant un verre ou une bouteille, certains jouaient aux cartes, d'autres braillaient entre eux. Mon arrivée eut le mérite de faire baisser d'un ton les conversations. Les regards se portèrent vers moi, tandis qu'un drôle de nain avec deux chopines dans chaque main venait à ma rencontre. Dans ce genre d'initiative hasardeuse, il s'agit de ne jamais tergiverser et de garder l'aplomb de celui qui ne doute pas – même si cette méthode est également souvent la cause des pires désastres. Donc, à peine le nain fut-il à trois pas que je ne lui laissai pas le temps d'ouvrir la bouche :

— Je cherche Gruthus, dis-je rudement.

— Qui ? fit le nain d'un air niais.

— Tu m'as très bien entendu.

— Je t'ai entendu, mais je ne sais pas de qui tu parles.

— Faut-il que je t'explique que je veux voir le lieutenant du Capucin pour que tu comprennes mieux ? lançai-je alors à la cantonade.

Un inquiétant murmure parcourut la salle. En cet endroit, on passait dans l'autre monde pour moins que ça. Trois hommes se postèrent dans mon dos : toute retraite devenait impossible. Je gardai toutefois ma contenance et m'apprêtai à réitérer ma requête quand je crus tout à coup reconnaître la figure du fameux Gruthus. Oui, c'était bien lui. Il n'avait presque pas changé depuis maintenant une dizaine d'années, et promenait toujours cette beauté antipathique qui trahit une âme vicieuse. Le bandit était campé au milieu d'une bande de soudards, son regard fourbe évitant le mien. J'allai droit vers lui.

— Holà ! Où vas-tu, ratichon ? beugla un sbire de presque six pieds de haut qui me coupa la route.

— Je veux parler à cet homme, répliquai-je d'un ton calme en montrant du doigt Gruthus.

— C'est avec ton créateur que tu vas discuter, menaça le géant.

J'insistai en tentant de le contourner.

— Que voilà un têtu ! fit-il en me saisissant par un bras.

Gruthus s'avança alors vers nous.

— Fouille-le ! ordonna-t-il.

En un tour de main expert, le colosse s'assura que je n'avais aucune arme, en même temps qu'il me délesta d'une bourse qui contenait dix écus.

— Ça va, il n'a rien sur lui, dit-il en me retenant toujours par le bras.

Gruthus s'approcha encore un peu plus. Il me détailla de haut en bas : j'eus un instant la crainte qu'il me reconnaisse, même si depuis mes jeunes années j'avais passablement changé.

— Alors comme ça, tu veux me causer ? lâcha-t-il dans un méchant petit sourire.

— Oui, je suis envoyé par une certaine personne qui m'a confié un important message.

— Ha ! Le Pape veut de mes nouvelles, peut-être ? s'esclaffa Gruthus, bientôt imité par toute la salle.

Je restai ferme :

— Pouvons-nous nous entretenir en aparté ?

— Non. Je n'ai rien à cacher à mes compagnons, ricana le bandit.

— Même pas pour mille livres ? lui soufflai-je alors tout bas.

Gruthus parut surpris. Il plissa les yeux et me scruta à nouveau longuement. Mon cœur battait à tout rompre. Je commençais de redouter la sentence qui ne tarderait plus à me foudroyer, quand il commanda au grand escogriffe de me lâcher.

— Viens par-là, ratichon, m'enjoignit ensuite sèchement Gruthus en désignant une table un peu à l'écart.

Nous nous y assîmes, tandis qu'il sortait une dague de sous sa veste. Il la posa devant lui.

— Parle, maintenant, et sois intéressant, sinon... dit-il en jetant un regard appuyé sur le poignard.

Je ne me laissai pas impressionner :

— C'est simple, débutai-je, un puissant personnage m'a chargé d'approcher tes chefs afin de leur proposer un marché, mais je ne peux en dire plus avant d'avoir rencontré Balagny.

Le bandit se renfrogna :

— Peuh ! Voilà une histoire à endormir les enfants, et les plus sots, encore... Je pourrais te faire cracher la vérité, si je voulais, tu sais...

— Je ne mens pas. Tu veux une preuve ?

— Plutôt deux qu'une.

— Je vais tout de suite t'en donner cent, fis-je en plongeant la main dans ma manche gauche.

Gruthus saisit son poignard.

— Ne bouge pas, bougre de ratichon ! rugit-il.

— Ne crains rien, repris-je tout en retirant délicatement de ma manche un papier plié en quatre. Je le dépliai sous l'œil incrédule de mon interlocuteur.

— Voici cent livres sur la Banque royale de M. Law. C'est à toi en attendant les neuf cents autres…

Le bandit s'empara du billet et l'observa sous toutes les coutures à la lumière d'une bougie.

— Hum… neuf cents livres, tu dis ?

— Et peut-être plus encore dans l'avenir.

Un petit rictus se dessina au coin des lèvres de Gruthus :

— C'est bon, c'est ton jour de veine, ratichon. Reviens ici dans trois soirs avec tes jolis papiers et je te présenterai le Capucin. Mais attention, tu pourrais bien le regretter…

— Ne t'inquiète pas, il y a déjà assez de martyrs dans les Saintes Écritures, je n'ai pas la vocation, plaisantai-je en me levant.

Gruthus fit un signe aux sbires qui m'interdisaient de rejoindre la sortie : ils s'écartèrent d'un air goguenard et je quittai les lieux sain et sauf. Je rentrai aux *Deux Anges* d'un bon pas, assez fier de moi.

Le lendemain, la Grise s'inquiéta de savoir si je resterais encore longtemps. Je lui répondis que je comptais loger chez elle encore au moins trois jours.

Bizarrement, elle réclama que je les lui paye d'avance, ce que je fis sans rechigner. En attendant l'entrevue avec Balagny, il me fallait occuper mon temps, et mon désœuvrement m'inspira ce matin-là quelques flâneries sur les lieux de ma jeunesse. Je poussai notamment jusqu'à la rue du Pot-de-Fer, où j'avais passé plusieurs années avec Lansquenet. Sa maison toute de guingois tenait encore debout. Elle paraissait désormais occupée par une famille. Je ne m'attardai guère, car les environs étaient infestés de miséreux du plus vil échelon. Mes pas me portèrent ensuite devant un certain immeuble de la rue du Cheval-Vert. Je pénétrai dans la cour – un peu anxieux, je le concède. Ma mémoire convoqua alors le visage de Flora, mais la réalité me signifia qu'elle resterait à jamais un souvenir : l'endroit se trouvait désormais devenu une espèce d'entrepôt dont les fenêtres avaient été scellées. Un gamin qui traînait là me dit que personne n'y habitait plus depuis des années. Ce pèlerinage remisa ma nostalgie en des territoires qu'elle n'aurait jamais dû quitter, et je décidai de rendre visite à Manon pour divertir mon esprit. Le remède fonctionna à merveille. Je la payai dix sols, pas un de plus cette fois, puisque je n'espérais plus rien de la jeune femme que son service ordinaire.

Dans la soirée, je dînai aux *Deux Anges*. Il y avait peu de monde. La borgnesse ne se montra pas, et son mari s'occupa de moi avec son habituelle obséquiosité. Il me gratifia notamment de son meilleur clairet – du moins me l'assura-t-il. Un peu gris, je retournai dans ma chambre sur les coups de onze heures du soir. Je me couchai puis m'endormis aussitôt. Je ne saurais dire combien de temps plus tard, des grincements sourds me tirèrent de mon sommeil. Je tendis l'oreille. Ils semblaient provenir de derrière la porte de ma chambre. Des chuchotements s'y ajoutèrent bientôt, parmi lesquels je crus distinguer la voix de la Grise. La chose était positivement curieuse. J'allais me lever quand la porte s'ouvrit tout à coup : des ombres se jetèrent sur moi. Je n'eus pas le temps de crier. En un instant, je me retrouvai bâillonné, les pieds et les mains ligotés. Une lueur se fraya alors un chemin jusqu'à mon lit. Dans le halo, je reconnus avec stupeur la Grise. Elle brandissait une chandelle et vérifia que mes liens se trouvaient solidement noués. Son œil unique jubilait.

— Jetez-le dans la cave, ordonna-t-elle d'une voix aigre.

Deux paires de bras vigoureux me soulevèrent du lit. Ils appartenaient à des individus que je me souvins avoir déjà croisés dans l'auberge. Un troisième homme ouvrit la marche de notre petite procession. On me transporta d'abord dans le couloir, puis nous descendîmes. Dans la salle principale, le mari de la Grise me regarda passer d'une mine qui semblait vouloir dire qu'il regretterait ma clientèle. Arrivé dans l'arrière-salle, l'homme de tête déplaça une caisse sous laquelle se dissimulait une trappe. Il en leva le battant avant que mes porteurs ne besognassent ensuite de longues minutes pour me glisser par un étroit escalier. Ils me cognèrent d'ailleurs plusieurs fois le crâne, sans que personne ne crût utile de s'en excuser. Enfin, à force d'efforts, nous arrivâmes à bon port, si l'on peut dire. Mes ravisseurs me jetèrent sur le sol, puis ils disposèrent. Lorsque la trappe de la cave se referma, j'aperçus une dernière fois le visage hilare de la Grise. J'étais désormais plongé dans une complète obscurité, et une non moins grande incertitude, je le confesse.

On compatira sûrement à l'inconfort de ma situation. Je connaissais nombre d'histoires sur des aubergistes indélicats qui se faisaient une spécialité de détrousser leur clientèle, mais je trouvai qu'en l'espèce, la méthode était brutale. Les *Deux Anges* n'avaient pourtant pas une réputation de coupe-gorge. Peut-être parce que justement on ne laissait jamais aux victimes l'occasion de s'en plaindre, me dis-je avec angoisse. J'ai oublié de préciser que bien sûr j'étais en chemise, puisque l'on m'avait débusqué au saut du lit. Mes vêtements et mon argent devaient déjà s'être trouvé de nouveaux propriétaires, les mêmes qui là-haut imaginaient le moyen de me faire disparaître. Ces sombres conjectures assaillirent mon esprit durant plusieurs heures, quand tout à coup le bruit de la trappe m'avertit que l'issue s'annonçait. Une lumière blafarde envahit la cave, car il faisait maintenant jour à l'extérieur. Mes yeux eurent du mal à discerner ce qui se passait. J'entrevis d'abord des bottes fortes d'écuyer qui descendaient lentement les degrés de l'escalier, puis le reste du corps de mon visiteur se dévoila. Il s'agissait d'un homme d'une robuste corpulence, vêtu d'un habit mélangé de civil et de militaire. Une longue épée et un poignard pendaient à son baudrier, qu'il portait à l'ancienne mode, en bandoulière. Il posa une lanterne sur une barrique, l'alluma, et je pus mieux voir son visage. Il avait une quarantaine d'années. De longs cheveux bruns tombaient sur ses épaules, tandis que les traces d'une vigoureuse petite vérole constellaient sa figure de crevasses. Avec cela, un air farouche déconseillait de s'en faire un ennemi. Dans ma position, la chose s'avérait toutefois délicate. Il tira à lui une caisse de vin sur laquelle il s'assit à tout juste un demi-pas de moi. J'étais toujours allongé sur le sol, les mains et les pieds entravés, et un bâillon sur la bouche, je le rappelle. L'homme m'observa un petit moment, puis il saisit son poignard. Je tentai de me débattre. En vain. Mon corps se raidit lorsque la pointe du couteau s'approcha de ma gorge : je fermai les yeux, glacé de terreur. Mais, à ma grande stupéfaction, je sentis la lame se frayer un chemin entre ma peau et le chiffon qui recouvrait ma bouche. D'un coup sec, l'homme trancha le tissu et me rendit l'usage de la parole. J'en profitai pour le remercier de ce geste magnanime.

— Ne te réjouis pas, garçon, dit-il, j'aime bien savoir qui j'assassine, voilà tout. Alors, qui es-tu ?

Il était crucial que j'emploie ce sursis au mieux, on le comprendra. Je rassemblai le peu de résolution qu'il me restait :

— Et moi, j'apprécierais de savoir qui m'assassine, et surtout pourquoi ? lançai-je d'une voix presque ferme.

L'homme sembla surpris.

— Te voilà bien hardi, pour un bougre dans ta situation, s'amusa-t-il.

Je ne répondis rien. D'ailleurs, j'en étais incapable.

— Eh bien, puisque tu veux le savoir, continua mon visiteur, si tu vas bientôt paraître devant Notre Seigneur, c'est parce que tu semblais impatient de me connaître : je m'appelle Balagny.

— Le... le Capucin ? bredouillai-je, incrédule.

— Il paraît, oui.

— Nous devions nous voir dans trois soirs, j'en ai convenu avec Gruthus, tentai-je de plaider.

— Je fixe mes audiences tout seul, jeune homme. Gruthus m'a prévenu, c'est vrai, mais il m'a également averti qu'il te pensait être une mouche[1].

— C'est stupide...

— Pas plus que de vouloir me rencontrer pour d'obscurs motifs. Bref, mes hommes t'ont suivi et ont découvert que tu logeais chez l'une de nos bonnes amies. Ensuite, la Grise s'est réjouie de se charger de ta personne, d'autant qu'elle te suspecte elle aussi de faire l'espion.

— Si j'en étais un, crois-tu que je serais aussi maladroit ? trouvai-je à répondre

— Tu n'es pas très habile, c'est vrai... mais cela fait juste de toi un mauvais espion, ça ne t'innocente pas.

— Je ne suis pas ce que tu crois, je suis l'émissaire d'un puissant personnage, insistai-je.

— Ah, nous y voilà, tu t'obstines avec tes sornettes...

— Écoute-moi, j'ai un marché à te proposer, à toi et au...

J'hésitai un instant, mais, dans ma situation, la timidité ne servait plus de rien, et j'ajoutai :

1. *Un mouchard.*

— ... au Grand Coësre.

Balagny éclata de rire :

— Tu ne manques pas de souffle, dis-moi ! Tu veux voir le Grand Coësre, rien que ça !

— J'ai des offres à lui faire.

— Toi ?

— Plutôt celui qui m'envoie.

— Et qui est-ce, alors, ce mystérieux ? ricana Balagny en tripotant la garde de son épée.

— Son excellence l'abbé Dubois, ministre de monseigneur le Régent, lançai-je comme on tire un ultime feu de barrage.

Le coup porta : Balagny écarquilla les yeux. Je profitai de mon avantage pour lui divulguer le but de mon ambassade. J'expliquai d'une traite combien l'abbé Dubois et le Régent souhaitaient que la sécurité régnât un peu mieux dans Paris, combien ils étaient disposés à conclure une trêve, peut-être même une alliance, avec la haute pègre et le Grand Coësre, combien ils acceptaient de concéder d'immenses faveurs pour réussir ce projet. Balagny m'écouta avec attention sans m'interrompre une seule fois. Lorsque j'eus achevé, il se leva de la caisse de vin sur laquelle il se tenait, puis l'ouvrit pour se saisir d'une bouteille qu'il déboucha avant d'en boire une longue rasade au goulot. Il s'essuya ensuite la bouche avec sa manche et resta pensif un long instant. Son regard se porta tout à coup à nouveau sur moi :

— Au fait, es-tu un vrai ratichon ?

— Je viens du grand séminaire de Castres où j'ai reçu les ordres mineurs...

— Ah ! me coupa Balagny, encore un de ces demi-abbés. Paris en regorge. Tu vois, moi j'ai reçu les ordres majeurs, dans le temps, mais c'est une autre histoire. Tu t'appelles ?

— René Baptiste.

— Alors ouvre bien tes oreilles, soi-disant abbé René Baptiste : je ne crois pas un mot de ce que tu me chantes...

Un frisson me parcourut.

— Toutefois, nous sommes en une époque où il arrive de drôles de choses, continua Balagny. Je vais me renseigner sur ton compte. J'ai des amis bien placés au Palais-Royal. Et si, comme j'en suis presque certain, il s'avère que tu n'es qu'une mouche ou je ne sais quoi d'autre, je me paierai à ma manière de ce délai que tu m'extorques. Il y a des façons de mourir qui peuvent être très longues...

— Je dis la vérité, répliquai-je, malgré tout soulagé de ce dénouement inattendu.

Balagny quitta ensuite la cave. Je l'entendis donner des ordres à la Grise. Quelques minutes plus tard, la chouette borgne descendit avec mes vêtements à la main, en compagnie des trois sbires qui m'avaient transporté là. Elle était encore plus renfrognée qu'à l'habitude.

— Détachez-le, ordonna-t-elle à regret.

On me délia, puis elle me jeta mes habits que je mis prestement, tandis que l'un des hommes s'écartait pour ouvrir une petite porte située sous l'escalier de la cave. L'instant d'après, j'étais relégué à double tour dans ce cul de basse-fosse, sans lumière ni nourriture. L'endroit recélait cependant un grabat sur lequel je m'étendis, et des bouteilles de vin dont je ne me privai pas de tirer une large dîme pour étancher ma soif autant que ma crainte de la suite.

XVII

IL EST BIEN DIFFICILE à un reclus de se figurer le temps qui passe lorsqu'il ne dispose d'aucun rai de lumière afin de lui indiquer s'il fait jour ou nuit. J'ignorais donc depuis combien d'heures je me trouvais dans ma geôle, quand enfin il se passa un peu de neuf dans mon obscurité. Le verrou de la porte s'actionna et le mari de la chouette apparut, tout sourire. Il m'apportait un peu de soupe et du pain. Le bonhomme compatit platement au méchant sort qui m'était fait et m'indiqua également qu'un jour et demi était passé depuis mon enlèvement. Il ajouta avant de repartir que Balagny avait envoyé deux de ses hommes pour s'assurer de ma personne. L'un se nommait le Lézard et l'autre le Riffaudé. Ils s'installèrent dans la cave, et je n'eus plus affaire qu'à eux. Du moins, surtout à celui que l'on appelait le Lézard, qui entrait une fois par jour dans mon réduit – je calculai que c'était le matin – pour m'apporter ma maigre collation et vider mon seau d'aisance. C'était un individu du genre taiseux, avec une figure tout émaciée et des cheveux blancs, bien qu'il parût ne pas avoir plus de quarante ans. Son regard vide ne s'agitait qu'à de brefs instants, mais il dardait alors une lueur sauvage à faire frémir. Son compagnon s'abstenait quant à lui de se montrer, et restait toujours en faction derrière la porte. Deux autres jours et deux autres nuits passèrent ainsi sans que je n'eusse de nouvelles de Balagny. Le matin du quatrième jour, le Lézard céda son service à son collègue, qui m'apporta un bout de pain et du brouet. C'était apparemment un jeune homme. Il posa sa lanterne sur une caisse. Le visage de mon nouveau geôlier m'apparut. Je restai médusé. Mon esprit me jouait-il des tours ? Ces traits, ces yeux, ce nez qui portait les traces d'une ancienne brûlure… L'homme me tendit ma pitance.

— Hust must, osai-je en cherchant son regard.

— Tu jaspines le jargon ?

— Je l'ai appris avec cette canaille de Marpeaux.

Mon gardien resta interloqué :

— D'où que tu connais cette ordure ? s'étonna-t-il en approchant de moi la lanterne.

Il me fixa longuement, comme s'il cherchait dans sa mémoire. Tout à coup, il sursauta, l'air de ne pas croire à ce qu'il voyait.

— Foutre ! Tu ressembles à…

— Renard ? dis-je à mi-voix.

— V'là que tu connais Renard aussi !

Il recula en portant la main à son épée.

— Plutôt… puisque c'est moi.

L'homme roula des yeux ronds.

— V… Vrai ? bredouilla-t-il.

— Je te le dis !

— Ah ça ! Renard… c'est bien toi ?

— Aussi sûr que tu es Rémy, celui qui a mis le rife à la boutique de la mère Potard et fait griller Marpeaux ! lançai-je dans un éclat de rire.

— Bon Dieu ! Y a pas de doute, t'es bien Renard ! s'esclaffa Rémy avant de me serrer contre lui.

Que l'on s'imagine retrouver un disparu cher à son cœur, et on comprendra la joie qui s'empara de moi, malgré ma précaire situation. Rémy n'était pas moins heureux, et il n'arrêtait pas de me donner de grandes bourrades pour s'assurer que je n'étais pas un fantôme.

— Tu fais toujours dans l'enjôleur de bigotes ? m'interrogea-t-il en lorgnant mon petit collet.

— Je suis un véritable abbé, désormais, tu sais.

— Toi ? Un abbé ? Mais par quelle diablerie ?

Je ne relevai pas le sacrilège et lui racontai mes aventures, depuis ma rencontre avec l'abbé Louison jusqu'à ma pénible position de ce jour. Rémy m'écouta sans broncher, puis il me narra à son tour son existence. Il m'expliqua comment, six ans plus tôt, lorsque je disparus, il m'avait longtemps cherché, avant que la férocité de l'épidémie de petite vérole ne le contraigne à quitter le faubourg. Il s'était ensuite rendu à Rouen, où il avait bientôt rejoint une bande dont Balagny menait les affaires. Depuis, il ne l'avait pas quitté et s'était acquis une place parmi les meilleurs hommes de main du Capucin, me confia-t-il avec fierté. La preuve, ajouta-t-il, on l'avait choisi pour assurer ma garde. En même temps qu'il me disait cela, Rémy se rembrunit :

— Balagny n'est pas commode, tu sais, il est plus expéditif que le Tollard, grimaça-t-il. Il ne goûte guère ton histoire… Faut dire qu'elle sent le boniment à cent pas.

— Il m'a dit pouvoir vérifier qui j'étais. Je suis connu au Palais-Royal, on lui dira que je suis bien un collaborateur de l'abbé Dubois.

Rémy tordit le nez :

— Alors, j'ai de mauvaises nouvelles.

— Quoi donc ? m'inquiétai-je.

— Eh bien, Balagny a effectivement de jolies relations chez ceux que tu dis être tes maîtres. Figure-toi que le premier valet de chambre du Régent est un parent à lui ; son oncle, je crois.

— Ponce Coche ?

— Tout juste ! Tu le connais ?

— Bien sûr !

— Ah ? Parce que pas lui…

— Que veux-tu dire ?

— Balagny l'a interrogé sur ton compte, et l'autre a affirmé qu'il n'avait jamais entendu parler de toi.

— Le ladre, il me condamne ! m'emportai-je. Ce bougre de Coche me connaît très bien, je peux même te dire qu'il ne m'aime guère !

— On dirait…

— C'est un jaloux et un menteur, il fera tout pour que j'échoue…

— Hum… Moi, je veux bien te croire, mais Balagny, c'est autre chose.

Ma situation devenait effectivement désespérée. Je mesurai l'étrangeté de mes retrouvailles avec mon ami, au moment même où je n'avais plus d'autre espoir que de mourir vite pour échapper à la cruauté de Balagny. Rémy resta d'ailleurs un long moment silencieux, comme abasourdi lui aussi par l'imminence de ce dramatique dénouement.

— Tu as tiré un mauvais jeu, mais, pour un grec, il n'y a pas de partie qui ne se renverse… dit-il tout de même pour tenter de me rassurer.

— Je n'ai guère d'atouts, cette fois, fis-je, désabusé.

— C'est vrai, mais il te reste les prières. Tu dois en savoir quelques-unes, maintenant, acheva Rémy dans un sourire en se dirigeant vers la porte de ma geôle.

Alors qu'il l'ouvrait, je l'interpellai une dernière fois :

— As-tu des nouvelles de Flora ?

Il se retourna, surpris :

— Flora ?

— Oui, tu te souviens d'elle ?

— C'est très loin, tout ça, maintenant, tu sais, répondit-il d'un drôle d'air.

— Et Dominique ? continuai-je.

Mais Rémy sembla ne pas m'avoir entendu. Il sortit. La porte se referma.

Je confesse que lors des heures qui suivirent l'apparition inespérée de Rémy, je guettai dans l'obscurité le moindre bruit qui signalât son retour. Au bout d'un temps, l'espérance qu'il avait fait naître commença cependant de diminuer. Bientôt, la certitude de ma fin prochaine reprit son empire sur moi, mais, étrangement, le sommeil me terrassa également. Ce n'est pas rare chez les condamnés à mort, dont l'esprit trouve là le seul moyen de fuir leur terrible réalité. Je dormais donc à poings fermés lorsque le bruit de la serrure de mon cachot me réveilla en sursaut. La porte s'ouvrit, et une silhouette apparut sur le seuil. Je me redressai sur mon grabat en écarquillant les yeux afin de mieux voir mon visiteur. Ce n'était ni le Lézard ni Rémy, car l'homme était petit de taille. Il tenait une lanterne à bout de bras dont la lumière m'éblouissait. L'inconnu me lança :

— Il paraît que les renards se font prendre au collet, cette année. Je les ai connus plus habiles.

J'eus le vif sentiment d'avoir déjà entendu cette voix.

— Qui êtes-vous ? demandai-je en tendant le cou pour arriver à discerner sa figure.

L'homme s'en aperçut et garda la lanterne entre moi et lui pour que la lueur me le dissimule.

— Je suis une vieille connaissance, répondit l'inconnu.

— D'où ?

— Pas du séminaire, fit l'homme, dont un mouvement découvrit furtivement le bas de son visage, sur lequel je crus lire un sourire.

Cette voix, je connaissais cette voix, j'en étais maintenant certain.

— Du faubourg ? repris-je.

— Cela se pourrait…

— Un ami ?

— Peut-être… pas un ennemi en tout cas, répliqua l'homme en abaissant doucement la lanterne.

Peu à peu son visage se dessina. Le temps rebroussa chemin : Dominique se tenait devant moi, à peine changé, son beau sourire aux lèvres. Je ne sais si c'était le surcroît d'émotion, mais je ressentis alors un vertige qui me figea sur mon grabat. Dominique s'approcha :

— Je te retrouve dans une bien délicate position, dit-il d'une voix douce.

— Mais... par quel miracle ? bredouillai-je.

— Rémy m'a averti.

— Brave Rémy...

— Sans lui, tu serais déjà au fond de la Seine.

— Il a parlé à Balagny ?

— Non, à moi, c'est pour cela que je suis là.

— Tu es dans la bande de Balagny, toi aussi ?

— D'une certaine façon. Mais ne restons pas ici, ton logis empeste le tombeau.

Et il m'engagea à le suivre. Nous sortîmes de ma geôle, puis de la cave, et je retrouvai bientôt la lumière du jour. Nous nous installâmes dans la grande salle de l'auberge, où la Grise se montra d'une exquise prévenance. On eût dit les manières de son époux. Je remarquai que la pièce ne comptait aucun des habitués, mais une quinzaine de superbes gaillards à la mine farouche. Dans un coin, je reconnus le Lézard, tandis qu'un peu plus loin, Rémy était là aussi. Il m'adressa un discret signe de la main. La Grise nous apporta une bouteille de vin et une demi-douzaine de petits pâtés chauds qui me réconcilièrent tout à fait avec elle. Dominique n'y toucha que très peu et me regarda surtout manger. J'avais presque achevé ce festin quand Balagny fit irruption dans l'auberge. Je tressaillis. Dominique l'interpella d'un ton qui me surprit. Le chef de bande s'avança.

— Je te présente Renard, lui dit Dominique.

— Qui ? s'étonna Balagny

— Renard, répéta Dominique, mais tu le pratiques sous l'identité de l'abbé Baptiste, je crois. D'ailleurs, il paraît que vous êtes déjà en commerce ensemble.

— Euh... oui... un peu, bafouilla le Capucin.

— Je l'ai sorti de ses appartements, car il n'était pas très bien installé. Cela ne te fâche pas ?

— Comme tu voudras, répondit seulement Balagny.

— Très bien, je te verrai ensuite, le congédia alors Dominique.

Balagny s'esquiva prestement, tandis que la Grise apportait une nouvelle bouteille de clairet. Dominique s'enquit bientôt d'en savoir plus sur moi :

— À force de jouer le séminariste, tu t'es découvert une vocation, on dirait, me railla-t-il amicalement.

— C'est vrai, la destinée est étrange. Regarde, toi, je t'ai laissé solitaire, et je te retrouve à frayer avec des compères de la haute pègre.

— De la haute pègre, dis-tu ?

— Ce Balagny, repris-je, ce n'est pas un lieutenant du Grand Coësre, par hasard ?

— Pour un simple abbé, te voilà bien informé sur l'état-major de la canaille.

— Et toi, bien familier avec ses membres...

Dominique eut un petit sourire. Il me versa un verre de clairet.

— Admettons. Mais tu gravites toi aussi parmi un joli monde, m'a-t-on confié. Renard, collaborateur d'un ministre, c'est difficile à croire, dit-il en affermissant un peu son ton.

— Je peux le prouver.

— Ce n'est pas ce que l'on m'a rapporté.

— Encore les mensonges de Ponce Coche ! Je t'invite à mieux choisir tes mouchards, protestai-je. Il y a dix personnes au Palais-Royal qui savent que l'abbé Baptiste travaille avec le ministre Dubois...

— Peut-être... Toutefois, les presque deux mille cinq cents livres en or et en papier que l'on a trouvées dans ta chambre, n'est-ce pas beaucoup pour les appointements d'un fonctionnaire ?

— Cet argent m'a été confié afin de mener à bien ma mission.

— Ah, oui, cette fameuse mission.

— Tu en es au courant ?

— Je n'ignore jamais rien de ce qui se trame sur mon territoire, me lança Dominique avec un étrange éclair dans le regard.

— Tu sais alors que l'on m'a chargé d'entrer en contact avec les chefs de la haute pègre pour discuter d'une trêve.

— C'est ce dont tu ne veux pas démordre, il semble.

— Tout simplement parce que c'est la vérité...

Dominique se pencha alors vers moi :

— Écoute, il y a deux solutions. Ou tu dis vrai et cela fait de toi un homme intéressant, ou tu mens et tu es un homme mort, car je n'aurai pas d'autre choix que de te laisser entre les mains de Balagny.

J'allais à nouveau répondre, cependant Dominique m'intima d'un geste de me taire.

— J'ai le souvenir d'un Renard rusé mais jamais perfide, continua-t-il. Je fais donc le pari que tu es sincère. Reste à savoir si tu n'es pas le jouet d'une intrigue qui te dépasse. Le lieutenant général de police m'a habitué à ce genre d'égards.

— Ce n'est pas lui qui m'envoie...

— Je le sais. J'ai d'utiles espions dans son entourage.

— Chez le lieutenant général ? m'étonnai-je. Mais qui es-tu donc ?

Le visage de Dominique devint grave. Il émanait de lui une autorité que l'harmonie de ses traits rendait plus remarquable encore. Il me fit penser aux sculptures à l'antique qui peuplaient les galeries du Palais-Royal :

— Mes proches me nomment Dominique, dit-il. D'autres m'appellent l'Enfant. Beaucoup ne me connaissent que sous le patronyme de Cartouche. Mais pour tous, je suis...

Il s'interrompit, me scruta d'un regard intense, puis j'entendis comme dans un rêve :

— ... le Grand Coësre.

Un foudroyé n'a jamais aucune mémoire de ce qui lui est arrivé, et je restai l'esprit suspendu un long moment après cette révélation, jusqu'à ce que Dominique me narre l'histoire de son ascension. Il raconta comment, après avoir quitté Paris lors de l'épidémie de petite vérole, il s'était rendu en Normandie, à Rouen exactement, où il s'était abouché avec d'autres mauvais garçons qui n'avaient pas tardé à lui reconnaître autorité sur eux. Rémy et Balagny étaient de ceux-là. La bande s'était fait la main dans les campagnes environnantes, avant de se signaler par quelques coups fameux jusqu'au cœur de Rouen. Dominique y avait gagné la réputation d'un chef hardi et habile, mais aussi généreux avec ses hommes. C'est là la clé de la popularité, chez les vauriens comme chez les honnêtes gens. En peu de temps, la bande s'était étoffée et Dominique avait songé à l'organiser à l'imitation d'une troupe militaire, car il avait attiré à lui plusieurs déserteurs. Il en était né une espèce de phalange toute dédiée à sa cause. Un jour, Dominique avait estimé qu'il était temps de mener ses soldats vers d'autres contrées : il était entré un beau matin dans Paris après une absence de près de deux années. C'était l'année 1715, celle-là même où je m'apprêtais à rejoindre le séminaire. Sur les bords de Seine, la canaille n'a pas pour usage de faire de la place aux nouveaux venus. Il avait fallu en découdre. La petite armée de Dominique avait fait merveille : il s'était vite acquis une portion de territoire dans le faubourg Saint-Victor, au pied du limes de Saint-Marcel. Dans ce repaire, il avait commencé à mûrir d'ambitieux plans de conquête. C'est ici l'un des mystères de cet homme dont le caractère secret et discret masquait toujours les plus folles aspirations. La haute pègre de Paris l'avait bientôt éprouvé. À cette époque, les grandes bandes de la ville se déchiraient à tout propos, car leurs chefs n'avaient que la cupidité pour guide. Il résultait de ces rivalités que les clans végétaient, surtout que M. d'Argenson leur faisait une chasse sans merci. Dominique avait alors imaginé de consacrer son trésor de guerre à acheter les bonnes volontés. Il avait chargé Balagny de corrompre certains lieutenants de quelques chefs de bande. On avait commencé par le clan du Châtelet, où Gruthus avait accepté de l'or en échange d'une dizaine de coups de poignard donnés une nuit à son chef. La méthode avait fait florès, m'expliqua Dominique. En quelques semaines, la moitié de Paris lui faisait allégeance. L'autre moitié avait toutefois montré un peu de résistance, en particulier le faubourg Saint-Marcel, où le Grand Jacques n'acceptait pas qu'on lui dicte la loi. Balagny et Gruthus avaient été chargés de le ramener à la raison. Une véritable guerre avait éclaté, jusqu'au siège de l'auberge du Grand Jacques. On sait la suite. Bref, au printemps 1717, Dominique tenait Paris dans sa main. La police ne pouvait que constater que les bandes œuvraient désormais de concert, et le nom du Grand Coësre commença d'apparaître dans les rapports des mouchards.

— Tu es un abbé, me dit Dominique, tu n'ignores pas comme les hommes aiment à voir s'incarner les miracles. Ce rêve du Grand Coësre, chacun était prêt à l'accepter. Il a bien fallu batailler un peu, mais on ne règne pas sans larmes, non ?

— Ni sans or, de ce que je comprends, ajoutai-je.

Le visage de Dominique s'éclaira :

— Dans la plaisante société où tu vis, le pouvoir s'acquiert par la naissance. Moi, si je suis le prince des gueux, c'est parce que je les paie grassement. Je suis plus pauvre que mes sujets, et quiconque m'apporte de l'argent est le bienvenu... surtout d'anciens compagnons, sourit Dominique en levant son verre.

Nous trinquâmes de bon cœur, tandis que la Grise servait une troisième bouteille avec une nouvelle fournée de petits pâtés.

XVIII

Après mes incroyables retrouvailles avec Dominique, on me rendit ma chambre aveugle au premier étage des *Deux Anges*. Pour faire bonne mesure, une paire de sombres chérubins de cinq pieds huit pouces bivouaquèrent à ma porte. Dominique me précisa toutefois que je n'étais pas son prisonnier, bien que les apparences laissassent positivement songer le contraire. Qu'importe, je me trouvais sous le charme de cet homme, autant qu'étourdi par le destin qui me donnait l'occasion de peut-être accomplir ma mission au-delà de mes espérances. Bref, je m'endormis très tard ce soir-là, l'esprit animé d'une douce exaltation. C'est souvent ainsi lorsque l'on rentre indemne d'une villégiature aux frontières de l'autre monde.

Le lendemain, le mari de la Grise vint m'avertir que Dominique m'attendait au second étage. J'y grimpai en compagnie de mes anges gardiens, qui m'indiquèrent un salon avant de s'installer en faction dans les escaliers. J'entrai dans la pièce. Dominique se tenait devant une cheminée et tisonnait le feu de la pointe de son épée. En me voyant, il eut l'un de ses beaux sourires qui lui garantissaient d'emblée la sympathie. Il portait un habit plus élégant que la veille, tandis qu'un grand manteau de fourrure était posé sur un sofa.

— Il fait un froid de loup, ce matin, ne trouves-tu pas ? commença-t-il.

— Certes, cependant il fait meilleur dans les étages qu'à la cave, fanfaronnai-je.

Dominique sourit à nouveau, puis m'invita à m'asseoir sur un fauteuil. Il resta debout :

— Te souviens-tu de l'hiver de 1709 ?

— Oh oui, répondis-je, je vivais alors chez ce pauvre Lansquenet. Nous avions gelé comme jamais, cette année-là.

— À l'époque, j'avais quinze ans et j'ai tué un homme pour lui voler son bois, dit Dominique d'un air grave.

Je restai sans voix.

— Tu es surpris ? continua-t-il.

— Euh... non, tu devais avoir tes raisons, bredouillai-je.

— J'avais froid, cela suffit. Mais tu te demandes sûrement pourquoi je te fais cette confession aujourd'hui.

— Si tu attends que je te donne l'absolution, je t'avertis que je n'ai reçu que les ordres mineurs, plaisantai-je pour reprendre contenance.

— Dommage, la chose n'eût pas manqué de piquant, dit Dominique en s'asseyant sur le sofa. Tu sais, ces quelques bûches représentaient la survie du pauvre bougre qui les transportait. Pour son malheur, la mienne aussi. Il résista, mais ne put rien contre ma jeunesse ; je lui passai mon poignard au travers de la gorge avant de m'enfuir avec mon butin.

Dominique s'interrompit. Il frissonna et posa son manteau sur ses épaules.

— La morale de cette histoire, Renard, c'est que personne n'est jamais prêt à céder ce qui lui est vital. Ton ministre me demande la paix, mais je vis de la guerre. Les bandes écument Paris pour moi, c'est vrai, toutefois je leur laisse toujours la plus grande part du butin. Si je leur demande d'être sages, je les ruine et il ne faudra pas longtemps avant que je suive le chemin du porteur de bois.

— Et si l'on te donne les moyens de les garder paisibles et riches ? risquai-je.

Dominique resta songeur.

— Vois-tu, si j'avais possédé de l'argent naguère, j'en aurais proposé à cet homme pour qu'il me cède son bois, reprit-il.

— C'était plus raisonnable.

— Sûrement... mais il aurait refusé. Ce bois, c'était sa vie. Qu'eût-il fait avec de l'argent ?

— Il se serait acheté d'autres bûches...

Dominique sourit.

— C'est là une drôle de logique. Mais si on accepte de la suivre, il faut que l'avantage qui en résulte soit supérieur à la perte, et même bien au-delà, avança-t-il.

— Il y a aujourd'hui certains moyens de se chauffer à satiété, dis-je alors, avant d'ajouter hardiment : le papier-monnaie de M. Law est pour cela le meilleur des fagots !

Le regard de Dominique devint plus attentif.

— Hum… il est sûr que c'est du bon combustible, approuva-t-il.

— Et qui se fabrique aisément…

— Ce n'est pas la moindre de ses qualités si on le compare à l'or.

— Son Excellence le ministre Dubois ne dit pas autre chose.

Une ombre passa sur le visage de Dominique.

— « Son Excellence… », répéta-t-il. Tu parles étrangement, désormais. Nous, dans la canaille, nous ne sommes pas des serviteurs, même généreusement appointés. Si nous vivons ainsi, c'est notre liberté. Bien fou ceux qui s'imaginent pouvoir l'acheter.

— Nul ne fait ce calcul, répliquai-je. Et tu as raison, bien stupide celui qui croit pouvoir tenir en laisse un loup… ou celui qui s'imagine qu'il a domestiqué un renard.

Dominique éclata de rire :

— Tu n'as pas changé ! À la place de ton ministre, je me méfierais… Mais nous verrons tout cela plus tard. Pour l'heure, prépare-toi, nous allons devoir nous arracher à l'hospitalité de la Grise, dit-il en se levant.

— Où allons-nous ?

— Chez des amis.

Et Dominique me raccompagna jusqu'à mes deux rustiques séraphins.

Moins d'une heure plus tard, un fiacre m'embarqua avec mon bagage sous la double vigilance de mes gardiens. Lorsque nous fûmes assis, l'un des deux sortit de sa poche un pistolet chargé qu'il garda sur ses genoux tout au long de notre voyage. Nous suivîmes d'abord la rue Saint-Jacques jusqu'à la Seine, que nous franchîmes au pont Notre-Dame. Le fiacre s'engagea ensuite en direction de l'Hôtel de Ville, puis de la rue de l'Échelle et continua tout droit vers la rue du Temple. Arrivés au bout de cette dernière, nous traversâmes vignes et jardins jusqu'à la paroisse de Belleville, à la fameuse Courtille, où les tavernes et les cabarets faisaient de ce lieu l'un des plus prisés de Paris. On y trouvait pléthore d'établissements, du mieux fréquenté au moins bien famé, et l'atmosphère qui y régnait jour et nuit garantissait contre les misanthropes. En outre, un régiment de la Garde française, cantonné à deux pas, ajoutait son assoiffée contribution à cet industrieux quartier.

Mon fiacre s'arrêta devant le *Chant du Coq,* une taverne sise chemin de Saint-Denis. Mes deux cerbères m'invitèrent à y entrer. L'endroit était de ceux dont on peut recommander l'adresse : bon accueil, bonne table, belle clientèle, tout conspirait pour faire du lieu autre chose qu'un repaire de brigands. Du moins à première vue. Car derrière ce décor en trompe-l'œil, on me guida bientôt parmi un écheveau de couloirs, d'escaliers, d'entresols et de multiples arrière-salles où je croisai des trognes d'un autre genre. La pègre tenait ses quartiers dans ce dédale qui semblait se prolonger jusque dans les immeubles mitoyens. Je remarquai également que plusieurs sorties avaient été aménagées afin de se garder des mauvaises surprises. Au bout de ce labyrinthe, nous descendîmes d'un niveau pour déboucher dans une vaste pièce sans fenêtres et ornée de voûtes en pierre. De longues tables et des bancs laissaient à penser que l'endroit accueillait une nombreuse clientèle, peut-être des banquets. Pour l'heure, il n'y avait personne, excepté trois hommes qui conversaient, assis au bout d'une des tables. Je reconnus Dominique et Balagny, en compagnie d'un vieillard élégamment vêtu.

— Approche, me lança Dominique.

Je m'avançai jusqu'à eux. Balagny me toisait d'un air de défiance, tandis que le troisième personnage me scrutait, lui, d'une mine intéressée. C'était un petit homme maigre, qui devait avoir dépassé les soixante-dix ans, mais dont l'œil conservait une vive expression. Il s'adressa à Dominique :

— C'est lui ?

— Oui, c'est Renard – enfin, l'abbé Baptiste, désormais.

— Peux-tu me décrire l'abbé Dubois ? me demanda alors le vieillard.

— Au physique ? répondis-je.

— Oui.

— Eh bien, c'est un homme du Sud, au poil noir, à la figure mate et au nez en bec d'aigle.

— Hum… est-il grand ou petit ?

— Petit, guère plus de cinq pieds.

— Puisque tu prétends être l'un de ses proches, tu as donc déjà vu Mme de Tencin ? continua l'homme.

— Parfaitement.

— Comment est-elle ?

— Une beauté blonde, avec un front haut et une gorge que l'on croirait sculptée par Le Bernin.

J'ajoute qu'elle a une légère coquetterie dans l'un de ses beaux yeux verts.

— Lequel ?

— Le droit.

— Et Mme de Parabère ?

— La maîtresse de monseigneur le Régent est brune un jour, blonde le lendemain. Belle à ravir, elle a une silhouette frêle mais se pique d'être une convive parmi les plus robustes lors des soupers de son amant. D'ailleurs, sa voix haut perchée y signale sa présence, même dans l'obscurité…

Le vieillard hocha la tête :

— Tout cela est vrai. Cet homme connaît ceux dont il parle, dit-il à Dominique, qui lança alors un regard appuyé vers Balagny.

Ce dernier soupira. À son grand dépit, j'avais manifestement réussi un examen capital.

— Renard, tu vas rester avec nous quelque temps, reprit Dominique. Nous n'avons pas terminé une certaine conversation, ce matin. Il me faut encore réfléchir.

Balagny soupira à nouveau et s'éloigna de plusieurs pas.

— En attendant, tu logeras ici. Tu es libre de tes mouvements tant que tu ne sors pas de la Courtille. J'ai ta parole ?

— Tu sais pourquoi je suis venu jusqu'à vous, ce n'est pas maintenant que je vais m'enfuir.

— Bien, nous sommes donc d'accord. Mais comme tu es un peu novice dans ces lieux, je t'ai trouvé un cicérone, dit Dominique en faisant signe à quelqu'un de s'approcher.

Un homme sortit alors de la pénombre de l'angle d'un mur, où il paraissait se tenir depuis le début de mon interrogatoire. C'était Rémy. Sa brave figure s'éclaira d'un large sourire.

— Comme au bon vieux temps ! fit-il.

— Prends soin de lui, dit Dominique.

— Comme d'un frère, continua Rémy.

Et il m'entraîna dans les méandres de la tanière du Grand Coësre.

Rémy me conduisit aux quatre coins de la Courtille, à la manière d'un bon bourgeois qui ferait faire le tour du propriétaire à un parent. Il n'omit aucune des principales tavernes. À chaque fois, il exigea que j'accepte d'être son invité, mais il ne mettait jamais la main à la poche pour régler nos chopines, ce dont les tenanciers ne semblaient lui tenir nulle rancune. Chemin faisant, il m'expliqua aussi que Dominique séjournait fréquemment à la Courtille. Dans son enfance, son père y avait été marchand de vin. Cette intéressante visite dura une bonne partie de la journée et se conclut par une charmante petite auberge située en retrait d'un grand et beau jardin. Rémy m'annonça que j'y logerais. Il ajouta :

— Une certaine personne est impatiente de te voir. Elle t'attend pour le dîner.

— Qui est-ce ?

Rémy me répondit seulement d'un énigmatique sourire.

L'intérieur de l'auberge était aussi séduisant que son abord. Arrangé avec goût, l'endroit ressemblait à l'une de ces discrètes maisons qui abritent les rendez-vous galants de la belle société. Une femme d'un certain âge, à l'allure distinguée, m'y accueillit avec de délicates manières, puis m'installa dans un petit appartement qui donnait sur le jardin. Avant de prendre congé, elle m'avertit que le dîner serait servi une heure plus tard dans un salon de l'étage. Elle me confirma également que je ne serais pas seul. Je profitai de l'intervalle pour effectuer une petite toilette et rafraîchir un peu ma mise, car les jours précédents avaient mis ma garde-robe à rude épreuve. Je quittai mon habit d'ecclésiastique pour une tenue point trop froissée. À l'heure dite, je me dirigeai vers le salon que m'avait indiqué mon hôtesse, et où un magnifique domestique me reçut avec beaucoup de prévenance. Dans la pièce, on avait dressé une table pour deux convives. Bientôt, une jeune femme entra à son tour. Elle devait avoir dix-huit ou vingt ans, et portait une robe simple mais de très bonne facture. Quant à ses traits, ils n'étaient pas de ceux qui font se retourner, cependant sa figure respirait l'intelligence, ce qu'elle me confirma par un langage soigné :

— Vous trouvez-vous confortablement installé, monsieur l'abbé ? me demanda-t-elle.

— Fort bien, je vous en remercie. L'on m'a dit que nous dînerions ensemble, je crois.

La jeune femme sourit :

— Non, point avec moi, ou tout au moins pas seulement.

— Nous attendons quelqu'un d'autre ? questionnai-je.

— Une personne, oui. D'ailleurs, j'entends qu'elle vient, dit la jeune femme en faisant signe au domestique d'aller accueillir l'inconnue.

L'instant d'après, une femme dont le visage était dissimulé par un masque de bal en velours noir fit son apparition. Elle arborait une robe finement ouvragée, de celles que l'on porte parmi la meilleure société, tandis que le soin de sa coiffure témoignait pareillement d'une haute condition. Après avoir conduit la nouvelle venue jusqu'à un fauteuil, la première jeune femme reprit la parole :

— Ma maîtresse désirait vous rencontrer, mais elle entend également rester anonyme. Cela vous dérange-t-il ?

— J'imagine que madame a d'honorables raisons pour cela, et je souscris bien volontiers à son souhait, dis-je en effectuant une sobre révérence en direction de l'inconnue.

Elle répondit d'un gracieux mouvement de la tête, avant de parler tout bas à celle qui se présentait comme sa servante. Cette dernière s'adressa ensuite à moi :

— Je me nomme Justine, commença-t-elle. Ma maîtresse n'ignore rien des raisons de votre présence ici, toutefois elle aimerait les entendre de votre bouche.

— Ce serait avec plaisir si je ne craignais de l'importuner avec de bien trop sérieuses affaires, répliquai-je.

Mon élégante inconnue ne parut pas se formaliser de mes évidentes réticences et chuchota de nouveau quelque chose à Justine, qui semblait donc devoir tenir le rôle d'intercesseur.

— Ma maîtresse demande si votre prévenance à son égard interdit également de lui parler de vous ?

— De moi ?

— Oui, de votre vie.

— Elle n'a rien que de très commun.

— Ce n'est pas ce qu'on lui a dit.

— Ah ? Eh bien, que voulez-vous savoir, madame ? dis-je, piqué par la curiosité de mon énigmatique interlocutrice.

Celle-ci murmura quelques mots à Justine.

— Pouvez-vous raconter votre existence avant le séminaire ? me restitua la servante.

— Je le peux, toutefois cela n'a rien d'exemplaire.

L'inconnue fit alors un signe de la main pour m'inviter à débuter. Après tout, cela n'avait plus rien de secret, et je me lançai dans la petite histoire de ma première vie. La mystérieuse femme m'écouta avec beaucoup d'attention. Je pouvais percevoir son regard derrière les deux fines ouvertures du masque : ses yeux étaient d'un vert profond. Parfois, elle hochait la tête comme quelqu'un qui confirme ce qu'il entend. À d'autres moments, un faible soupir donnait le sentiment qu'elle compatissait à ce que je relatais. Je lui narrai le récit de ma vie jusqu'à ma rencontre avec l'abbé Louison. Elle resta ensuite un instant pensive avant de m'adresser une autre question par l'intermédiaire de Justine :

— Vous reste-t-il des amis de cette époque ?

— Madame n'ignore pas, je pense, que Rémy est de ceux-là, et que Dominique peut-être aussi, avançai-je prudemment.

L'inconnue glissa un mot à sa servante.

— Aucune femme ? m'interrogea cette dernière.

— Le faubourg ne favorise pas ce genre d'amitiés, mais je puis toutefois confier qu'au moins une jeune fille fut le témoin de mon existence d'alors.

— Comment se nommait-elle ? continua Justine après un regard vers sa maîtresse.

— Flora, répondis-je un peu troublé.

Derrière le masque, les yeux verts se firent plus brillants.

— Où est-elle aujourd'hui ? poursuivit Justine.

— Je ne sais, et le souvenir de sa disparition n'est pas de ceux que je préfère.

Le masque laissa encore échapper un soupir.

— Était-elle comme une sœur ? insista la servante.

— Je n'ai pas de famille, je vous l'ai dit.

— Cela n'empêche pas les tendres sentiments, ajouta encore Justine.

— Peut-être… mais tout cela est bien loin désormais. Flora est de ces visages du passé dont aucun regret ne peut l'en faire sortir.

— Tu te trompes, Renard, me lança alors tout à coup l'inconnue en ôtant doucement son masque.

XIX

Lorsque Flora abaissa le masque qui dissimulait ses traits, je ne pus retenir une exclamation qui me surprit moi-même, comme si ce cri avait été contenu depuis toutes ces années. Flora en fut émue au point qu'elle aussi tressaillit, avant de se lancer sans façon dans mes bras. Je la pressai contre moi, les larmes aux yeux. Nous restâmes un long instant ainsi. La scène devait être charmante, car il me parut que Justine essuyait elle aussi discrètement une larme. Enfin, notre mutuelle étreinte se desserra. Flora se recula de deux pas et me regarda de haut en bas pendant que je faisais de même, chacun d'entre nous toujours incrédule de la présence de l'autre.

La Flora qui se tenait devant moi était plus admirable encore que celle de ma mémoire. J'avais perdu une ravissante jeune fille, je retrouvais une femme dont la beauté aurait éclipsé quelques-unes des plus remarquables élégantes de la cour du Régent. L'ovale de son visage s'était affirmé en même temps que l'harmonie de ses traits. Sa magnifique bouche ressemblait à celle que j'avais connue, en plus rose si cela était possible ; son front était aussi haut, mais les boucles de sa chevelure blonde l'encadraient mieux encore ; le dessin de ses yeux s'était agrandi, ce qui donnait au vert de son regard une nuance et une expression que l'on eût crues nées du pinceau d'un peintre magicien. Ses épaules et sa gorge ne le cédaient en rien à toute cette perfection, lui faisant un buste qui ne se rencontre qu'en rêve. Ajoutez à cela les atours d'une duchesse, et on comprendra qu'une fois l'émotion un peu estompée, je m'interrogeasse sur l'origine de tant de magnificences. Je lui en posai la question.

— Tu m'as raconté ton chemin depuis notre séparation, je te dois le mien maintenant, me répondit-elle en me prenant par la main jusqu'à la table où étaient dressés deux couverts.

Nous nous assîmes, puis le domestique apporta du vin, avant que Justine ne lui enjoigne de prendre congé. Flora commença son histoire :

— Ta vie a basculé lors de cette terrible épidémie, me dit-elle. La mienne également. Lorsque tu as disparu, avec Rémy, nous te cherchâmes plusieurs jours : chez toi, dans les tavernes, et jusqu'au Châtelet où l'on pouvait t'avoir emprisonné. Mais personne ne nous donna de nouvelles. Presque une semaine devait s'être écoulée quand la petite vérole embrasa le faubourg. La maladie se propagea dans les maisons, et ma mère en fut atteinte.

Flora s'interrompit dans un soupir.

— La fièvre la terrassa en une journée, poursuivit-elle. Le surlendemain, je fermai ses yeux pour toujours. Dans notre immeuble, deux familles furent décimées. La quarantaine m'obligea à fuir. J'étais perdue, seule, et je me réfugiai à Orléans chez une cousine. J'y suis restée six mois peut-être, sans d'autres ressources que les maigres économies de ma défunte mère.

— Tu n'as pas songé à retourner au faubourg ? l'interrogeai-je.

— Non. Personne ne m'y attendait…

— Je t'y cherchais, pourtant…

— Tu avais disparu, Renard, je te pensais…

— Mort ?

— J'en étais certaine, soupira-t-elle encore.

— Et après Orléans ? continuai-je.

— Je suis revenue à Paris, mais je ne voulais plus mettre les pieds au faubourg. J'ai trouvé à m'employer dans une auberge, ici, à la Courtille.

— Qu'y faisais-tu ?

Flora me scruta de son beau regard vert.

— Dois-je vous le confesser, monsieur l'abbé ? souffla-t-elle, un sourire d'ange au coin des lèvres.

Justine sortit alors de la pièce, puis revint avec deux assiettes de consommé. Je n'en pris que deux ou trois cuillères. Flora également. Nous ne nous quittions pas des yeux.

— Mais cette toilette, cette mise de princesse ? m'étonnai-je.

— C'est vrai, je n'ai pas terminé mon histoire. Après quelque temps, j'ai éveillé l'intérêt de quelques généreux gentilshommes, et j'ai bientôt étoffé ma clientèle d'une bonne demi-douzaine de comtes et de barons, puis de deux ou trois marquis. Dès lors, j'étais lancée, comme on dit au Théâtre Français.

— Je comprends, fis-je, un peu dégrisé par l'aveu de Flora.

Je tentai de changer de conversation :

— Comment as-tu appris que j'étais là ?

— Rémy, puis Dominique m'en ont avertie, dit-elle.

— Tu les vois donc souvent ?

Flora sembla un instant troublée, mais elle se reprit vite d'un large sourire :

— Deux ans après que j'eus quitté le faubourg, j'étais à la Courtille lorsque Dominique et Rémy sont rentrés de Rouen. Nous nous sommes retrouvés et…

Elle s'arrêta, but un verre de vin, puis continua :

— Dominique m'a beaucoup aidée à me faire une place. Il est alors un peu devenu mon protecteur…

— C'est-à-dire ?

— Eh bien… Il compte beaucoup pour moi… et je crois que moi aussi pour lui…

— Tu veux dire que vous êtes… bredouillai-je.

— Que nous sommes aussi proches qu'il accepte que nous le soyons, dit Flora.

Je restai sans voix. Un drôle de sentiment me traversa, et j'écoutai Flora qui acheva de m'expliquer à mots choisis comment elle était devenue la maîtresse de Dominique. Ensuite, elle me scruta longtemps, à la manière de quelqu'un qui guette l'effet de son récit, mais je ne laissai rien transparaître. Elle en parut soulagée. Je finis de la rassurer en évoquant les souvenirs du temps passé, et nous rîmes à gorge déployée jusque très tard. Nous nous quittâmes sur la promesse de nous revoir très vite.

Le lendemain, j'eus la désagréable surprise de trouver Gruthus qui faisait les cent pas devant la porte de mon auberge. Il était accompagné de deux coquins de sa bande et m'enjoignit de le suivre.

Je m'enquis de savoir où nous allions. Il répondit laconiquement : « Au spectacle... » En fait, nous nous dirigeâmes vers l'*Auberge du Chant du Coq*. Arrivé devant l'établissement, Gruthus emprunta une porte qui donnait dans les cuisines. Nous avançâmes ensuite parmi le dédale de couloirs que j'ai déjà décrits, jusqu'à arriver à la fameuse grande salle où l'on m'avait interrogé. Cette fois, elle était encombrée de presque une centaine de gaillards dont le chahut résonnait sous les voûtes. Étrangement, on avait disposé quelques caisses dans un coin de la pièce, auprès desquelles se tortillait un petit homme d'une trentaine d'années, qui n'avait de cesse de regarder en tous sens d'un air anxieux. Personne ne semblait pourtant lui prêter attention, à part un personnage que je reconnus pour être mon ancien geôlier, le dénommé le Lézard. Ce géant paraissait veiller sur le petit homme, peut-être même le surveiller. Gruthus fendit la foule et me plaça à quelques pas de cette étrange scène. Il grogna que je devais rester là, puis s'en retourna vers un groupe où figurait Balagny en compagnie de trois ou quatre autres individus dont la superbe plaidait pour leur appartenance au cénacle de la haute pègre. Je devinai qu'un important événement se tramait. Mon hypothèse se vérifia lorsque Dominique fit son apparition en haut d'un petit promontoire en pierre qui surplombait la salle. Le silence commença de se faire. Dominique attendit encore quelques instants puis il prit la parole :

— Compagnons, je vous ai réunis pour une affaire grave.

Un murmure parcourut les bandits. Gruthus me jeta un regard en coin.

— Je détiens les preuves qu'il y a un frollant[1] parmi nous, continua Dominique.

Cette fois, le murmure le céda à une rumeur rauque. Balagny parla à l'oreille de Gruthus en me regardant, tandis que Dominique levait la main pour faire cesser le brouhaha. Il reprit :

— Nous le connaissons depuis longtemps. Il est ici aujourd'hui : c'est cet homme ! lança-t-il tout à coup en pointant le doigt dans ma direction.

Je crus que le sol allait se dérober sous mes pieds et je m'apprêtais à ouvrir la bouche pour me défendre, quand je m'aperçus que la foule des truands lorgnait derrière moi. Je me retournai et découvris que le Lézard tenait par le col le fameux petit homme. Il se débattait un peu mais avait apparemment les mains liées dans le dos. Je me trouvais entre lui et Dominique, position dont je compris vite qu'elle n'était pas fortuite à la vue des figures hilares de Balagny et de Gruthus. Le prisonnier du Lézard nia d'une voix blanche. Dominique céda alors la place au vieillard qui avait mené mon interrogatoire deux jours plus tôt. Celui-ci énonça les termes de l'accusation, avança des preuves qui attestaient que l'accusé était une mouche de la police, puis enfin s'adressa à la salle :

— Qui veut défendre cet homme ? demanda-t-il d'un ton solennel.

Personne ne broncha.

---

1. *Un traître.*

— Je déclare l'accusé coupable et remets la sentence à la décision du Grand Coësre, conclut le vieil homme.

Dominique réapparut. J'eus l'impression de croiser son regard lorsque ses yeux se portèrent à nouveau vers le prisonnier. Ce dernier gémissait qu'on l'épargne. Dominique étendit alors le bras droit devant lui, poing fermé. À ce signal, le Lézard hissa de force le petit homme sur une caisse, puis monta à côté de lui. Un frisson de contentement parcourut la foule. Les visages se tournèrent vers Dominique, qui n'avait pas bougé. Nul bruit ne résonnait désormais, hormis les sanglots du prisonnier. Tout à coup, Dominique ouvrit grand la main et écarta les doigts. Le geste tira du petit homme un cri aigu, bientôt interrompu par un terrible étau qui enserra son cou. De ses deux grosses mains, le Lézard le décolla du sol en même temps qu'il compressait sa gorge. Le pauvre bougre se débattit à peine quelques secondes, avant que sa langue sorte de sa bouche dans une affreuse grimace. Les spectateurs applaudirent à tout rompre. Le Lézard relâcha son étreinte : sa victime s'effondra sur le sol comme un sac. Deux hommes s'approchèrent ensuite et portèrent plusieurs coups de couteau au visage du cadavre. C'était la marque des traîtres.

Après cette pénible scène, Rémy sortit de la foule pour me rejoindre. Je lui racontai comment l'on était venu me chercher afin de me mener jusqu'ici. Cela ne l'étonna pas. Il me confia que c'était parfois l'usage en manière d'avertissement, mais il ne sut – ou ne voulut – me dire si l'ordre venait du Grand

Coësre. Pour me distraire un peu, il m'engagea à nous rendre dans une taverne proche. J'acceptai, n'ayant rien à faire dans l'attente d'une prochaine entrevue avec Dominique. Une fois installé, il m'éclaira sur quelques-uns des protagonistes du macabre spectacle auquel je venais d'assister. La victime était selon lui un brave bougre qui n'avait pas su résister à l'appât du gain, et sa culpabilité ne faisait aucun doute. Il m'expliqua également que le vieillard qui tenait le rôle du procureur s'appelait Gervais. Il avait longtemps servi en tant que premier valet de chambre d'un membre du Parlement, ce qui aux yeux de tous valait un doctorat de droit. En outre, son entregent auprès des domestiques des puissants lui fournissait également une inépuisable source de renseignements. J'en avais fait l'expérience. Enfin, Rémy s'attarda longuement sur la terrible personnalité du Lézard, dont le véritable nom était Grimal. Son histoire n'était pas banale.

Grimal avait été arrêté dix ans plus tôt pour une peccadille, mais des complices l'avaient généreusement chargé d'autres méfaits qu'il n'avait pas commis. Les tribunaux n'entrant pas dans ce genre de détails, on l'avait bientôt jeté à Bicêtre, dans une geôle de dix pieds de long sur sept de large, tandis que le plafond n'aurait pas laissé debout un homme de six pieds, ce qui malheureusement était sa taille. Dans cette boîte en pierre, la lumière provenait d'une lucarne assez large, située à mi-hauteur. Garnie de trois solides barreaux, cette ouverture proposait un vis-à-vis assez ingrat avec un mur de briques qui barrait l'horizon jusqu'au ciel. Les rêves d'évasion de Grimal s'étaient donc vite trouvés contrariés par la sévérité des lieux, et un terrible ennui s'était insinué dans son sépulcre. Bien sûr, il n'avait personne à qui parler, à part à lui-même, mais pour son infortune, le bonhomme n'avait jamais eu beaucoup de conversation. À ses heures perdues – et elles étaient près de vingt-quatre par jour –, le prisonnier n'avait bientôt eu d'autres ressources que de scruter le haut mur qui se dressait à moins de cinq pas de distance derrière le soupirail de sa cellule. Maigre consolation, on pouvait cependant en distinguer tous les détails. L'enduit qui le recouvrait avait été rongé par les intempéries, si bien que les briques ocre affleuraient presque partout, ne laissant par endroits que de larges plaques brunes dont les contours faisaient songer à la découpe des terres sur les cartes de navigation. Or, Grimal en avait vu plusieurs dans la gargote tenue par un ancien quartier-maître de marine nommé Gamblin, mais plus sûrement connu de ses pratiques sous le sobriquet de Cul-de-bois. Il tenait ce surnom d'une curieuse infirmité causée par un boulet de canon qui lui avait emporté la partie charnue de sa personne au cours d'un combat, sans faire – si l'on peut dire – d'avaries plus fatales. Un menuisier de ses amis lui avait fabriqué par la suite une espèce de forme en demi-lune qu'il ajustait chaque matin dans ses culottes afin de conserver un semblant de silhouette. L'artifice était cependant imparfait et l'humeur de Cul-de-bois s'en ressentait depuis plus de vingt ans : il passait pour l'un des patrons de cabaret les plus taciturnes de Paris. Toutefois, durant ses rares moments de gaîté ou lorsqu'il avait bu – l'un n'allait pas sans l'autre et inversement –, il lui prenait la toquade d'exhumer une brassée de cartes marines d'un vieux coffre de fer, et il s'embarquait alors dans la description par le menu de ses voyages dans les mers des Antilles et des Indes. Bon garçon, Grimal s'était laissé harponner, écoutant sans bâiller le récit de Cul-de-bois, en même temps qu'il profitait des coups à boire que le gargotier dispensait à son public de circonstance. C'est ainsi que, sans savoir ni lire ni écrire, Grimal connaissait l'aspect des quatre continents, les îles lointaines, les archipels et pas mal d'autres rivages inconnus de la plupart des Terriens. Une carte, ce fut donc la première chose à laquelle il avait songé à force d'observer le mur. Une mer, des océans, puis des terres s'étaient dessinés, auxquels il avait donné des noms. Peu à peu, son esprit avait également commencé à modeler des paysages sur les briques. Ici une rivière, là une colline, ici encore un bois. Il connaissait la moindre anfractuosité, le moindre repli, la moindre ombre, que ce fût le matin, le soir, l'hiver ou l'été. Il restait ainsi des heures entières, parfois toute une journée, la nuit aussi, lorsque la lumière de la Lune dessinait sur son monde des paysages nouveaux. Deux années étaient passées ainsi. Les gardes avaient pris l'habitude de le voir dans cette position, et, après avoir vérifié plusieurs fois qu'il ne complotait rien, s'étaient dit que le bonhomme était en train de perdre la raison. Il faut avouer que ce n'était pas tout à fait faux.

Cependant, il manquait un élément essentiel à sa composition. Dans ce tableau, point de vie, et tous ses efforts pour s'en figurer s'étaient avérés de cuisants fiascos. Bâtir un paysage est plus aisé que de créer la vie, preuve de la supériorité de Dieu sur l'homme, arguera-t-on, mais signe également que le pauvre bougre n'était pas encore totalement dément. Un soir d'été, un miracle s'était toutefois produit dans ce désert. Une forme sombre s'était glissée entre une montagne et une vallée – deux briques disjointes. Grimal avait reconnu un lézard. Jour après jour, il s'était habitué à le voir, et son esprit un peu dérangé l'avait décrété son ami. L'été s'était égrené dans ce doux compagnonnage quand, une après-midi, alors que le lézard se prélassait sur la brique chaude, un affreux volatile fondit sur lui. En une seconde, il n'était resté sur le mur qu'une nouvelle petite tache. Le drame s'était déroulé sous les yeux horrifiés de Grimal. Ses années de réclusion lui étaient aussitôt devenues insupportables : le néant se révélait derrière le soupirail. Les champs, les bois, les rivières s'évanouissaient pour ne laisser à voir qu'un mur terreux et sale. Grimal suffoquait. Ce qu'il restait de sa raison s'était alors consumé à une allure vertigineuse. Son regard s'était transformé en un gouffre béant, et le malheureux allait cesser d'exister lorsqu'une alliée inattendue était venue à sa rescousse : la rage. Souvent, elle est l'ultime ressource d'une vie qui ne veut pas s'éteindre, et on serait surpris des miracles que peut engendrer la colère des désespérés. Elle s'était emparée de Grimal, avait soufflé sur les braises presque éteintes de sa volonté, avait raidi ses muscles. Il avait donc saisi les barreaux, s'y était agrippé férocement, avait tiré, forcé, poussé de tout son poids, lâché prise, recommencé, mugi, pleuré, quand tout à coup un infime grincement avait arrêté net sa furie. Le gouffre s'était refermé, les yeux de Grimal étaient redevenus mobiles. Il avait scruté la base d'un des barreaux un long instant, l'avait empoigné des deux mains et l'avait soumis à de brusques mouvements de va-et-vient, mais cette fois sans aucun signe de colère. Le grincement s'était fait entendre à nouveau et de minuscules éclats s'étaient détachés du socle en pierre de la barre de fer.

Dans une évasion, la patience est aussi utile qu'une pioche. Grimal ne disposant pas de la seconde, il avait donc usé de la première. Chaque jour, il avait besogné des heures entières sur le barreau. Au bout d'une semaine, le morceau de fer avait joué d'une demi-ligne dans sa base : un bien faible résultat pour celui qui a autre chose à faire, un triomphe pour celui qui y consacre sa vie. Les gardes ne se doutaient de rien, habitués à ses interminables stations devant le soupirail. Il cachait toutefois son ouvrage en ajustant un agrégat de salive et de poussière autour de son chantier. Parfois, Grimal pensait encore au lézard, et une grosse larme roulait au coin de son œil. Un jour enfin, dix semaines après la tragique fin de son ami, le barreau avait bougé d'un demi-pouce : Grimal avait commencé à creuser une saignée dans la pierre pour le faire pivoter. En moins de cinq jours, le barreau put être escamoté, laissant ainsi suffisamment d'espace pour qu'un homme puisse se glisser par l'espace dégagé. C'est ce que Grimal avait fait un soir. Il avait alors dégringolé sur un chemin de ronde situé en contrebas à dix pieds, mais rencontré bientôt deux gardes dans sa fuite. Il avait fondu sur eux, s'était emparé de la baïonnette de l'un et en avait transpercé l'autre, tandis que le survivant de ce terrible assaut n'avait eu que le temps d'appeler au secours avant que Grimal ne l'étranglât. L'alerte n'avait servi à rien, Grimal ayant filé en s'agrippant aux anfractuosités de la muraille avec la souplesse d'un… lézard. Évidemment, le nom lui était resté parmi la canaille, et l'on avait bien vite songé à exploiter sa rage meurtrière dans le rôle que l'on connaît maintenant pour l'y avoir vu à l'œuvre.

Rémy resta avec moi tout le reste de la journée. Je lui demandai s'il avait été désigné pour me surveiller ; il me répliqua qu'en ce territoire, nul n'était besoin d'accompagner quelqu'un pour s'assurer de ce qu'il faisait. Les hommes du Grand Coësre étaient partout, depuis le cabaretier jusqu'à l'anonyme portefaix, en passant bien sûr par le mendiant ou la fille des rues. Rémy m'avertit également de me défier de Gruthus, qui savait désormais mes liens passés avec Lansquenet et le Grand Jacques, tandis que l'épisode de la capture de son butin dix ans plus tôt lui restait comme une insulte impérissable. Il se répandait en imprécations contre moi, arguant que j'avais toujours été un sournois, un craquelin[1], et que l'on devait laisser le Lézard s'occuper de ma personne. Autant dire que ce soir-là, je trouvai le sommeil avec peine après que Dominique m'eut fait prévenir qu'il me verrait le lendemain à l'*Auberge du Chant du Coq*, dans la grande salle.

---

1. *Un menteur.*

XX

Ce matin-là, je m'étonnai de ne trouver nul cerbère devant la porte de mon auberge. Je me dirigeai donc seul vers le *Chant du Coq,* lorgnant cependant autour de moi à chaque pas. La macabre scène de la veille était encore dans mon esprit, et l'envie d'infléchir ma course dans une autre direction ne fut pas sans me tarabuster à plusieurs reprises. La bonne fortune m'avait guidé jusqu'alors, certes, toutefois les joueurs savent que si l'on veut profiter des bénéfices de sa chance, il faut savoir quitter la table à temps. La chose eût été raisonnable, bien que je n'eusse encore rien obtenu de tangible qui puisse me permettre de revenir chez l'abbé Dubois autrement que bredouille. Mais voyez comme on peut se perdre pour un peu de vanité : l'idée de passer pour un médiocre auprès du ministre suffit à raffermir ma marche, et j'arrivai bientôt à destination. Je me faufilai alors dans le dédale de couloirs sombres qui menaient à la grande salle. J'en franchis le seuil un peu inquiet, je l'avoue. À l'intérieur, seulement trois ou quatre chandelles éclairaient les voûtes d'une lueur blafarde. Il semblait n'y avoir personne. La crainte d'un piège m'assaillit tout à coup. Je pensai à Gruthus et commençai d'échafauder mille conjectures lorsqu'un bruit me fit sursauter. Je fouillai la pièce du regard. Dominique sortit de la pénombre.

— Tu as trouvé ton chemin sans peine, on dirait.

— J'ai une honnête mémoire, répondis-je.

Dominique s'approcha de moi.

— Vois-tu, Renard, fit-il en posant sa main sur mon épaule, tu es un homme étrange. Je te retrouve dans l'orbite d'un ministre, respirant l'air de la belle société, et tu te complais à venir humer la crasse des miséreux.

— Tous les hommes ont la même odeur, seuls les parfums déguisent leurs aigreurs.

— Te voilà bien misanthrope, monsieur l'abbé...

— Pragmatique seulement, mais je sais un parfum dont la fragrance est miraculeuse.

— Ah ? Et quelles sont ses vertus ?

— Il calme la faim, réchauffe le vieillard, étanche l'ambition, rend le laid désirable, apaise les scrupules, tisse les pactes...

Dominique eut un sourire triste.

— Je vois de quelles effluves tu parles, dit-il. À ce propos, j'ai beaucoup songé à tes propositions.

— Elles t'intéressent ?

— À certaines conditions...

— Je suis ici pour les entendre.

— Alors tu ne seras pas déçu. Ton ministre veut la paix et la tranquillité pour faire ses petites affaires, très bien. Cela peut peut-être m'agréer un certain temps contre cinquante mille livres chaque mois, payées pour moitié en or et pour l'autre en papier-monnaie.

— Cela fait une somme...

— J'ai plus de deux mille hommes et vingt chefs de bande dans Paris. Ce ne sera pas de trop pour les tenir sages. Mais je t'avertis que les faubourgs Saint-Marcel, Saint-Victor et celui du Temple resteront en dehors de cet accord. Hors les barrières, mes hommes seront également libres de mener leurs commerces comme ils le souhaitent.

— Quelles garanties offres-tu ?

— Et toi ?

— Nous paierons à jour fixe, en un lieu que tu désigneras. Tu jugeras sur pièce.

— Ton ministre aussi. Lorsque je le déciderai, un bourgeois pourra se promener rue Saint-Honoré à minuit, sa cassette sous le bras, sans craindre qu'on l'estourbisse.

— Fort bien. Je m'en vais donc rapporter tout cela.

— Une chose encore.

— Oui ?

— En plus des cinquante mille livres payées mensuellement, je veux également pour moi trente mille livres en papier de la banque de M. Law.

— Mais en tout, cela fait presque un million de livres par an… me récriai-je.

— Il est des parfums dont les effluves subtiles s'évanouissent vite, répliqua Dominique avant de s'éloigner de quelques pas. C'est toi qui es venu, reprit-il. Je n'ai rien demandé, mais si l'on m'offre, je prends. À ton ministre de voir à combien il estime le prix d'une trêve. Je n'ai rien à ajouter. Tu es maintenant libre de quitter la Courtille en toute sécurité.

— Comment t'avertirai-je, si ta proposition est acceptée ? ajoutai-je.

— Je fais confiance à Renard pour trouver un moyen de me débusquer, sourit Dominique.

Il appela ensuite l'un de ses hommes, à qui il demanda de m'accompagner jusqu'à mon auberge. J'allais prendre congé lorsqu'il m'interpella une dernière fois :

— Tu as vu Flora, je crois…

— Oui…

— C'est bien, fit-il seulement en hochant la tête, puis il s'éclipsa par une petite porte dissimulée à l'angle d'un pilier.

De retour à mon auberge, je m'empressai de faire mon bagage, puis je fis tout aussi prestement mes adieux à la maîtresse des lieux. Mais à peine eus-je franchi le pas de la porte qu'un fiacre s'arrêta à quelques pas. Un gentilhomme d'âge mûr en descendit, bientôt suivi par Flora. Je restai interdit. Elle m'aperçut, glissa quelques mots à l'homme et s'avança vers moi.

— Tu nous quittes ? me demanda-t-elle d'une voix douce.

— Je vais rendre compte à ceux qui m'ont envoyé ici, répondis-je.

— Je te reverrai ?

— Cela se peut, bien que tu me sembles fort occupée, ajoutai-je en jetant un œil au gentilhomme qui se tenait en retrait en se donnant l'air de ne pas se préoccuper de nous.

Flora sourit.

— Mes courtisans ne sont pas des tyrans, je leur consacre le temps qu'il me plaît, et ils s'en satisfont fort bien. Lorsque tu seras de retour, rends-moi visite, j'habite au numéro sept de la rue Saint-Claude.

— J'essaierai de m'en souvenir, dis-je poliment.

— Cela me fera plaisir, acheva Flora avant de s'en retourner vers le gentilhomme.

Celui-ci lui donna le bras, et ils entrèrent dans l'auberge. J'en profitai pour grimper dans le fiacre qui venait de les déposer et je commandai au cocher de m'amener rue du Bac. Je fis le trajet accompagné du parfum de Flora.

Lorsque la voiture me laissa devant chez moi, j'eus l'impression que je m'en revenais d'un pays lointain après de longs mois d'absence. Je croisai ma logeuse dont l'humeur semblait s'améliorer et qui me trouva bonne mine. Je lui brodai que l'air de la campagne en était la cause, puis je gagnai sans tarder mon appartement où je changeai de vêtements avant de filer aussitôt vers le Palais-Royal.

L'abbé Dubois donnait audience aux commis des ministères chaque jour, mais quand je me fis annoncer, il congédia dans l'instant tout ce petit monde. J'entrai dans son vaste cabinet le menton haut. L'abbé se tenait derrière son bureau et me gratifia d'un sourire en guise de salut, chose aussi rare chez lui qu'un cinquième as dans un jeu de cartes.

— J'avais presque abandonné l'espoir de vous revoir un jour, monsieur, dit-il.

— Pour être honnête avec Votre Excellence, j'ai souvent cru ces jours derniers que mon expédition ne m'autoriserait aucun retour.

— Il m'est en effet revenu que vous aviez disparu d'un certain cabaret : les *Deux Anges*, je crois…

— Vous saviez que j'y étais descendu ? m'étonnai-je.

— Par bonheur, j'entretiens des informateurs plus habiles que la police. Toutefois, ces braves gens ont bientôt dû se résoudre à constater que le faubourg vous avait englouti.

— Il est certain que mon naufrage m'a jeté sur des terres inconnues du commun.

— Racontez-moi cela, fit l'abbé en se carrant dans son fauteuil.

Je relatai alors mon périple sans omettre de détails, excepté le chapitre qui concernait Flora. Dubois m'écouta tout du long d'un air captivé. Lorsque j'eus achevé mon récit par l'énumération des exigences de Dominique, il se leva puis arpenta son cabinet de long en large en réfléchissant à voix haute selon sa manie :

— Hum… cinquante mille livres… hum… enfin, quatre-vingt mille… il ne se mouche pas du coude, le bougre… hum… hum… mais tout compte fait, ce serait une peccadille s'il dit vrai… hum…

Dubois se retourna vers moi :

— Vous semblez bien connaître ce Cartouche. Pensez-vous qu'il soit homme à tenir sa parole ?

— Oui, je n'en doute pas. Et puis, il y va aussi de son intérêt. Il a les mêmes soucis que beaucoup : il lui faut de l'argent pour rester le maître.

Le ministre reprit son monologue :

— Hum… après tout, que risquons-nous ? Perdre quelques dizaines de milliers de livres s'il nous ment ? Hum… et puis il nous faut nous hâter… le système de M. Law va avoir besoin de sécurité… Le papier-monnaie doit circuler en paix… hum, hum…

Après avoir encore marmonné quelques réflexions auxquelles je ne compris rien, l'abbé Dubois regagna son fauteuil. Il prit une plume et écrivit une longue lettre, qu'il enferma ensuite dans une enveloppe dont il doubla le cachet.

— Puisque vous voilà de retour, vous allez reprendre votre service et apporter ce pli à monseigneur le Régent. Ensuite, vous irez vous reposer et reviendrez demain comme à l'habitude, dit-il en me tendant la lettre.

Je me retirai dans l'instant, un peu contrarié toutefois de ne pas avoir reçu les éloges que j'estimais le prix de mes exploits. J'étais encore trop jeune pour savoir que les prouesses que l'on met au service des affaires d'État ne procurent jamais de gloire. J'arrivai dans l'antichambre du Régent alors que celui-ci s'apprêtait à s'en aller rendre visite au jeune roi Louis XV. Il me reçut avec beaucoup de cordialité, s'étonna de mon absence des derniers jours, puis brisa les cachets de la lettre devant moi avant de la parcourir d'un œil attentif. À l'issue de sa lecture, il plia la missive et l'enfourna dans l'une de ses poches, tandis qu'il me considérait un petit moment. J'eus l'impression qu'il voulait dire quelque chose, cependant il sembla se raviser et il me congédia avec toujours autant d'affabilité.

Alors que je repartais après avoir un peu conversé avec les huissiers en faction devant les appartements du Régent, j'entrevis tout à coup la malingre silhouette de Ponce Coche au bout d'une galerie. Le premier valet de chambre venait dans ma direction. J'avais meilleur œil que lui, et il ne me reconnut que lorsqu'il fut à quelques pas de moi, ce qui lui interdit toute retraite. Son teint blafard se colora de pourpre. Arrivé à ma hauteur, il grimaça une espèce de salut tout en continuant sa route. Je l'interpellai :

— Alors, monsieur le premier valet de chambre, vous me reconnaissez donc aujourd'hui ?

Coche se figea.

— Que voulez-vous dire, monsieur ? demanda-t-il d'une mine défaite.

— Eh bien, qu'il semble que votre mémoire vous joue des tours, si j'en juge par ce que l'un de vos parents m'a rapporté.

— Euh... je ne comprends pas de quoi vous voulez parler... bredouilla Ponce Coche.

— Voyez ! C'est là la preuve que votre esprit s'égare, insistai-je, trop heureux de pouvoir tourmenter ce fripon.

— Veuillez m'excuser, mais Monseigneur m'attend, tenta alors le premier valet de chambre pour se défiler.

— Allez, allez, monsieur, faites votre devoir. Et quand vous le verrez, faites mes amitiés à monsieur votre neveu.

Ponce Coche ne répondit rien et s'enfuit tête basse. On voudra bien admettre que ma vengeance fut clémente, car la duplicité de ce bougre avait manqué me faire expédier dans l'autre monde. Mais pour l'instant, je m'estimais déjà un peu payé de mes tracas, ne doutant pas que l'occasion de faire valoir le solde ne tarderait pas. Je rentrai ensuite rue du Bac, où pour la première fois depuis près de deux semaines je me couchai de très bonne heure et sans appréhension du jour suivant.

Le lendemain, je tins ma place auprès de l'abbé Dubois toute la journée sans que celui-ci fît allusion à la mission qu'il m'avait confiée. Je travaillai jusque très tard, car je dus établir une note à l'attention du Régent sur les nouvelles mesures imaginées par M. Law. Sa Banque royale prospérait, mais il voulait plus encore. Entre autres, il souhaitait que l'on dépréciât fortement la monnaie métallique afin d'attirer le public vers son papier. Il suggérait également qu'on limitât à seulement six cents livres les paiements en espèces, toujours pour donner la primauté à ses billets de banque. Il promettait en regard de substantiels profits pour l'État, ce qui se vérifiait d'ailleurs déjà. Plus que jamais, Law était l'homme à la mode, et son système faisait l'objet de toutes les attentions de l'abbé Dubois comme du Régent. En revanche, chez les autres banquiers de la place, on rechignait toujours à avaler la potion de l'Écossais. Crozat, en particulier, ne tarissait pas de récriminations, tandis que les frères Pâris s'étaient même piqués de créer une compagnie intitulée l'Antisystème. Cet établissement prônait des valeurs contraires à celles de Law, privilégiant l'or et la monnaie métallique sur les titres ou les billets. La lutte entre les deux partis se faisait acharnée.

Quelques jours plus tard, alors que j'arrivais un matin dans le cabinet du ministre pour prendre mon service, l'abbé Dubois m'invita à m'asseoir sur une petite banquette où il affectionnait de se tenir lors de ses rêveries à voix haute. L'endroit était de ceux auquel le postérieur du commun des fonctionnaires n'aborde qu'en rêve. Bref, je demeurais fort surpris de cet honneur, d'autant que l'abbé resta debout pour s'adresser à moi :

— J'ai fait procéder à quelques vérifications, du moins dans la mesure de ce qu'il est possible... et il apparaît que vous êtes positivement un homme intéressant. Vous avez effectivement rencontré plusieurs fois ce Cartouche, me rapporte-t-on, et je mise donc que vos dires sont sincères.

— Vous doutiez de ma loyauté, Votre Excellence ? protestai-je.

L'abbé Dubois me gratifia de l'un de ses demi-sourires dont il faisait habituellement une jalouse économie.

— La méfiance n'est pas dans ma nature, mais la prudence, oui. Et avouez que le chemin que vous m'avez tracé n'est pas de ceux sur lesquels on s'engage les yeux fermés. Mais brisons là. J'ai décidé de me fier à la parole de ce Cartouche. Laissons-lui croire qu'il mène le jeu, c'est toujours un avantage aux cartes. Nous allons donc lui donner ce qu'il demande, puis nous en observerons les effets. Si la mécanique fonctionne, M. Law fabriquera un peu plus de papier pour l'entretenir, voilà tout.

J'écoutais l'abbé les yeux écarquillés, fier en moi-même que mon initiative ait trouvé à séduire ce puissant personnage. Il continua en détaillant un peu les modalités de l'opération, puis aborda un point crucial.

— Évidemment, dit-il, tout ceci doit se faire dans le plus grand secret. Il ferait beau voir que l'on apprît que le gouvernement pensionne la canaille !

— Vous pouvez me faire confiance, répliquai-je.

L'abbé s'approcha alors de moi et s'assit lui aussi sur la banquette. Je voulus m'en lever prestement, mais il me retint par un bras. Je n'avais jamais été aussi proche de lui. Il planta ses yeux dans les miens.

— Je ne doute pas de votre discrétion, monsieur, dit-il, d'autant qu'en cette affaire vous avez plus à perdre que beaucoup. Je n'imagine pas qu'il soit aisé pour un jeune abbé d'une si obscure extraction de convaincre des juges que ses liens avec la pègre n'ont d'autres motifs que de vilaines actions. Et votre présence près de moi ne sera que la preuve que la canaille s'insinue partout. Me comprenez-vous ?

Confondu du cynisme de l'abbé, je ne répliquai rien, ce qui parut être la réponse qu'il attendait.

— Je vois que nous sommes d'accord, continua-t-il. Mais après ce liminaire, je veux aussi vous prouver le crédit que je vous fais en vous nommant comme notre ambassadeur auprès de Cartouche. Vous lui apporterez mon accord ainsi que sa petite rente mensuelle. Ainsi, vous me serez indispensable. Acceptez-vous ?

— Je... je ferai selon votre volonté, Excellence, balbutiai-je.

— Parfait. Servez-moi loyalement, et vous n'aurez pas à le regretter, conclut-il en se levant.

Je l'imitai et filai jusqu'à mon pupitre de travail pour commencer ma besogne quotidienne.

— Laissez cela, me lança alors l'abbé. Je trouverai un autre scribe. Prenez plutôt ceci, fit-il en me tendant un papier.

Je le lus. Il s'agissait d'un ordre de M. Law destiné au caissier de sa banque. Il commandait de remettre à celui qui en était porteur une somme de cinquante-cinq mille livres en cinquante-cinq billets de mille livres, et vingt-cinq mille livres en dix rouleaux de cinquante doubles louis.

XXI

Le 2 mars 1719, sur les coups de dix heures du matin, je me rendis en tenue de voyage à la Banque royale, rue Quincampoix. Un dénommé Bourgeois, le trésorier de la banque, m'y reçut très civilement avant de me conduire jusqu'au caissier en chef. Celui-ci me compta alors la somme demandée en échange de l'ordre de M. Law. J'enfournai billets et rouleaux de doubles louis dans une sacoche en toile, que je plaçai ensuite dans un anonyme bagage en cuir. Au passage, le regard du caissier s'attarda sur la crosse d'un pistolet dont je m'étais équipé sous mon manteau. Pour faire bonne mesure, j'avais également dissimulé un stylet dans l'une de mes bottes, ainsi qu'une dague dans la poche de ma veste. À n'en pas douter, cet arsenal faisait de moi l'abbé le mieux défendu de Paris.

Il me fallait maintenant me rapprocher de Dominique. On se souvient que ce dernier m'avait laissé carte blanche quant aux moyens. Je ne tergiversai pas et, après avoir pris congé des fonctionnaires de M. Law, je commandai à un fiacre de me mener au numéro sept de la rue Saint-Claude. Nous y fûmes avant midi. Il s'agissait d'un immeuble récent, fort bien tenu au demeurant, où une concierge exerçait un contrôle débonnaire à l'accès des lieux. La bonne femme m'indiqua d'un air entendu l'étage auquel habitait Flora. Je montai et frappai à sa porte. Ce fut Justine qui m'ouvrit. Elle me reconnut tout de suite, puis m'introduisit dans un petit salon dont les murs étaient tendus de tissus rayés, comme le dictait la nouvelle mode. Le mobilier sentait le neuf, mais affirmait un goût certain. J'attendais là depuis une petite dizaine de minutes quand Flora apparut dans une élégante robe d'intérieur mauve, ceinte d'une écharpe blanche à la taille. On eût dit une peinture de M. Watteau.

— Que voilà une bonne surprise ! Tu n'auras pas été longtemps absent, cette fois, me lança-t-elle dans un doux sourire.

Flora semblait sincèrement ravie de ma visite. La chose me toucha. Nous échangeâmes ensuite quelques banalités, mais de ce ton complice qui fait d'une conversation ordinaire le plus doux des badinages. Flora me demanda d'ailleurs si elle pouvait continuer à m'appeler Renard : je l'y autorisai de bonne grâce. Les années de séparation s'étaient évanouies et, à des yeux étrangers, nous aurions donné le parfait exemple d'une amitié fraternelle. Peut-être mieux encore. Bientôt, j'en vins cependant à la principale raison de ma présence chez elle :

— Tu sais que je suis en affaire avec Dominique, dis-je.

— C'est ce qu'il m'a paru comprendre, répondit-elle.

— Bien. As-tu idée de l'endroit où je pourrais le trouver ?

Flora me regarda de ses grands yeux verts. J'eus l'impression d'y lire une brève inquiétude.

— Dominique séjourne rarement dans le même lieu plus de deux jours de suite.

— Tu ne le vois pas souvent, alors ?

— Parfois oui, parfois non. Je ne peux rien exiger de lui, soupira-t-elle.

— Comment puis-je m'y prendre ? C'est important... insistai-je.

Flora soupira à nouveau. Elle se dirigea sans un mot vers une porte derrière laquelle se cachait un ravissant petit boudoir. Elle me proposa d'y entrer, puis appela Justine et lui glissa quelques mots à l'oreille. La servante fila.

— Nous en saurons peut-être un peu plus dans une heure ou deux, me dit Flora. En attendant, mets-toi à l'aise et parle-moi de ta nouvelle vie.

Flora était de ces femmes qui savent donner l'impression à un homme qu'elles s'abreuvent de ses paroles, fût-il bègue. Toutefois, à la manière dont elle m'écouta, m'interrogea, rit, j'eus le sentiment qu'elle ne jouait pas. Nous conversions confortablement assis depuis plus de deux heures, je pense, quand Justine passa à nouveau la tête. Elle fit un signe à sa maîtresse, qui se leva et sortit de la pièce. Je restai seul quelques instants, l'oreille aux aguets. Bientôt, le bruit d'un pas qui ressemblait à celui d'un homme s'approcha. En retirant mon manteau, j'avais discrètement placé mon pistolet dans l'une de ses poches. Je pris le vêtement sur mes genoux et me préparai à tout. Je ne fus pas déçu : Dominique entra dans le boudoir.

— Tu sais toquer aux bonnes portes, on dirait, me lança-t-il d'un air amusé.

— Pardonne-moi si j'ai été indiscret, mais tu m'avais laissé le choix des moyens pour te retrouver. J'ai pensé que celui-ci n'était pas le plus sot.

— Ni le moins désagréable…

— En tout cas le plus efficace, puisque te voici.

— Certes. Alors, que me veux-tu ?

— Je suis venu pour t'informer que l'abbé Dubois accepte ton offre.

— Ah ? Il est bien aimable, ce cher homme. Et après ?

— Eh bien, j'ai ici le gage de son accord, dis-je en montrant mon bagage.

Cartouche ferma la porte du boudoir.

— Montre-moi cela, fit-il en s'asseyant.

Je sortis alors la sacoche en toile et la posai sur le sol avant d'en extraire le contenu. J'alignai sur le plancher les rouleaux de doubles louis ainsi que les billets de banque. Le regard de Dominique brilla :

— Ton ministre a de solides arguments, c'est un fait.

— Et il s'engage à t'en verser autant chaque premier du mois si tu respectes notre contrat.

— Nous verrons. Pour l'heure, il vient de s'offrir trente jours de trêve. C'est déjà beaucoup, répliqua Dominique en rangeant l'argent dans la sacoche en toile.

— Et si nous désirons à nouveau te parler, comment faudra-t-il s'y prendre ? demandai-je.

— Très simplement. Mais désormais, laissons Flora tranquille. Lorsque tu voudras m'approcher, rends-toi au *Chant du Coq* ou bien au faubourg

Saint-Marcel, rue Mouffetard. Il y a là-bas une taverne nommée *Le Chardon.*

— Je la connais.

— Tu y demanderas Rémy. Il s'y tient souvent et saura te mener à moi. Maintenant, je te laisse retourner rendre compte de ta mission.

— Je m'en vais prendre congé de Flora, alors.

— Elle est sortie, m'assura Dominique. Elle m'a chargé de te saluer chaleureusement, dit-il encore avant de me raccompagner.

Je n'insistai pas et repartis avec mon bagage désormais plus léger.

Contrairement à ce que prétendent les sceptiques, il est des remèdes qui guérissent. En quelques jours, une potion secrète soigna la lèpre qui infestait les rues de Paris. D'abord, ce furent les mendiants qui se firent plus rares, mais surtout moins querelleurs à l'égard des passants. Ensuite, les tire-laine, coupe-jarrets et autres crocheteurs mirent un frein à leurs coupables activités dans une mesure non moins négligeable. À la tombée de la nuit, on put également de nouveau espérer rentrer chez soi sans redouter forcément le pire. Certes, on croisait en tous lieux des groupes de vauriens, mais on eût dit qu'une main invisible les tenait par la bride. Ce miracle avait aussi gagné quelques faubourgs, bien que ceux de Saint-Marcel et de Saint-Victor restassent parmi les plus périlleux pour le commun. Partout on se réjouit de cette révolution, et si quelques-uns s'étonnèrent de ce que les vauriens fussent touchés par la grâce, la majorité des Parisiens accepta de croire que la ferme gouvernance du Régent en était la cause. Bref, trois semaines après le versement des premiers subsides au Grand Coësre, la ville respirait enfin.

Chez les bandits, l'humeur semblait aussi des mieux disposées. Je rendis deux ou trois fois visite à Rémy, qui me rapporta que les chefs de bande goûtaient les bienfaits de cette trêve pensionnée. Il faut savoir que le malandrin comme l'honnête homme apprécie toujours de profiter d'une vacance de son dur labeur, surtout lorsque son profit n'en subit nul dommage. Certains – il en faut toujours – appréciaient cependant moins le nouvel ordre. En particulier Balagny et Gruthus, son lieutenant, qui traînaient des pieds pour appliquer les consignes. La bande de Gruthus continuait notamment de flibuster dans les environs du Châtelet. Je protestai de cet accroc à nos accords auprès de Dominique, qui, lors du second versement, s'engagea à pacifier l'endroit. Gruthus fut convoqué, et la semonce que lui administra Dominique calma ses ardeurs en même temps qu'elle attisa la haine qu'il me vouait. Il m'en démontra quelque temps plus tard l'étendue alors que je me trouvais au *Chardon* avec Rémy. Ce soir-là, Gruthus y entra d'une démarche incertaine. Il était positivement gris et, dans son ivresse, s'aperçut tout à coup de ma présence. Il se dirigea vers nous, l'air mauvais.

— Tiens, tiens, le ratichon, dit-il en posant la main sur la garde de son épée dans une posture de matamore. Tu viens encore espionner, sale mousse[1]...

1. *Merde.*

Je ne relevai pas l'injure et me tournai vers Rémy en ignorant ostensiblement mon agresseur. Malheureusement, cette stratégie n'a jamais l'effet escompté. Au lieu de passer son chemin, Gruthus s'enhardit à venir se camper juste devant notre table, l'écume aux lèvres.

— Alors, bâtard, me cracha-t-il, tu crois que j'vais t'laisser mettre ton nez partout ! Tu vas décarrer[1] d'ici, et plus vite que ça... sinon, j'vais te faire le même sort qu'au Grand Jacques, ton foutu patron...

— Laisse-le tranquille, lui lança alors Rémy d'une voix ferme.

— Oh, oh... v'là qu'le Riffaudé s'en mêle, maintenant, ricana Gruthus. Écoute bien, face de faux frère, tu t'rappelles à qui tu parles ? ajouta-t-il, menaçant.

— À un ivrogne, ne se démonta pas Rémy.

— Bougre de frollant..., s'emporta Gruthus, blanc de rage. J'vais t'finir le portrait...

Et il saisit le bougeoir allumé qui éclairait notre table avant de le brandir en direction de Rémy. Celui-ci s'empara alors en un éclair d'une cruche à moitié pleine de clairet et la fracassa sur le crâne de Gruthus sans que celui-ci ait pu esquisser le moindre geste. Le bandit resta foudroyé, l'air hébété, pivota sur lui-même, puis s'effondra en gémissant un « han... » rauque. Il gisait maintenant sur le sol, le front barré d'un léger filet de sang. Évidemment, le patron du *Chardon* ne nous félicita pas. Gruthus était craint de tout le monde, il s'agissait du lieutenant de Balagny, et le cabaretier

1. *Partir, fuir.*

pouvait positivement s'inquiéter de la suite. Il brailla contre nous, mais le brave Rémy ne s'en émut pas. Il rabroua même vertement le gargotier, puis jeta un ducat sur la table, que je doublai. Nous sortîmes ensuite, tandis que Gruthus ne revenait toujours pas à lui.

Le lendemain, Dominique fut averti de la rixe. Il s'en amusa, mais conseilla à Rémy de se tenir à distance de Gruthus quelque temps. J'étais un peu la cause de ce désordre, toutefois personne ne s'avisa de venir m'en faire le reproche. Bientôt, il se dit d'ailleurs un peu partout chez les vauriens que j'avais les faveurs du Grand Coësre.

Les bienfaits de la nouvelle paix comblèrent les vœux de l'abbé Dubois. Le commerce reprit, mais surtout, le beau papier de M. Law s'épanouit plus vite que jamais. L'Écossais en profita pour asséner un nouveau coup à la monnaie métallique en obtenant la diminution de la valeur du louis au mois de mai 1719. Le public se rua alors sur les billets de banque, ô combien plus sûrs, clamait-on partout. Chacun se débarrassait avec frénésie de son or et de ses pièces en échange du précieux papier-monnaie. Il se trouvait désormais dans toutes les poches, passant en quelques heures de l'imprimerie de la rue Vivienne vers la banque de la rue Quincampoix, puis irriguait le négoce jusqu'aux plus humbles boutiques. Cent millions de nouveaux billets furent mis en circulation, tandis que l'autre partie de l'attelage du système, la Compagnie d'Occident, devenue depuis peu Compagnie des Indes, émettait de nouvelles actions. On se les arracha également, car leur cours garantissait aux acheteurs un gain presque immédiat : la spéculation enflammait les esprits même les mieux charpentés. Rue Quincampoix, les guichets de l'établissement de M. Law devinrent le théâtre d'une démence dont il est difficile encore aujourd'hui de se figurer le spectacle. Imaginez des milliers de personnes faisant quotidiennement le pied de grue dans une effroyable bousculade afin d'acquérir des titres, puis les revendant parfois dans l'heure avec cinquante pour cent de bénéfice. Beaucoup n'y comprenaient rien, mais se contentaient d'accompagner cette mécanique infernale et d'en empocher les profits. La Compagnie encourageait elle-même l'agiotage en proposant des actions « filles » des premières émises, les « mères », puis des « petites-filles », dont l'ascension vertigineuse rendait riche au seul motif qu'on les échangeât l'une contre l'autre. Bien sûr, la fièvre du papier agitait tout autant les puissants : le Régent, les princes, la cour, les ministres se procuraient titres et billets de banque, l'abbé Dubois n'étant pas le dernier à participer à la fête. Et pour être parfaitement franc, je pris moi-même quelques titres qui me rapportèrent deux mille livres en une semaine.

Chez les ennemis de Law, on ne désarmait pas pour autant. Certains faisaient cause commune avec les adversaires de Dubois, et tout ce petit monde ourdissait de concert des calomnies contre l'Écossais et l'abbé. Dans ce rassemblement hétéroclite, on rencontrait des banquiers – nous les avons déjà souvent nommés –, des princes du sang, des favoris et des ducs, en particulier M. de Saint-Simon. Celui-ci était un maître dans l'art de la contorsion.

Qu'on en juge : ce brave homme se déclarait l'ami dévoué de monseigneur le Régent, mais vilipendait son ministre Dubois dès qu'il le pouvait ; flattait les banquiers en même temps qu'il disait mépriser la finance ; s'abstenait toujours de soutenir Law en public tandis qu'en privé il pressait ses courtiers de rafler les actions de la Compagnie et de changer son or contre du papier-monnaie. Bref, l'abbé Dubois le faisait discrètement tenir sous surveillance, c'était la moindre des précautions. Au mois de juin 1719, nous apprîmes ainsi que le duc recevait assidûment dans son hôtel quelques-uns des plus vifs adversaires du système, dont toujours Crozat et deux des frères Pâris. Parfois se joignaient à eux le prince de Conti et le duc de Bourbon, pourtant tous deux grands amateurs de billets de banque, mais que leur sourde haine envers Dubois rendait complices de toutes les initiatives qui eussent pu lui nuire. Tout cela empestait le complot, d'autant qu'on nous rapporta également qu'une étrange petite musique poussait sa mélodie de par les rues de Paris. La rumeur se colportait sous la forme d'un pamphlet dont le sens ne pouvait échapper aux initiés :

Quel nouveau spectacle s'apprête
D'augmenter notre étonnement ?
Quelle bande, esclave d'une tête,
S'empare du gouvernement ?
Qui est cet agent détestable
Et receleur de leurs larcins
Dont le pacte épouvantable
Viole les droits les plus saints ?

Mais dans un temps comme le nôtre
Paris se vend au plus cruel,
Car les deux tyrans, l'un à l'autre
Se doivent des soins mutuels.

Ces quelques octosyllabes contrarièrent l'humeur de l'abbé Dubois. Quelqu'un savait certaines choses, et tentait de s'en servir contre lui, cela ne faisait aucun doute. Tout cela tombait mal à plus d'un titre. D'abord, on ne pouvait courir le risque que l'alliance avec Cartouche fût soupçonnée sans que cela n'entraîne un immense scandale, et peut-être la chute de Dubois. Ensuite, le ministre travaillait à un projet personnel depuis déjà plusieurs mois. En l'occurrence, il lorgnait sur l'archevêché de Cambrai, ce qui nécessitait que l'on ne le chargeât pas de nouvelles turpitudes. Il me demanda donc de découvrir au plus vite l'auteur de ces vers. La chose ne fut pas insurmontable. L'apprenti rimailleur qui les avait commis s'était inspiré des *Philippiques* de Lagrange-Chancel, dans lesquelles cet auteur imputait à monseigneur le Régent les pires flétrissures – comme l'absurde volonté d'empoisonner le jeune Louis XV, ou bien la pratique de rapports contre nature avec sa propre fille. Au bout de deux jours d'enquête, on m'indiqua le nom d'un certain Besson, obscur copiste d'un notaire de la rue de Surène, près de la porte Saint-Honoré. Le garçon se piquait de littérature clandestine et avait déjà produit une demi-douzaine de libelles, mais moins bien informés que le dernier. Je fis un matin mon rapport à l'abbé Dubois.

— Bien, bien, dit-il. Se pourrait-il que vous me rendiez un service ?

— Certainement, Votre Excellence.

— Il me serait agréable que vous rencontriez ce Besson afin de savoir d'où il tient ses lumières sur nos petites affaires.

— Et s'il ne veut pas me répondre ?

— Hum... hum... puisque nous voilà désormais bien en cour auprès de ces messieurs de la pègre, on peut peut-être obtenir leur concours afin de persuader ce Besson de modérer sa plume... Hum... il en va de l'intérêt de tout le monde... cogita à haute voix l'abbé avant de s'asseoir sur sa banquette favorite.

Je compris sa pensée. Je me rendis à la Courtille, où j'expliquai à Dominique notre requête. Il y accéda contre cinq mille livres en papier-monnaie, puis demanda à Rémy et au Lézard de se tenir à ma disposition. Ils m'accompagnèrent rue de Surène, où nous surprîmes le dénommé Besson après son labeur, sur les coups de sept heures du soir. C'était un jeune homme de vingt-cinq ans à peu près, d'une taille moyenne, d'une grande pâleur et d'une faible corpulence. Il fut aisé de le forcer à monter dans un fiacre qui nous mena jusqu'au *Chant du Coq*. Là, nous le débarquâmes avant de le cloîtrer dans une petite remise attenante à l'auberge. Je l'y interrogeai assez longtemps pour qu'il m'avoue qu'un individu qu'il ne connaissait pas lui avait fourni la trame de son pamphlet, en même temps qu'il lui avait donné cent livres pour l'écrire. J'insistai encore un peu afin de m'assurer qu'il ne mentait pas. Enfin, je retournai faire mon rapport à l'abbé Dubois.

— Tout ceci est fâcheux, mais nous devrons composer avec, soupira-t-il. De toute façon, celui qui semble savoir quelque chose n'a pas de preuve, sinon, il n'aurait pas utilisé les services de ce plumitif. Au fait, qu'en avez-vous fait ?

— Je l'ai laissé sous bonne garde.

— Hum… hum… il n'y a de meilleure garde que celle de Notre Seigneur tout-puissant… hum, hum…

Je transmis cette docte remarque à Rémy, qui crut bon d'en aviser le Lézard. Je ne sais ce que ce dernier en saisit, mais il paraît que Besson ne fit plus jamais parler de lui, ni en octosyllabes, ni en alexandrins, ni chez son patron, ni nulle part.

XXII

La peinture de mes crimes a de quoi inspirer du dépit aux bonnes âmes, je le conçois. Surtout lorsqu'on se rappelle des belles leçons du brave abbé Louison, mon protecteur. Cela faisait maintenant une année que j'étais à Paris, et je l'avais tenu informé de ma vie par des courriers où, évidemment, je ne lui disais que ce qui se pouvait raconter à un saint homme comme lui. Pourtant, malgré mes précautions, ses lettres me donnèrent bientôt le sentiment qu'il soupçonnait un changement en moi. Il est vrai que je ne l'entretenais plus de ma vocation, mais surtout de mon service auprès du ministre, preuve que le jeune séminariste que je fus avait un peu perdu de sa fougue religieuse. Ses missives s'espacèrent d'ailleurs peu à peu, tandis qu'il abandonna même un voyage à Paris qu'il projetait de faire pour me rendre visite. J'en fus soulagé : je redoutais de devoir affronter sa terrible perspicacité. J'étais devenu ce que l'on sait, toutefois l'abbé Louison restait sûrement le seul être que je n'eusse pas voulu décevoir au chapitre de la morale. Un jour, il m'envoya un courrier fort doux dans lequel il m'expliqua qu'il se rendait en séjour à Salamanque auprès de ses amis Dominicains. En conséquence, il m'indiquait de ne pas m'inquiéter de son silence, car les postes étaient fort désorganisées en Espagne. C'était bien dans ses manières que de me signifier de la sorte qu'il me laisserait tranquille à l'avenir. Je pris acte de sa volonté, et les derniers scrupules qui habitaient mon âme franchirent les Pyrénées avec lui.

Au début du mois d'août 1719, je portai pour la cinquième fois à Cartouche le prix de nos accords. Hormis diverses peccadilles – quatre ou cinq meurtres et quelques cambriolages –, la paix continuait de régner en ville. Cependant, hors des limites que nous avions fixées, il n'en était pas tout à fait de même. Afin de les occuper, Dominique avait lancé ses hommes sur de nouvelles cibles, en particulier vers les bourgs et les campagnes environnant Paris, où les bandits se signalaient par de nombreux exploits. En somme, si la médecine de l'abbé Dubois s'était attachée à sauvegarder la tête, elle abandonnait le corps à la fièvre. Le ministre ne semblait toutefois pas s'en préoccuper.

— Je préfère savoir l'incendie dans la campagne qu'en ville, avait-il l'habitude de dire.

Et pour mieux circonscrire ce risque, il m'envoyait de plus en plus souvent sur le territoire de la canaille. J'étais désormais un familier de la Courtille : il m'arrivait de séjourner plusieurs jours de suite au *Chant du Coq*. J'y retrouvais Rémy, j'y voyais parfois Dominique, tandis que j'en profitais également pour me rapprocher d'une autre personne qui me tenait à cœur.

Flora avait elle aussi ses habitudes à la Courtille. Nous nous y croisions assez fréquemment, et elle ne manquait jamais de me proposer d'aller la visiter chez elle, rue Saint-Claude. Je ne me faisais pas prier pour répondre à ses invitations, si bien que cette habitude s'installa entre nous à chaque fois que je me trouvais dans les parages de sa maison. Nous en éprouvions un sincère bonheur, qui ouvrit peu à peu entre nous un badinage où la confidence s'épanouissait. Flora me raconta ainsi son quotidien de courtisane, avec son joyeux naturel tout dépourvu de pruderie. Elle avait pour pratiques de nombreux gentilshommes des meilleures familles de Paris, et même quelques gens d'Église. J'en connaissais certains de nom, et nous nous amusions d'en comparer les mérites. Un, en particulier, se montrait particulièrement généreux avec elle. Il s'agissait du marquis de Bissac, un ancien maréchal de camp, connu pour ses glorieuses campagnes pendant le règne de Louis le Grand. Ce digne soldat arborait gaillardement soixante printemps, et cultivait avec Flora une curieuse manie. Il se rendait chez elle toujours accompagné d'un jeune homme, son filleul disait-il, qu'il priait de le gamahucher en même temps qu'il rendait le même service à Flora. La méthode n'est point si étrange, ce genre de trio se pratiquant plus souvent qu'on ne le croit. Mais la suite est moins convenue. Après cet exercice, le vieux marquis exigeait de Flora qu'elle le rossât copieusement à un endroit qu'il avait tanné par le cuir de la selle, tandis qu'il se mettait à chevaucher son filleul. La figure était abrupte, et s'achevait toujours dans une décharge générale du cavalier et de sa monture. Flora avait ensuite pour consigne de ranimer les deux afin que la figure se répétât en sens inverse, le marquis se trouvant cette fois fustigé par son filleul. En dehors de cette gymnastique – qu'il payait deux cents livres la séance –, M. de Bissac était d'un commerce exquis, me précisa Flora.

À force de rencontres avec elle, je m'enhardis à l'interroger sur ses liens avec Dominique. Elle ne me révéla d'abord que peu de choses, mais suffisamment pour que je n'ignore pas qu'elle lui vouait mieux que de l'affection. Un jour, comme je lui demandais si Dominique ne prenait pas ombrage qu'elle eût tant d'admirateurs, je décelai dans sa réponse comme un regret qu'il ne fût pas jaloux. Bientôt, elle m'avoua qu'il n'était pas lui-même l'homme d'une seule liaison : beaucoup de jeunes femmes peuplaient sa solitude, quoiqu'il restât toujours discret à ce chapitre. Pas assez toutefois pour que Flora n'en conçût une ombre de dépit. Elle se consolait en se persuadant qu'elle tenait une place à part auprès de lui, ce qui me rappela que c'était exactement ce que je m'imaginais au sujet de Flora dans ma jeunesse. Je compris ce qu'elle ressentait.

Les aveux intimes rapprochent ceux qui s'y livrent. C'est une mécanique sourde mais qui en enclenche souvent d'autres. En l'occurrence, mon cœur battait plus fort à chacune de mes visites chez Flora. Un soir, je toquai à sa porte en prétextant avoir accompli dans le voisinage une course pour le ministre. Elle me reçut avec son habituelle prévenance. Nous nous installâmes dans son boudoir, où Justine nous apporta un excellent vin de Champagne. Il était presque minuit. La conversation roula bientôt vers une époque que nous affectionnions de nous remémorer.

— Te rappelles-tu du jour où je t'ai vu pour la première fois ? me demanda Flora.

— Oui, fort bien. Tu étais en bien mauvaise posture avec ce bourgeois...

— C'est vrai... Si tu n'avais pas été là, peut-être que toute ma vie en aurait été changée...

— Les rencontres font notre destin... ou parfois les disparitions. Te souviens-tu du dernier jour où nous nous sommes vus ?

— Je crois...

— Moi, j'ai l'impression que c'était ce matin. Je t'avais laissée en bas de la rue de l'Estrapade. Tu devais rentrer chez toi car ta mère se disait fatiguée...

— Oui, je m'en rappelle, soupira Flora.

Un silence s'installa, dont elle profita pour nous resservir du vin de Champagne. Ses beaux yeux verts brillaient à la lueur des chandelles. Elle se pencha en avant comme si elle voulait me livrer une confidence. Je fis de même. Nos visages se rapprochèrent.

— M'aimais-tu ? me demanda Flora presque à voix basse.

— Peut-être... répondis-je du même ton.

— Et désormais ?

— C'est une question qui ne se pose pas...

— Pourquoi ?

— Parce que nous n'avons plus quinze ans.

— Et qu'est-ce que cela change ?

— Nous savons maintenant ce que nous faisons...

— Est-ce grave ?

— Cela peut l'être...

— Alors tant pis...

Et Flora posa ses lèvres sur les miennes. Je ne la repoussai pas. Transi par l'émotion, je l'entrepris d'abord avec beaucoup de maladresse, mais la volupté de ses baisers ranima bien vite notre sensuelle complicité d'antan. Ses caresses avaient ajouté en raffinement ce qu'elles avaient perdu en innocence, toutefois le résultat de cette arithmétique ne bouleversait pas moins celui qui en était comptable. En l'occurrence, je rendis l'âme fort promptement, ce dont elle s'amusa tendrement avant de me ressusciter par d'exquises prières. À mon tour, je récitai alors un genre de bréviaire qui la transporta aux confins de ce monde, et nous entrevîmes bientôt ensemble un peu de la félicité céleste, peut-être pas tout à fait la même que celle qui nous est promise dans les Saintes Écritures, mais je ne manquerai pas d'en faire la comparaison si l'occasion m'en est donnée après cette vie.

Le fiacre qui me ramena chez moi cette nuit-là n'eut pas à le regretter. Je lui laissai un louis pour la course, ce qui au tarif de cette profession aurait pu m'amener jusqu'à Toulouse. Mais qu'importait. J'étais comme le marin qui touche enfin la terre qu'il ne rêvait plus d'atteindre. Quelques soirs plus tard, je retournai rue Saint-Claude, un peu timide, comme tous les galants qui craignent que leur première bonne fortune n'eût été qu'un mirage. Flora se chargea de dissiper mes doutes et me témoigna la même chaleur que précédemment. Nous ne lésinâmes pas sur les preuves de notre mutuelle affection jusqu'à fort tard, ou plutôt fort tôt. Puis, comme il est de coutume entre les amants, les paroles suivirent les actes, et nous conversâmes tandis que les premiers rayons du soleil se frayaient un chemin dans la chambre de Flora. Elle était étendue sur le lit dans toute sa magnifique nudité :

— Alors, mon petit abbé, es-tu content de moi ? me demanda-t-elle.

— À quel chapitre ?

— À celui que l'on ne trouve pas dans les livres de messe, sourit-elle.

— Tu veux parler de ce que nous venons de faire ?

— Oui, cela te plaît-il ?

— Certainement, mais beaucoup de tes pratiques peuvent en dire autant…

— Sûrement pas, et puis ceux-là, ils me payent pour ce que je t'offre.

— Y aurait-il quelque chose de plus entre nous ? risquai-je du bout des lèvres.

— Tu le sais bien, mon petit abbé, répliqua Flora en se blottissant contre moi.

— Peut-être, mais il me plairait de l'entendre.

— Et que veux-tu que je dise ?

Je laissai passer un instant avant de répondre :

— Que tu m'aimes, par exemple.

— Oh oui, je t'adore, je te le jure ! dit Flora en m'enlaçant tendrement.

— Tu m'adores ?

— Eh oui…

— Je trouve cela bien faible…

— Oh, oh, vous voilà bien exigeant, monsieur l'abbé.

— J'ai le droit de l'être, après toutes ces années sans te voir.

— T'ai-je déçu ? Ne suis-je pas la plus douce des amies ?

— Si, mais tu sais bien que je te considère différemment.

— Moi aussi.

— Alors, dis-le-moi.

— Je te le redis, je t'adore plus que tout.

— Ne jouons pas ! m'agaçai-je un peu.

— Tu fais le sévère, maintenant, monsieur l'abbé ? s'amusa Flora.

— Mais qu'attends-tu de moi ? insistai-je.

— Que nous nous voyions le plus souvent possible si tu le désires.

— Pourquoi donc ?

— J'aime ta compagnie.

— Alors, je ne suis qu'un soupirant ?

— Certainement pas !

— Un confident ?

— Pas seulement…

— Un amant de passage ?

— Non, tu n'es rien de cela…

— Qui suis-je alors ?

— Mais tu es Renard ! s'exclama Flora dans un désarmant sourire. Cela ne te suffit pas ?

Et elle me démontra dans l'instant que c'était déjà beaucoup.

Sur l'océan des sentiments, certaines îles se ressemblent et abusent le marin. J'avais cru que nos retrouvailles scellaient un amour partagé, mais c'était ignorer que Flora avait pour philosophie de confondre en une étreinte commune les transports amicaux et le désir. Être son ami ne se pouvait qu'en devenant également son amant, et elle s'était abandonnée à moi sous l'empire de ce doux naturel. En conséquence, nous continuâmes de nous voir, toujours en secret bien sûr, car ce genre d'amitié ne saurait être compris du plus grand nombre.

XXIII

DOMINIQUE AVAIT UN ENTENDEMENT bien supérieur à celui de nombre de ses contemporains. Pourtant, comme tout le monde dans Paris, la fièvre du papier-monnaie agitait son esprit. Lorsque je lui portai son pécule mensuel au début du mois de septembre 1719, il m'informa qu'il souhaitait à l'avenir le percevoir en titres et billets de banque uniquement. Il entendait également qu'on lui versât vingt mille livres supplémentaires en actions de la Compagnie des Indes, au motif que tout augmentait dans Paris. Il n'y avait pas là que de l'ironie de sa part. L'inflation des prix cheminait effectivement à l'unisson des gains vertigineux que le papier suscitait, et Dominique ajouta que cent mille livres chaque mois, c'était encore peu payer, quand certains s'enrichissaient à millions en huit jours. Au passage, il n'omit pas de rappeler que le désordre pouvait à tout instant grever cette belle prospérité. L'abbé Dubois entendit l'argument et accepta de se faire rançonner sans trop maugréer, d'autant que ce n'était pas le moment de troubler la marche du système de M. Law. Depuis quelques semaines, la propagande en faveur de la Compagnie des Indes fouettait le cours des titres comme jamais auparavant. Personne n'avait été voir en Louisiane si c'était effectivement un eldorado, mais nul n'imaginait que ce n'en fût pas un. La confiance, cet engrais de la spéculation, submergeait les cervelles. D'ailleurs, comment douter ? Au mois de juin précédent, la Compagnie avait émis vingt-cinq millions de nouvelles actions d'une valeur de cinq cents livres chacune et, désormais, elles en valaient dix-huit mille. On s'étripait pour en tenir entre ses mains. Rue Quincampoix, du numéro soixante-cinq, siège de la Banque royale, jusqu'aux deux extrémités de cette voie, un troupeau désordonné continuait de s'agiter du lever au coucher du soleil. On n'y parlait que d'agiotages et de bénéfices, tandis que des dizaines d'échoppes s'improvisaient bureaux de négoce. Ici, un boucher achetait les titres à vingt pour cent de plus que le cours officiel ; là, un cordonnier proposait l'échange de quatre cents actions sur le Mississippi contre cent de la Compagnie des Indes. Des milliers de Parisiens arpentaient la rue à l'affût de la bonne affaire, et dans cette presse se coudoyaient domestiques, nobles, prêtres, prostituées, bourgeois ou militaires, chacun n'ayant de dieu que le papier de M. Law. Bien sûr, pour nourrir ce culte, la Banque royale imprimait toujours plus de billets de banque, quitte à ne pas disposer dans ses caisses de l'équivalent en or ou en argent. Broutille, assurait Law, la Compagnie des Indes fournirait bientôt toutes les richesses voulues pour garantir le papier-monnaie. La boucle était bouclée. Ailleurs, quelques-uns espéraient toutefois que ce cercle parfait ne tarderait pas à devenir vicieux.

À la fin du mois de septembre, l'abbé Dubois me fit appeler dans son cabinet. Il me confia avoir reçu un étonnant message de la part du banquier Antoine Crozat, l'homme le plus riche de France, disait-on, et adversaire déclaré de Law. Dans son courrier, Crozat conviait le ministre à venir lui rendre visite lors d'un souper privé. Il n'ajoutait rien. L'invitation était étrange. S'il s'agissait d'un coup fourré, il semblait un peu trop évident pour ne pas être éventé. Non, il y avait là autre chose. Mais quoi ? Dubois était un homme prudent – on l'aura remarqué –, et il ne goûtait guère les mystères, du moins ceux dont il n'était pas le maître. Toutefois, il détestait tout autant ne pas assouvir sa curiosité. Ce fut cette dernière qui eut raison de sa méfiance. Il me prévint donc que je l'accompagnerais le lendemain soir place Vendôme, à l'hôtel de Crozat. Pour ne pas attirer l'attention sur notre expédition, il décida que nous nous y rendrions sans escorte, sous le masque de deux ordinaires gentilshommes. Il me recommanda cependant de m'équiper d'une paire de pistolets.

Le jour suivant, alors que l'église du couvent des Jacobins sonnait dix heures du soir, nous arrivâmes place Vendôme – qu'à cette époque on appelait encore souvent place Louis-le-Grand. La demeure de Crozat était l'une des plus belles de Paris. Elle jouxtait l'hôtel d'Évreux, qui lui appartenait également. Il se murmurait que les caves des deux bâtisses communiquaient, et que le banquier y entassait une immense fortune en lingots d'or. La rumeur agitait les rêves de beaucoup de vauriens.

Devant la grande porte de l'hôtel, des laquais vêtus de magnifiques livrées couleur jaune nankin nous accueillirent à la lumière de candélabres, puis nous menèrent jusqu'à un immense salon dont la décoration n'avait rien à envier au palais du Régent. Des domestiques s'y proposèrent de nous débarrasser de nos manteaux, mais je refusai pour ma part, car mes poches dissimulaient mes deux pistolets – c'est souvent dans les belles maisons que l'on meurt le plus promptement. À peine deux minutes plus tard, un homme d'une soixantaine d'années, à la figure large et fort gracieuse, fit son apparition. C'était Antoine Crozat. Il aborda l'abbé avec beaucoup de courtoisie, tandis que je me tenais un peu en retrait, comme à mon habitude, ce qui n'empêcha pas Crozat de m'adresser un élégant salut. J'appréciai, car ce n'est pas toujours que l'on se préoccupe des figurants dans ce genre de société. Après quelques politesses, suivies de la visite de la somptueuse collection de tableaux de notre hôte, nous nous installâmes dans un cabinet où une table pour deux était dressée. Crozat voulut faire ajouter un couvert à mon intention, mais je déclinai la proposition avant de me faire oublier dans un coin de la pièce, sur une petite banquette. L'abbé et le banquier entrèrent ensuite dans le vif de la conversation. Je n'en perdis rien :

— J'imagine que vous ne m'avez pas convié dans votre demeure pour m'en faire admirer les trésors, commença Dubois d'un ton affable, tout en scrutant les plats qui étaient disposés à côté d'eux sur une longue table.

— En d'autres temps, peut-être, répondit Crozat, mais j'avoue qu'une plus grave raison en est la cause.

— Les choses graves captivent toujours un ministre. Je vous écoute, continua l'abbé en montrant du doigt à un domestique un canard à la broche.

— Il s'agit de M. Law.

— Ah ? répondit l'abbé, sans quitter des yeux le domestique qui découpait le canard.

— Je n'irai pas par des chemins de traverse...

— C'est toujours mieux.

— Son système est un danger.

— Pour qui ?

— Pour nous tous.

— Je n'en ai pas l'impression.

— Vous ne tarderez pas à en éprouver les vices...

— Pour l'heure, avouez qu'il rend heureux plus de monde qu'il n'en irrite.

Crozat durcit alors un peu son ton.

— Pensez-vous que nous accepterons longtemps de voir nos fortunes fondre comme neige au printemps ? M. Law déprécie l'or et tous les métaux afin de favoriser son système, c'est inacceptable.

— Prenez de son papier... dit nonchalamment Dubois en s'affairant sur une cuisse de canard.

Crozat s'interrompit un instant, et fit signe à un valet de remplir le verre du ministre. Celui-ci lorgna sur la bouteille, puis il attendit que le banquier fût également servi avant d'en boire une gorgée en même temps que lui.

— Vous voulez que j'achète de son papier, dites-vous ? reprit Crozat.

— Et pourquoi pas ?

— Gardez-vous que je ne vous entende trop bien. Vous connaissez mes amis, j'imagine ?

— Fort bien : messieurs les frères Pâris, M. de Saint-Simon, M. le duc de Bourbon, le prince de Conti, et quelques autres dont on me rapporte qu'ils ne m'aiment guère, d'ailleurs.

— Détrompez-vous. Pour vous être agréable, il se pourrait que nous prenions de votre fameux papier...

— Vous voilà raisonnable, alors ? dit Dubois en tendant son assiette au laquais pour qu'il le resservît.

— Il y a là plus d'intérêt que de raison. Écoutez plutôt. La Compagnie des Indes nous intéresse assez pour que nous investissions dans ses actions des sommes telles qu'elles hisseront leur cours vers des sommets que vous ne soupçonnez pas...

— Nous vous en serons reconnaissants...

— Oui, sûrement. Jusqu'à ce que nous décidions de nous débarrasser de tout ce papier miraculeux contre de jolies pièces d'or et d'argent.

— Et alors ? fit Dubois, qui repoussa son assiette.

— Ce sera une belle banqueroute... Law n'aura pas dans ses caisses de quoi rembourser la valeur de ses titres. Oh, nous y perdrons un peu, mais votre Écossais et ses agioteurs en resteront sur le pavé.

— Peuh... c'est une vue de l'esprit. Chaque jour qui passe rend le système plus solide, grommela Dubois.

— Nous sommes des gens de finance, pensez-vous que nous en ignorons les mécanismes ?

— Vous êtes surtout gens de pouvoir ! s'emporta alors tout à coup l'abbé. Vous ne supportez pas que d'autres tirent les marrons du feu, voilà le fond de votre révolte !

— Le système de Law est une mascarade ! éclata de concert Crozat. Il ruinera des milliers de gens et ce ne sont pas vos discrètes intrigues avec certains qui empêcheront Paris de sombrer dans le désordre, comprenez-vous !

Dubois pâlit. Moi-même, j'avoue que cette dernière saillie me fit frémir. Était-ce une allusion au pacte avec la pègre ? Nous ne nous attardâmes pas pour en discuter. L'abbé considéra qu'il en avait assez entendu. Il se leva sans un mot puis se retira. Je lui emboîtai le pas sous le regard de Crozat, qui semblait maintenant savourer à son tour le canard à la broche.

Dubois n'était pas homme à laisser un doute perturber ses plans. Il était devenu le premier des ministres, sa quête d'un archevêché – en l'occurrence celui de Cambrai – touchait presque au but, et il ne prisait guère la menace que Crozat faisait peser sur sa belle carrière. Il employa donc sa police secrète afin de surveiller ce que manigançait le banquier, tandis que j'avais pour ma part l'ordre de m'informer auprès de Dominique afin de savoir si quelqu'un l'avait approché. Dubois voulait des certitudes. Évidemment, si Cartouche jouait double jeu, il ne m'en aurait pas prévenu, mais les puissants se moquent de ce genre de détail. Je rassurai toutefois un peu l'abbé de ce côté-là, car Dominique me répondit, amusé, que sa loyauté lui était pour l'heure une rente dont il n'avait pas à se plaindre. Il n'y avait d'autre choix que de le croire.

Dubois rechercha également qui, dans l'entourage du Régent, pouvait avoir eu vent de nos petites affaires. L'abbé comptait beaucoup d'ennemis au Palais-Royal, toutefois aucun des courtisans du Régent n'avait assez d'entregent avec la canaille pour figurer un danger. Nos conjectures convergèrent cependant bientôt vers une évidence : un seul possédait les relations nécessaires.

Ponce Coche se faisait discret depuis quelque temps, toutefois il ne me fut pas très difficile de le dénicher. Le valet de chambre avait le jeu pour passion. Deux ou trois académies le comptaient parmi leur clientèle. L'une d'entre elles, en particulier, le voyait s'échiner au *Pharaon* presque tous les soirs. L'endroit était situé rue Guénégaud, à deux pas du pont Neuf. Je m'y rendis avec la mission de tirer les vers du nez de ce fâcheux, ce qui s'avérait une entreprise bien hasardeuse. Au moins espérais-je me faire une conviction sur la véracité de nos soupçons. Je le trouvai à la table de jeu en train de se faire délester d'une grosse somme, quand je fis en sorte qu'il me remarquât. Il rougit un peu, me salua, puis joua encore deux ou trois coups perdants avant de battre en retraite. Je ne le laissai pas filer et le rejoignis alors qu'il s'apprêtait à quitter les lieux. Sa grise mine ne s'en améliora pas.

— La chance ne vous a pas été favorable, on dirait, dis-je d'un ton compatissant.

— C'est ainsi, un jour l'on perd, l'autre l'on gagne... répondit-il tout en continuant à se diriger vers la sortie.

— Si fait. La bonne fortune ne s'achète pas aussi bien que les hommes...

— Hein ? Que dites-vous ? répliqua Ponce Coche d'un air que je sentis faussement distrait.

— Je vous rappelais juste combien il est dangereux de se fier au hasard.

— Merci de ce sage conseil... dit Coche en brouillonnant un salut.

Je le retins alors par le bras. J'étais plus grand que lui de deux têtes, et il sembla se tasser encore un peu plus :

— Que voulez-vous ? se raidit-il.

— Vous demander votre avis.

— Sur quoi donc ?

— Sur une partie qui se joue en ce moment.

— À quelle table ? fit Coche en jetant un regard autour de lui.

— Point ici.

— Et où ?

— Dans Paris...

— Et... entre qui ?

— Oh, il y a du monde : son excellence l'abbé Dubois, M. Law, M. Crozat, et... Cartouche.

Ponce Coche frémit.

— Cela suffit... je ne goûte guère vos plaisanteries, dit-il.

— Ni nous les vôtres...

— Monsieur, je ne vous permets pas...

— On vous a vu récemment en un certain hôtel de la place Vendôme ! lui lançai-je alors à brûle-pourpoint.

Coche resta sans voix. Un tic nerveux se mit à faire ciller son œil droit. J'avais touché juste. Je fourrageai dans la plaie :

— Vous parlez trop, monsieur le valet de chambre. Vous savez comment l'on traite les mouches.

— Mais... mais, vous vous trompez, je n'ai rien dit...

— Il m'étonnerait que le Grand Coësre fasse grâce de ce genre d'indiscrétion, insistai-je.

Ponce Coche blêmit un peu plus encore, si cela fût possible :

— Je... je vous assure... je n'ai parlé de rien... laissez-moi... je me plaindrai à Monseigneur... bredouilla-t-il en s'éloignant à toutes jambes.

Je le laissai à sa débandade. J'en savais assez.

Le lendemain, l'abbé Dubois écouta mon rapport avec attention.

— Ce singe est sûrement à la source de toutes ces rumeurs, estima-t-il. Toutefois, sa position auprès de Monseigneur empêche de s'en débarrasser aussi simplement que d'autres. Je crois cependant que son ardeur à nous faire du tort s'est refroidie pour un temps. Gardons-le à l'œil. Et puis, s'il récidive, il sera toujours temps de le confier à une certaine garde.

Je dois le confesser, Flora me devenait au fil de nos rencontres une passion qui échappait à l'empire de la raison. Je ne le lui montrais pas, certes, mais, comme souvent dans ce genre de circonstance, le feu que l'on contient en soi s'en attise d'autant.

Nous nous rencontrions parfois chez elle, mais bientôt très souvent dans un petit appartement que je louais rue des Lombards, en plus de mon logement de la rue du Bac. Il faut dire que ma bourse se portait assez bien grâce à deux ou trois agiotages. Flora me rejoignait dans ce logis après m'avoir fait avertir par la fidèle Justine. Nous nous y tenions comme deux amants, bien que Flora aimât aussi à m'y jouer la comédie de la jeune épousée. Elle agençait mon intérieur, me donnait des conseils, s'amusait de prendre des airs de femme qui gourmande son mari. Un jour, je fis venir un jeune artiste qui réalisa d'elle deux jolies miniatures sur ivoire. J'en gardai une et lui donnai l'autre. Elle m'en remercia tendrement, et tout cela m'aurait positivement enchanté si une ombre n'avait plané sur notre foyer de pacotille. Sans pudeur, Flora me parlait à tout propos de Dominique, dont elle restait la dévouée maîtresse. Elle se plaignait même parfois qu'il la maltraitât en ne lui épargnant pas l'étalage de ses nouvelles conquêtes. Une femme en particulier suscitait son amertume : elle se nommait Marie-Antoinette Néron. Sous ce joli nom de théâtre se dissimulait une très belle jeune femme de vingt ans. Dominique en goûtait de plus en plus les services. Cette favorite éclipsait Flora dans son cœur, ce qui n'était pas pour m'attrister, on l'imagine. Malheureusement, Flora ne l'entendait pas ainsi, et je devais entendre sans sourciller le récit de sa peine. Quelquefois, je m'enhardissais cependant à lui parler de nous, à l'interroger sur ses projets envers moi, mais elle savait à chaque fois habilement endormir mes impatiences, d'autant qu'un jeune abbé n'a point trop de cartes en main pour convaincre d'un avenir à deux, convenez-en. Cette situation allait à merveille à Flora. Il n'y avait nulle duplicité chez elle : la jeune fille adorait Renard, la femme aimait Cartouche.

XXIV

L'ART DE LA POLITIQUE oblige à se faire des amis, celui de la grande politique consiste à les trahir. Dubois était un maître dans cette discipline. À la moitié du mois de novembre, j'eus avec lui un dialogue à sa manière, où ses pensées à haute voix alimentaient notre conversation. Il était tard, et le robuste feu de la cheminée de son cabinet éclairait la scène. L'abbé se planta devant l'âtre et me fit signe de m'approcher.

— Hum… hum, fit-il en tisonnant les bûches, hum…, on parle d'un milliard de livres imprimées en un mois… Hum, je crois que lui-même ne sait plus où il en est…

— Vous parlez de M. Law, Votre Excellence ? le relançai-je.

Dubois ne répondit rien et continua de piquer le feu. Je savais que son silence valait pour une approbation.

— Hum… cette Louisiane n'a rien de ce qu'elle promet… Hum… les pauvres bougres que l'on envoie là-bas par bateaux entiers n'y gagnent que la fièvre…

J'acquiesçai sans bien comprendre où l'abbé voulait en venir. Bientôt, il se fit plus clair :

— Hum, hum… nos ennemis n'ont peut-être pas tort quand ils affirment que toute cette mécanique finira au fossé…

La chose était positivement surprenante : c'était la première fois que Dubois émettait des doutes sur le système. J'entrevis d'ailleurs qu'il m'observait du coin de l'œil, tandis qu'il se chauffait les mains à la chaleur de la cheminée. Je compris qu'il attendait ma réaction :

— Pourtant, dis-je, le papier de M. Law n'a jamais autant été à la mode. Hier encore, on se l'arrachait rue Quincampoix.

Dubois se tourna vers moi. Les lueurs de l'âtre faisaient briller son regard.

— Vous avez raison, me répliqua-t-il, cependant je crois que la frénésie a passé son zénith. Je tiens de bonne source que certains commencent à se délester de leur papier. Et pas que parmi nos ennemis. Chez les esprits avisés – il en reste encore quelques-uns –, on se préoccupe de la suite. Tenez, pas plus tard que ce matin, les titres ont perdu deux cents livres. Certes, on se les échange encore à seize mille cinq cents l'action, mais cela fait déjà trois baisses en dix jours.

— Peut-être n'est-ce que passager… rétorquai-je.

— La peste aussi est passagère, mais pour beaucoup elle est définitive. Et puis, je n'aime pas les loteries… Law n'écoute plus personne… Au fond, c'est un joueur invétéré, il finira par lasser la chance, lança l'abbé Dubois en retournant s'asseoir à son bureau.

Il feuilleta des documents puis releva la tête dans ma direction :

— Et vous ? m'interpella-t-il, que pensez-vous de toute cette folie ?

— Votre Excellence, je n'ai point assez cogité à ce sujet pour en donner un docte avis, toutefois, si je me souviens des leçons des bons pères de Castres, je dirai que la fortune terrestre est un leurre auquel les hommes veulent croire, jusqu'à ce que la révélation céleste dessille leurs yeux.

J'avais osé cela d'un ton de clerc. L'abbé esquissa un sourire.

— Il m'étonnerait que Dieu ne soit pas lui aussi un agioteur, dit-il, mais vous avez raison, il y a dans tout cela de l'artifice. Sachons nous prémunir d'une banqueroute…

— Une banqueroute ? Est-ce si grave, Votre Excellence ?

— Je n'en sais rien, et vous savez que je déteste cela. Bref, il me faut envisager le pire et trouver les moyens de résister à la tempête qui se prépare peut-être. D'abord, il me faut de l'or.

— De l'or ?

— Oui, il s'agit d'en débusquer. Le système lui fait la guerre, pourtant, il m'est d'avis que de bons lingots ne seront pas de trop dans quelque temps.

— Alors, demandez-en à M. Law.

— Bah ! s'agaça Dubois. M. Law est devenu jaloux de son or. Même à moi, il m'en refuse. Celui qu'il attire dans ses coffres, il le transforme en papier. Drôle d'alchimie… Et puis, que dirait-on si moi, j'allais changer mes titres contre de l'or ? La confiance serait perdue, et je ferais le jeu de nos ennemis. Non, ça ne se peut pas...

L'abbé bougonna encore un long moment, puis finit par se plonger à nouveau dans la lecture de son courrier. L'audience était terminée. Je me retirai sur la pointe des pieds. Mais alors que je m'apprêtais à sortir de son cabinet, je l'entendis à haute voix :

— Hum... hum... moi, je suis un homme prudent... Il nous faudra bientôt mieux que des bouts de papier... hum... Récupérer de l'or... oui, c'est ça... sans attirer les soupçons... Réfléchissons, hum... réfléchissons...

Ma conversation avec l'abbé Dubois ne fut pas sans me troubler un peu. Qu'un homme dans sa position commençât à douter du système augurait mal de l'avenir. En finance comme en amour, lorsque la confiance est rompue, le pire n'est jamais loin. J'en tirai d'ailleurs très pragmatiquement la leçon quelques jours plus tard en allant me faire rembourser cinq titres de la Compagnie qui me rapportèrent soixante-dix-huit mille livres en papier-monnaie – l'action avait encore baissé, même si l'engouement ne cessait pas rue Quincampoix. Je m'empressai ensuite d'aller changer mes billets de banque en doubles louis chez un ancien valet de chambre reconverti en agioteur, rue aux Ours. Lui non plus n'éprouvait aucune crainte quant aux lendemains et empocha mon papier avec la mine de celui qui fait une bonne affaire. Il est vrai que l'on disait partout que les espèces métalliques n'auraient bientôt plus cours. Le même jour, je dus me rendre rue des Capucines pour apporter un courrier de l'abbé Dubois à Mme de Tencin, qui y possédait là un discret appartement, en plus de son célèbre logis de la rue de Lille. Au retour, un attroupement causé par la dispute de deux portefaix retint mon fiacre de longues minutes au beau milieu de la place Vendôme : mon regard vagabonda par hasard sur la façade de l'hôtel d'Antoine Crozat. J'observais en amateur les belles fenêtres, les murs en pierre de taille, la magnifique porte, les élégants soupiraux, et peu à peu mon imagination s'engagea dans de sinueuses arcanes. J'y cheminai jusqu'à ce que mes pensées trouvent à se fixer. Quel savant saura déchiffrer la genèse d'une idée ? C'est une mécanique complexe qui naît d'infimes détails, puis se nourrit de la constance que l'on met à la considérer comme concevable. Et lorsque la fin de l'empoignade entre les deux portefaix libéra le chemin, les prémices d'un projet s'étaient ancrées dans mon esprit.

Au début du mois de décembre 1719, je me rendis au *Chant du Coq,* où Dominique m'attendait dans un petit salon du premier étage. Je lui portais le prix de nos accords, désormais cent mille livres mensuelles, en papier-monnaie et en actions. La transaction se fit sans témoins, comme à l'accoutumée. Dominique enfourna l'argent dans les poches de son manteau, puis il me proposa de vider un pichet de clairet. J'acceptai, puis j'en profitai pour le sonder sur un certain sujet :

— Grâce à notre pacte, la paix règne dans Paris, mais tes crocheteurs ne se languissent-ils pas de quelques bons cambriolages ? lui demandai-je sans détours.

— Ah ! s'esclaffa-t-il, ne t'inquiète pas pour mes gens, j'ai de quoi les occuper. Va faire un tour hors les murs de la ville, tu verras que la besogne ne leur manque pas. Mais je te connais, tu as quelque chose dans l'esprit : que veux-tu savoir ?

— Eh bien… j'ai peut-être une affaire à te proposer.

Dominique croisa les bras sur sa poitrine :

— Je t'écoute.

— Promets-moi que la chose restera entre nous si elle ne t'intéresse pas.

— Nous partageons déjà suffisamment de secrets, et un de plus ne me rendra pas moins discret.

Je respirai profondément, puis je me lançai :

— Veux-tu que nous mettions la main sur une fortune qui se cache dans certaines caves de ma connaissance ?

Dominique n'était pas homme à se laisser étonner, toutefois ma sortie lui arracha une franche surprise.

— Que dis-tu ? fit-il en se campant devant moi.

— Rien de plus que ce que tu as entendu.

— Tu veux que nous nous emparions d'un magot, c'est bien cela ?

— Si fait, continuai-je d'un ton calme. Cela te surprend ?

— Plutôt.

— Je suis du faubourg, le naturel ne se perd pas : c'est le sang de Renard qui coule dans les veines de l'abbé Baptiste.

— Cela, j'en suis certain, mais ça ne suffit pas à faire de toi l'un des nôtres. Et d'abord, pourquoi veux-tu bouliner ce soi-disant trésor ?

— Pourquoi ? C'est simple : j'en ai assez d'être le spectateur de la fortune des autres. Les richesses filent sous mes yeux, et ce n'est pas en faisant le commis que je serai moins pauvre. L'époque brasse l'argent, j'en veux ma part, voilà tout.

Le regard de Dominique fouilla le mien un long instant. Je soutins l'assaut sans faiblir.

— Tu me surprendras toujours, Renard... D'un autre que toi, je soupçonnerais une fourberie, cependant je dois reconnaître que tu as prouvé que l'on pouvait avoir confiance dans ta parole, fit Dominique en tapotant les poches rebondies de son manteau.

— Tu es donc prêt à m'écouter ? lui demandai-je.

— Parle.

— Sais-tu qui est Antoine Crozat ?

— Un banquier, sûrement le plus riche de la place, non ?

— C'est ce qui se dit. Il se dit aussi que les caves de son hôtel regorgent d'or.

— De l'or ? Mais ce n'est plus de mode. Que veux-tu en faire ?

— Du papier, parbleu !

— Admettons. Mais ton Crozat passe pour l'un des hommes les mieux défendus de Paris. Ce ne sont pas les crocheteurs qui lui font peur.

— J'ai un plan solide, répliquai-je.

— Hum... et que dira ton ministre de cet accroc à nos accords ?

— Il n'est pas au mieux avec ce Crozat, il m'étonnerait qu'il trouve à se plaindre qu'on le déleste d'un peu de sa puissance.

— Tu as songé à tout, on dirait.

— Presque, il reste encore quelques points à régler.

— Lesquels ?

— Il faut des hommes sûrs.

— Cela se trouve, dit Dominique en caressant la poignée de son épée.

— Mon offre t'intéresse, alors ? repris-je.

— Peut-être. Quelle serait ta part ?

— Disons un dixième.

— C'est d'un bon rendement. Mais en garantie, j'exige quelque chose.

— Quoi donc ?

— Toi, lâcha froidement Dominique.

— Moi... ?

— Oui, si nous menons cette affaire, tu nous accompagneras.

— Euh... eh bien...

— Ce n'est pas négociable.

— Puisque tu le souhaites ainsi, c'est d'accord.

Dominique eut l'un de ses beaux sourires.

— Te voilà de retour parmi nous, alors ! plaisanta-t-il en me serrant la main.

— On le dirait : hust must !

— Hust must !

Les jours qui suivirent, Dominique me confia Rémy et le Lézard afin de m'aider à mener mes préparatifs. Il joignit également à notre petite troupe son jeune frère Louis, que je ne connaissais pas encore. Et pour cause. Il allait à peine sur ses treize ans, mais avait lui aussi fui très tôt le foyer paternel pour rejoindre son aîné. Le garçon était vif et promettait déjà dans la carrière de mauvais sujet. Je l'employai à diverses petites tâches dont foisonne le genre d'entreprise que j'envisageais.

D'abord, en ce type d'affaire, il s'agit de faire comme à la guerre et de se ménager des alliés dans le territoire que l'on convoite. À ce titre, c'est chez les gens de maison que l'on recrute les meilleurs espions. Je chargeai Rémy de s'enquérir de ceux de l'hôtel de Crozat, afin de dénicher lequel pourrait devenir notre mouche. Cela fut un peu difficile, car les domestiques du banquier se trouvaient parmi les mieux payés de Paris, donc parmi les moins déloyaux. Crozat en avait une bonne quinzaine à son service, auxquels s'ajoutaient huit anciens soldats appointés spécialement pour pourvoir à sa sécurité et à celle des lieux. Ces hommes protégeaient également l'hôtel voisin, qui abritait la fille d'Antoine Crozat et son époux, le comte d'Évreux. Sur le flanc gauche de la demeure du banquier, l'hôtel du duc de Gramont était quant à lui souvent vide, son propriétaire préférant se tenir en Navarre l'hiver, berceau de sa famille.

À force d'efforts, Rémy réussit à dénicher un ancien palefrenier des écuries de Crozat, un ivrogne notoire que l'on trouvait ordinairement arrimé à une bouteille dans une taverne de la rue de l'Arbre-Sec. Rémy et le Lézard le harponnèrent un soir. Il se montra dans un premier temps fort loquace sur les mœurs de la maison de son ancien maître. Toutefois, lorsque les questions se firent plus précises, le bougre flaira que l'on voulait faire un usage louche de ses renseignements : il refusa d'en dire plus. C'était mal connaître l'obstination de ses interlocuteurs. La conversation se poursuivit sous le pont Neuf, où le palefrenier se laissa cette fois persuader de confesser tout ce qu'on lui demandait. Il confirma que l'hôtel était bel et bien une forteresse dont la phalange de huit sbires veillait jalousement sur Crozat, mais aussi sur les sous-sols de la demeure. Il ajouta en outre de manière précise que deux hommes se tenaient en faction nuit et jour dans un réduit qui commandait à l'entrée des caves. De là à imaginer que ce n'était pas uniquement pour garder les bonnes bouteilles du banquier, il n'y avait qu'un pas. Notre ivrogne cautionna d'ailleurs cette hypothèse sans qu'on l'obligeât, puis le Lézard lui donna à boire tout son soûl d'eau de Seine pour salaire de ses indications. Peu après, je poussai mes investigations jusqu'à me fournir les plans des deux hôtels d'Antoine Crozat et de celui de Gramont auprès d'un commis de l'Académie royale d'architecture. J'en étudiai chaque détail. Bientôt, mon dessein se précisa suffisamment pour que j'avertisse Dominique que nous ne tarderions plus à passer à l'action.

Il y a chez les voleurs une règle qui vaut pour toutes les époques et tous les pays : toujours entrer par là où l'on ne vous attend pas. À ce sujet, l'hôtel de Crozat se révélait effectivement une citadelle dont l'assaut ne pouvait s'envisager d'une manière académique. Un soir glacial de la mi-décembre, après mon service chez l'abbé Dubois, j'expliquai ma stratégie à Dominique. Le rendez-vous eut lieu à l'*Auberge des Deux Anges*. On se souvient que l'endroit m'était familier. La Grise me salua d'une vilaine grimace, tandis que son époux me gratifiait de ses simagrées ordinaires. Je m'arrachai vite à leur médiocre compagnie pour rejoindre Dominique dans le salon du second étage, où j'eus la surprise de le trouver avec Balagny. La chose me contraria positivement, toutefois je n'en montrai rien. Je passai à l'exposé de mon plan :

— Vous le savez comme moi, l'hôtel de Crozat est l'un des mieux gardés de Paris. Rien ne sert de l'aborder de front ou à revers, l'alarme sera donnée avant que nous ayons pu espérer y pénétrer.

— C'est même une folie que de seulement y penser, grinça Balagny en triturant une fine dague qu'il plantait et déplantait sur l'accoudoir de son fauteuil.

De son côté, Dominique restait silencieux, assis près de la cheminée.

— J'en suis d'accord avec toi, assurai-je, et je propose donc que nous passions par un flanc.

— Un flanc ? dit Balagny. Mais la bâtisse est entourée de deux autres hôtels !

— Oui, je le répète, de flanc, cependant pas sur terre.

— Ah ! s'esclaffa Balagny, tu veux creuser un tunnel ? Ce n'est pas sérieux, fit-il en prenant à témoin Dominique.

— Laisse-le finir, répliqua celui-ci.

— Je ne veux pas percer une galerie, repris-je, mais seulement ouvrir une porte…

— Une porte sous terre ? s'étonna de plus belle Balagny.

— Oui, regardez, dis-je en sortant un plan d'architecte de ma poche et en le dépliant sur une table.

Dominique et Balagny se levèrent et s'avancèrent vers moi.

— Ici, montrai-je du bout du doigt, il y a dans les caves de l'hôtel de Gramont une ancienne porte qui a été murée et derrière laquelle s'ouvrent les sous-sols de l'hôtel voisin. Ce n'est pas plus compliqué…

Balagny scruta le plan, incrédule.

— Peuh… Qui nous dit que c'est vrai ?

— Le dessin d'un architecte ne ment pas.

— Mais sait-on comment cette porte a été bouchée ? Il est peut-être impossible de l'enfoncer, objecta Balagny en frappant la table du manche de sa dague.

— Le premier maçon venu te dira que ce genre de remblai n'est jamais aussi solide que les murs qui l'entourent, répondis-je sans me troubler.

— Et où aboutirons-nous, derrière ce passage ? intervint Dominique.

— Dans les caves de Crozat, c'est certain.

— On peut nous y surprendre, grogna Balagny.

— Pas si nous sommes silencieux. Nous travaillerons de nuit. Une fois dans la place, la surprise jouera en notre faveur. Et puis, il sera facile de se barricader, le temps de rafler notre butin avant de nous enfuir par là où nous serons venus.

— Justement, insista Dominique, es-tu sûr qu'il y a quelque chose à prendre dans ces caves ?

— Tout prête à le croire. Mais je n'irai pas toquer à la porte de Crozat pour le lui demander. Après tout, le crocheteur ignore souvent ce qu'il va trouver chez sa victime.

— C'est un tort, et tu devrais le savoir, ajouta Dominique.

— L'endroit regorge d'or, j'en mettrais mes deux mains au feu.

— Si tu te trompes, ce sera avec plaisir que je l'allumerai, ricana Balagny.

— Et comment entends-tu pénétrer dans l'hôtel de Gramont ? reprit Dominique.

— Il est pour l'heure seulement occupé par un couple de concierges et une paire de valets. Nous passerons par les jardins depuis la rue des Capucines.

— Hum... ton idée est hardie, mais elle n'est pas mauvaise, dit Dominique, songeur, en marchant jusqu'à une fenêtre.

Il regarda à l'extérieur. La neige commençait à tomber à gros flocons.

— De quoi as-tu besoin ? me demanda-t-il.

— D'une quinzaine d'hommes et d'autant d'uniformes de Gardes françaises.

— Tu les auras.

— Merci.

— As-tu choisi une date ?

— Je sais que Crozat quitte Paris après Noël pour se rendre à Anvers. Nous serons tranquilles. Disons le dernier jour de décembre ?

— Alors, va pour le 31. Voilà une heureuse manière de débuter l'année ! lança Dominique.

— Espérons-le, fit Balagny d'un air sombre en plantant sa dague sur le plan.

XXV

La veille du jour prévu pour notre coup de main sur l'hôtel de Crozat, je reçus Flora dans mon appartement de la rue des Lombards. Elle se montra exquise comme à l'ordinaire ; toutefois, au cours de la soirée, je sentis chez elle comme un léger trouble et je l'interrogeai à ce sujet. Elle nia d'abord avec beaucoup de douceur, puis, à force de délicates prières, elle accepta de m'avouer les raisons de son tracas.

— Dominique m'a confié que vous alliez mener une affaire ensemble, dit-elle.

— Ah ? Je ne le savais pas indiscret…

— Il ne m'a pas révélé en quoi elle consistait.

— Et tu voudrais le savoir ?

— Non, je connais les règles.

— Alors, pourquoi es-tu inquiète ?

— Je ne saurais te dire exactement… Depuis qu'il m'a fait cette confidence, un mauvais pressentiment m'assaille.

— Tu t'inquiètes pour moi ?

— Oui, pour toi et pour Dominique.

— Pour lui plus que pour moi ? la raillai-je, bien que je n'eusse point envie de rire à ce sujet.

— Ne t'amuse pas avec cela. Tu vas attirer le mauvais œil...

— Tu ne m'as pas répondu.

— Je suis soucieuse pour vous deux, voilà tout.

— Il n'y a pas de raisons.

— C'est ainsi, je n'y peux rien. Et puis...

— Et puis ?

— Non, rien, je suis folle...

— Parle, tu en as trop dit. C'est moi que tu inquiètes, maintenant !

— Oh non... fit-elle en me serrant contre sa joue. Je vais te raconter, mon adoré. J'irai mieux ensuite. On dit qu'il faut parler de ces choses-là pour les chasser de son esprit.

— Que de mystères...

— Voilà, il y a deux nuits, j'ai fait un affreux rêve. Tu étais avec Dominique dans une charrette conduite par M. de Paris[1].

— Bigre ! Et où allions-nous ?

— Ne plaisante pas, je t'en prie. Tu sais bien où il amène ses pratiques... Toi et Dominique, vous étiez attachés l'un à l'autre par une étrange chaîne dorée.

— Charmante attention.

— Ne te moque pas, Renard, c'était terrible.

— Tu es une enfant, Flora, il s'agit seulement d'un songe.

— Il y avait quelqu'un d'autre aussi.

— Ah ? Et qui donc nous tenait compagnie ?

— Gruthus... Il était assis à côté du bourreau et brandissait en riant l'autre extrémité de la chaîne...

— Cette fois, je l'admets, c'est un vilain cauchemar...

1. *Le bourreau.*

Le dimanche 31 décembre, je quittai en fin de matinée mon service auprès de l'abbé Dubois au motif d'une affaire personnelle, puis je filai prestement jusqu'à la Courtille. Dominique m'y attendait dans une écurie proche du *Chant du Coq*. Il avait avec lui dix hommes parmi les meilleurs de sa bande, dont Rémy et le Lézard. Je me réjouissais déjà de ne pas apercevoir Balagny lorsque la porte de l'écurie s'ouvrit sur sa silhouette. Il entra avec dans son sillage la figure de carême de Gruthus. Celui-ci me lança un vilain regard en coin, qui eut le mérite de me renseigner sur la constance de ses mauvaises dispositions à mon égard. Dominique m'avertit qu'il nous accompagnerait jusqu'à l'intérieur de l'hôtel de Gramont : on l'avait désigné pour assurer nos arrières. Avec une protection comme celle-là, j'étais au moins certain que le danger ne serait pas devant moi. Je décidai de l'ignorer, autant que cela se puisse dans une expédition comme celle que nous entreprenions. Nous prîmes ensuite tous ensemble une collation tandis que sur les coups de quatre heures de l'après-midi, deux tombereaux bâchés venaient se poster devant l'écurie. Ils étaient menés par le jeune frère de Dominique. On en déchargea quatre caisses et une demi-douzaine de ballots. Ils contenaient des uniformes de Gardes françaises ainsi que des sabres et des mousquets. La cargaison provenait directement du dépôt d'un régiment qui tenait ses quartiers à côté de la Courtille. J'héritai d'un uniforme d'officier, ainsi que Dominique. Gruthus eut celui d'un simple troupier, ce qui n'arrangea pas son humeur. Une fois travestis, nous attendîmes huit heures du soir avant de prendre la direction de l'ouest de Paris, en deux escouades séparées et par deux chemins différents. Je marchais avec Dominique et Rémy.

Moins d'une demi-heure plus tard, notre groupe arriva au large de la rue des Capucines. La nuit était profonde. Un froid sec avait vidé les ruelles du quartier. Il faut dire qu'à cette époque, l'endroit était bien moins couru qu'aujourd'hui. La campagne se situait à une lieue seulement, et depuis le haut de la rue des Capucines, on distinguait les champs autour du village des Porcherons. D'immenses jardins témoignaient d'ailleurs de cette proximité, en particulier à l'arrière des fameux hôtels qui nous intéressaient. Bientôt, le reste de la bande nous rallia, Balagny et Gruthus en tête. Un peu plus loin, les deux tombereaux avaient également suivi et furent confiés à la vigilance de Louis, le frère de Dominique. Après un rapide conciliabule, nous longeâmes le mur du jardin de l'hôtel de Gramont jusqu'à une petite grille dont la serrure ne nous retint qu'une minute. Notre troupe s'engouffra dans la brèche, sauf deux hommes qui eurent pour mission de se tenir en faction dans la rue. Leurs uniformes devaient les garantir de la curiosité de passants égarés.

L'hôtel de Gramont était plongé dans une complète obscurité. Nul bruit n'en parvenait. Dominique m'indiqua une double porte qui donnait sur un perron en haut d'un petit escalier. Nous y montâmes tous les deux sur la pointe des pieds. Dominique allait s'attaquer à la serrure de la porte quand un bref rai de lumière filtra depuis une fenêtre à deux pas de nous. Nous nous figeâmes.

— Qui est là ? fit alors une voix de femme derrière la porte.

Je ne pouvais distinguer le visage de Dominique, mais il devait se trouver aussi abasourdi que moi. Nous étions déjà découverts, la chose était fâcheuse. Heureusement, la nature m'a pourvu d'une vive inspiration. Je me reculai de trois pas puis je lançai :

— Baptiste Renard, capitaine aux gardes ! Nous poursuivons avec mes hommes une bande de vauriens qui ont pénétré dans votre jardin.

— Ah ? dit timidement la femme. Mettez-vous en face de la fenêtre, je vous prie, monsieur…

Je m'exécutai, et un halo de lumière réapparut de l'autre côté de la vitre. Une petite silhouette sombre surmontée d'une face toute blanche tenait une lanterne. C'était apparemment une femme d'une cinquantaine d'années. Je levai pacifiquement la main dans sa direction. Le geste et mon uniforme eurent l'air de la tranquilliser un peu. Elle semblait vouloir me dire à nouveau quelque chose lorsque Dominique crocheta en un éclair la porte et s'engouffra à l'intérieur. Un bruit sourd me parvint. J'entrai à mon tour. Dominique était dans le vestibule, une lanterne à la main : la femme gisait à ses pieds.

— Tu l'as… balbutiai-je.

— Non, assommée seulement, me rassura-t-il.

La pauvre femme était l'épouse du concierge, c'est ce que nous sanglota ce dernier quelques instants plus tard quand nous le dénichâmes dans son lit. On l'y ligota en lui recommandant de poursuivre sa nuit sans se tourmenter. Auparavant, on le pria d'indiquer où se trouvaient les chambres des valets. Le Lézard s'y faufila en faisant honneur à son surnom, et eux aussi entamèrent leur nuit – il m'étonnerait qu'ils s'en soient un jour réveillés. À neuf heures du soir, la maison se trouvait entre nos mains. Nous descendîmes dans les caves. Le plan d'architecte amena droit sur la fameuse ancienne porte. Elle était bouchée par un apprêt de ciment sous lequel des pierres avaient été scellées. Nous avions avec nous un maçon de métier – il en existe aussi parmi la canaille –, et l'homme commença son labeur. D'abord, il jaugea de l'épaisseur de l'obstacle en y forant un minuscule trou. Bientôt son visage s'éclaira : le mur ne comptait pas plus de onze pouces de profondeur. Il estima qu'il en viendrait à bout en moins de trois heures. D'aucun jugeront que c'est beaucoup pour une besogne aussi simple, toutefois ce serait oublier qu'abattre une cloison de pierre sans alerter le voisinage réclame du temps ainsi que de l'application. Notre homme s'avéra un expert dans ce genre de chantier : à onze heures et demie du soir, le passage était libre.

Je franchis le premier l'étroite ouverture. Ma lanterne éclaira une petite salle voûtée : des rats détalèrent au milieu de dizaines de caisses éventrées. Une rapide inspection révéla qu'elles ne contenaient que de la paille. Hormis cela, rien. C'était positivement décevant après tant d'efforts. La présence entre deux pilastres d'une porte close ranima cependant un peu ma confiance. Avant d'aller plus loin, Dominique ordonna à Gruthus de s'établir comme prévu dans l'hôtel de Gramont avec trois hommes afin de garantir notre retraite. Les autres viendraient avec nous. Il demanda ensuite à Balagny de crocheter la porte. Ce fut l'affaire d'un instant. Derrière se dévoila encore une cave, plus grande, mais tout aussi vide. Balagny ricana.

— Tes deux mains au feu, disais-tu ? fit-il en lorgnant autour de lui.

J'allais sèchement lui répondre quand Rémy nous avertit qu'il venait de repérer un battant en bois qui barrait un renfoncement. Bien que les planches en fussent disjointes, on ne distinguait rien au travers. Nous le poussâmes. Les gonds crissèrent lugubrement avant que n'apparaisse un couloir obscur dont la largeur laissait à peine la place pour un homme de front.

— Foutre ! jura Balagny, on va finir par réveiller la maison…

Il avait à peine achevé qu'un bruit de pas résonna. Nous soufflâmes aussitôt nos lanternes. Les pas se rapprochèrent et une lueur pointa dans la nuit du corridor. Nous refluâmes sans un bruit dans la cave tandis que le Lézard se tapissait au revers du battant resté grand ouvert.

— J'te dis que c'est un de ces satanés rats… lança une voix.

— Ouais… p't'être bien… mais y doit être gros, celui-là, pour remuer une porte, répondit un timbre plus aigu qui semblait désormais très proche.

La lumière d'une lampe envahit tout à coup le seuil de la cave. Deux silhouettes apparurent : une grande se tenait dans le dos d'une plus petite. Je me recroquevillai avec Dominique et Rémy dans un angle sombre de la pièce pendant que Balagny et le reste de la bande se pressaient contre un mur. Le Lézard était quant à lui à un souffle des intrus. Encore quelques secondes et nous allions inévitablement être découverts.

— J'vais t'les embrocher, ces sales bestioles, dit l'homme de tête en dépassant le battant de bois, sa lanterne brandie devant lui.

Tout alla alors très vite. La lame du poignard du Lézard fendit l'obscurité et traversa de part en part la gorge du premier bougre : il se figea, muet, comme épinglé en l'air, si bien que son compagnon vint buter sur lui et le renversa. La lanterne roula sur le sol. Le second homme jura :

— Imbécile, tu tiens donc plus sur tes jambes !

Et comme il se baissait pour ramasser la lampe, Balagny bondit en lui assénant un terrible coup de sabre sur le crâne. L'homme s'effondra. Il émit un faible râle. Inquiet qu'il gardât assez de vie pour appeler à l'aide, on lui planta une dague dans le cœur – c'est cruel, mais n'oubliez pas qu'au-dessus de nous logeaient les collègues de ces messieurs.

Après ce carnage, nous restâmes un moment silencieux, l'oreille tendue vers le couloir d'où avaient surgi nos victimes. Rien ne bougeait. Les deux étaient visiblement venus seuls. J'en déduisis qu'il s'agissait probablement des factionnaires dont nous avait parlé le palefrenier. En ce cas, nous n'étions pas loin de notre but. Nous gagnâmes prestement le bout du corridor, où nous pénétrâmes dans une salle éclairée par des flambeaux. Une table garnie des reliefs d'un repas et un râtelier avec des armes confirmèrent qu'il s'agissait bien du poste des gardes. Sur notre droite, en haut d'une dizaine de marches, une porte forte était barrée d'un madrier et il paraissait impossible de l'enfoncer. Nous étions donc tranquilles de ce côté-là. Sur la gauche, une large porte en fer garnie de trois verrous aimanta nos regards. Dix minutes suffirent pour la vaincre.

Imaginez une salle ovale dans laquelle sept alcôves clôturées par des grilles renferment des coffres cerclés de fer, et on comprendra aisément que mon cœur battît plus fort lorsque nous entrâmes. La serrure de la première grille ne retint pas longtemps notre impatience. À l'intérieur, trois coffres étaient entassés l'un sur l'autre. Le cadenas de celui du dessus tenta un instant de défendre les intérêts de son propriétaire, mais il finit par se ranger à nos arguments. Dominique souleva le couvercle : le spectacle surpassa mes attentes. Des lingots d'or rangés par tailles s'entassaient sur toute la hauteur du coffre. Nul d'entre nous n'en avait jamais vu autant. Le sceptique Balagny s'en frottait les yeux, et bien que Dominique préférât le papier, il sembla lui aussi fort ému. Chaque alcôve contenait au moins trois coffres. S'y ajoutaient des dizaines de cassettes plus petites, remplies de pièces d'or provenant de toute l'Europe : doublons espagnols, thalers allemands, réaux portugais, guinées anglaises, ducats autrichiens, et bien sûr des centaines de rouleaux de doubles louis. Antoine Crozat semblait bien l'homme le plus riche de France.

Les voleurs sont des gens sérieux : il parut vite déraisonnable d'imaginer s'emparer de toute cette fortune sans risquer de se faire surprendre. Il était maintenant déjà minuit passé et nous convînmes avec Dominique de convoyer seulement les coffres les moins volumineux. La manœuvre promettait d'être longue, car elle devait s'accomplir en silence. Peu à peu, nous en transportâmes exactement huit, ainsi qu'un grand nombre de cassettes, par les sous-sols des deux hôtels jusqu'à l'extérieur, où les hommes de Gruthus les acheminèrent vers les charrettes. Deux heures du matin sonnèrent quand je sortis le dernier de cette cave miraculeuse avec sous le bras un coffret rempli de doublons. Quelques minutes plus tard, je traversai le jardin de l'hôtel de Gramont d'un bon pas. Rue des Capucines, les deux tombereaux bâchés étaient déjà chargés. Grâce à nos jolis uniformes de Gardes françaises, il ne nous restait qu'à escorter le tout vers la proche campagne. Des cachettes sûres y avaient été préparées.

Le dieu des batailles est un joueur. Combien de généraux ont cru le combat remporté avant qu'un coup de dés ne les précipite dans la déroute ! Jugez-en. Alors que les tombereaux se mettaient en marche, une cavalcade se fit tout à coup entendre à l'arrière : à cent pas, une dizaine de cavaliers arrivèrent sur nous, sabre au clair. Ils portaient la tenue des Gardes françaises, et on pouvait parier que ceux-là n'étaient pas de pacotille. À leur tête, un officier nous hurla de faire halte. Dominique rameuta en hâte cinq ou six hommes afin de les établir sur un rang. Je me postai avec eux. Nous pointâmes alors nos mousquets vers les assaillants, ce qui ne les décida pas à ralentir leur charge. Ils étaient presque à vingt pas lorsque Dominique commanda le feu : une terrible décharge en foudroya au moins quatre, dont l'officier rugissant. Les survivants ripostèrent de leurs pistolets : un homme chancela à mes côtés. Je voulus le secourir, mais au moment où je me penchais vers lui, un violent choc me fit vaciller à mon tour. La suite se déroula comme dans un rêve : des détonations, des cris, des hennissements m'entourèrent, puis il me sembla que les cavaliers battaient en retraite. Un visage se pencha vers moi. Je reconnus Rémy. Il me hissa sur son dos et me porta jusqu'à un tombereau, où l'on m'étendit entre deux coffres. Mon épaule gauche saignait abondamment. Avant de perdre connaissance, j'aperçus Gruthus qui m'observait par l'entrebâillement de la bâche. Ses lèvres bougèrent. Je crus l'entendre dire :

— T'oublieras pas de m'écrire des nouvelles de l'autre monde, hein, sale ratichon…

Arrivés en dehors de la ville, nous trouvâmes refuge dans une ferme isolée, près du chemin de Monceau. On me transporta dans une chambre. J'avais retrouvé toute ma conscience, et le sang s'était arrêté de couler. On m'examina : une balle avait pénétré derrière mon épaule et l'avait traversée sans y demeurer. Rémy me fit un pansement, puis proposa de rester avec moi pendant que les autres repartiraient mettre notre butin à l'abri. Dominique accepta. Je n'étais pas en mesure de contester la décision, et je passai la nuit dans la ferme sous la veille du brave Rémy. Au matin, je me sentais assez bien pour me lever. Rémy m'aida à m'habiller. Je le remerciai pour ses bons soins.

— Bah… j'te devais bien ça, me répondit-il. Te rappelles-tu que tu m'as soigné lorsque ce salaud de Marpeaux m'a roussi le nez ?

— Ça fait bien longtemps…

— Oui, mais moi, j'me souviens… continua Rémy en nouant un bandage sur mon épaule. Au fait, comment t'as attrapé ce coup-là, m'sieur l'abbé ?

— Je ne sais pas. Nous avions fort à faire avec les Gardes françaises lorsque j'ai voulu aider l'un des nôtres…

— C'était le pauvre Lagrange, l'est resté sur le carreau…

— Ah… Et c'est là que j'ai reçu une balle derrière l'épaule. C'est étrange, car je ne tournais pas le dos au feu.

— Bizarre en effet… Mais dans ce genre d'affaire, la logique n'y trouve pas toujours son compte. Une balle perdue, sûrement…

Une intuition m'aiguillonna alors l'esprit.

— Sais-tu où était Gruthus pendant ce temps ? demandai-je.

— Il se tenait près des charrettes, j'crois.

— Dans notre dos, en somme ?

— Oui, mais ne t'monte pas la tête…

— Peut-être… mais si cette nuit je l'avais trop baissée, la balle m'y aurait fait un joli trou…

XXVI

J'IGNORE À QUOI ressemblaient les bougres qui m'ont abandonné à ma naissance, mais s'ils étaient dotés d'une santé aussi robuste que la mienne, ils ont sûrement traîné leur misère durant des lustres. Cela pour dire que ma blessure ne me garda pas alité plus de quatre jours. Je la soignai dans mon appartement de la rue des Lombards, où Flora vint plusieurs fois assister ma convalescence de ses caresses. J'avais fait avertir l'abbé Dubois qu'une mauvaise grippe me tenait au lit, ce qui en cette saison pouvait s'entendre. Le ministre avait par ailleurs la manie de l'hypocondrie, et je savais qu'il me serait reconnaissant de lui avoir épargné le voisinage de mon mal. Rémy me rendit également visite à plusieurs reprises, en particulier un soir où il était accompagné de deux portefaix patibulaires qui déposèrent une grosse malle dans mon salon. Il me dit d'un air entendu qu'elle m'était envoyée par Dominique. J'attendis d'être seul pour l'ouvrir. Elle renfermait ma part de notre affaire, soit près de cinq cent mille livres en petits lingots et en pièces d'or. Bref, de quoi bâtir des projets sans plus se préoccuper d'avoir un maître, mais seulement des valets. Pourtant, malgré cette fortune, je ne songeai à rien d'autre que de reprendre ma place auprès de l'abbé Dubois. À mes yeux, c'était une position qui valait bien plus qu'un demi-million.

Le 5 janvier 1720, je fis donc ma réapparition chez mon employeur. Il me trouva une figure convenable pour un malade, puis m'indiqua une pile de dossiers en souffrance. Je me mis sans rechigner à la tâche, bien que mon épaule me contraignît à ne point trop en faire usage. Après que les commis des ministres furent venus faire leurs rapports, l'abbé me pria de prendre en dictée un mémoire pour le Régent. C'était le moment que j'attendais :

— Son Excellence me permettra-t-elle de lui exposer une idée qui s'est logée dans mon esprit durant ma maladie ? débutai-je.

— J'écoute, dit Dubois sans lever les yeux du document qu'il était en train de lire.

— Eh bien, j'ai repensé à notre conversation d'il y a quelques semaines au sujet d'un certain métal.

L'abbé interrompit sa lecture et redressa la tête :

— De quoi voulez-vous parler ? grogna-t-il d'une mine sévère.

Je connaissais désormais trop bien cette manière de double jeu qu'il affectionnait, et je ne me laissai pas impressionner.

— Je crois qu'il y a un moyen de se procurer un bon lot de lingots et de pièces d'or en toute discrétion, continuai-je.

Dubois roula de gros yeux, puis se leva et alla s'asseoir sur sa fameuse banquette.

— En toute discrétion, avez-vous dit ? me lança-t-il.

— Oui, Votre Excellence.

— Et comment accomplirez-vous ce tour de magie ?

— En m'adressant à qui vous savez.

— Law ?

— Non, j'ai bien dit en toute discrétion.

— À qui alors ?

— À Cartouche.

— Cartouche ? Bah... la fièvre vous a altéré le jugement, jeune homme. Vous me faites perdre mon temps, s'agaça Dubois.

Je ne me démontai pas :

— Je sais que Cartouche possède de l'or, beaucoup d'or.

— Ce monsieur prospère dans son métier, je n'en doute pas, mais pourquoi diantre nous donnerait-il son or ? se radoucit un peu l'abbé.

— Parce que nous l'en débarrasserons contre du bon papier. Il en est entiché.

Cette fois, le ministre ne répondit rien. Il revint à son bureau, dont il ouvrit l'un des tiroirs avant d'en extraire un petit carnet bleu.

— Hum... hum... fit-il en feuilletant quelques pages. Et de combien dispose ce bandit, d'après vous ?

— Je dirais plusieurs millions, cinq peut-être...

— Bigre ! s'exclama Dubois. Je vais souffler son nom pour le conseil des Finances...

Et il griffonna durant quelques instants des calculs dans son carnet.

— Hum… au fond, reprit-il, c'est bien le rôle de l'État que de récupérer le fruit des rapines de ce brigand. Comment comptez-vous vous y prendre ?

— Je dois après-demain lui verser son pécule de ce mois, j'en profiterai pour lui soumettre l'idée. Je suis certain qu'elle le séduira.

— Oui… peut-être… à moins que… fit l'abbé Dubois pour lui-même tandis qu'il rangeait son carnet bleu dans le tiroir.

— À moins, Votre Excellence ? le relançai-je.

— À moins que je ne le rencontre en personne.

— Pardon ?

— Cette partie ne se gagne pas par procuration.

— Mais il peut y avoir du danger…

Un large sourire se grava sur le visage du ministre :

— J'ai déjà approché des fauves tout aussi féroces, rassurez-vous. La mise mérite que l'on joue cartes sur table. Ce Cartouche y sera sensible, j'en suis sûr. Et puis, j'avoue que je suis assez curieux de le voir enfin. Il me coûte assez cher pour que je renonce à m'offrir ce petit plaisir.

L'affaire était entendue. Rien ne servait de résister. Dubois me demanda ensuite d'organiser l'entrevue : il ne voulait pas que la chose se déroulât dans une auberge, mais chez un particulier. Je lui promis de chercher un lieu sans tarder. Alors que je me retirai, il me lança une dernière recommandation :

— Ne choisissez rien de trop près de la place Vendôme, il paraît que l'endroit est assez mal fréquenté ces temps-ci. Mais vous devez sûrement être au courant…

Je sursautai et m'apprêtai à bredouiller une réponse, toutefois l'abbé s'était déjà remis au labeur, l'air de rien : je filai en préférant ignorer ce que ce diable d'homme avait dans sa caboche.

Il me fallait donc dénicher dans Paris une scène propice à accueillir la baroque rencontre entre le Grand Coësre et le premier des ministres. Je songeai un moment à mon domicile de la rue des Lombards, toutefois la proximité avec une caserne de Suisses me dissuada d'en poursuivre le projet. Je passai également en revue plusieurs autres possibilités, quand l'une de celles que l'on écarte d'emblée au motif qu'elles sont déraisonnables finit par s'imposer à mon esprit pour les mêmes raisons. J'avais vu juste. L'occupante des lieux que je convoitais me donna son accord en peu de temps, exactement celui du trajet d'un fiacre depuis le Palais-Royal jusqu'à la rue Saint-Claude, au numéro sept, où Flora accepta de bonne grâce de prêter son boudoir. Tout concourrait à faire de sa maison le siège de cet étonnant colloque : le quartier était paisible, la concierge affichait un caractère discret – genre fort rare chez ses semblables –, l'abbé Dubois apprécierait à n'en pas douter le minois de l'hôtesse, tandis que Dominique y serait en pays de connaissance. Restait d'ailleurs à avertir ce dernier de l'invitation. Ce fut une formalité, car lui aussi ne dissimulait pas sa curiosité de voir en personne son généreux bailleur de fonds. Je ne lui révélai pas en revanche les détails de l'entrevue, arguant que je ne les connaissais pas. Dominique voulut bien me croire et rendez-vous fut pris pour le surlendemain.

Le jour dit, le carrosse de l'abbé Dubois arriva à dix heures du soir devant le numéro sept, où je l'attendais sur le seuil de l'immeuble. Nous montâmes sans croiser âme qui vive. Justine fit ensuite preuve d'un mutisme exemplaire, et nous accompagna dans le boudoir mieux qu'une sœur du Carmel ne l'eusse fait. Flora joua quant à elle à merveille le rôle de la mère supérieure, prodiguant à l'abbé une respectueuse et attentionnée hospitalité, ce dont il parut charmé. Sur les coups de dix heures et demie, Justine annonça l'arrivée d'un visiteur. Chacun savait de qui il s'agissait, toutefois nul ne prononça son nom. Flora et Justine se retirèrent alors du boudoir, laissant derrière elles la porte grande ouverte. Bientôt, je reconnus le pas de Dominique.

Lorsqu'il entra, Dubois était debout et faisait mine d'admirer un joli tableau qui décorait un mur – une scène champêtre dans le genre de Watteau. Dominique me sourit, puis alla s'asseoir dans un fauteuil comme quelqu'un qui est ici chez lui. Un instant se passa avant que ces deux rusés joueurs ne consentissent à croiser leurs regards. Chacun eut alors un petit mouvement de tête à l'adresse de l'autre. Les présentations étaient faites, mais pour ceux qui n'ont pas eu la chance d'assister à cette incroyable entrevue, je veux en décrire brièvement les deux protagonistes. L'abbé Dubois, d'abord. On eût dit un brave notable de province. Il était venu dans une tenue fort simple, avec seulement un habit de velours sur un gilet de coton. Sa culotte et ses bas n'accusaient guère plus de luxe, et seule une paire de souliers à boucle d'argent trahissait un peu de sa coutumière élégance. Dominique, lui, portait un habit fort bien coupé, sans aucune ostentation non plus, tandis qu'une fine épée pendait à sa ceinture. Ses longs cheveux bruns étaient noués à la manière militaire, le tout conférant à son personnage l'aspect d'un jeune gentilhomme de bonne souche. À un œil étranger, les deux auraient pu passer pour d'excellente compagnie s'ils n'avaient été les deux hommes les plus dangereux de Paris. Et les presque quarante années qui les séparaient se trouvaient réduites à rien lorsque le même air farouche se peignait sur leur visage. Pour l'instant, ils s'appliquaient à conserver une figure des plus neutres. L'abbé Dubois engagea le premier la partie :

— Merci d'avoir accepté cette invitation, car je suppose que le temps du Grand Coësre est précieux, dit-il en s'installant dans un fauteuil qui faisait face à son interlocuteur.

— Moins que celui d'un ministre, répondit gracieusement Cartouche.

— Qui sait ? Vous comme moi œuvrons dans des métiers où l'on ne ferme l'œil ni le jour ni la nuit.

— Peut-être pas pour les mêmes raisons, sourit Dominique.

— Il est vrai que nos intérêts divergent parfois, toutefois certains terrains d'entente démontrent qu'il nous arrive de parler un langage commun. D'ailleurs, j'aimerais vous entretenir de nos accords.

— Je vous écoute.

— Depuis maintenant dix mois, Paris se porte mieux que jamais, et si l'on excepte deux ou trois peccadilles, cette ville est assurément devenue un modèle de sûreté.

— Prions pour qu'elle le reste, ironisa Dominique.

— Je ferai passer la commission aux cieux, rétorqua l'abbé en se levant.

Il revint se planter devant le pastiche de Watteau.

— Pour autant, reprit-il en contemplant la peinture, vous n'ignorez pas que le gouvernement se soucie de la quiétude de tous ses sujets. À ce titre, ceux des faubourgs et des environs de Paris sont sevrés de la sérénité qui prévaut désormais dans les autres quartiers de la ville.

— Ils ne sont pas dans nos accords, répliqua Dominique.

— Certes, toutefois il serait bon qu'ils le fussent, car monseigneur le Régent risque de s'impatienter, continua Dubois tout en approchant le nez du tableau, comme s'il voulait en examiner les détails.

— C'est une menace ? grinça Dominique, la mâchoire serrée.

— Nullement, nullement, fit l'abbé en se retournant.

Il fixa Dominique puis ajouta :

— Cependant, nos ennemis – je veux dire ceux de Monseigneur – n'hésiteront pas à se servir de ce désordre pour nous atteindre. Cette situation ne peut perdurer.

— Ceci est votre problème. Je ne suis pas un gardien de brebis. J'ai des loups affamés à nourrir, et ils sont deux mille, dit Dominique d'un ton sec.

— J'entends bien. C'est pour cela qu'à cette grande famille, il faut une table bien garnie.

— Il en faudrait plusieurs…

L'abbé eut un petit sourire :

— Vous appréciez le papier de M. Law, si je ne me trompe pas, dit-il.

— J'en exige cent mille livres de vos caisses chaque mois ; c'est une marque d'estime, je crois.

— Eh bien, je vous en offre beaucoup plus en un seul versement, si vous acceptez un pacte plus large et… définitif.

— Bigre ! s'exclama Dominique, voilà un plan bien ambitieux.

— Je suis disposé à le payer.

— Peut-être, mais suis-je disposé à l'accepter ? Ce rêve ne s'obtient pas à coup de quelques centaines de milliers de livres.

— Je ne vous ferai pas cette offense. Mon expérience m'a appris que la paix ne se signe jamais qu'à prix d'or, répliqua Dubois en revenant s'asseoir.

Cartouche savait ne se montrer surpris de rien. Il n'exprima aucune réaction, et laissa l'abbé continuer à abattre ses cartes. Ce dernier avait des atouts plein ses manches.

— Toutefois, il y a un codicille à ce traité, ajouta-t-il.

— Ah ? Je vous avertis, je n'aime guère les contraintes…

— Ce n'en est pas une. Il se pourrait même que cela vous rende service.

— Alors parlez, monsieur mon bienfaiteur, tout ceci devient plaisant, s'amusa Dominique.

— Bien. En échange de la promesse de freiner les ardeurs de vos hommes hors les murs, je m'engage à vous acheter au double de sa valeur tout l'or que vous me présenterez…

Dominique éclata alors d'un rire sonore. En même temps, il me toisa de l'air de quelqu'un qui subodore que l'on s'est joué de lui.

— Ho, ho… voilà une bien drôle d'idée que l'on vous aura soufflée. Vous voulez acheter la paix avec mon or ? dit-il d'un ton narquois, tandis que je commençais à m'inquiéter de la stratégie de l'abbé.

Celui-ci ne montrait aucun trouble. D'ailleurs, il surenchérit :

— Votre or ne vous servira bientôt plus à grand-chose.

— Tiens donc ? Et pourquoi ?

— Parce que M. Law, dont vous appréciez tant le papier, lui prépare un sort à sa manière. Les transactions en or seront bientôt interdites, le décret est sur le bureau de Monseigneur, dit l'abbé.

Dominique me jeta une nouvelle œillade, plus cinglante cette fois. Dubois reprit :

— Le seul qui accorde encore de la valeur à ce métal, c'est ce même M. Law. Son système attire l'or comme un aimant pour mieux le dissoudre. Mais il vous sera difficile d'aller rue Quincampoix pour vous en défaire. Il ne faut pas mésestimer notre police lorsqu'on lui sert sa tête sur un plateau, fût-il en or. Bref, pour tous ces motifs, je gage que vous ferez une excellente affaire en me le vendant.

— Et qu'en ferez-vous, puisqu'il ne vaudra plus rien ? demanda Dominique d'un air soupçonneux.

— Je le replacerai dans les caisses de M. Law. Son système a des règles. Et pour qu'il me donne le papier que je vous remettrai, il faudra au moins que je lui en verse une partie en or. Le reste, il en fera son deuil pour le bien commun. Vous voyez que l'État a un double intérêt à cette transaction : la paix et l'or.

Dominique parut réfléchir.

— Et qui vous dit que vous aurez assez d'argent pour vous payer mon or ? lança-t-il.

— Combien avez-vous épargné dans votre commerce ?

— Cinq millions, pour le moins.

— Alors, je vous en offre le double, en papier-monnaie, sur ma parole.

— Diantre, vous aimez la paix, vous ! s'exclama Dominique.

— Plus que la guerre.

— Mes hommes, eux, aiment beaucoup cette dernière, alors ce sera le triple.

L'abbé Dubois eut un temps d'hésitation, comme un joueur qui s'interroge sur sa relance.

— Hum… quinze millions… vous me saignez, dit-il, mais cela peut se faire.

Dominique se leva alors de son fauteuil :

— Gardez vos gros millions au coffre. Je vous remercie de votre proposition mais je vais y réfléchir : je ne mords jamais à un hameçon dont l'appât m'intrigue. Je vous ferai tenir ma décision sous peu. En attendant, profitez de l'hospitalité de notre hôtesse, termina-t-il en m'adressant un étrange regard dont je ne sus déchiffrer le sens.

Et il salua noblement avant de s'éclipser. Flora réapparut tout de suite après, et la conversation reprit son train précédent, si bien que l'abbé se plut dans ce boudoir jusqu'à une heure avancée de la nuit. Je le raccompagnai ensuite jusqu'à chez lui, sans qu'il n'évoquât une seule fois notre entrevue avec Cartouche. Il me sembla d'humeur légère. Il avait raison : trois jours plus tard, Dominique me fit venir à la Courtille pour m'avertir qu'il acceptait le marché.

Même le plus froid des stratèges a des comptes à rendre à son orgueil : la perspective de cette puissance singulière que dispense la fortune avait ébloui Dominique. Quinze millions de livres, cela faisait de lui l'un des hommes les plus riches de Paris. Il en était déjà l'un des plus redoutés, et tout ce pouvoir concentré entre ses mains lui fit entrevoir des projets dont je sais qu'ils ne s'arrêtaient pas aux bornes de la ville. Je l'ai dit, son doux visage dissimulait une ambition que les monarques n'ont pas toujours. Mais pour l'heure, il lui fallait entrer en possession de son papier-monnaie. Et nous, de son or. Je réglai avec lui les détails de la transaction. À cette occasion, je notai un changement de son attitude envers moi, comme une défiance, et il s'abstint même désormais de me témoigner l'habituelle cordialité qu'il entretenait avec ceux qui avaient partagé sa jeunesse. Je mis cette froideur nouvelle au débit de sa surprise quant à la proposition de l'abbé Dubois, qu'il avait certes acceptée, mais qui lui avait possiblement laissé l'impression de ma duplicité dans l'affaire des caves de Crozat. Je reconnais qu'on ne pouvait lui donner tort. Quoi qu'il en soit, je n'essayai pas de démêler plus loin les tenants de cette brouille, et je me préoccupai uniquement de prendre les dispositions nécessaires afin que l'échange s'effectue dans les meilleurs délais.

Cinq millions en or ne sont pas chose aisée à promener sans attirer l'attention, alors que quinze millions en papier se transportent bien plus commodément. Il fallut donc dissimuler les lingots et les pièces dans deux fourgons qui, la nuit du 12 au 13 janvier, rallièrent deux adresses différentes dans Paris. L'un, rue de Babylone, dans un hôtel jouxtant la caserne des Gardes françaises, l'autre, ni plus ni moins qu'à Bicêtre, dans l'une des cours secondaires de la prison. On jugera de la sûreté des endroits choisis par l'abbé Dubois. J'étais moi-même à Bicêtre, où Balagny convoya l'un des chargements. Le fourgon était escorté par une dizaine de bandits, tandis que les gardiens de cette partie de la prison avaient été remplacés par des hommes de main de l'abbé – qui à leur allure eussent pu être les cousins des premiers. Tout ce petit monde s'affaira avec diligence à débarquer une demi-douzaine de tonneaux qui renfermaient ce que l'on imagine. En échange, je remis à Balagny une grosse malle de voyage remplie de papier-monnaie et de titres. Il ne m'en remercia pas. Rue de Babylone, le troc se passa également sans accrocs.

En politique, jouer contre son camp est un art délicat : si l'on réussit, on louera votre habileté, si l'on échoue, on restera à jamais un traître. Bref, les quinze millions en titres et en billets de banque sortaient de la caisse de l'abbé Dubois. Il n'avait bien sûr jamais été question dans son esprit d'en demander à M. Law, de même qu'il serait sot d'imaginer que l'or regagnerait les coffres de ce dernier. Non, tout resta en possession du ministre sous bonne garde, comme un magot pour l'hiver. Certes, il venait de payer son trésor le triple de la valeur, ce qui l'aurait fait passer pour un piètre boursicoteur si ces quinze millions n'avaient été le fruit de seulement cinq cent mille livres investis. Les agiotages avaient produit le reste au fil de la folle ascension des titres. Je soupçonnais d'ailleurs que l'abbé possédait encore plusieurs millions en papier, ce qui le couvrait dans tous les cas. En attendant, il était déjà le gagnant de ce pari, puisque Dominique ordonna à ses hommes que les faubourgs et les environs de la ville jusqu'à cinquante lieues de distance fussent assurés de la tranquillité. Jamais, depuis le zénith du règne de Louis le Grand, on n'avait autant respiré en paix dans et hors Paris.

Ah, j'oubliais : l'abbé Dubois me manifesta quelque temps plus tard sa reconnaissance en relevant mes appointements – il ne savait pas que j'étais déjà riche –, mais surtout il m'installa dans un grand cabinet à quelques pas du sien, avec deux commis à ma disposition. J'étais devenu un homme indispensable.

XXVII

UN MATIN DU MOIS DE MARS 1720, un convoi d'une demi-douzaine de charrettes vides s'engagea dans l'étroite rue Quincampoix en fendant la foule qui s'y pressait comme chaque jour. Des laquais vêtus de livrées aux couleurs du prince de Conti et du duc de Bourbon conduisaient les voitures. Elles s'arrêtèrent devant le numéro soixante-cinq. Un grand carrosse faisait le serre-file de cet étonnant cortège. Deux gentilshommes en descendirent, l'un malingre et très laid, l'autre assez haut de taille et raide comme un militaire, puis ils entrèrent dans la Banque royale, suivis d'une cohorte de domestiques dont les bras étaient chargés de grosses liasses de papier qu'ils extrayaient de la berline. Bientôt, une rumeur parcourut la foule : le prince de Conti et le duc de Bourbon liquidaient leurs titres et leurs billets de banque contre de l'or. Il y en avait pour vingt-quatre millions de livres pour le premier et douze millions pour le second. Toute la matinée, on transporta dans les charrettes des sacs de doubles louis, tandis qu'une cinquantaine de chasseurs à cheval – du régiment dont le duc de Bourbon était le colonel-propriétaire – avaient fait leur apparition afin de surveiller la manœuvre. Le directeur de la Banque royale, la mine défaite, accomplit son devoir jusqu'à ce que le dernier titre fût payé. À midi, le convoi ressortait de la rue Quincampoix, laissant derrière lui la confusion parmi les agioteurs. Que des princes du sang se débarrassent ainsi de tant de titres et de billets inquiéta la foule. L'effet ne se fit pas attendre : des masses de porteurs d'actions de la Compagnie vinrent dans la journée exiger le remboursement, qu'on leur fit en billets de banque, mais qu'ils s'empressèrent aussitôt d'échanger contre de l'or. Devant la frénésie à s'en défaire, le cours des titres s'affaissa de quatre mille livres avant que Law, prévenu, ordonnât que la Banque royale ferme ses portes une heure plus tôt que d'habitude. Les jours suivants, la panique se calma un peu, cependant quelques-uns des spéculateurs les mieux avertis prirent leurs dispositions pour discrètement écouler leur papier. Il ne faisait plus aucun doute que les ennemis du système venaient de passer à l'action : le château de cartes commença de vaciller dangereusement.

Chez l'abbé Dubois, on observait évidemment la situation avec une grande attention. Le ministre s'entretenait régulièrement avec le Régent à ce sujet, et je fus plusieurs fois convié à assister à leurs conciliabules. Un jour, Monseigneur laissa percer de vives inquiétudes :

— Se pourrait-il que tout ceci finisse par une banqueroute ? demanda-t-il du bout des lèvres à l'abbé.

Dubois soupira.

— Monseigneur, dit-il, je ne pense pas qu'il soit aujourd'hui en notre pouvoir de changer ce qui doit arriver, en bien ou en mal. Toutefois, à mon avis, il faut songer à se préparer au pire…

— Eh bien ! sursauta le Régent, vous n'êtes pas de ces médecins qui épargnent leur patient.

— Lorsque la gangrène a pris, il ne s'agit plus de faire de la littérature.

— M. Law a encore quelques atouts dans ses mains, me semble-t-il, contre-attaqua le Régent. Je l'ai nommé contrôleur général des Finances, vous le savez, et j'ai ici un décret qui devrait raffermir son système.

Et le Régent montra du doigt des papiers dispersés sur un bureau.

— Ah ! fit Dubois, la fameuse interdiction des pièces d'or et d'argent dans le commerce…

— Oui, c'est cela, seuls les billets auront désormais cours.

— Pensez-vous que les banquiers laisseront faire ?

— Ils n'auront pas le choix.

— Ne croyez pas cela. S'ils se liguent afin de réclamer le remboursement de leur papier, tout ira au fossé, et le char de l'État avec…

Le Régent pâlit.

— Cela ne se peut pas…, dit-il d'une voix faible.

— À la table de jeu, tout est possible. Nous devons prendre des dispositions. Si la panique s'empare des Parisiens, ce sera l'émeute. Il faut discrètement rappeler des régiments et les cantonner aux abords de Paris. Ce serait un comble que la révolte des honnêtes gens vienne perturber une paix si chèrement acquise auprès des vauriens.

— Vous savez que je ne veux rien savoir à ce sujet, se raidit le Régent en jetant un œil vers moi.

L'abbé acquiesça d'un air déférent, et l'entretien s'acheva bientôt. Lorsque nous sortîmes, Dubois me glissa :

— Quinze millions, je crois que c'est un joli cadeau que l'on a fait à votre ami Cartouche.

Je ne sus déceler si son ton était ironique.

Quelques jours après, Dominique envoya Rémy m'avertir qu'il souhaitait me voir à l'*Auberge du Chant du Coq*. Là, toujours sur ce ton distant qu'il adoptait désormais avec moi, il m'interrogea longuement sur les événements de la rue Quincampoix, et sur les rumeurs qui couraient jusque chez les bandits. Je le sentis nerveux, ce qui m'étonna fort. Je le rassurai en lui confiant que la possession des monnaies métalliques serait désormais limitée, et qu'il n'y avait aucune crainte à avoir : le papier valait plus que jamais mieux que toutes les mines d'or de l'Amérique. Il me demanda alors si je m'étais débarrassé de ma part du butin du cambriolage de l'hôtel de Crozat. Je lui répondis sans hésitation que c'était chose faite depuis longtemps. Pour forcer le trait, j'ajoutai que j'envisageais d'ailleurs de m'acheter des terres près de Versailles. Évidemment, ceci n'était que mensonges, mais qu'auriez-vous fait à ma place ? J'appris un peu plus tard que Dominique avait conseillé à quelques-uns de ses chefs de bande de se délester de leur or. Je compris mieux l'objet d'une part de son inquiétude. Flora me le confirma, puisque bien qu'elle ne le vît plus très souvent, il lui laissait également percer ses doutes sur la suite. Au passage, elle aussi m'interrogea, et je lui tins le même langage qu'à Dominique. Je ne me méfiai en aucune manière d'elle, toutefois le mensonge devient d'autant mieux une vérité que l'on est le seul à savoir qu'il ne l'est pas.

À part cette bénigne cachotterie, mes rapports avec Flora filaient du meilleur train qui se puisse. Il me semblait même que le désintérêt de Dominique affermissait d'autant son attachement pour moi. Un jour, je me piquai de l'entreprendre sur la nécessité pour elle de penser à l'avenir. Qu'avais-je en tête ? Je ne sais trop, mais je lui démontrai avec beaucoup d'éloquence que son métier n'était pas de ceux qui assurent les lendemains. On eût dit un prédicateur désirant ramener au troupeau la brebis égarée. L'abbé Louison aurait été fier de moi, bien que les buts que je poursuivais ne fussent pas exactement ceux d'un bon pasteur. Elle m'écouta sagement, et je m'enhardis à avancer quelques autres pions, jusqu'à lui soumettre l'idée de l'installer dans une belle demeure. J'avais une petite fortune, ma position auprès de l'abbé Dubois augurait le meilleur, argumentai-je, et devenir ma maîtresse en titre pouvait ainsi lui ouvrir des portes qu'elle ne soupçonnait pas. Je n'avais pas achevé que Flora éclata d'un joli rire. Elle se jeta dans mes bras : je crus la partie gagnée. Malheureusement, ce que la belle me murmura alors à l'oreille contraria mes plans : non, elle ne pensait pas au futur, non, elle n'avait aucune envie de vivre une autre existence, non, elle ne s'imaginait pas en maîtresse d'un seul homme.

Oui, elle continuait à aimer Dominique. Et, pour la première fois, j'en conçus le genre de dépit qui ne se cache plus de s'avouer sous un autre nom : la jalousie.

À la fin du mois d'avril, une nouvelle secousse atterra les agioteurs. Devant la multiplication des demandes de remboursement des titres et des billets, Law avait décidé de freiner ce cycle infernal. Désormais, le change en or ne serait plus autorisé que seulement deux jours par semaine – le mardi et le vendredi. La nouvelle attisa un peu plus les craintes : il devint presque impossible les jours dits de se frayer un chemin rue Quincampoix. Beaucoup dormaient dès le lundi soir ou le jeudi soir sur le pavé pour être sûrs de pouvoir rallier le guichet le lendemain. Chez les agioteurs qui tenaient boutique dans les rues adjacentes, on cessa toute activité, et le cours de l'action de la Compagnie des Indes chuta à neuf mille livres, soit moitié moins que six mois plus tôt. La confiance se retournait et la mécanique complexe de M. Law n'en finissait plus de s'enrayer gravement. Paris tremblait. La banqueroute était dans tous les esprits, même si personne n'osait en prononcer le mot, de peur de précipiter la chute. Mais il y avait plus grave encore. La trêve si chèrement acquise par l'abbé Dubois commençait de subir de sévères entailles. Début mai, rue aux Ours, un Anglais fut attaqué et délesté de plus d'un million de livres en actions. Trois jours plus tard, ce fut un marchand bordelais qui dut abandonner deux cent mille livres contre sa vie, rue de Venise. L'abbé Dubois en demanda des explications à Dominique, qui nia cependant être l'instigateur de ces attaques.

Les relents de cette débâcle n'épargnaient évidemment pas la cour. Quelques-uns des proches du Régent tentaient également de négocier au mieux leurs papiers, toutefois la dure loi de Law ne leur facilitait pas la tâche. En fin politique, Dubois y vit là une opportunité de se gagner des amitiés. Discrètement, il me chargea de prendre langue avec certains afin de leur proposer un bon arrangement. L'abbé dépensa à ce commerce près de deux millions en or, mais s'acheta ainsi une nouvelle popularité, au pire la promesse d'une neutralité. Au nombre de ceux qui acceptèrent son or en échange de leur soutien, je puis notamment citer Mme de Parabère, la maîtresse préférée du Régent, le duc de Brancas, le comte Rieu du Fargis, le comte de Nocé, le marquis de La Fare et le duc de Saint-Simon. Oui, M. de Saint-Simon reçut trois cent mille livres en or contre du papier-monnaie qui lui brûlait les doigts. Cela mit un terme quelque temps à ses persiflages à l'encontre de l'abbé. Il s'en est ensuite rattrapé dans ses *Mémoires,* on le sait.

John Law était un homme intelligent, mais que la précoce réussite de son système avait à ce point ébloui qu'il ne savait plus en jauger les faiblesses. En outre, je crois l'avoir dit, il ne pouvait se départir de ses manières de joueur. Le 17 mai 1720, il tenta une drôle de martingale. On sait qu'à la table de jeu, ce terme signifie que celui qui perd sa mise parie le double au coup suivant afin de se refaire. M. Law, lui, pour pouvoir répondre à la masse des remboursements que sa banque devait honorer, décida ni plus ni moins que de diviser par deux le cours officiel des billets de banque et des titres : un papier de mille livres ne valut plus que cinq cents, et ainsi de suite. Le remède, avait-il juré au Régent, serait retentissant. En effet, le 17 mai, ce fut un coup de tonnerre. Rue Quincampoix, l'impatience et l'inquiétude se muèrent en rage. La foule se débattait avec elle-même, des poignées de titres et de billets de banque surnageant au-dessus de cette écume rugissante. Le directeur de la Banque royale crut alors raisonnable de fermer les portes de son établissement. Autant saborder un navire qui coule déjà. Le flot roula contre les murs de la banque en une mer déchaînée, et les premières victimes furent bientôt foulées aux pieds. L'émeute dura jusqu'à cinq heures du soir, où des Gardes françaises rétablirent un peu de calme à coups de plats de sabre. La Banque royale avait tenu bon, du moins sa porte et ses murs. Car pour ce qui était du système de M. Law, il se trouvait en lambeaux. Le bal était fini. Les jours suivants, la fronde envahit la ville plus vite qu'une épidémie. Le papier sortait de toutes parts, cherchant preneur, mais n'en trouvait qu'à vil prix. Les boutiques d'agioteurs fermèrent l'une après l'autre, et celles qui bravaient la colère des porteurs de titres furent bientôt mises à sac. À chaque heure qui passait, les actions de la Compagnie s'effritaient d'une fraction de leur valeur, tandis que les commerces rechignaient désormais à accepter les billets de banque. Bref, l'or était à nouveau l'objet de tous les désirs. Et si la Banque royale continuait à rembourser, elle le faisait au compte-gouttes, ses réserves n'étant évidemment pas à la mesure de tout le papier émis. Des cordons de soldats entouraient l'établissement, où l'on n'accédait plus qu'une fois par semaine. Pour rassurer la foule, on fit placarder des avis qui stipulaient que l'État garantissait le change des actions au taux du jour, annulant les dispositions prises le 17 mai. Las, la confiance, ce pilier des chimères des spéculateurs, avait fui les esprits. Et même le moins averti des Parisiens cogitait qu'il fallait désormais se débarrasser de son papier avant que la banqueroute ne se chargeât de le consumer. Partout on cherchait de l'or, des pièces ou des objets de ce précieux métal. Nulle part on ne le trouvait.

Chez les truands aussi on s'inquiétait pour son épargne. L'émoi avait gagné les cabarets de la Courtille, et le *Chant du Coq* bruissait des plus insensées rumeurs. À la fin du mois de mai, les mouches de Dubois rapportèrent que le Grand Coësre y avait convoqué les chefs de bande de toute la ville, ainsi que ceux des faubourgs. L'événement relevait de l'exceptionnel. Il fut cependant impossible d'en découvrir la raison. Reste qu'il se tramait quelque chose, c'était certain. Je tentai alors d'interroger Flora. Elle parut surprise de ma visite, et ne m'indiqua rien qui pût m'éclairer ; toutefois, elle ne cessa de me recommander la plus grande prudence. Je lui demandai pourquoi : elle ne voulut rien ajouter, même sous la plus douce des contraintes. Je décidai donc de me transporter au faubourg Saint-Marcel pour y glaner moi-même des renseignements. Les avertissements de Flora m'incitèrent néanmoins à user d'un déguisement – quoi que l'on en dise chez les esprits forts, les craintes d'une femme ne sont jamais absolument sans objet, le grand César en sait quelque chose. Je choisis donc de me travestir en mendiant, emploi qui ne m'était pas inconnu, on s'en souvient. Rendu au faubourg, j'y constatai en effet une agitation inhabituelle. Nombre de porches des maisons abritaient des conciliabules entre bougres de la petite pègre, tandis que les échoppes gardaient pour la plupart porte close. Seules les tavernes restaient ouvertes ; d'ailleurs, elles profitaient à plein de ce chômage et débordaient de pratiques. Je me faufilai jusqu'au *Chardon,* où j'aperçus Rémy parmi la foule des clients. Je n'entrai pas et me postai près d'une fenêtre de la gargote afin d'attendre qu'il voulût bien sortir, ce qui pouvait m'obliger à rester longtemps en faction, car mon ami n'était pas de ceux dont la soif s'étanche facilement. J'eus cependant de la chance : moins d'une demi-heure plus tard, Rémy mit le nez dans la rue. Je me dirigeai vivement vers lui en l'interpellant d'un signe. Il ne réagit pas. Il me faut préciser que ma tenue se composait de médiocres guenilles, mais surtout d'un chapeau défraîchi à très larges bords, à la mode du siècle précédent. Je le relevai un peu pour me faire reconnaître : Rémy roula des yeux étonnés. Il regarda à droite, à gauche, et même derrière lui, puis il me prit par le bras et m'entraîna dans une ruelle déserte.

— Diantre ! Que fais-tu là ? et dans cette tenue ? Law t'a ruiné, toi aussi ? dit-il, l'air mi-sérieux, mi-goguenard.

— Non, rassure-toi, mais il me faut voir Dominique.

— Dominique ?

— Oui, où est-il ?

— J'en sais rien, et je pense que tu devrais abandonner l'idée de le chercher.

— Pourquoi donc ?

— Si tu le trouves, tu pourrais le regretter... répliqua Rémy d'une voix blanche.

— Qu'est-ce que cela veut dire ? insistai-je.

— Il est en colère. La banqueroute de ton foutu papier-monnaie lui cause beaucoup de mal...

— Certes, comme à tout le monde...

Rémy sourit.

— Tu ne me feras pas avaler que tu ne te doutes pas que l'échange de son or lui reste en travers du gosier. Moi, je m'en moque, ce sont vos affaires, mais je t'avertis qu'il risque de t'en faire le reproche d'une déplaisante manière...

— Je n'y suis pour rien si le papier flambe !

— Peut-être, me coupa Rémy, mais Balagny s'est rapproché de son cousin, ce singe de Coche, qui lui a fait de drôles de confidences, semble-t-il. Et je ne te parle pas de Gruthus qui jaspine partout que tu es un frollant !

— Peuh ! Balivernes, je saurai m'expliquer.

— Écoute, je te connais mieux que personne. Tu n'es pas un frollant, ça j'en suis certain, mais tu resteras toujours Renard, et aujourd'hui Dominique se mord les doigts de l'avoir oublié.

— Il se trompe sur mon compte, te dis-je.

— Ne t'entête pas : tiens-toi loin de lui, car quelque chose se prépare où l'amitié n'aura plus sa place, crois-moi, me dit alors Rémy avec une gravité qui m'impressionna.

Ce brave garçon n'était pas du genre à se payer d'une formule creuse, et je jugeai prudent de me ranger à son conseil. Nous nous séparâmes ensuite, non sans qu'il m'avisât également d'éviter la rue Mouffetard, où Gruthus tenait ses quartiers. Je repartis donc en empruntant des ruelles de traverse. En chemin, près de l'abbaye Sainte-Geneviève, je croisai une impressionnante bande de sbires, certains à cheval, qui semblaient venir du faubourg Saint-Victor et convergeaient vers le centre de Saint-Marcel. Il se passait vraiment quelque chose d'étrange.

XXVIII

Le début du mois de juin fut le plus chaud que Paris ait connu depuis près de vingt ans. Le grand thermomètre du Palais du Luxembourg grimpa jusqu'à trente-huit degrés. Les nuits n'apportaient guère plus de fraîcheur, mais cette température était encore bien tiède au regard de la fournaise qui se déclencha un certain soir : en quelques heures, le feu de la révolte dévasta les faubourgs. Saint-Marcel, d'abord, donna le ton en vomissant sur son pavé un troupeau de vauriens. On y reconnaissait, pêle-mêle, les hideuses trognes des mendiants, des chapardeurs de linge en habit neuf, des crocheteurs, barre de fer sur l'épaule, des sicaires aux ceintures garnies de dagues et de rapières, ainsi que quelques autres douces figures de potence. La rage de tout ce beau monde ne fit aucune grâce. Malheur à ceux qui les croisaient. On releva dans leur sillage une demi-douzaine de cadavres et au moins autant d'agonisants. Les faubourgs Saint-Germain et Saint-Michel suivirent à leur tour l'exemple, puis ce fut Saint-Antoine, où le poste des hommes du guet subit l'assaut d'une cinquantaine de gaillards qui ne laissèrent debout que les murs. Trois sergents de police y furent massacrés. Bientôt, le mal se propagea dans Paris. Des nuées de petits groupes de bandits envahirent les abords du Palais-Royal, tandis que des coups de feu furent entendus jusque devant les Tuileries. Rue Saint-Honoré, les passants égarés se faisaient délester comme dans un bois, les fiacres également. Sur les quais de Seine, plusieurs cabarets subirent aussi les assauts de la canaille, pendant que le pont Neuf était obstrué de charrettes en flammes. Les Gardes françaises sortirent de leurs casernes sans toutefois parvenir à juguler la fièvre qui enflammait la cité. L'émeute était partout, et il ne faisait plus aucun doute que nos accords avec Cartouche avaient vécu. Depuis treize mois, il s'était montré un allié zélé ; dorénavant, il s'annonçait comme le pire des fléaux.

Le lendemain, l'abbé Dubois ne tarda pas à réagir. Il fit irruption dans mon cabinet à la première heure, exigeant des explications que je fus bien en mal de lui donner, bien qu'en cette affaire elles coulaient de source, ce qu'il savait au fond très bien. Il n'empêche, les puissants ont besoin de s'absoudre de leurs fautes en les reprochant à leurs collaborateurs. Je laissai donc passer l'orage, puis je proposai de tenter à nouveau de prendre langue avec Dominique. L'abbé se radoucit :

— N'en faites rien, dit-il, vous n'arriverez qu'à vous faire massacrer, et j'ai encore besoin de vous. Il arrive ce que j'avais prévu : la miraculeuse loterie de Law est brisée et ses gagnants sont désormais tous perdants, bandits compris. Il va maintenant falloir amortir ce désastre.

Et il ressortit l'air pensif, me laissant au passage plusieurs courriers à faire parvenir au Régent. Dans l'un d'entre eux, il préconisait que l'on plaçât Law sous surveillance afin de l'empêcher de s'enfuir si l'idée lui en venait. On le voit, Dubois était un pragmatique. D'ailleurs, il venait d'atteindre à l'une de ses lubies : l'archevêché de Cambrais. À force d'intriguer – et de distribuer un peu de son or –, la chose avait été réglée tambour battant. Lui qui n'avait jamais dit la messe reçut les ordres majeurs en une nuit – qu'il passa tranquillement chez Mme de Tencin –, puis obtint des mains du Régent l'anneau épiscopal. L'abbé « Friponneau » devenu archevêque, ses ennemis en conclurent que son ambition s'augmenterait d'autant. Ils n'avaient pas tort. Désormais, Dubois s'attelait à mettre en œuvre une discrète stratégie afin de faire avancer ses affaires auprès du Pape pour décrocher le chapeau de cardinal. Le ministre était de ces hommes pour qui une victoire n'est jamais qu'une marche vers d'autres sommets.

Pendant ce temps, les ennemis du système jubilaient, Crozat en tête, qui, malgré la perte de quelques millions dans ses caves, avait lancé avec les frères Pâris une offensive en règle contre ce qui restait du rêve de M. Law. En quelques jours, les titres de la Compagnie plongèrent jusqu'à ne plus valoir que quinze cents livres. Malgré les expédients qu'on employa pour soutenir le cours, rien n'y faisait : une spirale infernale vidait le papier de toute sa substance.

Dans la rue, la situation empirait également. L'armée montait la garde autour du Louvre et des

Tuileries, tandis que les Suisses et les Gardes françaises essayaient tant bien que mal de maintenir un semblant d'ordre au centre de Paris. Chaque nuit, la ville était envahie par les brigands, et l'on n'avait d'autres ressources que de se barricader chez soi. Dans les faubourgs, le tableau était plus dramatique encore. À Saint-Marcel, le guet avait fui ses quartiers et se contentait de tenir les barrières. Idem à Saint-Victor et à Saint-Antoine. Mais il n'y avait pas que les bandits à battre le pavé. Les honnêtes gens ne cessaient de réclamer qu'on leur remboursât leur papier, criant sous les fenêtres du Palais-Royal tout leur ressentiment contre Law. Un jour, alors qu'un groupe de mécontents hurlait son dépit, des individus louches se mêlèrent à eux pour conspuer le Régent. Bientôt, leurs cris furent repris par la foule, qui s'échauffa tellement que, toujours menés par les mêmes inconnus, les braves protestataires se piquèrent de vouloir renverser les grilles du palais. Les Suisses y mirent bientôt bon ordre, d'une manière toute martiale : une fusillade lesta trois ou quatre épargnants d'assez de plomb pour qu'ils ne survivent pas à leur faillite. Le soir même, les familles des victimes reçurent d'étranges visiteurs qui laissèrent dans chacun des foyers touchés par le deuil la somme de cent louis en or. Le don était signé de Cartouche, dit le Grand Coësre. L'histoire circula comme une traînée de poudre dans Paris. La manœuvre fit florès. Lors des rassemblements de mécontents, des hommes de Dominique soufflaient sur les braises de la contestation, jusqu'à ce que la révolte se muât en émeute, et bientôt le nom de Cartouche devint populaire parmi tous les spoliés.

Au début de juillet, le Régent convoqua Dubois au Palais-Royal. Le ministre me demanda de l'accompagner. Nous patientâmes une bonne heure dans l'antichambre de Monseigneur, ce qui n'était encore jamais arrivé à Dubois. La chose n'augurait rien de bon, d'autant que la grise mine de Ponce Coche apparut à plusieurs reprises de derrière une porte, comme pour nous narguer. Quand ce genre de vautour ose braver l'ennemi, c'est qu'il se sent les ailes d'un aigle. Enfin, à force d'attente, un domestique nous introduisit dans le cabinet de Philippe d'Orléans. Celui-ci se tenait debout près des fenêtres, les mains croisées dans le dos, l'air sévère et les traits tirés. Je restai en arrière. Dubois salua très élégamment, puis attendit la première semonce. Elle ne se fit pas attendre :

— Alors, monsieur l'archevêque, on me rapporte que vous avez bien travaillé à ma gloire, débuta le Régent d'un ton glacial.

— Plaît-il, monseigneur ? s'étonna Dubois.

— Je dis qu'avec vos intrigues chez ces messieurs de la pègre, vous m'avez inventé un ennemi bien pire encore que le roi d'Espagne ! s'emporta-t-il en tapant du pied.

Je ne l'avais jamais vu aussi peu maître de lui. L'abbé Dubois ne répliqua rien, et se contenta de se camper une mine surprise. Il savait que lorsque l'on veut calmer la fièvre, il faut laisser les humeurs se purger. La saignée reprit d'ailleurs dans l'instant :

— Ah ! Vous ne répondez rien ! rugit Monseigneur, vous faites le trappiste maintenant ?

Mais méfiez-vous que je ne vous envoie au monastère ! Vous méditerez là-bas sur votre beau travail !

Et il trépigna à nouveau avant de se tourner vers l'une des fenêtres. Il resta ainsi un long instant sans parler, semblant observer le spectacle des jardins. L'abbé Dubois en profita pour s'avancer un peu. On eût dit l'un de ces animaux qui hument l'extérieur avant de s'aventurer hors de leur terrier. À un moment, il s'élança :

— Monseigneur, je crois que l'on vous a mal renseigné, dit-il d'une voix douce mais ferme.

— Comment ? fit le Régent en se retournant.

— Je dis qu'il y a autour de vous des gens qui se méprennent.

— Ah bon ? On se trompe lorsque l'on me rapporte que ce Cartouche est désormais l'homme le plus populaire de Paris ? que l'on clame partout son nom ? se crispa le Régent.

— Seuls les valets se soucient d'être populaires. Les princes règnent, ils ne se préoccupent pas de l'opinion, dit Dubois d'un ton de précepteur, ce qu'il avait été pour le duc d'Orléans.

La leçon sembla d'ailleurs porter. Le Régent ne répliqua rien, puis se rendit à son bureau. Il s'assit.

— Vous oubliez que je ne suis pas le monarque, mais seulement le Régent, reprit-il. Mon pouvoir peut m'être contesté, et beaucoup ne s'en privent plus. Tenez, ne voilà-t-il pas que l'on m'accuse d'être le grand ordonnateur de cette maudite banqueroute ! Peuh… un escroc, moi…

— La banqueroute est un prétexte, monseigneur. Vos ennemis soufflent sur les braises. Montrez-leur de la fermeté : le maître est celui qui ordonne. Au besoin, soyez cruel...

— Vous savez que je n'aime pas cela.

— Il le faut. Mieux vaut passer pour un cruel que pour un faible.

— Et que conseillez-vous ?

— De montrer votre force. Faites entrer de nouvelles troupes dans Paris, avec ordre de faire feu sur les émeutiers.

— Mais c'est une révolution que vous allez provoquer !

— Les révolutions se font pour des idées, jamais pour de l'argent. En même temps que vous punirez, vous donnerez des gages aux épargnants. Ils ne veulent pas renverser le pouvoir, ils réclament juste leurs petites économies.

— Et comment ferons-nous ?

— Vous rappellerez aux affaires Crozat et les banquiers. Ils n'attendent que ça.

— Et Law ?

— Dans un naufrage, le capitaine coule avec son navire, c'est la règle.

Le Régent se caressa un instant le menton, l'air songeur.

— Et ce Cartouche ? Qu'en faites-vous ?

— Ce que l'on fait avec les bandits.

— Il va vous donner du mal.

— Peut-être... mais puisqu'il est féroce, ne le soyons pas moins.

Le Régent resta encore un long moment pensif, puis acquiesça de la tête, avant de rédiger une courte lettre. Il la remit à Dubois en prononçant cette seule phrase :

— Demandez à Dieu son pardon pour vous et moi, monsieur l'archevêque, nous en aurons un jour besoin...

Je ne suis pas du bois dont on fait les traîtres. Certes, on peut me reprocher de ne pas avoir été d'une parfaite droiture avec Dominique, cependant je réponds que je ne l'avais jamais forcé à rien. À la table de jeu, chacun prend des risques en conscience, et le gagnant ne peut être tenu pour responsable de la défaite du perdant, même s'il en est la cause, c'est ainsi. Aussitôt après que j'eus quitté le Palais-Royal, je m'esquivai pour avertir Dominique du danger qui le guettait. J'étais sincère et je me risquai sans hésiter jusqu'aux barrières du faubourg Saint-Marcel. Malheureusement, l'armée y montait désormais la garde, interdisant toutes allées et venues. Je me dirigeai alors vers la rue Saint-Claude. Flora n'était pas au logis, me prévint la concierge, qui ne voulut pas m'en dire plus. Restait la Courtille. Je m'engageai d'un bon pas dans cette direction, toutefois je constatai en chemin qu'il valait mieux abandonner ce projet : rue du Faubourg-du-Temple, des nuées de vauriens harcelaient les passants, et me forcèrent vite à chercher refuge dans un fiacre pour m'éloigner de ce coupe-gorge. Contraint de rentrer chez moi, je me promis de tenter à nouveau ma chance le lendemain. Nous étions le 16 juillet.

Le 17 juillet au matin, la rue Vivienne fut le théâtre d'un immense rassemblement populaire. Dans cette rue, Law possédait l'un de ses établissements, et ce jour-là, je ne sais pourquoi, le bruit avait couru la ville que l'on y remboursait au meilleur prix les billets de banque. Les gens s'y précipitèrent, prenant de cours l'armée. À dix heures du matin, les portes de la banque n'étant toujours pas ouvertes, la masse s'impatienta. On commença par huer, puis quelques-uns tentèrent d'escalader les hautes grilles de l'hôtel, tandis que d'autres lancèrent des pierres sur les vitres des fenêtres. Bientôt, une rumeur enfla : Law était en ce moment même dans l'édifice. La fureur s'empara alors de la multitude, mais, comme souvent dans ces circonstances, la presse se transforma en foire d'empoigne, et les plus faibles furent rapidement engloutis dans une affreuse bousculade. La panique gagna toute la rue durant de longues minutes. Lorsque le calme revint, une vingtaine de cadavres aux figures toutes bleues jonchaient le sol. La colère redoubla. Des individus à l'allure de sbires réclamèrent que l'on emportât les corps des victimes jusque devant le Palais-Royal pour en demander justice au Régent. On se mit en marche aussitôt ; toutefois, un peu plus loin, une partie des protestataires se cassa le nez contre une compagnie de Suisses. Ces derniers leur intimèrent de se disperser. Comme personne ne semblait vouloir obtempérer, les soldats mirent en joue la foule. Ils avaient ordre de tirer au-dessus des têtes, m'a-t-on souvent affirmé depuis. C'est oublier que ces butors ont la vue basse. La première décharge coucha une dizaine de personnes, si bien que le reste de la foule déguerpit dans un désordre indescriptible. De ce moment, Paris fut en état de siège : dix mille soldats entrèrent dans la ville et le canon fut pointé sur les faubourgs. Les jours suivants, la troupe ouvrit le feu sans sommation sur une dizaine d'autres rassemblements. Des rafles jetèrent en prison des milliers de gosses des rues, des mendiants, des prostituées, beaucoup d'innocents, et quelques vrais coupables, que l'on embarqua ensuite sur des navires pour les déporter en Louisiane. Bref, les préceptes de l'abbé Dubois s'appliquaient à la lettre : la répression était impitoyable.

Durant ces terribles événements, il me fut impossible de prendre des nouvelles de Flora. Elle semblait avoir disparu, mais peut-être séjournait-elle chez l'un de ses fortunés clients, c'était déjà arrivé par le passé. Au début août, je réussis enfin à la trouver à son domicile de la rue Saint-Claude. Elle m'accueillit avec une froideur qui ne fut pas sans me rappeler celle que Dominique avait adoptée à mon égard. C'en était assez de cette nouvelle mode : j'en demandai sans détours une explication.

— Te voilà fâchée contre moi ? lui lançai-je en prenant sa main.

Elle la retira aussitôt d'un air gêné et se recula.

— Oh, oh... continuai-je, tu as effectivement quelque chose à me reprocher, on dirait.

Flora me scruta de ses beaux yeux verts, pâlit légèrement, puis parut faire un effort sur elle-même pour me répondre :

— On dit partout que tu es...

Elle s'interrompit avant de reprendre :

— ... un traître, soupira-t-elle douloureusement.

— Ah ! Et tu crois cela ? rétorquai-je en haussant la voix.

— Je... je n'en sais rien, balbutia-t-elle, mais Dominique, lui, le pense...

— Foutaises ! m'écriai-je alors.

Justine passa la tête par l'entrebâillement de la porte, inquiète de ce qui se passait dans le boudoir. Sa maîtresse la congédia d'un regard, tandis que je m'effondrais dans un fauteuil. Flora était la meilleure des femmes : elle ne supporta pas de me voir ainsi abattu et finit par quitter son masque de sévérité. Elle s'approcha, puis s'assit à côté de moi avec son air le plus doux. J'en fus un peu rasséréné.

— Je n'ai rien fait contre Dominique, me défendis-je. J'ai même tenté de le prévenir de ce qui se tramait contre lui. Quant à la banqueroute, c'est me faire beaucoup d'honneur que de penser que je l'avais prévue !

— Dominique est convaincu du contraire. Il ne veut pas en démordre, je ne l'ai jamais vu ainsi…

— Ne t'inquiète pas, je saurai lui expliquer qu'il se trompe, essayai-je de la rassurer à mon tour.

Mais les yeux de Flora s'emplirent de larmes.

— Il est trop tard… Tu ne dois plus venir, c'est trop dangereux ! sanglota-t-elle.

— Bah ! Il ferait beau voir que ces mensonges m'éloignent de toi !

— Tu n'as pourtant pas le choix, répliqua Flora en se levant brusquement.

— Et pourquoi donc ?

— Parce que je ne veux pas être la cause de ta mort…

— Ma mort ? Allons donc, tu exagères !

— Mais réveille-toi, Renard ! Dominique a ordonné à Gruthus de lui amener ta tête ! Comprends-tu ? Mon affreux cauchemar se réalise, j'en suis certaine ! fit-elle en se cachant la figure entre les mains.

Mon sang se glaça. Je m'efforçai toutefois de jouer le flegmatique pour ne pas alarmer Flora plus encore.

— N'aie crainte, Gruthus n'est qu'une brute, je saurai m'en défendre.

— Non, c'est un affreux serpent, et il te trouvera si tu viens ici. Nous ne devons plus nous voir, insista Flora d'un ton ferme.

— Et jusqu'à quand ?

— Peut-être pour toujours…

— Toujours ? Je refuse ! m'emportai-je à nouveau. Je t'ai attendue trop longtemps pour souffrir de te perdre encore !

J'aimais Flora, et l'idée que nous fussions séparés gonfla mon cœur de rage. Qu'importait si ma vie pouvait en dépendre – je le jure. Je défendis donc ma position pied à pied, lui démontrai combien sa solution ne garantissait rien, combien aussi le moment était venu de rompre avec son passé. Je plaidai ma cause comme un possédé, jusqu'au moment où Flora éteignit ma fougue d'une seule réplique :

— Puisque tu ne veux rien entendre, je vais te donner une bonne raison de me haïr, dit-elle, le visage blême, en même temps qu'elle ferma les yeux à la manière de quelqu'un qui lutte afin de rassembler son courage.

Un silence s'installa durant un interminable instant. Je pressentis le pire. Ma bouche s'assécha.

— Je te dois un aveu, Renard, débuta enfin Flora. Cela remonte à l'époque où tu as disparu du faubourg. Je te l'ai dit, je t'ai cherché longtemps. Mais ce que tu ignores, c'est que le lendemain de la mort de ma mère, Dominique m'a conduite à Orléans, chez une cousine à lui. Personne ne l'a su, l'épidémie ravageait le faubourg, tout était bouleversé...

— Comment cela ? m'étonnai-je. Je me souviens de ma rencontre avec Dominique à Saint-Marcel après ma maladie, et il m'a juré ne pas avoir de tes nouvelles...

Flora eut un profond soupir.

— Je savais qu'il t'avait vu, lâcha-t-elle d'une voix brisée par l'émotion, il est venu me le dire deux jours plus tard. Tu ressemblais à un cadavre, paraît-il.

— Mais, je ne comprends pas... bredouillai-je.

— Pauvre Renard, attends la suite. Je ne voulais plus revenir dans cet affreux faubourg où j'avais enterré ma mère. J'étais effrayée, perdue... Je suis restée à Orléans. Et puis...

Elle hésita.

— Et puis... il y avait Dominique, reprit-elle en baissant le regard. Sans que tu le saches, nous étions alors amants depuis longtemps. Et nous ne cessâmes ensuite jamais de l'être, jusqu'à ce qu'il fût de retour à Paris avec sa bande. Tu avais disparu pour de bon cette fois, nous étions persuadés que c'était pour toujours... Pardon...

Et Flora tomba à genoux. Le visage envahi de larmes, elle scrutait ma réaction, comme l'on guette le dernier souffle d'un mourant. Je la contemplai, incrédule, mes tempes bourdonnantes, sans parvenir à réaliser son aveu. Mes jambes tremblaient sous moi, et je fus un long moment étourdi par cette révélation. Enfin, des idées parvinrent à se former dans ma cervelle. Des questions, surtout.

— Mais... Comment avez-vous pu ? Tu savais donc que je m'épuisais à te rechercher ? Et tu n'as rien fait... Et Rémy... ? Lui aussi ?

— Oh non, pas lui, il n'a jamais su...

— Pourquoi ne rien lui dire ?

— J'avais honte de t'avoir abandonné. Dominique a respecté mon silence : il ne lui a rien dévoilé non plus...

— Ah, les braves gens ! Le joli pacte ! lançai-je, saisi d'une furieuse colère. Et l'on ose m'accuser de trahison ? Voilà de beaux experts en la matière !

— Excuse-nous, me supplia Flora, ravagée de douleur. Dominique savait combien tu m'aimais, et lorsqu'il a croisé ton chemin, il n'a pas osé te révéler notre liaison. Il t'a cru malade, je ne sais plus...

— Sornettes ! Il a surtout voulu te garder pour lui seul ! Tu étais à moi ! hurlai-je en m'avançant vers Flora, les poings serrés.

Elle ne bougea pas, ferma les yeux, comme résignée au châtiment, mais Justine entra tout à coup dans le boudoir et se plaça entre nous deux. Un peu de raison irrigua alors mon esprit. Je me reculai, mais pas assez pour ne point entendre Flora murmurer :

— Pardon, mon adoré, je ne t'aimais pas comme je l'aime lui...

— ... jusqu'à trahir, ajoutai-je. Tu disais vrai, j'ai désormais une raison de te haïr... Adieu !

XXIX

Une terrible amertume dévora mon âme après l'aveu de Flora. On m'eût divulgué que Dieu était une invention que je n'en aurais pas été moins ébranlé – alors qu'un prêtre plus rassis prendra la chose avec philosophie, croyez-moi. J'avais adulé Flora, jamais son image ne s'était abîmée malgré le désordre de nos existences, et voilà que ce beau songe se révélait une imposture. La colère est féconde : les jours qui suivirent, j'imaginai mille vengeances, en même temps que j'apaisai un peu mon dépit en me réjouissant des déboires de Dominique. Je me persuadai que mes intrigues m'avaient finalement remboursé par avance de sa trahison. C'était du moins ainsi que j'envisageais les choses. D'ailleurs, ma méchante joie ne cessa plus de croître à l'aune de la déconfiture du système de M. Law.

Au mois de septembre 1720, le cours des actions de la Compagnie n'atteignait pas les cent livres, et les billets de banque ne trouvaient plus preneurs. La monnaie métallique était revenue dans toutes les bourses. À Paris, la brutale répression qui s'était abattue sur les fauteurs de troubles de tous ordres avait médiocrement ramené le calme, tandis que pas un jour ne passait dans les faubourgs sans que la pègre ne continuât à défier le pouvoir, en particulier à Saint-Marcel et à la Courtille, où le guet ne mettait plus les pieds. L'abbé Dubois estima qu'il fallait frapper un grand coup. Au début du mois d'octobre, l'armée entra par le nord et par le sud au faubourg Saint-Marcel. Les troupes eurent pour consigne d'y prendre leurs quartiers comme on occupe une terre étrangère. Elles le firent avec d'autant plus de zèle qu'il s'agissait du régiment de Berwick, composé d'Irlandais, et du régiment de Saxe, formé de soldats d'outre-Rhin. Ces mercenaires s'appliquèrent à faire la chasse aux vauriens, et bientôt ces derniers durent céder le pavé aux bivouacs des militaires. Pour autant, on ne fit que déplacer le mal, car les hommes de Cartouche transportèrent leurs coupables besognes vers les faubourgs voisins. Mais au moins, se félicita Dubois, Saint-Marcel cessait d'être hors-la-loi. Moi-même, je m'y rendis à plusieurs reprises en compagnie d'une demi-douzaine d'hommes de main du ministre. Qu'allais-je y faire ? Rien d'autre que de vérifier que certains n'y rôdaient pas. Je l'ai dit, ma tête bouillonnait de projets de vengeance. À cette occasion, je visitai l'auberge des *Deux Anges*, où je rendis sa politesse à la Grise en la faisant jeter dans une geôle du Châtelet, pendant que je laissais son époux au service de sa clientèle. Il me fut reconnaissant de ma clémence – ainsi que de l'avoir débarrassé de sa matrone de femme –, et s'engagea à m'avertir si quelque figure connue se montrait dans son établissement.

Le 1er novembre 1720, un bout de papier mit fin à l'existence de millions d'autres : un arrêt signé du Régent décida de la démonétisation totale des billets de banque. Du papier de M. Law, on pouvait désormais se faire des papillotes, ou bien s'en servir sur sa chaise percée. Près de deux milliards et demi de livres avaient été émis depuis le début de cette aventure et ne valaient plus rien. Évidemment, les banquiers jubilaient de ce désastre. Comme l'avait suggéré Dubois, le Régent fit appel aux lumières de Crozat et des frères Pâris afin de liquider ce qui restait du système. Au début du mois de décembre, l'établissement de Law fut placé sous la tutelle d'un nouveau contrôleur général des Finances, M. Le Pelletier de La Houssaye, qui ne trouva dans les coffres que deux millions et demi de livres en or, une misère qui ne permettait pas de faire face aux engagements pris. Séance tenante, le caissier, le trésorier et le directeur de la Compagnie furent jetés en prison, tandis que l'on se mettait à la recherche du financier écossais. On ne le trouva nulle part, ni chez lui, ni rue Vivienne, encore moins rue Quincampoix. La rumeur de sa disparition commença de courir Paris.

Le 8 décembre, à six heures du soir, l'abbé Dubois m'appela dans son cabinet. À peine entré, je remarquai un personnage qui se tenait assis sur la banquette préférée du ministre, dos tourné à la pièce. Il était vêtu d'un grand manteau de voyage, avait son chapeau sur la tête et paraissait arriver d'une longue course, ou bien s'apprêter à s'y jeter. Dubois l'interpella :

— Voici l'homme dont je vous ai parlé. Vous le reconnaissez, maintenant ? lui lança-t-il en me faisant signe de m'avancer.

L'inconnu tourna la tête vers moi. La lueur de la cheminée éclaira son visage : stupéfait, je reconnus l'homme que toute la ville traquait. John Law me scruta quelques secondes puis opina du chef. Il semblait épuisé. Dubois me conduisit jusqu'à lui.

— M. l'abbé Baptiste est un homme de confiance, reprit Dubois en s'adressant à Law, il me l'a prouvé à plusieurs reprises dans de graves affaires.

L'Écossais esquissa un demi-sourire. Ses traits étaient tirés, et une barbe naissante dévorait ses joues creusées.

— Je vous confie à sa bonne garde, lui dit alors Dubois.

Je restai interloqué, tandis que le ministre allait prendre des documents sur son bureau.

— Voici des passeports au nom d'un marchand anglais, M. Taylor, et un autre au nom de M. Dusjardin, continua Dubois. Ils sont vos nouvelles identités, monsieur Law, vous en ferez usage si besoin. Quant à vous, monsieur Baptiste, j'ai ici des laissez-passer pour toutes les frontières que vous traverserez jusqu'à Venise.

— Venise ? répétai-je, surpris.

— Oui, répliqua fermement le ministre. Et pour plus de sécurité, vous partez tout de suite avec monsieur...

Il hésita.

— ... Taylor, reprit-il. Avez-vous compris ?

— Oui, Votre Excellence, répondis-je.

— Très bien. Prenez également ces instructions et ce pécule.

Et il me tendit une bourse en plus d'une enveloppe cachetée.

— Ce sont des doubles louis ; il m'en reste quelques-uns, c'est plus sûr, fit-il avec un léger sourire au coin de ses lèvres.

Le visage de Law se crispa un instant, mais recouvra très vite son expression accablée. Nous sortîmes ensuite du cabinet de Dubois et filâmes discrètement jusqu'à une arrière-cour du Palais-Royal où un carrosse nous attendait. Alors que la voiture s'engageait vers la route de Lyon, je pris connaissance du document que m'avait confié l'abbé Dubois, tandis que Law se calait dans un angle de la cabine et se mettait bientôt à somnoler. Mes ordres étaient clairs : l'accompagner jusqu'à Venise, où je le laisserais chez l'un de ses amis, le prince Acquisti. En chemin, je devais m'assurer qu'il ne change pas d'avis, et utiliser la contrainte au besoin. Pour ce faire, deux sbires du ministre étaient également du voyage, à l'avant du carrosse. On pourra s'étonner de la mansuétude de Dubois à l'égard de celui qui avait plongé le pays dans la banqueroute, mais ce serait ignorer combien il était de l'intérêt de ceux qui l'avaient laissé mettre en œuvre son système de ne pas l'obliger à s'expliquer devant des juges. Law avait distribué d'immenses libéralités, jusqu'au Régent lui-même, ce qui ne pouvait s'avouer sans scandales. Bref, on avait estimé qu'il serait de bonne politique de le laisser filer, pour également mieux se défausser sur lui de la responsabilité du cataclysme. Law ne s'était pas rebellé et avait accepté son exil, pourvu qu'on l'extirpe promptement de l'orbite de ses ennemis.

Je ne conterai pas dans le détail notre périple vers Venise. Sachez cependant qu'il se déroula sans accrocs notables, d'autant qu'une catastrophe favorisa notre anonymat. Depuis six mois, une affreuse peste ravageait le sud du royaume, et les routes se trouvaient toutes encombrées de pauvres gens fuyant le Midi. Dans une auberge de Mâcon, un bourgeois nous expliqua que trente mille personnes en étaient déjà mortes à Marseille, et lorsque nous arrivâmes à Lyon, la ville redoutait que les premiers cas ne se déclarent. Nous n'y restâmes que quelques heures avant de prendre en hâte la direction de Chambéry. Bientôt, l'air pur des montagnes nous autorisa à nous croire hors d'atteinte. Le voyage se poursuivit ensuite par petites étapes, de Turin à Milan, jusqu'à la Sérénissime, que nous atteignîmes le 2 janvier 1721. Tout du long depuis Paris, Law s'était montré un médiocre compagnon de route, se contentant de banales remarques sur le paysage, l'état de la route ou la pluie et le beau temps – ce dernier fort rare en cette saison. Jamais il ne fit allusion aux raisons de sa fuite. Une fois, il fit mine de s'intéresser à moi, m'interrogea un peu, mais reprit bien vite sa marotte quotidienne : le sommeil. J'ai rarement vu un homme dormir autant, comme s'il eût été à jeun d'un quelconque repos depuis des lustres.

Venise était à cette époque la ville la plus délicieuse de l'Europe. Par je ne sais quelle grâce, ses habitants cultivaient mieux qu'ailleurs l'art d'y jouir de l'existence, en particulier lors du fameux carnaval où, pourvu que l'on portât un masque, l'on tolérait en public à peu près tout ce qui ne s'accepte qu'en privé. Par chance, cet événement battait son plein lors de mon arrivée. Je confiai Law au prince, puis, après des adieux aussi ternes que notre voyage, je me remboursai de ma corvée par un séjour de vingt jours au milieu de cette furie – je n'avais aucune instruction quant aux délais de mon retour. Je n'entrerai pas ici dans le récit de mes péripéties, mais imaginez ce qu'un garçon de vingt-trois ans au cœur encore douloureux d'une cruelle blessure peut mettre en œuvre afin de combattre sa mélancolie. Le remède fut efficace, même s'il ne garantissait pas contre les rechutes. Bref, le 23 janvier, je quittai la Cité des Doges l'âme presque sereine.

Lorsque j'entrai à Paris à la mi-février, la ville me sembla avoir retrouvé un peu de quiétude. L'armée s'y tenait toujours en faction près des principaux bâtiments, mais la populace se pressait à nouveau dans les rues d'un air affairé et, somme toute, plutôt débonnaire. Dans les faubourgs, le calme régnait également – du moins autant qu'il se pouvait en certains de ces cloaques –, et l'on pouvait les traverser sans plus de périls qu'avant la crise des derniers mois. Au Palais-Royal, l'abbé Dubois m'accueillit pourtant avec une méchante figure. Il me reprocha d'abord d'avoir tardé à revenir, puis m'expliqua les causes de sa mauvaise humeur.

— Votre ami Cartouche me donne du souci, commença-t-il en triturant entre ses mains un papier qui ressemblait à une lettre. Nous avons maté une bonne part de ses complices, les prisons en regorgent, mais ce bandit a la peau dure. Pas plus tard que la semaine dernière, une patrouille l'a soi-disant repéré dans une auberge, mais figurez-vous que ces imbéciles l'ont laissé filer aussi vite. En plus, ils se sont fait tuer un homme ! Et je ne vous parle pas de la rumeur qui assure qu'il aurait déjà été arrêté à la fin du mois de décembre sans que personne ne le reconnaisse…

— Arrêté ?

— Oui… et évadé aussitôt ! Tout Paris s'en amuse ! Ce diable est plus populaire que jamais, il fait le justicier et multiplie les mauvais coups. Que nous soyons ridicules, soit, mais voilà aussi maintenant qu'il me menace, ce drôle ! s'emporta Dubois tout en agitant la lettre qu'il tenait.

Le bout de papier était rempli d'une fine écriture à l'encre mauve.

— Hier matin, reprit l'abbé, un bougre a laissé aux Suisses de garde à ma porte un paquet dans lequel j'ai trouvé des liasses de billets de banque accompagnées de ce mot, fit-il en me tendant la lettre. Lisez.

Je la saisis puis la parcourus, tandis que le ministre marmonnait je ne sais quoi. Après quelques lignes, je compris que le message provenait effectivement de Dominique. Les faits qui y étaient évoqués ne pouvaient être connus de personne d'autre. Il y figurait en particulier le détail et les dates de nos accords passés. La missive s'achevait sans aucune requête, mais il s'agissait sans nul doute là d'une première semonce. Dubois ne s'y trompait d'ailleurs pas :

— Cet homme entend me tourmenter pour mieux négocier nos petits secrets, grommela-t-il en me prenant la lettre des mains avant d'aller la jeter dans le feu de la cheminée.

Il regarda le papier se consumer jusqu'au bout, puis il s'adressa à nouveau à moi :

— Et ce n'est pas tout : savez-vous qui me propose ses bons offices ?

— Euh… non, Votre Excellence…

— Ce rat de Ponce Coche ! Il m'a abordé dans l'antichambre du Régent en insinuant qu'il pouvait m'être utile. Cette charogne sait des choses, c'est certain…

— Je peux le faire taire si vous le souhaitez, répliquai-je.

— Gardez-vous-en ! Depuis la déconfiture de Law, le jeu est brouillé, beaucoup de nos ennemis jubilent. Nous sommes une forteresse assiégée, on guette nos réactions. Il faut rester de marbre. Hum… oui, c'est cela, de marbre… hum…, et puis, ce Cartouche finira bien par faire une erreur… hum… il vaudrait mieux pour nous… conclut l'abbé en me congédiant.

Je ne cacherai pas que les inquiétudes de Dubois m'en procurèrent également. J'étais intimement lié à sa personne, et on sait que les disgrâces, lorsqu'elles bousculent les grands hommes, écrasent au passage les petits. Bref, je n'ignorais pas que si un scandale venait à éclater, le ministre saurait brûler ses vaisseaux pour retarder son propre naufrage. Mais il y avait autre chose qui agitait mon esprit. On s'en souvient, je suis né sur le pavé, et mon instinct en a conservé des sens qui favorisent la survie. En l'occurrence, quelques jours après mon retour de Venise, j'eus à plusieurs reprises l'impression d'être le point de mire d'individus louches. La chose me rappela les avertissements de Flora, et je décidai de changer une bonne part de mes habitudes. D'abord, je quittai mon appartement de la rue des Lombards, ce qui me fut d'autant moins difficile que les souvenirs qui l'habitaient m'étaient désormais douloureux. Je ne retournai pas non plus chez ma logeuse de la rue du Bac, et je dénichai discrètement une jolie maison meublée à côté du Palais-Royal, rue des Petits-Champs. Le quartier était parmi les plus tranquilles de Paris, car depuis les événements, le Régent avait ordonné qu'un régiment de Suisses et un autre de Gardes françaises y arpentent le pavé jour et nuit. On n'eût pas été mieux en sécurité dans une caserne. J'y fis donc porter début mars mes affaires, essentiellement une garde-robe ainsi qu'une malle de voyage – fort lourde, se plaignirent les portefaix. Et pour cause, elle dissimulait mon trésor de cinq cent mille livres en or. J'en dispersai les deux tiers dans diverses caches entre le grenier et la cave de la maison, tandis que je déposais également cent cinquante mille livres chez un banquier de la rue Saint-Honoré, M. de Thellusson, un farouche ennemi de M. Law si l'on veut bien s'en souvenir. Ce magot me serait une aubaine si tout tournait mal. Enfin, j'embauchai une paire de valets – le père et le fils – de point trop mauvaise allure afin de pourvoir à l'entretien de mon intérieur. Ces dispositions prises, je m'attelai plus sereinement à mon service auprès de l'abbé Dubois, en redoublant toutefois de vigilance lorsqu'il m'arrivait de devoir me déplacer dans Paris.

À la fin du mois de mars 1721, la ville fut en effervescence à l'annonce de la visite de l'ambassadeur de la Sublime Porte. L'heure était à la turquerie, et de grandes fêtes accompagnèrent l'arrivée de l'envoyé du sultan de l'Empire ottoman. Paris paraissait avoir oublié ses malheurs de l'année précédente. Je me piquai alors d'en profiter moi aussi pour me dégourdir l'esprit autant que le corps. Je connaissais deux ou trois bonnes maisons près du Châtelet – de celles où un jeune homme s'attire vite l'estime lorsque sa bourse est à la hauteur de l'intérêt féminin qu'il suscite –, et je leur fis l'honneur de ma régulière clientèle durant quelques jours. Un soir, je m'attardai jusque très tard dans les bras d'une jolie Flamande, puis je décidai de rentrer à pied jusqu'à mon logis afin de me dégriser un peu. Il était minuit passé, je crois. Je m'engageai dans la rue Saint-Germain-l'Auxerrois avec l'idée de rallier ensuite la rue Saint-Honoré, où plusieurs postes de Suisses garantiraient que ma promenade s'achevât sans encombre. La pleine lune éclairait la nuit, l'air n'était point trop frais, et le printemps semblait pour une fois vouloir être à l'heure. J'avais encore croisé peu de passants lorsqu'en haut de la rue de la Monnaie, les silhouettes de trois hommes se découpèrent dans la lueur d'une lanterne. Ils se tenaient immobiles à une centaine de pas devant moi. Celui du centre dépassait les deux autres d'une bonne tête. Je ralentis un peu ma marche, quand un sifflement se fit entendre dans mon dos. Je me retournai et aperçus à moins de cinquante pas deux autres gaillards en faction au milieu de la rue. Je pensai bien sûr à ce qu'un passant isolé imagine dans ce genre de situation, d'autant que le plus grand des inconnus s'avança lentement dans ma direction : je reconnus bientôt avec effroi le Lézard. Il marchait de son pas lourd, semblant tenir quelque chose à la main. Un bref reflet m'indiqua vite de quoi il s'agissait. Un frisson me parcourut l'échine, et l'expression n'est pas ici galvaudée. Alentour, le décor n'offrait nulle échappatoire, toutes les portes étaient bouclées à double tour. Je me trouvais dans une souricière, incapable de me soustraire au péril, pareil au condamné à mort qui attend le bourreau sans espoir de salut. Je me souviens avoir eu l'étrange lucidité de me dire que j'allais achever mon existence là où je l'avais débutée : sur le pavé. Mais, alors que les dernières secondes de ma vie s'égrenaient, il arriva ce que l'on ne lit que dans les romans. Un fiacre déboucha tout à coup à grand trot du bas de la rue de la Monnaie, laissant dans son sillage des injures lorsqu'il doubla sans crier gare les bougres qui barraient ma retraite. Il fondit ensuite sur moi. J'entrevis aussitôt une issue à mon implacable sort : je m'élançai sur le marchepied de la voiture en même temps que j'en agrippais la portière. Je déboulai ainsi vers le Lézard, qui se jeta d'un bond sur le côté en tentant au passage de m'asséner un coup de poignard. Il embrocha le vide, tandis que le fiacre continuait sa course dans la rue du Roule. Je restai agrippé tout du long, scrutant en arrière pour distinguer si mes assaillants engageaient la poursuite. Je ne vis rien. Une fois arrivé à l'angle de la rue Saint-Honoré, le cocher ralentit, et j'en profitai pour sauter à terre afin de rejoindre prestement un poste de Suisses. Jamais je ne fus aussi heureux de voir les trognes de ces soudards. J'étais sauvé.

XXX

UN HOMME AVERTI en vaut deux. Je connaissais un ancien mousquetaire qui tenait une petite gargote devant l'entrée du Palais-Royal : je lui demandai de m'indiquer une paire de gaillards qui puisse assurer ma sécurité lors de mes allées et venues dans Paris. Il me présenta deux de ses clients, qui faisaient profession de ce genre de chaperonnage, et qui eux-mêmes m'assurèrent qu'une dizaine d'autres de leurs camarades se relaieraient volontiers à mon service moyennant une solde décente. Bref, je me trouvai bientôt pourvu d'une petite armée personnelle des mieux achalandées. Il n'en restait pas moins que cette solution ne pouvait durer. On avait voulu m'assassiner, et la menace qui pesait sur ma vie ne s'éteindrait qu'en venant à bout de ceux qui voulaient l'abréger. Je ne doutais pas que Dominique fût l'instigateur de ce traquenard, et je me mis à songer sérieusement à un moyen de l'empêcher de me nuire. Jusqu'à présent, malgré mes déconvenues, je m'étais abstenu de ne rien tenter contre lui. J'avais certes échafaudé mille plans de vengeance, mais sans jamais prendre aucune disposition dans ce sens. Les vestiges de notre amitié me retenaient, je crois. Désormais, il en était autrement, d'autant que l'abbé Dubois me pressait également de le défaire de ce souci. Rome s'apprêtait à lui coiffer le chapeau de cardinal, et il pestait chaque jour du danger que figuraient pour son beau projet Cartouche et ses menaces.

— Monseigneur le Régent ne me soutiendra pas si nos secrets sont éventés... se plaignait-il souvent. Il est d'une autre race que le commun, ces gens-là oublient les services qu'on leur rend. Il arrangera vite ses petites affaires avec mes ennemis et jurera qu'il ne savait rien de tout ceci. Ma pourpre n'y survivra pas...

La chose l'agitait beaucoup, tellement qu'il se piqua au début du mois d'avril d'offrir une récompense de vingt mille louis à qui aiderait à s'emparer de Cartouche. Cette tactique avait peu de chances de donner des résultats, et je cogitai de mon côté une stratégie plus subtile. Dans une chasse à l'homme, il ne faut jamais négliger les femmes. Je retournai ainsi fureter vers le numéro sept de la rue Saint-Claude. Je m'y rendis une après-midi, accompagné de trois de mes mercenaires afin de veiller sur ma santé.

Lorsqu'elle me reconnut, la concierge de l'immeuble m'accorda un sourire poli, en même temps qu'elle lorgna sur les trois sbires qui m'escortaient. Elle ne fit aucune remarque et nous laissa monter vers l'étage de Flora, ce qui m'engagea à penser qu'elle se trouvait chez elle. Voilà près de dix mois déjà que nous ne nous étions vus. Je frappai à sa porte la gorge serrée, je l'avoue. Justine ouvrit et sursauta comme si elle avait vu un revenant – j'en étais d'ailleurs un, en quelque sorte. Je lui expliquai vouloir m'entretenir avec Flora, mais, alors qu'elle commençait à me répondre que sa maîtresse ne se trouvait pas au logis, celle-ci apparut derrière elle. Mon cœur se serra. Flora était toujours aussi belle ; toutefois, pour des yeux qui savent voir, ses traits semblaient s'être marqués d'une expression de lassitude.

— Que veux-tu ? me demanda-t-elle d'une voix faible.

— Seulement te parler… Acceptes-tu ?

Flora me fit signe d'entrer. Je laissai mes trois chaperons sur le seuil, puis je la suivis jusqu'à son boudoir. L'endroit m'était bien connu, mais je le trouvai moins chaleureux que par le passé, comme si personne ne le fréquentait plus. Nous nous assîmes à une bonne distance l'un de l'autre. Flora évitait mon regard en arrangeant distraitement les plis de sa robe. Chacun attendait que la conversation s'engage, mais aucun ne voulait en prendre l'initiative. C'est là une conduite ordinaire entre deux êtres fâchés, ou amoureux – ou les deux à la fois. Flora finit par rompre le silence :

— Je me doutais que tu finirais par venir, lâcha-t-elle sans porter les yeux vers moi.

— Et pourquoi donc ? m'étonnai-je.

— Parce que je suppose que tu cherches Dominique…

— C'est possible, mais tout Paris le cherche aussi…

Flora soupira.

— Au fond, vous vous ressemblez, tous les deux, reprit-elle en levant enfin le regard dans ma direction. Rien ne vous intéresse que votre vengeance...

— Tu le vois encore ?

— Je n'ai rien à te dire...

— Il a envoyé le Lézard pour m'assassiner, sais-tu...

Flora blêmit.

— Je t'avais prévenu, dit-elle, il ne pardonnera plus... Aujourd'hui encore moins qu'hier.

— Tu as choisi son camp, alors...

— Je n'ai rien choisi du tout, se raidit Flora. Et je ne t'accorderai pas ce que je lui ai refusé...

— Que veux-tu dire ?

— Dominique exigeait que je t'attire dans un piège, je n'ai pas accepté...

Des larmes emplirent ses yeux :

— Il m'a alors accusée d'être ta complice, continua-t-elle, s'est emporté, a dit des choses horribles, puis il m'a chassée. Je ne l'ai pas revu depuis cinq mois...

Je restai un moment silencieux. Flora avait sacrifié son amour pour me sauver. Voilà qui rachetait au centuple sa faute à mon égard, et il eût été dans l'ordre de la nature que je me jette à ses genoux pour la remercier. Mais non. Je fis taire mon cœur et conservai une morgue de petit maître :

— Pourquoi as-tu agi ainsi ? Je croyais que tu l'aimais plus que moi, lançai-je d'un ton ironique.

— Laisse-moi tranquille, Renard, je suis bien punie du mal que j'ai pu te faire, cela devrait te suffire.

— Punie ?

— J'ai perdu à jamais Dominique...

— Que t'importe, puisque tu m'as choisi, insistai-je fielleusement.

— Je n'ai rien choisi, je te le redis. J'aime Dominique, je t'aime aussi – différemment, c'est vrai –, et je souffre de vous voir ennemis mortels. Je ne serai pas l'instrument d'une douleur plus grande encore... Tuez-vous si vous le voulez, mais ne réclamez pas mon aide ! cria presque Flora d'une voix tremblante, tandis que l'expression de son admirable visage laissait lire le désespoir de son âme.

Je n'eus plus le courage de la tourmenter. Je me levai sans un mot pour prendre congé. Flora me suivit du regard et, alors que j'allais passer le seuil du boudoir, elle me lança :

— Prends garde à toi, Renard, Dominique n'hésite plus à tuer de ses propres mains. Même ses compagnons ne sont pas à l'abri de ses colères... On dit qu'il a manqué poignarder cet affreux Gruthus dans un accès de colère...

Je ne répondis rien, mais je me réjouis intérieurement de cette bonne nouvelle. Je n'étais pas venu pour rien.

Jusqu'au début de l'été, les semaines filèrent sans que mon enquête n'avance d'un pouce. Toutes les mouches de Paris ouvraient grands leurs yeux et leurs oreilles pour glaner la moindre information qui eût pu leur valoir la récompense promise par Dubois, mais aucune dénonciation ne s'avéra autre chose qu'une fausse piste. Rien n'y faisait : Dominique était insaisissable. Pire, il narguait la police en continuant à mener ses affaires nuit et jour, comme lorsqu'il dévalisa en plein midi un prospère bijoutier de la rue Saint-Honoré, qui avait pour pratique le Régent lui-même. Un commis et deux clients restèrent sur le carreau, preuve que Dominique ne s'embarrassait plus de précautions. Sa renommée n'en connaissait pas pour autant de décrue. On chantait sa gloire à tous les coins de rue, et si depuis presque une année la répression avait considérablement rogné sa troupe de vauriens, le nombre de ses admirateurs s'augmentait à chacun de ses exploits. C'est ainsi de toute époque : le peuple n'a de cesse de réclamer la sécurité en même temps qu'il admire ceux qui font profession de défier l'ordre. Et puis, après le désastre du système, qu'un bandit puisse piller impunément les riches remboursait le commun de ses illusions de fortune. Mais, pour le bonheur de l'État, il y a toujours chez les pauvres bougres des cupides qui n'ont pas de scrupules. Ainsi, à la fin du mois de juin, un indicateur rapporta que Cartouche se préparait à crocheter un hôtel de la rue des Petits-Augustins. Ce mouchardage ne valait sûrement pas mieux que les précédents, se dit-on, toutefois celui-ci avait l'avantage de livrer également une date précise pour le déroulement de l'opération. Un fonctionnaire zélé décida donc qu'une embuscade serait dressée. Le fameux soir, minuit sonna et la police se désespérait déjà d'une nouvelle déconvenue, lorsque des ombres s'introduisirent dans l'hôtel. On attendit une bonne heure et, alors que les visiteurs s'en ressortaient, les soldats fondirent sur eux. Dans la mêlée, un commissaire du Châtelet reconnut Cartouche, le mit en joue de son pistolet, mais ce dernier répliqua d'un coup de bâton ferré qui assomma son adversaire. Dans la confusion, les bandits s'enfuirent par les jardins, à l'exception de deux jeunes garçons qui furent faits prisonniers. Jamais depuis longtemps on n'avait été aussi près de s'emparer de Dominique.

Quand il apprit la nouvelle, l'abbé Dubois entra dans une furieuse colère et, s'il n'avait été tout à la préparation d'un grand événement, nul doute que les responsables de cet échec eussent douloureusement regretté leur maladresse. Fort heureusement pour eux, le ministre touchait à son rêve. Lui, l'ancien obscur séminariste de Brive, allait devenir cardinal par la grâce du Pape : il reçut la pourpre le 16 juillet 1721. Ministre et cardinal, voilà qui le hissait au rang des Richelieu ou autre Mazarin. J'en fus moi-même ébloui. Pour autant, son saint ministère ne le rendit pas plus miséricordieux avec ses ennemis, et sa volonté d'en finir avec Cartouche ne faiblit pas, car il savait que l'on voit souvent des chapeaux s'envoler à cause de subits coups de vent.

Un bienfait n'est jamais perdu. On se souvient sûrement combien je me montrai charitable avec l'époux de la Grise, la borgnesse des *Deux Anges*. Je l'avais laissé à son commerce, avec cependant la sévère injonction de m'informer de certaines allées et venues s'il en était le témoin. Le bougre ne se montra pas ingrat de ma magnanimité et, au début du mois d'août, il me fit avertir par l'un de ses grouillots qu'il désirait me voir. Je me transportai une fin d'après-midi chez lui, précédé de quatre de mes soudards personnels, l'excès de confiance en ce genre de personnage étant toujours une faute. Il me reçut avec son ordinaire obséquiosité déplaisante, mais ce qu'il me rapporta ne me déçut pas. Mieux encore, j'entrevis pour la première fois une franche lueur d'espoir dans ma quête. Jugez-en.

Le gargotier m'expliqua, dans le secret de son arrière-cuisine, que Gruthus était venu deux jours de suite dans son établissement et que, selon toute vraisemblance, il pourrait à nouveau s'y montrer ce soir-là. La chance passe rarement plusieurs fois par le même chemin, néanmoins je décidai de tenter la martingale en me campant aux *Deux Anges* afin d'y surprendre le bandit s'il s'avisait de revenir. Depuis la reprise en main du faubourg Saint-Marcel par l'armée, l'endroit sentait moins le coupe-gorge, toutefois, pour ce que j'envisageais, il me fallait du renfort. Je fis quérir prestement cinq autres sbires à ma solde, dont les trognes comme les mises ne dépareraient pas dans ce décor. Je les installai dans la grande salle de l'auberge, autour d'une table qui se trouvait près de la porte d'entrée. Pour ma part, je me plaçai en embuscade dans un angle fort sombre, tandis que mes quatre autres hommes affectaient également de jouer les clients en s'affairant à une partie de cartes – ils n'eurent pas à forcer leur talent de comédiens. Nous restâmes ainsi près de trois heures à vider assez de bouteilles de clairet pour que le temps ne parût pas trop long. Dans l'intervalle, plusieurs personnes franchirent le seuil de l'auberge, sans qu'aucune ne fût celui que j'attendais. Dix heures étaient passées quand la porte de l'auberge s'ouvrit à nouveau sur un visiteur : son chapeau lui dissimulait le visage presque sous la base du nez. Il piqua droit vers une table isolée non loin de la mienne, puis appela le patron en même temps qu'il ôtait son couvre-chef. Je me tassai aussitôt un peu plus dans l'ombre : Gruthus se tenait à cinq pas de moi. Je pouvais sans peine discerner son visage, dont les deux yeux scrutaient avec méfiance autour de lui. Mes hommes, ne sachant pas qui j'attendais, ne montrèrent aucune attention particulière à son égard ; ils continuèrent à assécher leurs godets en palabrant comme de vrais vauriens qu'ils étaient. Dans ce tableau plus vrai que nature, Gruthus finit par se sentir à l'aise et s'attaqua au flasque que lui amena bientôt l'aubergiste. En se retirant, ce dernier me lança une œillade inquiète, réalisant un peu tard que la scène n'allait pas en rester là. Je craignis que son trouble ne compromît mon plan : je me levai alors d'un bond, le pistolet à la main, vers Gruthus qui en recracha la longue rasade qu'il venait d'entamer. Le bandit repoussa devant lui la table, mais, avant qu'il ait pu esquisser un autre geste, mes mercenaires s'étaient précipités à la rescousse et l'encerclaient, l'épée au poing. Gruthus devint mieux que blême : il se laissa retomber sur sa chaise, l'air terrifié. Les quelques clients qui occupaient la pièce saisirent vite combien il serait indélicat de s'attarder et vidèrent les lieux en un éclair.

Gruthus était assurément une bonne prise, d'autant que j'étais certain lui devoir la fameuse blessure du soir du cambriolage de l'hôtel de Crozat, sans parler de la haine que je savais qu'il me portait. Cependant, mon esprit n'est pas de ceux qui se satisfont de combinaisons ordinaires. Bref, après quelques minutes de face-à-face avec Gruthus, qui restait lamentablement prostré sur sa chaise, je fis signe à mes hommes de main de s'éloigner, puis je m'attablai face à lui. Gruthus possédait un genre de visage que l'on s'accorde généralement à qualifier de beau, toutefois l'expression de ses traits en faisait une mine antipathique à montrer dans les livres. La situation présente n'arrangeait rien à cette méchante figure, on l'imagine. Un léger tic nerveux agitait sa lèvre inférieure par saccades, tandis que son regard balançait entre la peur et l'agressivité. Pour refroidir encore plus cette dernière, je posai mon pistolet sur la table, canon dirigé vers lui, avant de commander une bouteille à l'aubergiste. Gruthus eut une grimace interloquée, qui ne faiblit pas lorsque je nous versai deux verres de vins.

— Nous n'avons jamais trinqué ensemble, me semble-t-il, fis-je en reposant la bouteille.

— Euh... j'sais pas, répondit Gruthus d'un air ahuri.

— Je t'assure, ce sera la première fois, dis-je en levant mon verre.

— Mais qu'est-ce tu m'veux donc avec tes singeries ?

— Allons, allons, voilà comment tu traites un camarade de quinze années ? Nous nous connaissons depuis l'époque de Lansquenet, n'est-ce pas ? Tu t'en souviens, de ce brave Lansquenet ?

Le tic de Gruthus s'accentua.

— J'me rappelle pas bien... bredouilla-t-il.

— Hum... ta mémoire te joue des tours, on dirait. Bah ! trêve de nostalgie, le présent est plus intéressant. Regarde, nous voici réunis autour d'une table, qui l'eût cru ?

— Foutues manigances... marmonna Gruthus dans sa barbe.

— Oh, oh... je te sens impatient. Allez, je vais éclairer un peu ta lanterne. Peut-être ignores-tu que ta capture va me valoir les compliments de mon maître, et je serais un hypocrite si je niais que son estime m'honore. Toutefois, excuse-moi de ma franchise, mais tu es du menu fretin en comparaison d'un autre gibier, et je peux me contenter de lui ramener ton cadavre sans que sa reconnaissance ne s'en altère.

Comme pour appuyer ce dernier propos, je me mis à caresser la crosse de mon pistolet. Gruthus roula des yeux inquiets.

— Ceci posé, continuai-je, il te plaira sûrement d'entendre qu'il y a peut-être une autre solution.

La figure du bandit s'apaisa un peu.

— Il ne tient qu'à toi, repris-je, de trouver une issue à ta délicate situation.

— Je t'écoute, fit-il du bout des lèvres.

— Eh bien, il m'est revenu que tu n'étais pas au mieux avec Cartouche ces derniers temps. Cela nous fait un point commun.

— Tu es mal renseigné... Il m'apprécie plus que tu ne le penses...

— Tiens ? Pourtant, si j'en crois ce que l'on m'a confié, ta vie ne lui importe pas plus que la mienne, et toi comme moi n'avons pas intérêt à le savoir à nos trousses.

— Pourquoi serait-il à mes basques ?

— D'abord, parce que nous sommes ici, comme deux amis, à échanger de jolis projets. Il n'aimerait pas trop cela...

Gruthus regarda tout autour de lui d'un air inquiet.

— Tu sais que les mouches aiment à lui dénoncer ce genre de complot, insistai-je.

— J'suis pas un bougre de frollant... J'complote rien du tout !

— Peut-être, mais tu es un homme qui tient à la vie. Brisons là : je veux Cartouche, je t'offre de m'aider à le trouver.

— Autant me brûler la cervelle de suite... fanfaronna le bandit.

— Allons, ne me tente pas, répliquai-je en attardant mon regard sur le pistolet.

Gruthus tressaillit.

— Euh... c'que j'veux dire, ajouta-t-il, c'est que ça me mènerait droit entre les louches[1] du Lézard...

— C'est un risque, mais il est moins certain que la balle qui t'attend dans ce canon. En outre... il y a cent cinquante mille livres pour récompense de ta collaboration.

Il est curieux de constater comme l'appât du gain renverse souvent les craintes les mieux fondées : le tic de Gruthus s'évanouit.

— En or ? me lança-t-il.

— Ah, je vois que tu conserves le sens des affaires. Oui, des bons doubles louis.

Gruthus parut réfléchir. Je soupçonnai que sous son crâne un débat faisait rage.

1. *Les mains.*

— J'te promets rien… finit-il par lâcher faiblement.

— À la bonne heure ! Cela me suffit. Entre nous, point besoin de serments, répondis-je en faisant à nouveau mine de trinquer.

Gruthus ne m'imita pas et but son verre d'un coup.

— Et maintenant ? demanda-t-il.

— Eh bien, je vais devoir prendre congé, fis-je en me levant.

Je saisis mon pistolet puis le rangeai sous ma veste. Gruthus me regarda d'un air éberlué.

— Laisse simplement un message pour moi ici quand tu auras des informations, repris-je.

Et je tournai les talons en faisant signe à mes gaillards d'en faire de même. À peine eus-je fait quelques pas que j'entendis dans mon dos une cavalcade : Gruthus venait d'en profiter pour s'enfuir à toutes jambes par une porte de service, craignant sûrement que je ne regrette déjà ma folle proposition. Un agioteur qualifierait d'ailleurs avec raison mon investissement de risqué, car rien ne garantissait qu'il produise le bénéfice que j'en attendais. Certes. Cependant, je rappellerai juste que les banqueroutes sont toujours le fruit d'un trop-plein de confiance. Et moi, je n'en avais aucune envers Gruthus. Le pire était prévu, seul le meilleur pouvait me surprendre.

XXXI

Après mon quitte ou double avec cette crapule de Gruthus, l'été s'acheva sans qu'il ne donne de ses nouvelles. Les mouchards de la police n'apportèrent guère plus de motifs de satisfaction à Dubois, qui s'impatientait d'autant plus que des pamphlets contre lui fleurissaient désormais un peu partout dans Paris. Ses ennemis les chantaient jusque dans l'antichambre du Régent, jubilant de l'opprobre qui éclaboussait sa pourpre cardinalice, même si beaucoup ne pénétraient pas toutes les allusions que ces satires recélaient. Cependant, à ceux qui savaient – ou se doutaient –, le fond ne laissait aucune équivoque. En voici un exemple :

Sa Sainteté le Pape est un fin cuisinier,
Il a transformé un maquereau en rouget,
Son Altesse le Grand Coësre est un fin gourmet,
Il le mijotera au feu de son papier...

La tournure en est médiocre, je l'accorde, mais la chute du quatrain donnait des sueurs froides à Dubois. Les choses en étaient là lorsque, au début du mois d'octobre, le grouillot des *Deux Anges* toqua un soir à ma porte, rue des Petits-Champs. L'un des anciens mousquetaires que j'y logeais pour ma sécurité me l'amena dans mon salon. Le morveux se tortillait en tenant un papier gras sur lequel il était gribouillé : « Demain, minuit, à l'auberge. » Évidemment, j'interrogeai le gamin afin de savoir qui lui avait remis la missive : il prétendit que c'était son patron. La chose se pouvait, toutefois j'imaginai qu'un autre se cachait derrière cette invitation. Nous étions le 11 octobre.

Les rendez-vous nocturnes ne sont pas de ceux que je préfère. Du moins entre individus du même sexe. Je me rendis donc aux *Deux Anges* avec quatre ou cinq gaillards solidement armés. Une fois dans l'arrière-cuisine de l'établissement, le patron m'avisa qu'on m'attendait dans une chambre à l'étage. J'y fis faire une reconnaissance, qui me rapporta qu'un homme seul m'y attendait : il avait le visage recouvert d'un foulard. Je grimpai, le pistolet à la main. Dans la pièce, l'homme masqué se tenait dos à la cheminée. J'entrai. Il abaissa son foulard : le visage de Gruthus apparut.

— Tu n'as pas l'air surpris, ratichon, dit-il de son méchant air.

— À cette heure, rien ne m'étonne, répondis-je en abaissant mon pistolet.

— Ouais… et si j'te disais que j'ai du neuf…

— À quel sujet ?

— Celui qui t'intéresse, pardi !

— Tu veux parler de…

— Tais-toi ! Pas de nom, la sorgue a des oreilles…

— Va pour les messes basses, alors, je t'écoute.

— Faudrait d'abord qu'on cause d'mon salaire.

— D'accord, mais quand je saurai si tu le mérites.

— Peuh... ce que j'ai pour toi vaut mieux que tout ce que les arsouilles du faubourg ont pu te rossignoler[1].

Gruthus s'interrompit quelques instants. La lumière d'une chandelle éclairait faiblement sa figure, mais je distinguai sans peine son regard torve. Contrairement à notre dernière rencontre, il ne semblait pas inquiet. Je me tins sur mes gardes.

— Bon, reprit-il, j'vais t'appâter un peu. Écoute-moi bien. Dans deux jours, la personne que tu cherches passera la nuit dans un certain endroit.

— Comment es-tu au courant ?

— J'y serai, tous les chefs de bande aussi ; enfin, ce qu'il en reste... Il y a grand rassemblement.

— Au *Chant du Coq* ?

— Bah ! s'esclaffa Gruthus, tu me prends pour un sinvre[2] ?

— Alors où ?

— Patience... Parlons plutôt de l'huile[3] que tu m'as promise...

— Tu l'auras si tu me dis où...

— J'te dirai bernique[4] avant que j'aie vu ton or ! me coupa sèchement Gruthus en se retournant vers la cheminée.

1. *Chanter.*

2. *Niais, idiot.*

3. *L'argent.*

4. *Rien.*

Il repoussa d'un coup de botte une bûche qui dépassait de la cheminée, puis il m'exposa la manière dont il entendait que la transaction se déroulât. Il m'expliqua d'abord que Dominique et ses hommes se réuniraient dans une auberge le surlendemain, puis qu'ils y passeraient la nuit. Bien sûr, il ne précisa pas le nom de l'endroit, mais il s'engagea à se laisser suivre le jour dit jusqu'au lieu de rendez-vous, après qu'on lui aura versé les cent cinquante mille livres à une certaine adresse, rue de Montreuil. Sa nature de fourbe lui ayant appris à se défier de son prochain comme d'un autre lui-même, il ajouta des conditions précises pour le transport du butin. Car soixante rouleaux de cinquante doubles louis pèsent la bagatelle de cent vingt livres. Le bandit exigea donc que l'on dissimule l'argent dans les carcasses de deux moutons. La chose était surprenante, reconnaissons-le, cependant je ne discutai pas. L'occasion paraissait trop belle, et nous convînmes de nous retrouver au numéro neuf de la rue de Montreuil, dans le faubourg Saint-Antoine, deux soirs plus tard, avec l'argent. Gruthus sortit ensuite de la chambre, un sale petit sourire au coin des lèvres.

— T'avise pas d'm'affurer[1], lança-t-il, j'aurai d'quoi te tenir par les quiges[2] si ça tourne mal…

Le bougre était coutumier des menaces, et celle-là ne suffit pas à gâcher mon bonheur. Une aigre joie m'envahit : j'avais non seulement un motif de briller à nouveau aux yeux de Dubois, mais surtout,

1. *Tromper.*

2. *Couilles.*

j'étais désormais à un souffle, je le sentais, de me venger de Dominique. Le cardinal accueillit avec un vif intérêt mon plan et l'accepta, cependant il l'assortit d'une mise en garde à sa manière :

— Faites, me dit-il. Toutefois, si vous perdez la partie, vous n'y laisserez pas que mes cent cinquante mille livres…

L'avertissement était limpide, et éclairera au passage les béotiens qui voudraient faire carrière auprès d'un ministre-cardinal : toujours se souvenir qu'un puissant prélat n'a de miséricorde que pour lui-même.

Muni de cette bénédiction, je préparai en hâte le rendez-vous avec Gruthus. Dubois m'avait remis des ordres de réquisition à destination d'un commissaire du Châtelet, un certain Cortade, dont on disait qu'il était le moins corrompu des officiers du guet. Je lui expliquai l'affaire, puis il établit une liste d'une cinquantaine d'hommes qu'il estimait sûrs. Ces dispositions prises, je filai chez le trésorier personnel du ministre, qui me remit les cent cinquante mille livres. Restait à trouver les deux dépouilles de mouton, ce qu'un commis du ministère, parent d'un boucher, promit de faire livrer le lendemain matin chez moi, rue des Petits-Champs. Nous étions le 12 octobre au soir. Je dînai seul, l'esprit chargé, je l'avoue, de multiples conjectures sur ce qui allait arriver. J'ai lu beaucoup de récits de soldats et il m'est souvent apparu que la veille d'une bataille décisive, ce n'est pas tant la stratégie qui agite les cervelles des généraux, que l'interrogation sur ce que trament leurs adversaires au même instant. Car le meilleur des plans de bataille trouvera toujours en face de lui l'imprévisible. Où était Dominique ? Flairait-il qu'un piège le guettait ? que Gruthus s'apprêtait à le trahir ? Préparait-il un coup à sa façon ? Je passai en revue ses habitudes, ses manières d'agir, et, de proche en loin, ma réflexion me mena sur les chemins du passé. Je me souvins de notre jeunesse, de notre rencontre, de nos filouteries aux cartes, de cette époque où je l'admirais sans me douter qu'il serait un jour le plus craint des chefs de bande de Paris. Sans savoir non plus qu'il deviendrait mon implacable ennemi. L'image de Flora se glissa alors dans mes pensées, et je me demandai ce qu'elle pouvait faire en ce moment. Je priai le ciel pour que le hasard ne la conduise pas au milieu de ce qui allait arriver. Le visage de Rémy hanta aussi mes cogitations. Serait-il là ? J'espérais de tout mon cœur que non. La nuit passa ainsi, entre incertitude et amertume.

Le matin du 13 octobre, il était presque midi lorsqu'un tombereau entra dans la cour de ma maison avec les carcasses de deux moutons entassées l'une sur l'autre. Je les fis porter dans une remise à l'abri de laquelle je garnis les deux dépouilles de sacs de doubles louis. La chose me répugna, car les bêtes n'étaient pas de la première fraîcheur, mais après tout, la récompense d'une trahison ne peut trouver meilleure place que dans une charogne. Sur les coups de sept heures du soir, le commissaire Cortade s'annonça. Il était accompagné d'une demi-douzaine d'hommes en tenue civile, les autres se tenant au Châtelet, prêts à nous rejoindre sur son ordre. Je pris également avec moi quatre de mes cerbères qui mèneraient le tombereau. Nous attendîmes que la nuit fût complètement tombée avant de nous mettre en marche vers le faubourg Saint-Antoine. Une heure plus tard, nous arrivâmes dans la rue de Montreuil, dont le numéro neuf était une bâtisse délabrée échouée au fond d'une cour borgne. Nous patientâmes devant ce plaisant séjour encore presque une heure, jusqu'à ce qu'apparaisse dans l'obscurité un drôle d'équipage : une charrette à bras tirée par un jeune aveugle d'une quinzaine d'années – un vrai, je sais les reconnaître – et une bougresse, peut-être sa mère, qui quant à elle s'avéra être positivement sourde et muette. Derrière eux marchait Gruthus, enveloppé dans un grand manteau de cocher. Il s'approcha d'un air méfiant, puis nous indiqua silencieusement de faire entrer le tombereau dans la cour de la maison. Il exigea ensuite de rester seul avec moi pour vérifier le chargement. Les hommes de Cortade, les miens, ainsi que les deux infirmes regagnèrent la rue. Gruthus extirpa ensuite un à un les sacs des carcasses, puis compta les rouleaux de doubles louis. Le compte y était : il remit tout en place.

— Bon, dit-il, t'as tenu parole, on dirait. J'vais te rendre la monnaie, maintenant.

Je serrai la crosse d'un pistolet dissimulé dans ma poche.

— Mais d'abord, ajouta-t-il, mes deux loufiats vont embarquer la marchandise pour la mettre en lieu sûr. Quand ce sera fait, ils reviendront ici m'avertir.

— Combien de temps devrons-nous encore attendre ? m'impatientai-je.

— Tout doux, monsieur le ratichon, je reste là pour te tenir compagnie. Et puis, l'endroit où piausse[1] qui tu sais n'est pas très loin... On y sera vite. J'y suis attendu après minuit.

— Comment procéderons-nous ?

— J'ai vu que t'as un fin limier du Châtelet avec toi. Vous n'aurez qu'à me filer le train jusqu'au lieu de rendez-vous. Dominique y sera avec Balagny et une dizaine d'hommes. La jeune Néron, sa maîtresse, devrait y être aussi, je crois.

— Et après ?

— Ah, ça ! Ça te regarde ! Je vous montre l'endroit, vous vous débrouillerez avec eux. Bien sûr, vous me laisserez filer avant de les débusquer... Sinon, je leur donne l'alerte, ricana-t-il.

Les détails de la méthode ne me plaisaient guère, cependant il était trop tard pour reculer. J'acquiesçai. L'aveugle et la femme revinrent charger les bêtes sur leur charrette avant de déguerpir dans la nuit. L'église toute proche de Sainte-Marguerite n'avait pas sonné la demie de l'heure suivante qu'ils étaient déjà de retour. Gruthus échangea quelques signes avec la muette, puis il vint vers moi :

— C'est bon. On y va. Mais gardez vos distances.

Depuis la rue de Montreuil, Gruthus s'engagea vers celle des Boulets. Nous le suivîmes une vingtaine de pas en arrière. Le commissaire avait scindé ses hommes en deux groupes, chacun progressant d'un côté de la rue. Pour ma part, je marchai avec mes sbires juste derrière Cortade. La nuit et le peu

1. *Couche.*

de lanternes publiques qui se rencontre en ces lieux favorisaient la discrétion de notre petite cohorte. Parvenus à la hauteur du couvent des Hospitalières de Saint-Joseph, nous le contournâmes pour pénétrer rue de Pincourt. Gruthus avançait d'un train rapide, et il fallait veiller à ne pas le perdre de vue. Au croisement avec le chemin de Ménilmontant, il s'arrêta, jeta un œil par-dessus son épaule puis repartit en direction du chemin de Saint-Denis. Nous nous trouvions désormais à la Courtille. Les parages m'étaient bien connus, et lorsque nous passâmes au large de l'*Auberge du Chant du Coq*, l'idée que Gruthus nous conduisait dans un traquenard s'insinua dans mon esprit. Je lorgnai de tous côtés, toutefois rien ne semblait présager que l'on nous épiait. Les lieux étaient presque déserts, seuls des passants esseulés, titubant pour quelques-uns, croisèrent notre route. Devant nous, Gruthus bifurqua tout à coup dans la rue des Couronnes. Nous allongeâmes le pas, juste assez pour l'apercevoir entrer dans une grande maison dont une enseigne signalait qu'il devait s'agir d'une auberge. Nous approchâmes jusqu'à pouvoir en lire l'intitulé qui annonçait en lettres rouges : *Cabaret du Pistolet.*

Le commissaire ordonna de rebrousser chemin avant que l'on ne nous repère. Il laissa deux de ses hommes en faction dans le porche d'un immeuble, puis nous refluâmes vers le chemin de Saint-Denis. Après un rapide conciliabule, il envoya chercher le reste de ses hommes au Châtelet. Il était une heure du matin et ils ne seraient pas là avant trois bons quarts d'heure. En attendant, Cortade diligenta des reconnaissances autour de la fameuse auberge, qui se trouvait bordée par deux vergers. Je me joignis à l'une d'entre elles. Nous approchâmes à travers champs à moins de cinquante pas de l'arrière de la bâtisse. Des lumières éclairaient les deux étages, tandis que le rez-de-chaussée était plongé dans l'obscurité. Je décidai de m'avancer plus près encore, dans un chemin creux abrité par une petite haie qui menait au pied d'un mur d'angle. J'y étais presque parvenu quand, entre les feuillages, je distinguai nettement deux silhouettes derrière une fenêtre du premier étage de l'auberge. Mon cœur battit plus fort : je reconnus Dominique discutant avec Balagny. Je me figeai pour lentement m'accroupir, comme le font les petits enfants dans un jeu de colin-maillard lorsqu'ils redoutent qu'on ne les découvre. Je demeurai ainsi plusieurs minutes, entrevoyant Dominique qui allait et venait dans la pièce. Au bout de quelques minutes, il disparut et la lumière s'éteignit : j'en profitai pour déguerpir en hâte. Lorsque je fus revenu à mon point de départ, la troupe de Cortade venait d'arriver. Il y avait là une cinquantaine d'hommes armés d'épées, de pistolets et de mousquets. Le commissaire organisa sa souricière avec l'habileté d'un chasseur qui n'a pas coutume de rentrer bredouille. Tous les abords de l'auberge furent verrouillés. Enfin, alors que trois heures du matin sonnaient, il m'informa de sa stratégie.

Cortade n'entendait prendre aucun risque en pleine nuit. Les précédentes tentatives contre Cartouche avaient toutes échoué, disait-il, car on s'était précipité. Non, lui attendrait sagement le point du jour avant de s'introduire dans l'auberge avec une vingtaine d'hommes. Les autres se posteraient autour de la maison. Et puis, il fallait attendre que Gruthus en ressortît, avait exigé cette canaille. Sur ce point, nous n'eûmes pas à patienter très longtemps. Toutes les lumières de l'auberge étaient maintenant éteintes depuis une bonne heure quand une ombre se faufila en dehors de la maison. Elle remonta la rue d'un pas rapide. En passant devant nous, l'inconnu abaissa le col de son manteau et la déplaisante figure de Gruthus se dessina à la lueur de la lune. L'idée de m'en emparer me traversa le crâne, toutefois la crainte qu'il ameutât les environs, ou bien que des complices à lui donnassent l'alerte, me retint. Tant pis, je le laissai filer dans la nuit. Désormais, rien n'empêchait plus notre plan.

Le matin du mardi 14 octobre, six heures n'avaient pas encore retenti quand Cortade et ses sergents pénétrèrent armes aux poings dans le bien nommé *cabaret du Pistolet*. Pour ma part, je restai caché dans la rue des Couronnes, afin de couper la retraite aux assiégés s'ils parvenaient à se défaire de leurs assaillants. Je patientai ainsi plusieurs minutes sans qu'aucun bruit ne parvienne de l'auberge. La chose était étrange, et une pesante inquiétude commençait de m'étreindre quand je vis un sergent ressortir, poussant devant lui un homme et une femme aux mines déconfites. C'était maître Savard et son épouse, les propriétaires des lieux. Quelques instants passèrent encore, puis des soldats amenèrent six autres gaillards solidement ligotés. Parmi eux figurait Balagny. Il jurait à tout va, promettant d'étrangler la terre entière si on ne le relâchait pas.

Tout ce petit monde fut bientôt sous bonne garde d'une dizaine d'hommes, qui abandonnèrent leurs cachettes autour de la maison pour embarquer les prisonniers dans deux grosses berlines. Un groupe de trois nouveaux captifs vint bientôt les rejoindre, où je reconnus le jeune frère de Dominique – je me réjouis intérieurement de l'absence de Rémy. Enfin, comme au Théâtre Français, le dénouement de ce terrible spectacle survint : au milieu de cinq sergents tenant pointés sur eux leurs pistolets, Dominique apparut en compagnie d'une belle jeune fille. Leurs mains n'étaient pas entravées, mais l'un et l'autre ne pouvaient achever un pas sans que leur corps n'effleure le canon des armes des soldats. Dominique avait l'air terrible et, en cet instant, je le confesse, j'eus honte. Je me dissimulai derrière la troupe du guet, accourue maintenant de tous les environs de l'auberge. Dominique et sa maîtresse eurent droit à un carrosse pour eux seuls – enfin, si l'on excepte la demi-douzaine de gardiens qui y grimpèrent également –, puis le cortège s'ébranla en direction de la prison du Grand Châtelet, sous le regard éberlué des plus matinaux habitants du quartier. Je demandai alors à Cortade de m'expliquer le déroulement de ce prodige. Il me raconta qu'au moment où il était entré dans le cabaret, l'homme le plus recherché de Paris et du royaume dormait avec sa maîtresse, tandis que ses complices en faisaient autant dans leurs chambres, sous la garde d'un seul homme et du couple d'aubergistes. Cortade n'avait eu qu'à silencieusement se rendre maître de ces derniers pour s'emparer au saut du lit du reste de la bande. Habitué à déjouer toutes les traques, Dominique s'était enivré de ses victoires jusqu'à se croire intouchable. Voilà comment finissent les grands hommes, toujours trahis par les petits.

XXXII

L'ARRESTATION DE CARTOUCHE transporta de joie le cardinal Dubois. Cet homme accoutumé à ne jamais rien montrer de ses sentiments accueillit la nouvelle par des trépignements d'allégresse qui, je l'avoue, eussent fait se gausser un public moins révérencieux que moi, tant il est rare de voir un prélat ébaucher une gigue. C'est dire aussi le soulagement qui s'empara de lui. Le ministre recouvra toutefois bien vite son ordinaire sévérité, oubliant au passage à qui il devait cette victoire. Je ne m'en formalisai pas, habitué désormais à ne jamais réclamer la reconnaissance de mon maître. Je savais qu'il savait, cela suffisait. Par ailleurs, j'étais revenu de ma subite honte, et je savourais les bénéfices de la capture de Dominique. Les menaces sur ma vie s'en éteignaient, bien que le Lézard ne fût pas au nombre des prisonniers, mais lui comme les rescapés de la bande de Cartouche devaient à cette heure avoir d'autres préoccupations que ma personne. Certes, Gruthus restait également en liberté, toutefois la plus élémentaire prudence lui conseillait de se faire oublier de ses pairs, son rôle dans l'affaire ne pouvant qu'en intriguer quelques-uns. Bref, j'étais débarrassé de mes ennemis mortels, je venais de durablement m'illustrer auprès du ministre le plus puissant de France, et si on ajoutait qu'à vingt-quatre ans je possédais une petite fortune, il n'y aurait aucune forfanterie à en conclure que mon destin était de ceux qui s'écrivent dans les livres. Je jouissais à peine de tous ces bienfaits quand, trois jours après l'arrestation de Dominique, alors que je me reposais chez moi, l'un de mes valets m'annonça qu'une certaine Justine demandait à être reçue.

La servante de Flora se tenait au milieu de mon vestibule, la mine défaite et les yeux rougis par de récentes larmes. Ce genre de figure n'est jamais l'ambassade d'une plaisante nouvelle : la jeune femme m'expliqua entre deux hoquets que sa maîtresse avait disparu depuis quatre jours, après qu'on fut venu la chercher rue Saint-Claude sur l'ordre de Dominique. Justine avait visité toutes les auberges où l'on pouvait habituellement trouver sa maîtresse en bonne compagnie, puis les domiciles de quelques-uns de ses fortunés soupirants, sans que personne n'eût déclaré l'avoir croisée. Voilà qui s'avérait inquiétant, mais ce n'était rien en regard de ce qu'elle ajouta :

— Et ce Gruthus… Il s'est montré encore plus odieux que de coutume, se lamenta Justine.

— Gruthus ! m'exclamai-je.

— Eh bien oui… C'est lui qui est venu l'autre soir…

Je calculai en un éclair dans ma tête :

— Quatre jours… tu dis qu'il s'est présenté lundi dernier de la part de Dominique ?

— Oui, c'est cela...

— Et Flora est partie avec lui ?

— Oui...

— La crapule...

J'interrogeai plus avant Justine, et il devint bientôt évident que Gruthus s'était rendu chez Flora trois heures avant de nous rejoindre rue de Montreuil. La rue Saint-Claude ne se trouvait qu'à quelques minutes de là. Tout à coup, les menaces du bandit me revinrent en mémoire : « T'avise pas d'm'affurer, j'aurai d'quoi te tenir par les quiges si ça tourne mal... » Je compris comment ce sournois avait prévu de se couvrir. Il tenait Flora, c'était certain. Peut-être envisageait-il de s'en faire une monnaie d'échange au cas où on l'arrêterait. En un instant, la superbe que j'affichais un peu plus tôt vacilla : la pensée de Flora m'envahit, et l'amour trop longtemps contenu brisa enfin les digues de l'amertume. S'y ajouta l'affreux sentiment de la culpabilité, tant je ne pouvais nier à moi-même que j'étais la cause de son enlèvement. Peut-être pire encore.

Le lendemain, je courus au faubourg Saint-Marcel puis à la Courtille pour rameuter toutes les mouches de la place, et j'offris une belle récompense à qui pourrait m'indiquer où se terrait Gruthus. J'usai de même au faubourg Saint-Antoine et au Temple. Huit jours passèrent ainsi sans qu'un quelconque indice ne me dégrise de mon angoisse. Je songeai alors à graisser la patte de quelques sergents du guet. Je leur montrai le petit portrait sur ivoire que je possédais de Flora, mais, là encore, rien n'y fit : la fin octobre fut là, elle n'avait point réapparu. J'étais préoccupé, et le cardinal Dubois ne manqua pas de le remarquer. Je m'en sortis par de niaises explications dont il ne fut assurément pas dupe, toutefois il ne me sonda pas plus avant. Du moins ouvertement. Je me trouvais à bout de ressources, il ne restait plus qu'à spéculer sur un miracle. Justement, il me revint tout à coup que j'étais un abbé.

Après son arrestation, Dominique avait été amené au Grand Châtelet, où un tonnerre de vivats retentit dans les cellules lorsqu'il franchit la porte de la prison. La nouvelle enflamma les cervelles des détenus, et l'on craignit que quelques-uns se piquent de forcer leurs geôles pour accueillir le Grand Coësre. Le gouverneur décida en hâte de faire doubler la garde, tandis que l'illustre prisonnier était placé dans un cachot des sous-sols de la forteresse. Mais bientôt, la nouvelle de l'incarcération de Cartouche sauta les hautes murailles de sa prison pour se répandre dans tout Paris. Depuis le parvis de Notre-Dame jusqu'aux barrières des faubourgs, on ne parlait que de cela. Rares étaient ceux qui se félicitaient de sa capture, toutefois tout aussi peu la regrettaient explicitement. Le peuple est ainsi, et la majorité préférait spéculer sur la suite. Bref, à part les incrédules qui affirmaient que ce n'était pas le vrai Cartouche que l'on détenait au Châtelet, beaucoup prédisaient qu'il ne tarderait pas à fausser compagnie à ses gardiens. Au Palais-Royal, les conversations allaient également bon train. L'affaire Cartouche aimantait les esprits, tellement que certains seigneurs – toujours les mêmes roués qui se distinguaient par leurs mauvaises manières dans l'entourage du Régent – imaginèrent un instant soudoyer des gardes-chiourmes pour entrevoir le célèbre captif. Je puis l'assurer, leur projet resta lettre morte. À ce propos, je veux tordre le cou à une légende qui prétend que Dominique reçut les premiers temps beaucoup de monde dans sa cellule, en particulier des comédiens curieux de camper avec justesse son rôle. Il n'y a là que niaiseries, car s'il est vrai que quelques jours à peine après sa capture il se monta moult spectacles sur lui – tous très médiocres –, personne hormis les gens de justice n'avait le droit de l'approcher. Dominique était un homme dangereux, dont ni le Régent ni mon maître ne voulaient qu'il s'épanche en public de certaines affaires. Il n'y a que les crédules pour croire que l'on visite les pensionnaires du Châtelet comme l'on se rend dans une pension de famille. Cependant, je ne nierai pas qu'une certaine catégorie de gens entre dans les prisons plus facilement que d'autres. Voyez plutôt.

Un matin, je me présentai dans ma tenue d'abbé à la porte du Grand Châtelet, un billet signé du cardinal Dubois à la main. Le document stipulait que j'étais autorisé à entendre le prévenu Louis-Dominique Cartouche en confession. Pour être honnête, j'étais suffisamment au fait de la signature du ministre pour ne pas avoir eu besoin de son intercession. Grâce à ce stratagème, on m'introduisit donc dans la forteresse. Le greffier s'étonna d'abord de n'avoir pas été informé que son prisonnier eût demandé le concours d'un prêtre. Je le rassurai en indiquant que ce n'était pas le cas, mais que l'on souhaitait en haut lieu qu'on ne manquât pas de le traiter en chrétien. Le billet du cardinal éteignit de toute façon chez le greffier l'ébauche du moindre soupçon. Le brave homme me confia à un sergent qui me guida jusqu'à une première porte, gardée par un factionnaire assisté de deux affreux chiens jaunes d'un genre qui ne se trouve que dans les prisons. La paire de molosses me renifla, puis nous descendîmes d'étroits escaliers jusqu'à une salle mal éclairée qui donnait sur trois couloirs. Nous empruntâmes l'une de ces sombres bouches, mon cicérone ouvrant la marche de sa lanterne. Une forte odeur d'humidité emplissait l'air. Après une dizaine de pas, il s'arrêta devant une porte bardée de ferraille et abaissa le guichet qui en garnissait le centre.

— Voilà de la visite pour vous, dit-il en s'adressant d'un ton étonnamment courtois à l'occupant de la cellule.

Je passai la tête dans l'ouverture. Devant moi, au milieu d'une pièce d'à peine quinze pieds de large sur douze, Dominique était assis à une petite table, lisant un livre à la maigre lueur d'une bougie. Il leva la tête, mais, avant qu'il ait prononcé le moindre mot, je lui adressai discrètement deux clins d'œil de la paupière gauche – signal qui dans le milieu des filous invite à garder le silence –, puis, sans attendre, je lançai d'un accent calculé :

— Je suis ici pour assister votre âme, mon fils, voulez-vous l'aide du Seigneur ?

Dominique parut interloqué, cependant il entra dans mon jeu et acquiesça simplement de la tête, puis se replongea dans son livre. Le gardien ouvrit alors la porte et me laissa passer avant de la refermer à double tour derrière moi. Malgré l'empire qu'il pouvait avoir sur lui-même, Dominique laissa percer son étonnement et délaissa sa lecture. Son regard renvoyait le faible éclat de la chandelle, tandis que la pâleur de son visage se découpait dans l'obscurité. Il ne semblait montrer aucune colère.

— Tu viens contempler ton triomphe, monsieur l'abbé ? dit-il avec flegme.

— Ce n'est pas mon triomphe, répliquai-je en m'asseyant sur un tabouret. Si j'ai pu le croire, j'en suis maintenant revenu…

— Ah ! Des remords ? s'amusa Dominique, qui conservait une placidité de stoïcien.

— Pourquoi en aurais-je ?

Dominique referma son livre. Ses mâchoires se crispèrent.

— Sais-tu ce que je lis ? dit-il.

— Non.

— La Bible.

— On y trouve d'excellentes raisons d'espérer…

— De douter également.

— De Jésus ?

— Non, des bougres qui font commerce de la parole divine. Tu es devenu un bien drôle d'abbé… Tu ressembles à ton maître : de belles manières au service d'une âme vicieuse. Vous m'avez bien roulé, grinça Dominique.

— Nous y voilà… Ce qui est arrivé n'est en rien notre faute, le système de M. Law s'est effondré et a tout emporté avec lui. Tu as joué, tu as perdu…

— La partie n'était pas franche ! Ce sont des manières de grec…

— Je ne suis pas un tricheur…

— Non, c'est vrai, tu es pire que cela, monsieur l'abbé. Tu es un traître, et tu as eu beaucoup de chance d'échapper à la juste récompense de tes machinations... Rares sont ceux que le Lézard laisse filer ! s'emporta Dominique.

Ses reproches et le souvenir de l'embuscade de la rue de la Monnaie me piquèrent au vif.

— C'est toi qui me parles de loyauté ? Toi qui réclames de punir les traîtres ? Voilà de jolies paroles que tu aurais été bien inspiré de méditer il y a presque dix ans ! lui lançai-je.

— Que veux-tu dire ?

— Flora m'a avoué comment vous vous êtes bien joués de moi...

Une ombre passa sur la figure de Dominique. Il détourna son regard.

— J'ai compris, soupira-t-il. Tu tiens ta vengeance, alors...

— Je l'ai cru, c'est vrai, mais, je te le redis, je ne jubile pas de te voir ainsi aujourd'hui, répliquai-je.

— Alors pourquoi es-tu là ?

— Parce que tu es mon dernier espoir...

— Bigre ! Que voilà un curieux aveu de la part d'un homme libre envers un prisonnier dont le bourreau s'impatiente déjà...

— Écoute, dis-je en baissant la voix, je sais que ma présence est surprenante, mais je suis venu te proposer que nous soldions mutuellement nos dettes.

— Tu veux me rembourser mon or ? ricana Dominique.

— Non, mieux que cela. Je viens m'acquitter de la vie que tu m'as sauvée lorsque j'étais dans la cave des *Deux Anges*, et à toi, je t'offre de te racheter en m'aidant à retrouver Flora.

— Retrouver Flora ? s'étonna Dominique.

— Oui, elle a disparu... et je pense qu'elle est entre les mains de Gruthus.

— Gruthus, maintenant ? Voilà bien des mystères. Explique-toi mieux.

Je lui fis alors le récit de ce qui était arrivé. Je n'omis rien, je le jure, de mon rôle dans son arrestation. Dominique m'écouta sans jamais m'interrompre, mais je lus dans ses yeux que la fureur le tenaillait à nouveau, jusqu'à craindre qu'il ne me sautât à la gorge. Bientôt, un étrange apaisement s'insinua pourtant sur sa figure lorsque j'achevai en évoquant le sort de Flora.

— Cette ordure de Gruthus, j'aurais dû le larder de mes propres mains, ce porc ! lâcha-t-il.

— Il n'est peut-être pas trop tard. Veux-tu m'aider ? le relançai-je aussitôt.

— Et comment le pourrais-je ? se crispa Dominique en faisant tinter les chaînes qui entravaient ses pieds.

— En oubliant les intrigues de l'abbé Baptiste et en rendant ta confiance aux ruses de Renard...

Dominique ne répondit rien et resta un long instant pensif, puis il feuilleta d'un air distrait les pages de sa bible. J'imagine qu'un terrible débat agitait son esprit. Enfin, il sembla avoir arbitré une décision : il me scruta de son profond regard, et son visage s'éclaira de l'un de ces beaux sourires que je ne lui avais plus vus depuis si longtemps.

— Hust must, dit-il seulement.

— Hust must... répétai-je.

Et je lui chuchotai ensuite certaines choses si près de l'oreille que, s'il nous observait, le gardien eût juré que je donnais à Cartouche l'absolution de ses péchés.

XXXIII

À PEINE SORTI DU GRAND CHÂTELET, je filai droit jusqu'au faubourg Saint-Marcel, à l'*Auberge du Chardon*. L'endroit, on s'en souvient, était l'un des repaires de Rémy, et j'y laissai un message à son attention, dans lequel je lui demandais de venir au plus vite chez moi, rue des Petits-Champs. Je n'eus pas longtemps à attendre sa visite, car le brave garçon passa le soir même vider quelques pintes dans ladite auberge. Et Rémy n'étant pas homme à manquer un rendez-vous, il débarqua en pleine nuit dans ma maison. Je le trouvai fort miné par l'arrestation de Dominique, toutefois ce que je lui dévoilai lui rendit sa coutumière bonne humeur.

Sortir d'une geôle est toujours plus difficile que d'y entrer, ont coutume de penser les honnêtes gens. Ils ont raison. Fort de cette puissante maxime, j'expliquai à Rémy qu'afin de libérer Dominique de sa geôle, je songeais à y pénétrer. Il roula d'abord des yeux étonnés, puis commença de comprendre où je voulais en venir. Pour des gaillards dont c'est le quotidien que de s'infiltrer là où ils ne sont pas invités, la méthode a le mérite de n'être pas inconnue. Il n'en est pas moins vrai que s'introduire dans une forteresse exige de fourbir une stratégie plus experte que celle qui permet de crocheter une maison. En particulier parce que parmi les habitants d'une prison, il y a aussi des geôliers. Ceux-là sont moins coulants que les bons bourgeois, et s'absentent rarement du logis. Bref, le Châtelet et sa bonne centaine de gardes pouvaient rebuter les meilleurs forceurs de verrous. Sauf à se rappeler combien, dans un récent passé, nous avions emprunté un certain chemin pour vider les caves de Crozat. En descendant dans la cellule de Dominique, j'avais remarqué l'affreuse humidité qui saturait les lieux. Les murs en étaient gorgés, jusqu'au sol des cachots. La proximité de la Seine en était assurément la cause, ou, mieux encore, quelques égouts ou des canaux de dérivation qui passaient sous les lieux. Je demandai donc à Rémy de s'enquérir d'un moyen de se renseigner sur la configuration des sous-sols. Ce ne fut pas difficile et, dès le lendemain, il m'amena un bougre du nom de Fanchon, qui connaissait les entrailles de la ville sur le bout de ses doigts crasseux. Il nous confirma que deux canaux souterrains de quinze pieds de large s'écoulaient juste en dessous du Châtelet. On y accédait par des bouches dont les accès étaient fermés par de grosses grilles, mais également par les caves de certaines maisons du bas des rues Saint-Denis et Saint-Jacques. Voilà qui s'avérait intéressant. Muni de ces renseignements, je retournai chez le jeune commis de l'Académie royale d'architecture qui m'avait procuré les plans de l'hôtel de Crozat. Contre cinquante louis, il collecta tout ce qu'il pouvait sur les bâtisses des deux rues.

Le brave garçon me dégotta également un trésor : un antique croquis du trajet des deux canaux qui serpentaient sous le Châtelet. Je passai une journée à les étudier.

Il demeurait cependant un problème de taille. Comment savoir où se situait exactement la cellule de Dominique par rapport aux fameux canaux ? Le dénommé Fanchon s'avéra alors d'un précieux secours. Je le chargeai de reconnaître les lieux à partir de ce que j'estimais la base des murailles du Châtelet. Je voulus qu'il en mesurât en pieds la longueur. Pendant ce temps, grâce à mon courrier d'introduction, je retournai visiter Dominique, mais je m'appliquai cette fois à relever mentalement la distance et l'orientation entre sa cellule et l'entrée de la prison. La méthode était sommaire, je le concède, toutefois je me félicitai à cette occasion d'avoir été assidu aux leçons de mes bons pères de Castres, qui m'avaient donné de solides connaissances en géométrie. Je tirai de cela un premier tracé sur mes plans, puis je me fis assister dans ce labeur d'un ancien étudiant géomètre qui avait versé dans la truanderie. Le garçon excella et, au bout de deux jours supplémentaires, nous disposâmes d'une estimation de cinquante pieds sur cinquante du probable emplacement de la cellule de Dominique. La moitié de cette surface se situait sur le passage de l'un des deux canaux. Il fallait maintenant faire confiance à la chance. J'avais convenu avec Dominique que le 2 novembre exactement, Fanchon inspecterait le canal dans la surface repérée, et qu'il en sonderait la voûte par de légers coups de barre de fer. La chose devait se passer dans la journée, afin que le bruit n'ameute pas les gardiens. Dominique se tiendrait aux aguets pour répondre de trois coups lorsqu'il estimerait que Fanchon était sous lui. Encore une fois, tout ceci procédait d'une foi aveugle dans la providence. Mais pour des gens habitués à la prendre sur leurs genoux plus souvent que le commun, ce n'était qu'une fois de plus. Et comme cette bougresse ne fait de l'œil qu'aux audacieux, le jour dit, Fanchon ne mit pas plus d'un quart d'heure avant de recevoir distinctement le signal convenu en retour. La cellule était juste au-dessus de lui, et à moins de vingt pas d'un escalier qui descendait depuis une porte vers le canal. Il ne me fallut pas longtemps pour pointer sur mes plans que cette ouverture donnait dans les caves d'un épicier de la rue Saint-Denis. En outre, Fanchon ajouta que selon lui, l'épaisseur entre le sol de la geôle de Dominique et la voûte du canal devait être d'à peine vingt pouces.

Évidemment, tout ce labeur se déroulait alors que je tenais chaque jour mon service auprès du cardinal Dubois. Mais par chance, celui-ci était accaparé par des affaires avec l'Angleterre et, libéré du souci de Cartouche, il passait le plus clair de son temps chez le Régent ou dans des cénacles de diplomates. J'avais mon temps pour moi. Enfin, pas tout à fait, puisque l'instruction du procès de Dominique ne devait plus tarder à débuter. Peut-être allait-on le changer de cellule. Nous étions maintenant le 4 novembre. Il fallait agir.

Lorsque j'expliquai à Rémy qu'il fallait recruter un homme supplémentaire pour mener promptement notre opération, il me proposa sans hésiter le Lézard. Je l'avoue, cette suggestion me plut passablement, mais Rémy m'assura que le bonhomme serait le complice idéal dans ce genre d'expédition. Il n'avait pas tort, cependant ma précédente rencontre avec lui me restait encore suffisamment en mémoire pour que je nourrisse quelques hésitations. Las, je finis par souscrire à ce choix, mais je pris soin d'indiquer à Rémy qu'il avertisse bien le Lézard que la sentence contre moi avait été levée par Dominique. Cela semblait tomber sous le sens, mais le Lézard n'avait pas une logique commune, et mieux valait doubler les consignes. Après une ultime visite à Dominique, je fixai donc le jour de notre tentative au 7 novembre, dans la nuit. Je lui glissai également un petit burin, avec lequel il devait commencer à discrètement travailler le sol de sa cellule à l'endroit où il avait entendu les coups de sonde de Fanchon. Enfin, pour parfaire le tout, Rémy avait réussi à faire passer un message à d'autres canailles emprisonnées au Châtelet, afin qu'à dix heures du soir ils entament un vacarme de tous les diables.

Le 7 novembre, à neuf heures du soir, c'est sous une pluie battante que Rémy, le Lézard, Fanchon et moi, nous nous mîmes en marche vers la rue Saint-Denis. Rémy et le Lézard portaient deux grands sacs remplis d'outils, tandis que Fanchon en avait un autre en bandoulière, garni de trois pistolets. Arrivé devant la boutique de l'épicier, un certain Monges, je frappai tout simplement à la porte après avoir embusqué mes complices. J'étais en tenue d'abbé sous mon manteau et je dégrafai ce dernier pour le laisser apercevoir. Selon mes renseignements, ce Monges avait avec lui au logis une femme et un fils de vingt ans, en plus d'un domestique qui faisait également fonction d'homme à tout faire. Ce fut d'ailleurs lui qui ouvrit. Je lui demandai à voir son maître pour une impérieuse raison. Le domestique tordit un peu le nez, mais ma bonne mine autant que mon petit collet emportèrent les doutes d'une visite si tardive. Le bougre tourna alors les talons pour aller quérir l'épicier. J'en profitai pour faire signe à ma petite troupe de s'engouffrer dans la place, et lorsqu'il vint aux nouvelles, le dénommé Monges reçut un vigoureux avis de se tenir tranquille par l'entremise d'un coup de gourdin que lui asséna Rémy. Le domestique n'eut pas le temps de retourner en avertir la maisonnée : le Lézard le saisit par le col en même temps qu'il posa sa large main sur sa bouche. Rémy acheva le travail. Nous poussâmes ensuite silencieusement les deux corps dans le vestibule afin de refermer la porte d'entrée, puis nous nous glissâmes dans la maison à la recherche du reste de la famille. Mme Monges ne fut pas difficile à débusquer. Elle se tenait au coin du feu, son bonnet de nuit déjà sur la tête, et elle s'en trouva ainsi bien mieux pour entamer un long sommeil. Enfin, malgré nos recherches, le fils de famille demeura introuvable, et nous dûmes en conclure qu'il n'était pas là. La chose était fâcheuse, toutefois il fallait maintenant nous activer. Après avoir ligoté les Monges et leur domestique, nous trouvâmes aisément la fameuse porte au fond de la cave. Elle était obstruée par des sacs de grain, mais le Lézard fit place nette en quelques minutes.

L'ouvrir fut également l'affaire d'un instant, et bientôt nous descendîmes l'escalier avec lanternes et outils. Une odeur fétide régnait. Devant nous, la lumière des lampes éclaira une masse sombre et légèrement mouvante : la pluie avait fait gonfler le mélange d'eau et de fange qui coulait au fond du canal. Là où l'on pouvait quelques jours plus tôt se déplacer presque à pied sec, un liquide noirâtre s'élevait désormais au-dessus du genou. Nous progressâmes dans ce cloaque jusqu'à la marque que Fanchon avait dessinée au charbon sur la voûte. Je lui fis signe de donner un premier coup. Il était presque dix heures. D'abord, rien ne vint en retour. Les secondes passèrent, puis presque deux minutes sans plus de réponse. Fanchon s'apprêtait à donner un nouveau coup, lorsque trois petits bruits sourds calmèrent enfin mon inquiétude. Au même moment, un brouhaha étouffé nous parvint. Nous dressâmes l'oreille. Des cris résonnaient dans le lointain. Il s'agissait sans nul doute du vacarme promis par les autres détenus. Nous nous lançâmes alors à l'ouvrage. Rémy sortit de l'un des sacs l'une de ces barres à mine en fer forgé que l'on utilise pour les travaux de sape, et la maintint avec Fanchon contre le plafond du canal, tandis que le Lézard commençait de frapper vigoureusement à la base de l'outil avec un maillet de forgeron. Il ne fallut pas longtemps pour que la pierre gorgée d'humidité s'effrite. Bientôt, des morceaux entiers tombèrent dans l'eau en nous éclaboussant. Nos deux lanternes s'éteignirent. J'en rallumai une ; l'autre ne voulut rien savoir. Heureusement, de l'autre côté, Dominique avait bien travaillé : avec son burin, il s'était appliqué à dégager les joints de quelques dalles, ce qui facilita notre labeur. Au bout d'un quart d'heure d'efforts du Lézard, la barre traversa la voûte. Dominique s'en saisit et l'actionna plusieurs fois à la manière d'un levier. Des craquements se firent entendre. Un énorme bloc de pierre tomba alors en manquant écraser le pauvre Fanchon, qui en reçut cependant un angle sur le crâne. Le choc fut terrible : il s'effondra. Je lui ressortis la tête de la fange puis je le traînai jusqu'au pied de l'escalier. Malheureusement, le sac contenant nos armes resta introuvable. Pendant ce temps, Dominique s'était glissé dans l'ouverture et se trouvait maintenant parmi nous, trépignant de joie dans l'eau saumâtre du canal. Il était libre. Enfin, pas encore tout à fait : nous battîmes prestement en retraite jusqu'en haut de l'escalier. Fanchon resta sur les premières marches, le front ouvert et toujours inanimé. Du sang lui sortait maintenant par le nez et la bouche. À chaque victoire, il faut des victimes tombées en héros.

Une fois remonté dans la cave de l'épicier, Dominique ordonna au Lézard de le débarrasser des chaînes qu'il avait aux pieds. Malheureusement, le marteau de forgeron était resté derrière nous et Rémy dut redescendre le chercher. Au bout de longues minutes d'attente, il revint avec le précieux outil : le Lézard s'affaira. Trois coups seulement furent nécessaires, cependant l'écho qu'ils produisirent m'inquiéta. Je pressai tout le monde de filer au plus vite de cet endroit afin de rejoindre le rez-de-chaussée de la maison puis la rue Saint-Denis.

Le Lézard ouvrit la voie, suivi de Dominique et de Rémy. Je fermai la marche. Nous traversâmes en hâte la maison, lanternes éteintes, mais, alors que nous étions presque parvenus à la porte d'entrée, une silhouette se découpa dans le vestibule où nous avions remisé les époux Monges et leur domestique. L'ombre se figea et poussa un hurlement de terreur avant de déguerpir dans la rue en renversant un petit meuble sur lequel trônait une glace. Le vacarme fut affreux. Tant pis, il fallait maintenant filer sans attendre. Le Lézard passa le premier la tête dehors, mais recula tout à coup d'un bond. Il n'eut pas le temps d'en dire plus qu'une cavalcade se rapprocha : des lumières apparurent devant nous.

— Halte là ! beugla une voix d'un gros accent tudesque, tandis que l'entrée s'encombrait d'au moins une demi-douzaine de vilains Suisses.

Le Lézard dégaina alors de sa veste deux longs poignards et fondit sur eux comme un démon : le premier Suisse s'effondra, le second aussi. L'ardeur de leurs camarades s'en trouva rafraîchie, d'autant que Rémy ajouta à la confusion en lançant son marteau dans la masse des assaillants. Un cri terrible signala qu'il avait fait mouche. De son côté, Dominique tentait de récupérer l'arme d'une victime et j'en faisais de même à tâtons, quand une double détonation retentit dans un aveuglant éclair : le Lézard porta les mains à sa poitrine. Le géant tomba droit comme un chêne, tandis que des Suisses se précipitaient sur Dominique, qui venait à peine de s'emparer d'une épée. Il n'eut pas le temps de s'en servir que déjà il était projeté à terre.

D'autres soldats firent alors irruption derrière les premiers. Le nombre l'emportait, mais Rémy voulut se jeter à son tour dans la mêlée. Je le retins par un pan de sa veste :

— Suis-moi ! lui dis-je d'un ton impérieux. Tout est perdu…

Et, profitant de la bousculade, nous détalâmes à toute allure avec le maigre avantage sur nos poursuivants que je savais par où fuir. Nous descendîmes ainsi à nouveau vers la cave, dont on obstrua précipitamment l'entrée avec des sacs de grain, puis nous dévalâmes dans le couloir qui menait au canal souterrain, butant au passage sur le cadavre de Fanchon. J'expliquai à Rémy que la Seine devait se trouver à deux cents pas, à condition de partir dans la bonne direction. J'essayai de me remémorer le plan du tracé avant de pénétrer dans la fange. Le niveau de l'eau était maintenant monté jusqu'à mi-cuisses. Nous pataugeâmes durant quelques minutes sans voir le bout de ce lugubre tunnel. Derrière nous, l'écho de cris résonna : les Suisses devaient hésiter à prendre un bain dans cet ignoble brouet. Enfin, au loin, une lueur en demi-lune se dessina au détour d'une courbe. La sortie était là. À quelques pas de celle-ci, nous eûmes cependant la déplaisante surprise de découvrir une grille qui en obstruait presque entièrement l'accès. Restait un faible espace libre juste sous la voûte. Nos habits s'y déchirèrent, mais nous réussîmes à nous y faufiler pour dégringoler de l'autre côté dans l'espèce de petit torrent de bourbe qui se déversait dans la Seine. Crottés et en lambeaux, nous arrivâmes à force d'efforts à reprendre pied sur la berge, que nous longeâmes ensuite pour rejoindre les ruelles du quai de Gesvre. Nous étions saufs. Mais jusqu'à quand ?

XXXIV

Cette nuit-là, je ne rentrai pas chez moi. Je me réfugiai chez Rémy, au faubourg Saint-Marcel, rasant les murs comme un proscrit. Je ne pus fermer l'œil. Dominique était-il encore vivant ? Avait-il avoué qui avait organisé la tentative ? Comment retrouverais-je Flora désormais ? Pour la première fois, rien ne s'était passé comme je l'avais prévu. Au matin, Rémy me conseilla de demeurer avec lui quelque temps, mais je décidai de ne rien changer à mes habitudes. Et, après m'être procuré des habits propres chez un fripier de la rue Mouffetard, je me rendis à mon emploi auprès du ministre, avec toutefois dans l'esprit la ferme conviction que l'on s'emparerait de moi à peine aurais-je franchi les portes du Palais-Royal. Pourtant, les Suisses qui y montaient la garde ne me prêtèrent pas plus attention que d'habitude, et j'accédai librement à mon cabinet. J'y restai seul une heure, pendant laquelle un commis vint m'annoncer que Cartouche avait tenté de s'évader. Je me composai une mine de surprise. Enfin, comme chaque jour, Dubois me fit appeler. Lorsque j'entrai dans son cabinet, il me toisa étrangement.

— Vous voilà bien pâle. Vous êtes malade ? dit-il.

— Non, Votre Excellence, seulement un peu las.

Dubois marmonna quelque chose que je ne sus comprendre.

— Vous êtes au courant de la nouvelle, je suppose ? reprit-il.

— On me l'a dit, en effet.

— Hum... ce Cartouche nous aura donné du fil à retordre jusqu'au bout.

— Il... il est mort ? balbutiai-je.

Dubois m'adressa à nouveau un drôle de regard.

— Il vaudrait mieux pour tout le monde, lâcha-t-il.

Je blêmis encore plus, je pense.

— Figurez-vous qu'il se porte comme vous et moi, le brave homme, soupira le ministre.

— Mais, sait-on dans le détail ce qui s'est passé ? demandai-je du ton le plus innocent dont un coupable soit capable.

— Vous ne le savez pas ? Hum... Eh bien, votre ami Cartouche s'est trouvé des amis qui ont voulu le faire sortir du Châtelet par un tunnel ou un égout, je ne sais. Quoi qu'il en soit, ce petit monde y est entré par les sous-sols d'un épicier de la rue Saint-Denis, et a percé un trou juste en dessous de sa cellule... Personne n'a rien entendu ! Par chance, le fils de l'épicier s'est cogné le nez contre ces gaillards au moment où ils s'en repartaient. Et comme la providence était avec nous hier soir, une patrouille de Suisses passait justement par-là. L'affaire a été chaude, trois d'entre eux sont restés sur le carreau, mais Cartouche a été repris. Deux de ses complices ont été tués et deux autres ont réussi à s'échapper.

Voilà. Avouez que nous sommes passés à un cheveu d'une catastrophe... Hum... une catastrophe, oui...

— C'est certain. Et maintenant, que va-t-on faire de lui ? osai-je demander.

— D'abord, je l'ai fait placer dans une cellule en haut d'une tour de la Conciergerie. Même un aigle ne l'en sortirait pas. Mais croyez-vous qu'il s'en tienne tranquille pour autant ? Non, ce bougre a fait savoir ce matin qu'il voulait voir les magistrats. Il a des choses à dire, paraît-il !

— Il veut peut-être négocier...

Cette fois, le visage de Dubois devint terrible.

— Négocier ? Encore ! Ce petit jeu a assez duré, monsieur ! À la fin, je finirai par croire que vous êtes son complice ! trépigna-t-il en me pointant du doigt.

Je me crus démasqué. Le cardinal se leva, puis commença d'aller et venir dans son cabinet, tantôt me regardant, tantôt bougonnant des propos incompréhensibles. Je ne doutai plus que la foudre allait s'abattre sur moi. Mais, contre toute attente, le grondement de l'orage faiblit bientôt, et Dubois s'installa sur sa banquette favorite.

— Vous allez désormais vous tenir en dehors de tout ceci, me lança-t-il calmement. Vous avez raison, vous êtes fatigué. Prenez du repos. Quant à moi, je vais négocier à ma façon un beau procès avec une bonne sentence. Rien ne clôt mieux une chicane que le bourreau. Comprenez-vous ?

— Oui, Votre Excellence.

— Fort bien. Maintenant, rentrez chez vous, et attendez mes instructions.

Trop heureux de m'en tirer à si bon compte, je m'éclipsai aussitôt. En quittant le cabinet du ministre, je me cognai à trois hommes en noir qui attendaient dans l'antichambre. Un huissier me prévint qu'il s'agissait des magistrats instructeurs de la Conciergerie.

Dans la précaire position où je me trouvais désormais, beaucoup auraient décidé de se tenir tranquille, voire de prendre le large. Mes manigances risquaient en effet de s'ébruiter par mille manières, d'autant que ces messieurs de la Conciergerie savaient faire parler les plus récalcitrants de leurs pensionnaires. Dominique était désormais entre leurs mains, et s'il était l'un des hommes parmi les plus braves que j'aie rencontrés, il se pouvait que son corps demande grâce à son esprit après plusieurs heures de tourments. Bref, la prudence me conseillait de fuir Paris quelque temps au prétexte d'une affaire quelconque. Oui, c'est ainsi que l'on réagit lorsqu'on est un homme sensé. Toutefois, je ne l'ai jamais été – à cette époque moins encore qu'aujourd'hui. Et mon seul souci une fois rentré chez moi fut de retrouver Flora. Il me restait quelques motifs d'espoir : Rémy m'avertit bientôt que d'autres s'affairaient déjà à tenter de libérer Dominique, tandis que la Courtille bruissait du rôle de Gruthus dans son arrestation. Rémy ne s'étant pas privé de répéter un peu partout ce que je lui en avais appris, j'espérais que le bandit, traqué de toutes parts, reviendrait vers moi pour marchander une échappatoire. Cette stratégie était rustique, j'en conviens, mais pas dépourvue de logique ; sinon, à quoi lui aurait-il servi de détenir Flora ? Je décidai d'ailleurs d'attiser discrètement cette piste en confiant au patron des *Deux Anges* une lettre à l'attention de Gruthus, comme on jette une bouteille à la mer. L'aubergiste la lui donnerait si le bandit venait par hasard à se risquer dans les parages. Le message était lapidaire et ainsi rédigé : « Cinq cent mille livres en or pour Flora. » Un demi-million, toute ma fortune, pour le convaincre de me rendre celle que j'aimais. Il ne pouvait rester insensible à cette proposition, car la somme lui serait la meilleure des cuirasses. Je pris même le risque de signer « Abbé René Baptiste », afin de mieux lui démontrer combien ce bout de papier m'engageait. Voilà, je ne pouvais pour l'heure faire mieux, et j'attendis chez moi que la providence daignât m'aider à remporter la mise de cet audacieux pari.

Une semaine passa sans aucun progrès. Rémy me rapporta même qu'étrangement, les bonnes volontés se faisaient rares pour s'atteler à un plan d'évasion. Il se murmurait que de l'or avait dissuadé certains d'y songer. Qui payait ? Personne n'en savait rien. Était-ce seulement vrai ? Il n'en resta pas moins que la canaille s'habitua bientôt à l'absence de Dominique. Quelques-uns y spéculèrent également de nouveaux bénéfices. Le lion désormais en cage, les serpents lorgnaient sur l'héritage. Et lorsque, le 17 novembre, on déclara que le procès contre Cartouche était ouvert, plusieurs chefs de bande trinquèrent méchamment à sa santé.

La procédure se déroula dans le huis clos de la Conciergerie. Le dossier avait été bâti par un certain Arnaud de Boueix, jeune conseiller aux enquêtes très en faveur auprès de Mme de Tencin, maîtresse du cardinal Dubois. Cela m'intrigua. J'avais mes entrées à la chambre de la Tournelle criminelle, où l'on me révéla que chaque membre de la cour avait par ailleurs été choisi par le président Amelot. Je compris ce qui se tramait : ce digne magistrat était secrètement débiteur de Dubois après que celui-ci lui eut fait don un an plus tôt de trois cent mille livres en or contre l'équivalent en mauvais papier – j'avais été le commis de cette transaction. Bref, rien ne vint troubler une instruction où pas un seul document de l'enquête ne mentionnait une quelconque allusion au ministre Dubois ou au Régent. De Boueix s'en tint aux vols, meurtres et autres méfaits reprochés à Cartouche, et qui furent passés en revue neuf jours durant. Dominique les nia un par un. De Boueix se piqua alors d'user de la question extraordinaire[1] : on passa les brodequins à l'accusé, ce qui ne donna guère plus de résultats. Dominique resta ferme jusqu'au huitième coin et refusa de donner le nom de ses complices. Las de le faire souffrir en vain, de Boueix déclara la procédure achevée. Le 27 novembre, Dominique n'avait pas parlé, du moins pas des choses que l'on espérait de lui. Pour le reste, nul ne saura jamais, car la sentence de mort fut décidée d'application le jour même.

---

1. *Il s'agissait de quatre planches enserrant fermement les jambes de la victime, entre lesquelles on introduisait des coins de bois. La manœuvre déchirait les chairs et éclatait les os, tout simplement. La procédure précisait que l'on utilisât quatre coins pour la question ordinaire et huit pour l'extraordinaire.*

On m'apprit la nouvelle alors que j'étais en visite chez un lieutenant du guet auprès de qui je cherchais des renseignements sur Gruthus. Je courus voir Rémy, qui venait lui aussi d'entendre des commères du faubourg colporter l'événement. L'exécution devait avoir lieu à deux heures de l'après-midi. Il était trop tard pour déjouer ce qui devait arriver. Rémy tenta bien de rameuter quelques vauriens pour déclencher une émeute lorsque l'on sortirait Dominique de la Conciergerie, mais personne n'eut le courage de le suivre, et c'est une foule d'honnêtes badauds qui se dirigea vers la place de Grève. J'emboîtai le pas de la populace avec Rémy. Au pied de la Conciergerie, une masse de gens empêchèrent un long instant l'accusé d'avancer vers le lieu de son calvaire. Je m'approchai jusqu'à l'apercevoir, entouré d'une escouade de soldats. Dominique était soutenu par deux aides du bourreau à cause de ses jambes meurtries. Il était pâle mais ne montrait aucune crainte. Tout à coup, un mouvement se fit parmi le cortège. Des huissiers puis des magistrats firent des allées et venues jusqu'à l'échafaud. Enfin, au bout de quelques minutes, une chose incroyable se produisit : on fit rebrousser chemin à l'accusé et les portes de la Conciergerie se refermèrent sur lui. Rémy me rejoignit, n'osant sauter de joie. Quel était ce nouveau coup du destin ? Nous attendîmes sur la place encore un long moment lorsqu'une rumeur parcourut la multitude : Cartouche avait décidé d'avouer et de livrer ses complices. L'exécution était retardée au lendemain. Nous nous regardâmes avec Rémy, incrédules. La duperie était évidente. Et seuls ceux qui n'ont pas connu Dominique ont pu la croire. Bref, je ne veux point entrer ici dans le débat de ces soi-disant révélations, mais les noms dénoncés l'ont été par d'autres. Cartouche n'a trahi personne. Je le sais, sinon je ne serais pas là pour le raconter. On l'a noirci afin d'en laver certains, car il ne fallait pas que le héros devînt un martyr. Le procédé est commun dans les affaires d'État.

La nuit passa sur cette mascarade, et l'on fit annoncer, le 28 novembre 1721, que l'exécution aurait lieu à deux heures de l'après-midi. Cette fois, je ne m'y rendis pas. Je ne connais de ce funèbre jour que ce que l'on en a rapporté : la commune peinture du supplice d'un homme que le bourreau brisa sur la roue avant de l'étrangler. Je n'ai rien à ajouter à cette horreur. Ma conscience s'en charge depuis.

Deux jours après l'exécution, Dubois envoya un commis me chercher chez moi. Je n'avais pas revu le ministre depuis son injonction de me tenir à l'écart. Je le trouvai affairé à son bureau comme à l'habitude. Il demanda brièvement de mes nouvelles, m'informa de quelques affaires en cours, puis, alors que j'allais m'atteler aux tâches qu'il venait de me commander, il aborda enfin la mort de Dominique :

— Nous voici désormais soulagés d'un grand péril, on dirait, fit-il en feuilletant distraitement des documents.

— Oui… répondis-je d'une petite voix.

— Vous ne semblez pas convaincu. Ce brigand a eu ce qu'il méritait, je crois.

— Certes, mais sa mort ne me réjouit pas, osai-je.

Dubois cessa de triturer ses papiers et sortit d'une de ses poches une petite tabatière en nacre.

— Figurez-vous que moi non plus, dit-il en l'ouvrant.

Il prisa par deux fois.

— Pourtant, reprit-il, je m'en félicite. Souvenez-vous de ceci, monsieur l'abbé : le pouvoir doit toujours être impitoyable, jamais cruel. Je peux même dire que j'avais quelque chose comme de l'admiration pour ce brigand. Né dans un autre monde, il eût été un homme à laisser sa trace. Hum... mais bon, ainsi va le destin, n'est-ce pas ?

J'acquiesçai faiblement.

— Je vous comprends, continua le cardinal. Mais faites-vous une raison. Je m'en fais bien une, moi, avec vous. Vous m'avez été très précieux depuis votre entrée à mon service, pourtant, ces derniers temps, j'ai cru discerner moins de zèle. Hum... oui, disons-le, positivement moins de zèle...

— Je m'en excuse, Votre Excellence...

— Vous savez ce que je pense des excuses, me répliqua sévèrement Dubois. N'en faites jamais. Soyez désolé, mais ne regrettez rien. Nous faisons tous des erreurs, toutefois elles peuvent coûter très cher. Les vôtres sont de ce tarif, à ce que l'on m'a rapporté.

J'eus l'impression qu'un piège se refermait sur moi. Cependant, nulle peur ne m'envahit. J'étais las de mentir et je lançai :

— Je suis disposé à payer le prix de mes fautes, même celles qui sont exorbitantes.

Dubois m'observa un instant, puis il eut un sourire fugace.

— Trahison, loyauté, tout cela est complexe, soupira-t-il pour lui-même. Hum… Voyez ce pauvre Judas : sans lui, rien n'eût été possible… Hum… Au moins, désormais, je sais que vous êtes fidèle à vos amis… hum… et comme il ne vous en reste pas, je ne m'inquiète plus.

Je restai paralysé. Il semblait qu'il sût tout, ou bien jouait-il l'un de ces curieux jeux qu'il affectionnait ? Je n'osai plus penser ni parler. Dubois ne s'en préoccupa nullement, et prisa à nouveau.

— Très bien, monsieur l'abbé, dit-il. Je ne vous retiens pas. Vous avez du travail, il paraît.

Et il me congédia comme si de rien n'était. Je sortis de son cabinet, certain d'être en train de rêver. J'allais assurément me réveiller au Châtelet.

Ce jour-là pas plus que les suivants, rien de fâcheux ne m'arriva. Le cardinal Dubois n'évoqua plus jamais notre conversation, ni même le nom de Cartouche. Pendant ce temps, la justice s'occupait de solder les comptes avec ses complices. De Boueix avait juré de purger les prisons : plusieurs dizaines de bandits furent pendus ou passés à la roue, dont Balagny et le jeune frère de Dominique, Louis. Dans le faubourg et à la Courtille, les derniers chefs avaient ordonné à la canaille de se tenir à carreau en attendant des jours meilleurs. Moi, je n'abandonnais pas ma quête de Flora et, un soir, alors que je me décidais à retourner fouiner aux *Deux Anges*, Rémy fit irruption dans ma maison. Nous étions un dimanche, le 9 décembre. Rémy avait une mine effrayante et les yeux d'un homme qui aurait croisé le diable. Il tenta de parler à plusieurs reprises, mais sa bouche semblait se refuser à laisser sortir le moindre son. J'essayai de le réconforter. Enfin, il réussit à bafouiller une phrase :

— Gruthus... on l'a retrouvé...

— C'est vrai ? Où est-il ? m'exclamai-je.

— À cette heure, je ne sais pas...

— Que veux-tu dire ?

Rémy prit une longue respiration :

— Hier, dans la nuit, des compères de la bande des Feuillants l'ont attrapé dans le faubourg. Il se cachait chez une vieille veuve de sa famille.

— Et Flora ?

— Elle était enfermée dans une pièce du grenier de la maison... dit Rémy en se laissant tomber sur une chaise.

Il se prit la tête entre les mains.

— Mais parle donc ! lui hurlai-je.

Ses yeux se mouillèrent.

— Les Feuillants les ont conduits tous les deux au *Chant du Coq* ce matin, continua-t-il. Là-bas, le vieux Gervais, celui qui fait le procureur, a rassemblé du monde pour tirer les vers du nez de c'te salope de Gruthus. J'y étais.

— Et alors ?

— Eh bien, on l'a accusé d'avoir donné Dominique. Bien sûr, puisque c'est lui... Mais il s'est défendu...

Rémy baissa à nouveau la tête.

— Qu'a-t-il dit ? m'emportai-je en le prenant par le col.

Il me regarda d'un air pitoyable :

— Il... il a accusé Flora d'avoir dénoncé Dominique...

— Quoi ?

— Oui... il a raconté que c'était par vengeance qu'elle avait fait ça, parce qu'elle était jalouse de la Néron, et pour...

Rémy se coupa.

— ... pour cinq cent mille livres... reprit-il.

Un vertige me fit tituber.

— Pour cinq cent mille livres... mais qu'est-ce que cette mascarade ?

— Il avait une lettre...

— Une lettre ?

— Oui, il braillait en brandissant un bout de papier : « J'ai une preuve qu'elle est complice avec ce salaud de ratichon qui nous a tous bernés ! » criait-il. Gervais a alors lu la lettre à tout le monde. Elle disait : « Cinq cent mille livres en or pour Flora. » C'était signé de toi...

— Mais c'est faux ! Cet argent, c'était pour qu'il la libère !

— Je... je te crois, mais les autres ont été impressionnés. Cinq cent mille livres, ça sent le prix d'une trahison... Et puis Gruthus continuait à beugler qu'il avait enlevé Flora pour vous confondre toi et elle, et que s'il avait été coupable, il aurait décampé depuis longtemps...

— Il n'en a pas eu le temps, l'ordure... Il voulait son or... Mais Flora ne lui a rien répondu ? Où était-elle ?

Le visage de Rémy se décomposa.

— Des hommes des Feuillants la tenaient à l'écart dans une chambre de l'auberge, dit-il. Gervais a ordonné qu'on l'amène, puis elle a écouté en silence ce qu'on lui reprochait...

— Elle s'est défendue ? bredouillai-je, une sourde angoisse au ventre. Elle n'y est pour rien… C'est Gruthus, c'est moi…

— Elle semblait épuisée, résignée, soupira Rémy. Gervais la pressait de s'expliquer, mais elle se taisait. À force, elle a juste dit une chose…

— Quoi donc ?

— « J'aimais Dominique… »

Une pointe me traversa le cœur.

— Gruthus a alors pris à témoin tout le monde, sanglota Rémy. Il leur a hurlé : « C'est ce que j'vous dis ! Elle était jalouse, c'est elle, punissez-la ! » Y a plus rien eu à faire… J'ai voulu parler, mais personne ne m'écoutait. Et puis Gervais a rendu son verdict…

Un voile passa devant mes yeux, je tremblais de demander la suite. Rémy ne savait comment la dire. Il murmura seulement :

— Justine a ramené son corps rue Saint-Claude…

Épilogue

Après ces événements, il ne resta rien de ma jeunesse. Rémy décida de quitter la France pour la Louisiane, où les illusions de fortune n'étaient pas toutes éteintes. Je ne l'ai jamais revu.

Quant à moi, je confesse que je troquerais sans hésiter cinquante années de ma trop longue existence en échange de cinq en compagnie de Flora. Malheureusement, ce genre de négoce n'a pas cours. Pour ma consolation, son visage se glisse dans mes songes de vieillard presque chaque nuit. Je la retrouve comme dans notre enfance, magnifique, et nous dévalons ensemble les ruelles du faubourg, riant à pleine gorge. Elle est désormais la dernière à m'appeler Renard.

Note au lecteur

À l'issue des événements qu'il vient de narrer, le jeune abbé poursuivit sans faillir sa carrière d'homme de confiance et d'espion du cardinal Dubois, mais la mort de ce dernier en 1723 l'obligea à se trouver un nouveau maître. Il passa au service du cardinal de Fleury, puis plus tard devint le collaborateur du duc de Choiseul, ministre auprès de qui son sens de l'intrigue, et les nombreux secrets dont il était le détenteur, lui valurent estime, considération et richesse. Il fut d'ailleurs nommé archevêque en 1763. Sur la fin de sa vie, il se consacra à l'art et constitua une remarquable collection de tableaux dans le magnifique hôtel qu'il acheta rue de Bourbon. Inquiété par les autorités révolutionnaires en 1793, il quitta clandestinement la France pour se réfugier à Rome, puis à Venise, où il résida jusqu'à sa mort en mai 1797, à l'âge officiel de cent ans.

En 1802, lors de travaux effectués dans les caves de son ancien hôtel particulier parisien, des ouvriers découvrirent une centaine de sacs de louis d'or dissimulés derrière une fausse cloison. Nul ne sait d'où provenait cette fortune. On trouva également le présent manuscrit au fond de la cachette : il était posé à côté d'un petit portrait sur ivoire d'une jeune femme inconnue.

Lexique

Un dénommé Nicolas Racot de Granval, auteur du temps de la Régence, a cru spirituel de se vanter que Cartouche lui avait révélé en prison les secrets de l'argot de sa bande. Cela est évidemment du ressort de l'affabulation, toutefois ce lexique publié dans l'une de ses œuvres éclairera sur les richesses de la langue des sujets du Grand Coësre.

A
Abbé : Ratichon
Acheter : Abloquir
Aller : Bier
Aller (s'en) : Démurger
Amour : Dardant
Année : Longue
Archers : Roveaux
Argent : l'Huile, le Michon
Assiette : Morsiante
Aumône : Thune
Avoine : Grenuche
Auprès : Juxte
Aussi : Quoque

B
Bague : Brocante
Bailler (donner) : Ficher
Barre du Bourreau : le Fêtu
Bas (les) : Tirans
Bâton : Sabre
Beau : Chenu, Chenâtre
Beaucoup : Gourdement
Bien : Chenuement
Bissac : Gueullard
Bled : Grenu
Bœuf : Cornant
Boire : Picter, Pitancher
Bois : Satou

Bonne chère : Riolle
Bouche : Angoulême, Mornos
Boucles : Attaches
Bourreau : Tollard, Tolle
Bourse : Bouchon, Hane, Plotte
Bouteille : Rouillarde
Boutique : Boutanche
Brûler : Riffauder

C

Cabaret : Piolle
Cabaretier : Piollier
Cachot : Cachemitte
Camarade : Fanandel
Capucin : Cornet d'épice
Carpe : Camuse
Cave : Parfonde
Certificat (faux) : Luque
Chanter : Rossignoler
Chapeau : Combre
Chapon : Ornion
Château : Piper
Chauffer : Riffauder
Chemin : Trimard
Chemise : Lime, Limasse
Cheval : Gallier
Chien : Happin
Chier : Mouscailler, Filer du Proye
Chopine : Tenante
Clef : Tournante
Clique : Gance
Cochon : Baccon
Cœur : Palpitant
Coffre : Bauge
Compagnie (ceux qui vont ensemble) : Orphelins
Comprendre : Entraver
Contre (auprès) : Juxte
Corde : Tourtousse
Cordonnier : Sabrenot
Coucher (se) : Piausser
Couper la bourse : Casser la Hane, détacher le bouchon
Coupeurs de bourses : Mions de Boules
Couteaux : Lingres
Couvre-chef : Marquin
Crier (après quelqu'un) : Renacler, crier au vinaigre
Crier (pleurs) : Verver
Cul : Proye
Cuire : Riffauder

D

Dame : Rupine
Danser : Frétiller

De même (aussi) : Quoque
Deniers : Pinos
Dentelle : Gratouse
Dents : Crocs
Dérober : Gressir
Déshabiller : Défrusquiner
Diable : Glinet, Glier
Dieu : Havre
Doigts : Apôtres
Donner : Ficher
Donner (part du vol) : Suer
Dos : Andosse
Douzaine : Menée
Draps : Empaves

E
Eau : Lance
Écrivain public : Capon
Écu : Rusquin, Grain
Écuelle : Salivergne
Église : Entiffe, Entonne
Emporter : Antroller
Enfer : Paquelin
Entendre : Entraver
Épée : Astic, Flambe, Gandille
Épier : Mouchailler
Estropiés : Piètres

F
Faire : Aquiger
Farine : Grenuë
Femme : Marquise
Débauchée : Ponisse, Magnuce
Femme qui cache sous son tablier ce qu'elle vole : Anquilleuse
Fenêtre : Luisante
Fermer : Brider, Bâcler
Feu : Rife
Fèves : Huîtres de Varanne
Fille : Marque
Fleur de lys (marquée sur l'épaule au fer) : la Tappe
Foin : Pellard
Forêt : Satou
Fort bien : Chenuëment
Fouet : Baudru, la Broüée
Four : Abbaye russante
Français : Francillon
Froid (le) : le Gris
Fromage : Rême
Fuir : Ambier

G
Garçon : Mion
Gardien d'hôpital : Barbaudier de Caftu
Gentilhomme : Rupin

Geôlier : Comte de la Caruche
Gouverneur : Pharos
Grand merci : Hust must
Grange : Grenaffe
Guerre : (la) Grive
Gueuser : Trucher
Gueux : Trucheux

H
Habiller : Frusquiner
Habit : Frusquin
Haut mal (épilepsie) : Sabouleux
Homme : Marpaut
Hôpital : Caftu

I
Ici : Icicaille
Incommoder : Sabouler

J
J'ai : Girre
Jambes : Guibons
Jambes de bois : Guibons de satou
Jardin : Verdouzier
Jeter (les choses volées) : Épouser la Foucandière
Jour : Luisant

L
Laine : Molanche
Lait : Couliant
Langue : Rouscaillante
Larcin : Doublage
Lard : Roüatre
Larron : Doubleur
Larron de nuit : Rabatteux
Larronage : Doublage
Lettre : Babillarde
Lit : Piau
Livre : Babillard
Lune : Luisarde
Lui, elle : Seziere, Sezingand

M
Madame : Faraude
Main (la) : Louche (la)
Maison : Creux
Maître : Marpaux
Maître des Gueux : Grand Coësre
Maîtresse : Daronne
Malades (faux) : Francs Mitoux
Mendier : Droguer
Mangeaille : la Morse
Manger : Morsier
Manteau : Tabar, Tabarin
Marchand : Marcandier

Marché (le) : Boule, Frimion
Marcher : Battre l'antiffe, Trimer, Trimarder, Trimancher
Médire : Froller sur la balle
Même : Quoque
Menteur : Craquelin
Mère : Daronne
Merde : Mousse
Meunier : Gripis
Moi : Mezière
Monsieur : Farot
Montre : Toccante
Mort (la) : (la) Cône
Morue : Mouillante
Moulin : Torniquet
Mouton : Morne

N

Nez : Nazonnant
Noix : Cassante
Non : Brenicle
Nous : Nouzaille, Nouzingan
Nuit : Sorgue
Nus (ceux qui vont presque nus) : Polissons

O

Œufs : Avergots
Oreilles : Escoutes
Ouvrir : Débacler, Débrider
Oui : Gy, Girolle, Jaspin
Oies : Angluces

P

Paille : Frétille
Pain : Artie, Arton
Pain blanc : Artie de Meulans
Pain-bis : Artie de Gros Guillaume
Paysans : Pallots
Pays : Pasquelin
Parler : Rouscailler
Parler jargon : Jaspiner
Part du vol : Stuc
Passant : Pacant
Pâté : Parfond
Pèlerins : Coquillards
Pendu (être) : Épouser la veuve
Père : Daron
Pieds : Paturons
Pinte : Goupline
Pisser : Lascailler
Pistoles : Perouze
Plaies (fausses) : Malingreux
Plancher : Sapin
Pleurer : Verver

Poche : Felouse, Fouillouse
Porte : Lourde
Portier : Lourdaut
Potence : Abbaye de Monte-à-Regret
Poule : Ornie
Poulet : Ornichon
Pourceau : Baccon
Poux : Gaux-picantis
Pré : Paladier
Prendre : Attrimer, Pincer
Prendre de force : Embander
Près : Juxte
Prêtre : Ratichon
Prévôt : Rouin
Prison : Canton, Caruche
Prisonniers : Cantonniers
Proche : Juxte

Q
Quart d'écu : Ragot
Queue (la) : Frétillante

R
Raisin : Calvin
Regarder, épier : Mouchailler
Repas : Morfe
Rien : Flou, Floutière, le Poitou
Rire : Esganacer
Robe : Serpillère
Robe de prêtre : Serpillère à Ratichon
Roi : Dasbuche

S
Santé : Santu
Santé (à la) : Cric, Croc
Savetier : Sabrenor
Sel : Maron
S'enfuir : Happer le taillis
Sergent : Sacre
Servante : Cambrose
Sol (monnaie) : Rond
Soldat : Drille
Soldat mendiant : Narquois
Soleil : Luisard
Souliers : Passans, Passifs

T
Teigneux : Callots
Terre (la) : Dure (la)
Tête : Tronche
Tétons : Rondelets
Toi : Tezière, Tezingand
Toile : Batouze
Tout : Toutime

Traître : Frollant
Travailler : Maquiller
Tricheur : Grec
Tromper : Affurer
Tuer : Rebâtir, Érailler, Basourdir

V
Vache : Cornante
Vent : le Gris
Ventre : Solir
Vérole : Baude
Verre (à boire) : Glace
Viande : Crie, Criolle
Vie (la) : l'Affe
Vigne : Calvine
Ville : Vergne
Vin : Pivois
Vin blanc : Pivois savonné
Voler : Bouliner
Voleur : Deffardeur
Voleur de bois : Sabrieux
Voleur solitaire : Cagou
Volés (ceux qui ont été volés) : Marcandiers
Vous : Vouzailles, Vouzingand, Vozière

Dans la même collection

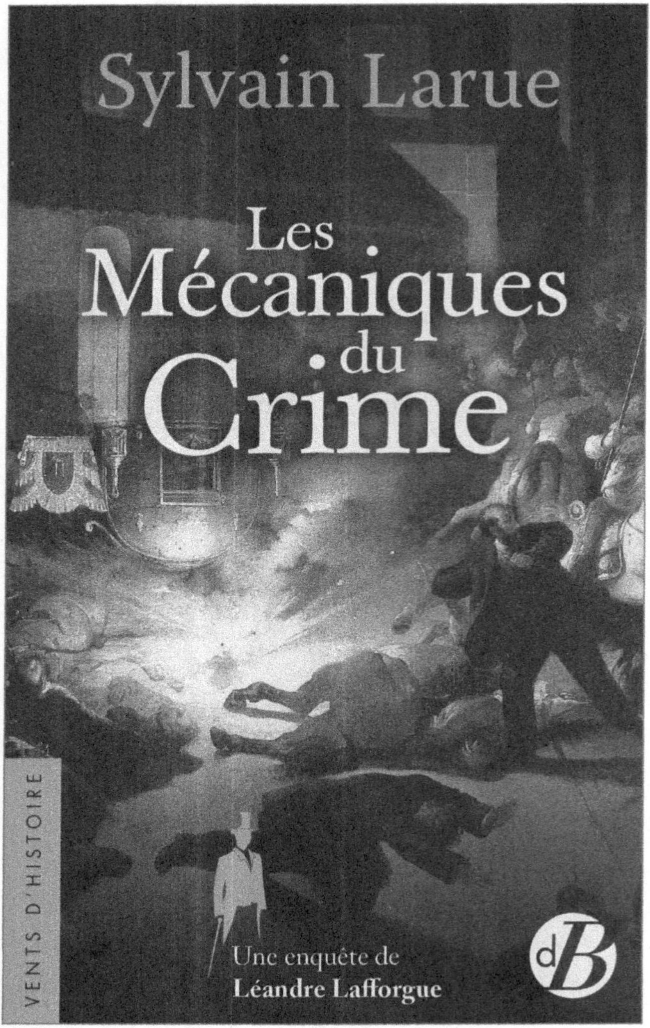

Dans la même collection

Imprimé en France par CPI
en février 2021
N° d'impression : 2056327
Dépôt légal : mai 2021
ISBN : 978-2-8129-2884-0
ISSN : 2497-8876
www.deboree.com
livres@centrefrance.com